HEB MIJ LIEF

Van Josie Lloyd & Emlyn Rees verscheen eveneens bij Archipel:

Blijf bij mij

Josie Lloyd & Emlyn Rees

HEB MIJ LIEF

ARCHIPEL

Amsterdam · Antwerpen

Eerste druk september 1999
Tweede druk oktober 1999
Derde druk november 1999
Vierde druk december 1999
Vijfde druk maart 2000
Zesde druk augustus 2000
Zevende druk november 2000
Achtste druk februari 2001
Negende druk juni 2001

Archipel is een imprint van BV Uitgeverij De Arbeiderspers

Oorspronkelijke titel: *Come together*
Uitgave: Random House UK Ltd, Londen

Omslag: Ron van Roon
Omslagfoto: Image Store
Foto auteurs: Jean van Cleemput

ISBN 90 295 2808 7 / NUGI 301
www.boekboek.nl

Voor onze geliefde zussen,
Catherine en Kirsti

1 Jack

HET IDEAAL

Stel dat je een meisje bent. Stel dat je een meisje bent en je bent op een feestje, of in een café, of in een discotheek. Stel dat je een meisje bent en je bent op een feestje, of in een café, of in een discotheek en ik kom op je af.

Stel dat je mij nog nooit van je leven hebt gezien.

Sommige dingen weet je onmiddellijk. Je ziet meteen dat ik ongeveer één meter tachtig ben en een gemiddeld postuur heb. Als we elkaar een hand geven voel je dat mijn greep stevig is en zie je dat mijn nagels schoon zijn. Je ziet dat ik bruine ogen heb die bij mijn bruine haar kleuren. En je ziet dat er dwars door de wenkbrauw van mijn linkeroog een litteken loopt. Je zult me ergens tussen de vijfentwintig en dertig jaar schatten.

Stel dat wat je ziet je zo goed bevalt dat je een praatje met me wilt maken.

We praten wat en als het een beetje botert tussen ons, kom je meer te weten. Ik vertel je dat ik Jack Rossiter heet. Als je me naar dat litteken vraagt, krijg je te horen dat mijn beste vriend, Matt Davies, me met een luchtbuks heeft geraakt toen ik twaalf was. Ik vertel erbij dat ik van geluk mocht spreken dat ik geen oog kwijt was en dat Matt een jaar lang niet bij ons thuis mocht komen. Ik vertel dat Matt vandaag de dag minder link is en dat ik me bij de gebeurtenis heb neergelegd en het tegenwoordig zelfs aandurf om met hem een huis te delen. Ik vertel dat hij voor een groot advocatenkantoor werkt, maar ik vertel niet dat het huis van hem is en dat ik hem huur betaal. Je zult me vragen wat voor soort huis het is en dan antwoord ik dat het een omgebouwd café in Londen-West is en dat we inderdaad de pooltafel en het dartbord en de bar intact hebben gelaten, maar de agressieve zuiplap die elke avond vloekend op de hoek van de bar zat de toegang tot het etablissement hebben ontzegd. Verder vertel ik dat er ook nog een grote, verwilderde tuin is.

In dit stadium ga je mij vragen wat ik voor de kost doe en dan vertel ik dat ik kunstenaar ben, wat waar is, en dat ik daar mijn geld mee verdien, wat niet waar is. Ik vertel niet dat ik drie dagen per week in een kleine galerie in Mayfair werk om de eindjes aan elkaar te knopen. Je monstert mijn kleren, die overigens waarschijnlijk van Matt zijn, en zult ten onrechte aannemen dat ik rijk ben. Omdat ik in de loop van het gesprek niets heb gezegd over een vriendinnetje, denk je waarschijnlijk – en terecht – dat ik single ben. Ik vraag jou niet of je een vriendje hebt, maar ik kijk wel steels naar je vinger om te zien of je verloofd of getrouwd bent.

Stel dat we besluiten samen naar jouw of mijn huis te gaan.

We vrijen. Als het een beetje meezit, genieten we er zelfs van. En als we ervan genieten, doen we het misschien nog wel een keertje. En dan gaan we slapen. Als we het in jouw huis hebben gedaan, vertrek ik de volgende ochtend waarschijnlijk nog voordat je wakker wordt. Ik laat geen telefoonnummer achter. Als we in mijn huis zijn, vertrek jij voor dag en dauw. Je geeft me ten afscheid geen kus. Degene die in het bed achterblijft, wordt vroeg of laat ook wakker. En diegene merkt dat hij of zij alleen is. Maar dat moet ook, want dat is wat wij willen.

Bekentenissen: 1. Voorbehoedmiddelen

Plaats: het toilet tussen wagon B en C van de intercity van 14.45 uur van Bristol Parkway naar Londen Paddington.

Tijdstip: 15.45 uur, 15 mei 1988.

Achter de deur van het toilet staat een jongen van zeventien voor de spiegel, met zijn broek en onderbroek op zijn enkels, in de ene hand een condoom met currysmaak en in de andere een stijve penis – zijn eigen.

Ik kan dit weten als geen ander. Niet omdat ik in wagon C zat en daar de woorden 'wc bezet' zag oplichten, terwijl mijn blaas dreigde te knappen en ik me afvroeg wie er zo egoïstisch kon zijn om de plee nu al een goeie twintig minuten voor zichzelf te houden. En al evenmin omdat het geschud van de trein bij het naderen van Reading zo hevig werd dat ik tegen de deur van het toilet rolde en werd geconfronteerd met wat zich daarbinnen afspeelde. Nee, ik kan dit weten omdat ik de jongen in de wc was.

Goed, dus op dit ogenblik is het redelijk om aan te nemen dat ik één – of meer – van de volgende dingen ben:

a. een viezerik;
b. een liefhebber van curry;
c. een gevaarlijke gek.

Op basis van de tot nu toe verschafte informatie zijn dat drie alleszins redelijke gevolgtrekkingen. Elke rechtbank zou me waarschijnlijk op alledrie de aanklachten schuldig bevinden. Hooguit konden er vraagtekens worden geplaatst bij mijn voorliefde voor curry, want met mijn mond kon ik nauwelijks bij mijn knie, laat staan bij dat andere lichaamsdeel.

Wat heeft de verdediging daartegen in te brengen?

Mannen van zeventien zijn vreemde schepsels, zoals elke man kan bevestigen die zonder kleerscheuren en met een groot gevoel van dankbaarheid die leeftijd met succes is gepasseerd. Tussen puberteit en volwassenheid en bijna verdrinkend in de hormonen ontdekken ze zichzelf, stellen vragen, zoeken antwoorden en trekken zich tussen de bedrijven door geregeld af. Voor mij was het niet anders. Ik stelde de gebruikelijke vragen. Bestaat God? Zal er ooit vrede op aarde zijn? Waarom wordt schaamhaar niet steeds langer en is het dus onmogelijk rond de genitaliën een leuk motiefje te knippen? Tevergeefs wachtte ik op de antwoorden. En terwijl ik wachtte trok ik mezelf af.

Heel erg vaak.

Waarschijnlijk waren er heel wat prijskoeien die per dag minder voortbrachten dan ik (maar gezien het feit dat zij slechts twee keer per dag worden gemolken, was dat nou ook weer niet zó verbazingwekkend). Normaal gesproken – dus als zich geen brand, overstroming, aardbeving of andere straffe Gods voordeed – trok ik mezelf drie keer per dag af. En afwisseling bracht leven in de brouwerij. Ik spoot mezelf leeg in het bad, streelde mezelf achter in de bus, aaide mijn koppie onder het dekbed, loosde mijn levenssappen onder het zingen in de kerk. Ik trok, spoot, rukte, morste, kneedde en knoeide. Maar in deze hele periode van onanistisch experimenteren was er één ding dat ik nog nooit had geprobeerd: de Ruk der Rijken.

Voor wie niet bekend is met deze kreet: de RdR is niets anders dan masturberen met een condoom om. Wat dit met rijke mensen te maken heeft, weet ik ook niet precies. Ik neem aan dat het een gebruik is dat ontstond door te veel vrije tijd (of te veel andere gekte). Voor mij had het op 15 mei 1988, in de allesbehalve erotische omgeving van het toilet tussen de wagons B en C, echter een heel andere betekenis. Mijn belangstelling ging uit naar het condoom zelf, niet naar de functie ervan.

De droevige waarheid was dat ik nog nooit eerder had geprobeerd er eentje om te doen. Mijn ervaring met condooms was beperkt tot wat ik zag als ik vol bewondering toekeek wanneer mijn schoolvriendje Keith Rawlings zijn legendarische grapje voor feesten en partijen uithaalde, waarbij hij een condoom over de bovenhelft van zijn hoofd spande en door zijn neus uitademde tot het kapotje de afmetingen van een zeppelin aannam en de Hindenburg achternaging door onder verbluft applaus uit elkaar te spatten. Hoewel ik me bewust was van het effect dat die voorstelling op de omstanders had, was ik er die dag niet opuit om indruk te maken op feestgangers. Het ging me om Mary Rayner, een meisje dat ik het weekend daarvoor had leren kennen op een feestje in het huis van de ouders van Matt, een meisje dat in Londen woonde en me had uitgenodigd bij haar op bezoek te komen als haar ouders naar Mallorca waren. Een meisje, met andere woorden, dat mij naar ik hoopte van mijn maagdelijkheid zou verlossen. Vandaar dat condoom met currysmaak. In het toilet. In de trein.

Binnen twee uur zou ik zo'n ding misschien echt moeten gebruiken. Het grote ogenblik, het moment waar ik me geestelijk en lichamelijk helemaal op had voorbereid – en waardoor ik gaandeweg ook de kracht van een worstelaar in mijn rechterarm had ontwikkeld – zat eraan te komen. Dus wat moest ik doen?

Ik deed wat elke zelfbewuste, stoere jongeman van zeventien zou doen: ik raakte in paniek. Compleet in paniek. Ik zat daar in wagon c, met mijn vingers op mijn portefeuille trommelend, te denken aan de drie condooms die ik in een café haastig uit de automaat had getrokken. Als ze nou niet pasten? Als ze te klein of – veel erger nog – te groot waren? Als ze scheurden of afvielen? Dan zou ik daar naast Mary nederig mijn excuses moeten aanbieden. En als dat gebeurde gaf Mary me vast geen tweede kans. Ik zou maagd blijven, misschien wel als maagd mijn graf ingaan. Ik draaide ongemakkelijk in mijn stoel en stelde me mijn grafschrift voor: 'Op honderdjarige leeftijd gestorven zonder één wippie achter zijn naam – hij ruste in maagdelijkheid.' En dus pakte ik mijn portefeuille en haastte me naar het toilet voor een proefrit vóór de grote gebeurtenis zelf.

Hier houdt de verdediging het voor gezien.

Mary hield gelukkig niets voor gezien. Vanaf het ogenblik dat we haar slaapkamer betraden en half kruipend haar bed vonden, was dat wel het laatste wat er in haar opkwam. Dit was mijn eerste ervaring met het gevoel dat ik later 'in' ging noemen. Ik was 'in' bij haar. Ik lag in haar bed. En even later zat ik ook in haar. Het in-gevoel doorstroomde me, tot het moment dat alles uit me stroomde.

HET BEGIN

Het is vrijdag, juni 1998, en ik zit met een probleem.

Erger nog: ik weet niet meer hoe ze heet.

Ze zucht en mompelt in haar slaap iets onverstaanbaars, draait haar gezicht naar me toe en slaat haar arm om mijn middel. Daar laat ze hem liggen, zwetend tegen mijn huid. Ik kijk op het digitale wekkertje op het nachtkastje: 7 uur 31. Dan kijk ik weer naar haar: een sluier van bruin haar ontneemt me het zicht op alles behalve haar neus. Ik heb wel eens slechtere neuzen gezien. Ik kijk weer naar het plafond, gevangen in een kruisvuur van tegenstrijdige gedachten.

Aan de ene kant is deze situatie niet zo heel erg. Hier lig ik, heteroseksueel en single, naast een blote vrouw die, afgaande op de vorm van haar neus en een allegaartje aan dronken herinneringen, redelijk aangenaam gezelschap en behoorlijk goed in bed is. Voorzover ik het nog weet, is er gisteravond niets buitengewoons gebeurd: geen eisen, geen botsingen, geen eeuwigetrouwgeloftes. We kwamen elkaar tegen in een disco, dansten en flirtten wat en namen in de kleine uurtjes samen een taxi naar mijn huis.

De seks was goed. Een zweterig pakketje van wegdraaiende ogen en zwaar gekreun. We bewogen prima samen, zeker als je bedenkt dat we het nooit eerder met elkaar hadden gedaan. Er werd niet gepraat, en af en toe vind ik dat heel aangenaam. Geen stemmen. Geen geestelijk contact. De situatie was zo naakt als wijzelf. We deden geen van beiden alsof we meer met elkaar hadden dan iets puur lichamelijks. Na afloop, toen we onder het genot van twee grote glazen water uit de badkamer van de inspanningen zaten bij te komen, hield het ideaal stand.

De bewijzen daarvoor waren dat ze niet:

a. in mijn hand kneep;
b. dromerig in mijn ogen tuurde;
c. vroeg hoe het kwam dat ik me zonder vriendinnetje niet eenzaam voelde;
d. op de intieme toer ging door een sigaret als een jointje samen te willen oproken;
e. voorstelde elkaar gauw weer te zien.

In plaats daarvan:

a. hield ze haar handen verder thuis;
b. staarde ze naar het plafond;
c. zei ze dat het aangenaamste van wisselende contacten was dat elke jongen weer anders was;
d. stak ze haar eigen sigaret op;
e. zei ze dat ze drie maanden door Australië ging reizen.

Vervolgens maakten we onze sigaretten uit, knipte ik het licht uit en gingen we slapen.

Tot zover niets aan de hand. De ideale liefde-voor-één-nacht.

Een paar minuten geleden, toen ik wakker werd, was ik nog heel tevreden over mezelf. Zelfingenomen is misschien een beter woord. Alle gebruikelijke singlesangsten was ik kwijt. Ja, ik kon het nog. Ja, ik was nog steeds in staat de liefde te bedrijven met een vreemde. Met andere woorden: ja, ik was nog altijd lid van het genootschap.

Aan de andere kant is het ook weer niet helemaal een ideale situatie. Het is vrijdagochtend – ik kijk nog eens naar de wekker en constateer dat we alweer twee minuten verder zijn – en er moeten dingen gebeuren. Ik zou me nog even in postcoïtaal genoegen kunnen wentelen, misschien zelfs de hand die op mijn buik ligt pakken en zo de illusie van intimiteit vasthouden, maar het is tijd om op te staan en aan de slag te gaan.

Voorzichtig, zodat ik haar niet wek, ga ik rechtop zitten en leg haar slapende arm op het laken. Vanuit deze hogere positie kan ik haar kleren op een hoopje naast het bed zien liggen. Ik blijf even stil zitten en als ik zeker weet dat ze nog slaapt, laat ik me onder het dekbed vandaan glijden en doorzoek haar kleren tot ik in de zak van haar jasje haar portemonnee heb gevonden. Ik schiet een onderbroek aan, sluip de slaapkamer uit en ga naar de keuken.

Daar zit Matt, in vol kantoorornaat, zijn zwarte haar nog vochtig van de douche, gebogen over een kom cornflakes en een mok dampende koffie. Hij wil iets zeggen, maar ik houd een vinger tegen mijn lippen. Ik ga tegenover hem zitten en neem een slok van zijn koffie.

'Dus ze is er nog?' fluistert hij.

'Ja.'

'Hoe-heet-ze? Het buurmeisje van Chloë?'

Chloë is een meisje met wie we vroeger naar school gingen, maar met wie we op school niet gingen. Zodoende heeft ze zich weten op te werken van potentieel vriendinnetje tot huisvriendin.

'Ja, hoe-heet-ze. Zij dus.'

Hij knikt, verwerkt deze informatie en vraagt dan: 'Was ze lekker?'

'Niet slecht.'

Hij grinnikt: 'Rumoerig.'

Ik lach terug: 'Vertel mij wat.' Ik proost met de koffiemok in zijn richting. 'Tussen twee haakjes: gefeliciteerd met je verjaardag.'

'Hé, dat je dat hebt onthouden. Bedankt, maat.'

'Ik heb zelfs een cadeautje voor je.'

'Wat dan?'

'Daarvoor moet je tot vanavond wachten.'

'M.a.w. je hebt het nog niet gekocht.'

'M.a.w. wacht nou maar rustig af.' Ik geef hem de rest van zijn koffie terug. 'En, weet je al wie er vanavond komen?'

Hij steekt een sigaret op en neemt er een trek van. 'Het gebruikelijke volk, plus een paar figuranten.'

'Vrijgezelle vrouwelijke figuranten?'

'Wie weet.'

'Ga door, ga door.'

'Wacht jij nou maar rustig af.'

'Psychopaten en paarden dus...'

Hij laat zich niet uit zijn tent lokken. 'Alsof je je daardoor zou laten afschrikken... Misschien geen van beide, misschien ook wel allebei.' Hij tikt even met zijn vinger op de portemonnee. 'Laat je geheugen je in de steek?'

Ik sla het ding open en bekijk de pasjes die erin zitten. 'Ik weet het al weer.'

'En?'

'En wat?'

'En hoe heet hoe-heet-ze?'

'Catherine Bradshaw,' lees ik voor. 'Geboren in Oxford, op 16 oktober 1969.' Ik pak haar openbaarvervoerpasje, bestudeer haar pasfoto en laat die vervolgens aan Matt zien. 'Geef haar eens een cijfer?'

'Zeven.' Hij kijkt nog eens wat nauwkeuriger en herziet zijn oordeel. 'Doe maar een zes. Gisteravond zag ze er beter uit.'

'Dat is altijd zo, maar...'

'...een fototoestel liegt nooit,' maakt hij mijn zin af.

'Precies.'

'Ik kan me vergissen hoor, maar komt SM vandaag niet langs?'

SM is de bijnaam die Matt heeft bedacht voor Sally McCullen, een meisje dat hij liever niet bij haar echte naam noemt, omdat hij denkt dat het mij pijn doet om haar naam te horen, aangezien ik volgens hem helemaal weg van haar ben.

'Ja, om tien uur.'

Hij kijkt op zijn horloge en fluit even zachtjes. 'Dat wordt een haastige toestand, denk je niet?'

Ik loop naar de thermostaat van de verwarming en zet hem op de hoogste stand. 'Plan A,' zeg ik en schenk mezelf een glas water in uit een fles in de koelkast. 'Uitroken.'

'En als dat mislukt?'

Ik drink het water op en veeg mijn mond af. 'Dat mislukt nooit.'

Maar voor alles is er een eerste keer.

De wekker springt op 8 uur 46. De verwarming staat al een uur op zijn hoogste stand te loeien, dus kan ik niet anders concluderen dan dat het pasje van Catherine Bradshaw vals is: ze is niet in Oxford, maar in Bombay geboren. Hartje zomer. Tijdens een hittegolf. Naast een oven. Midden op de dag. Mijn ijswater helpt ook niet meer. De warme zomerzon schijnt genadeloos op de gesloten ramen, de verwarming loeit op volle kracht, het huis is omgetoverd in een heuse sauna. Zweet parelt van mijn voorhoofd af. Het kussen dat mijn hoofd omhooghoudt, verandert langzaam in een warme kruik, het dekbed in een elektrische deken. Maar Bradshaw houdt zowel letterlijk als figuurlijk het hoofd koel. Er komt zelfs geen klein kreuntje van ongenoegen over haar lippen. Geen verzoek of het raam open mag, geen smeekbede om water. Er is alleen haar regelmatige ademhaling, en de ontspannen uitdrukking van diepe slaap op haar gezicht. De ijskoningin.

Plan B.

'Catherine,' zeg ik, terwijl ik rechtop ga zitten. 'Cath?' gok ik, wat harder dit keer, en ik schud zachtjes aan haar schouder. 'Cathy?'

'Mmmmm?' antwoordt ze eindelijk, met haar ogen nog dicht.

'Je moet zo langzamerhand opstaan. Ik moet weg, het is al aan de late kant voor me.'

Ze wrijft in haar ogen en kijkt op haar horloge. 'Het is nog niet eens negen uur,' klaagt ze. Ze trekt het dekbed wat steviger om haar schouders en doet haar ogen weer dicht. 'Je zei toch dat je vandaag niet hoefde te werken... Ik dacht dat we vandaag samen een dagje vrij zouden nemen... Pact, weet je nog? We hadden een pact gesloten.'

Dat is waar ook. Dat was de smoes die we nodig hadden om de avond tot na de disco voort te zetten.

'Ik weet het, maar de galerie belde net. Er schijnt een Amerikaanse verzamelaar belangstelling voor mijn werk te hebben,' lieg ik. 'Hij wil kennismaken, vanochtend nog. Hij vliegt vanmiddag terug naar Los Angeles, dus ik heb eigenlijk weinig keus.'

'Goed, goed,' zegt ze en komt overeind. 'Ik begrijp het al.'

Tegen de tijd dat ze klaar is met douchen en aankleden, is het kwart over negen. Ze komt de keuken in, waar ik suffig naar het blad van de keukentafel zit te staren. Het blad van onze keukentafel is geen slecht tafelblad om in verzonken te raken. Het was Matts idee om van het uithangbord van het café een tafelblad te maken. Het was wel jammer dat we het niet boven de voordeur konden laten hangen, maar sommige voormalige stamgasten van de Churchill Arms waren niet al te slim en bleven hardnekkig, en bij voorkeur midden in de nacht, hun kroeg bezoeken. Ik blijf wat voor me uit turen en Winston Churchill tuurt afkeurend terug. *Nooit, op het gebied van menselijke relaties...* Goed, goed, goed, niet langer gedraald.

Ik bied haar niets aan, geen:

a. koffie;
b. lift naar huis;
c. prietpraat.

Sterker nog, ik schuif mijn koffiekop van me af, sta op en zeg: 'Oké, we moeten weg.'

Terwijl ik naar de voordeur loop en haar voetstappen achter me op de tegels hoor, haal ik me de inhoud van haar portemonnee voor de geest. Ze woont in Fulham, dus met de metro is ze zo thuis.

'Het is maar een paar minuten lopen naar de metro,' zeg ik

als we naar buiten stappen.

Ik doe de deur achter me dicht en we lopen een meter of twintig tot we bij Matts Spitfire zijn aanbeland.

'Van jou?' vraagt ze als ze ziet dat ik mijn hand op het dak van de auto leg.

'Jawel,' zeg ik en loop snel weer een stukje door. 'Je moet helemaal tot het eind van de straat doorlopen en dan linksaf. Na een meter of vierhonderd zie je dan het metrostation.'

In plaats van gedag te zeggen en uit mijn leven te verdwijnen, gaat ze naar de overkant van de straat staan kijken. Na een tijdje ontwaart ze daar een bushalte.

'Weet je wat?' zegt ze. 'Ik neem de bus wel, dat gaat sneller.'

'Prima,' zeg ik, ook al vind ik dat absoluut niet. 'Ik zie je wel weer eens.'

'O ja?' Ze kijkt me onzeker aan. 'Ik heb mijn telefoonnummer in je kamer achtergelaten. Op een pakje sigaretten. Op het tafeltje naast je bed.'

'Ik dacht dat je naar Australië ging?'

'Ga ik ook, maar pas over zes weken.'

'O.'

Een paar seconden lang staan we ongemakkelijk tegenover elkaar. 'En, ga je nog weg?' vraagt ze ten slotte.

'Ja natuurlijk, ik ga al.' Ik trek volkomen overbodig aan het handvat van het portier. Ik grijns naar haar. 'Ai, ik heb mijn sleuteltjes binnen laten liggen.' Ik wuif vaag, zonder haar aan te kijken. 'De mazzel, hè.'

Ik loop snel terug naar huis en doe de deur achter me dicht. Ik kijk op mijn horloge: twintig over. Voorzichtig schuifel ik de woonkamer binnen. Ik gebruik de bar, die langs de achtermuur loopt, als dekking om door het raam naar buiten te gluren. Catherine Bradshaw staat op dit ogenblik bij de bushalte, precies tegenover ons huis. Ik laat me op mijn knieën zakken. Jezus, wat ben ik moe. Afgepeigerd. Sally McCullen, een vrouw die ik de afgelopen twee weken zo ongeveer niet uit mijn gedachten heb kunnen bannen, komt over ruim een halfuur. En tegenover ons huis staat bij de minst gebruikte bushalte van de hele wereld Catherine Bradshaw, zonder tijdschrift of krant of boek of walkman, met absoluut niets anders om handen dan naar de voordeur van Matts huis te kijken tot ik naar buiten kom en in een sportauto die niet van mij is op weg ga naar een Amerikaanse kunstverzamelaar die niet bestaat.

In mijn binnenste hoor ik een stem: *Nou en? Wat maakt het uit dat je niet meer naar buiten komt en zo haar vermoeden bevestigt dat al dat gedoe over een galerie en een kunstverzamelaar niets anders is dan een vette smoes om van haar af te komen? Wat hindert het als ze om tien uur, als McCullen komt, nog steeds bij de bushalte staat?* We kennen elkaar nog maar net. We hebben verder niets met elkaar. *En dus,* gaat de stem verder, *had je toch net zo goed eerlijk tegen haar kunnen zijn? Wat is er nou helemaal aan de hand? Je had haar toch gewoon netjes voor die wip kunnen bedanken? Het was leuk, maar daar is het gat van de deur. Het leven was veel eenvoudiger geweest als je dat had gedaan. Of niet soms?*

Maar allerlei andere stemmen zijn het daar niet mee eens.

Er is de egoïstische: *Ze is het buurmeisje van Chloë en bovendien zijn die twee vriendinnen en is Chloë een vriendin van jou. Als je Catherine als grof vuil behandelt, doe je dat indirect dus ook met Chloë. Als je nog even zo doorgaat, is je sociale leven straks zo dood als een pier.* Er is de onzekere: *Je wilt niet dat zij, of wie dan ook, de rest van haar leven aan iedereen vertelt, of zelfs alleen maar bij zichzelf denkt, dat jij een klootzak bent.* De fatsoenlijke: *je bent een aardige jongen en aardige jongens zorgen ervoor dat aardige meisjes een aardig gevoel houden over zichzelf.*

Hoewel al die stemmen verstandige dingen zeggen, zegt er niet één waar het werkelijk om draait. Want dat onttrekt zich aan elke redenering. Heeft niets met verstand te maken. Het gaat namelijk om hoe ik ben geconditioneerd. Om hoe ik ben geprogrammeerd. Niet om iets wat ik denk, maar om wat ik instinctief ben.

Je kunt jezelf gemakkelijk wijsmaken dat je de gewoonten die je hebt als onderdeel van een stel, simpelweg kunt inruilen voor de gewoonten van een single als er een einde komt aan de relatie. Mijn relatie met Zoë Thompson liep stuk tussen zes en negen uur 's avonds op zaterdag 13 mei 1995, tussen het moment dat ik terugkwam van een weekend zelfonderzoek en veel tranen bij mijn moeder thuis, en het ogenblik dat haar vader haar kwam ophalen in het huurflatje waarvan wij vijftien maanden lang een thuis hadden proberen te maken. We waren iets meer dan twee jaar samen geweest. In de maanden die volgden, deden zich onder meer de onderstaande veranderingen in mijn leven voor:

a. ik hield op met het gebruik van wasverzachter en zag onverklaarbaar gaten in mijn sokken vallen;
b. ik kocht niet langer elke drie maanden een nieuwe tandenborstel, waardoor het na verloop van tijd aanvoelde alsof ik mijn tanden poetste met een stuk kokosmat;
c. ik hield mijn teennagels kort met mijn vingernagels in plaats van met een nagelschaartje;
d. ik verschoonde mijn bed niet meer, maar keerde om de week de lakens om;
e. ik voelde me niet langer schuldig als ik met een riskant lid van de andere sekse praatte (d.w.z. een vriendin van een vriend, iemand die ik al heel lang kende en met wie Zoë het goed kon vinden, of een vriendin van Zoë);
f. ik ging bij geslachtsgemeenschap weer condooms gebruiken;
g. ik sliep met een kussen in mijn armen in plaats van met de persoon van wie ik hield;
h. ik lag op zondagochtend in mijn eentje in bed, wensend dat ik nog iemand had om wie ik zoveel gaf dat ik met haar de rest van de dag zou willen doorbrengen.

Andere gewoonten die ik in de tijd met Zoë had ontwikkeld, bleken echter hardnekkiger, ook al was zij er inmiddels niet meer om mijn gedachten te bepalen. Het waren mijn eigen gewoonten geworden. Een paar voorbeelden:

a. ik bleef aan de rechterkant van het bed slapen, ook al had ik nu een tweepersoonsbed voor mij alleen en kon ik net zo gaan liggen als ik wilde;
b. ik bleef na elke maaltijd de afwas doen in plaats van alles schots en scheef op elkaar te stapelen tot ik na een week een enorme vaat moest wegwerken;
c. ik at gekookte groenten en salades en beschouwde ze niet als producten die door de ontdekking van de vitaminepil overbodig waren geworden;

d. ik liet de wc-bril naar beneden;
e. ik bleef *EastEnders* volgen;
f. ik bleef proberen in gemengd gezelschap andere onderwerpen aan te snijden dan de voetbaluitslagen;
g. ik bleef mijn best doen om tijdens een gesprek met een vrouw naar haar gezicht te kijken en niet alleen maar oog te hebben voor haar borsten;
h. ik hield rekening met het ego van andere mensen, dat immers, wat voor indruk je ook van ze hebt, net zo broos en breekbaar is als dat van jezelf.

Tja, ik ben geen zielknijper en heb geen idee waarom sommige van die gewoonten uit mijn Zoë-tijd zijn gebleven terwijl andere vervaagd zijn. Wat ik wel weet, is dat ze echt zijn, evenzeer onderdeel van mij als mijn vingerafdrukken. Zoals dat deel over het ego van andere mensen.

Natuurlijk, het zou best kunnen dat Catherine Bradshaw net zo blij is om van mij af te zijn als andersom. Het zou ook heel goed kunnen dat ze haar telefoonnummer alleen maar heeft achtergelaten om mij niet te kwetsen of om zichzelf een goed gevoel te bezorgen, of allebei. Het is zelfs mogelijk dat ze, áls ik haar bel, ontkent ooit iets met mij te maken te hebben gehad, of dat ze als bij toverslag een tot op dat ogenblik onvermoed talent in zichzelf ontdekt en alleen nog maar Kirgizisch spreekt. Aan de andere kant bestaat er een kleine kans dat het haar echt raakt. En dat betekent dat als ik haar als oud vuil behandel, ik me binnen de kortste keren zelf oud vuil voel. Draai dat nou eens om: behandel haar goed, dan voel je je goed. Altruïsme en egoïsme gaan hand in hand: de ideale combinatie voor een schoon geweten.

Gelukkig hangen de sleuteltjes van Matts auto aan een van de pijltjes in het dartbord in de keuken en dus zwaai ik enkele minuten later naar de overkant van de straat, naar Bradshaw, waarna ik in Matts Spitfire stap, de stoel en de spiegels in de juiste stand zet en het contactsleuteltje omdraai. Terwijl ik wegrijd, schiet door me heen dat ik niet verzekerd ben en dat Matt me waarschijnlijk met het mes op de keel dwingt mijn eigen, zojuist afgehakte genitaliën op te eten als hij erachter komt dat ik een stukje ben gaan rijden in zijn allerliefste bezit. Ik parkeer de Spitfire in een zijstraatje, uit het zicht van de bushalte, zet de motor af en de radio aan.

Vier liedjes, één bulletin verkeersinformatie, een nieuwsuitzending en twee sigaretten later durf ik uit te stappen en de straat uit te lopen om even om het hoekje te gluren. Vlak voordat ik de hoek bereik – ik loop al wat langzamer om voorzichtig te gluren of mijn straat inmiddels Bradshaw-vrij is – rijdt er een bus langs. Als verstijfd kijk ik door een van de raampjes recht in de ogen van Catherine Bradshaw. Ik zie haar hoofdschuddend ten afscheid haar middelvinger naar me opsteken.

Er zijn bepaalde gedachten die je ook kunt lezen zonder dat je over telepathische gaven beschikt. *Klootzak* is daar één van.

Het is laat in de middag. Ik leun tegen de muur van mijn atelier, rook een sigaret en staar naar het doek op de ezel, die ik net voor de openslaande tuindeuren heb gezet. Het zonlicht stroomt de kamer in als het schijnsel van een peertje met helder glas.

Het atelier bevindt zich aan de achterkant van het huis. Het plafond en de muren zijn van dezelfde kleur wit, die aan de muren gebroken wordt door schetsen en kleurenstudies. De kale houten vloer ziet er nog net zo uit als ik hem aantrof toen ik het met bier doordrenkte tapijt van de vorige eigenaar had verwijderd. Matt vond het best dat ik erin trok, aan de ene kant omdat de kamer toch een puinhoop was – weinig meer dan een opslagruimte voor de dozen die hij na zijn vertrek uit het ouderlijk huis in Bristol nog niet had uitgepakt –, aan de andere kant omdat hij wist dat ik het me niet kon permitteren ergens anders iets te huren. Sinds het tapijt eruit is en de muren opnieuw geverfd zijn, herinnert alleen de pooltafel nog aan de glorietijd van de Churchill Arms.

Eén ding dat ik Bradshaw gisteravond heb verteld, is waar: ik werk niet op vrijdag. Niet voor geld in elk geval. Dat doe ik op dinsdag, woensdag en donderdag, in Galerie Paulie. Paulie noemt me zijn manager, maar omdat ik de enige ben die voor hem werkt, is dat niet een titel die me een ontzettend belangrijk gevoel geeft. Wat ik in feite doe, is aan een bureau voor in de galerie wat in een tijdschrift of boek bladeren en wachten tot de telefoon gaat, wat zelden gebeurt – tenzij Paulie in een of ander met zon en champagne overgoten badplaatsje aan de Middellandse Zee besluit eens te bellen om te zien of ik er wel ben. Een enkele keer komt er iemand binnen en kijkt wat rond, soms stelt zelfs iemand een vraag over een van de schilderijen. Nog minder vaak – hooguit een keer of drie per maand – verkoop ik iets. Ik schrijf dan haastig een reçu uit en spreek iets af omtrent bezorgen of ophalen. Dus meestal zit ik maar wat te lezen of naar de mensen te kijken die langslopen.

Maar de vrijdagen en maandagen zijn van mij. Op vrijdag en maandag hoef ik alleen mezelf te managen. En dat is precies wat ik probeer te doen. Ik probeer de deur niet uit te gaan, tenzij het echt nodig is, bijvoorbeeld om in de winkel om de hoek sigaretten en blikjes Pepsi Max te halen, of om op mijn knieën naar de manager van De Bodemloze Put (ofwel: die tent waar ik rood sta) te kruipen. Ik probeer net zo op mijn wekker te reageren als op de dagen dat ik de galerie moet openen (om tien uur), ik neem een douche en klets wat met Matt terwijl hij zijn ontbijt naar binnen werkt. Vervolgens ga ik naar het atelier, waar ik de radio aanzet. Ik steek een sigaret op, kies een kwast en ga verder waar ik was gebleven.

Dat probeer ik allemaal, maar het gebeurt al te vaak dat ik pas laat opsta en verder wel zie hoe de dag zich ontwikkelt.

Ik staar nog steeds naar het doek. Na het gedoe met Bradshaw is het toch nog een productieve dag geworden. Van tien tot vier, met een uurtje lunchpauze. Alles is volgens plan verlopen. Alleen had ik ditmaal geen radio nodig om me gezelschap te houden. Omdat ik namelijk ook nog een ander plannetje had.

‘En?’ vraagt McCullen als ze het atelier weer binnenloopt en tussen mij en het doek gaat staan, waardoor ze mijn uitzicht blokkeert. ‘Ben je tevreden?’

McCullen is één meter zeventig en slank. Ze heeft stroblond haar dat tot halverwege haar rug hangt. Ze lacht sexy.

‘Ik weet het niet,’ zeg ik, niet alleen omdat ik het doek niet kan zien, maar ook omdat ik me te lang heb geconcentreerd. Ik moet me even onthechten, mijn ogen even rust gunnen voordat ik er weer objectief naar kan kijken. ‘Wat vind jij ervan?’

Ze draait zich om en kijkt me aan. 'Ik vind het mooi.'

Dat hoor ik graag, ik vind haar ook mooi. Erg mooi.

Ik heb haar twee weken geleden voor het eerst gezien, op een feestje van mijn zus Kate ter ere van haar twintigste verjaardag. Kate studeert geschiedenis en Spaans. Ze heeft een vriendje, Phil. Phil studeert Frans. In het eerste jaar van zijn studie leerde hij McCullen kennen, ze werden goede vrienden, slaagden erin goede vrienden te blijven en zijn vorig jaar samen in een huis gaan wonen. Kate en McCullen raakten bevriend en zo kennen McCullen en ik elkaar weer. Zo raakte ik twee weken geleden bij Kate thuis met haar aan de praat.

Kate had me al heel wat over haar verteld en het schilderij dat ik Kate voor haar verjaardag had gegeven hing aan de muur van de woonkamer, dus het kostte weinig moeite stof te vinden voor een gesprekje. McCullen vroeg me naar het schilderij. Ze had op school veel aan kunst gedaan en tekende in het weekend af en toe nog. Ik vroeg waarom ze er niet meer aan deed en daar kregen haar ouders de schuld van; die hadden gezegd dat ze tekenen wel als hobby achter de hand kon houden, maar intussen een echt vak moest leren. Ik klaagde over het geringe succes dat ik tot nu toe had gehad – over de drie schilderijen die ik aan verzamelaars had verkocht en de positieve opmerkingen die ik had geïncasseerd op een expositie die ik een paar maanden eerder stiekem in de galerie had gehouden. Ze vroeg waar ik op dat ogenblik aan werkte en omdat ik dronken was en omdat ik haar zo leuk vond en omdat ze al mijn toenaderingspogingen behendig had omzeild en duidelijk niet van plan was om met me mee naar huis te gaan, zei ik dat ik me voorbereidde op een serie naaktstudies. Ik vroeg of ze voor me wilde poseren en of ze alsjeblieft, alsjeblieft ja wilde zeggen.

En tot mijn stomme verbazing deed ze het nog ook.

Of eigenlijk vroeg ze: 'Hoeveel?'

En ik antwoordde: 'Ik hoopte eigenlijk dat je het voor niks zou doen.'

En zij zei: 'Mooi niet.'

En ik stelde voor: 'Twintig?'

En zij zei: 'Dertig.'

En ik zei: 'Geregeld.'

En waarom ook niet? Ze hád het toch mooi geregeld?

McCullen loopt naar de bank, waardoor ik weer goed zicht op het doek krijg. Ik kijk van haar naar het doek en weer terug. Op een of andere manier is er geen verband tussen de twee. Dat komt niet doordat het schilderij niet lijkt, maar doordat ik, in alle tijd dat ik bezig was haar van drie dimensies terug te brengen tot twee, opgehouden ben haar als een geheel te zien: voor mij is ze een verzameling contouren en tinten geworden. Nu ze haar vorm terugkrijgt, wordt ze weer iemand van vlees en bloed. Niet langer een voorwerp dat ik wil bestuderen, maar een vrouw die ik wil aanraken. Heel erg graag zelfs.

Om de waarheid te zeggen, heeft die gedachte voortdurend op de achtergrond in mijn hoofd rondgewaard, al sinds ze vanochtend aanbelde, drie minuten nadat ik Matts Spitfire precies op de goede plek had teruggezet, en niet vergat ook de stoel en de spiegels in hun oude stand terug te zetten. Ik zette koffie, kletste wat en liet haar mijn atelier zien. Ze kleedde zich in de badkamer uit en keerde terug in het atelier met een handdoek om. Met veel vertoon zette ik het doek klaar, waarbij ik mijn best deed me niet te laten afleiden door de manier waarop ze door het atelier liep, kortom: ik probeerde haar op haar gemak te stellen.

'Hoe wil je me?' vroeg ze.

Nu. Op de pooltafel. In de douche. Op het strand. In een vliegtuig. Overgoten met slagroom en gesmolten chocolade. Het regende antwoorden in mijn hoofd, en onder andere omstandigheden had ik er eentje gekozen en op haar uitgeprobeerd. Maar ik was hier de professional, nietwaar? Ik was de kunstenaar en zij het model. Ik betaalde haar om aanwezig te zijn en zij ging uit de kleren omwille van de kunst en de centen, toch? Inderdaad. En daarmee uit.

'Op de bank,' antwoordde ik. 'Ga maar gewoon gemakkelijk liggen.'

Ze liep naar de bank en liet met haar rug naar me toe de handdoek van zich afglijden, vouwde hem netjes op, legde hem op de grond en ging op haar buik op de bank liggen.

'Zo goed?' vroeg ze.

Tja, vanuit esthetisch oogpunt was het inderdaad heel goed.

De pose – een wang op haar gevouwen handen, haar gezicht naar mij toe – zag er heel natuurlijk uit, alsof ze net wakker werd. Het licht was ook goed. Er viel een streep schaduw over haar onderbenen. Eigenlijk was het perfect.

'Nee,' zei ik, 'niet goed. Wat dacht je ervan als je op je zij gaat liggen met je voorkant naar me toe...'

Nou ja, ik bedoel, artistieke integriteit is leuk en aardig, maar er mogen best een paar voordelen staan tegenover de armoede en het isolement, hè?

Ze draaide zich om en schermde haar borsten af met haar arm. 'Zo beter?'

'Ietsje,' zei ik, 'maar misschien moet je je arm anders neerleggen. Probeer eens op je heup.' Ze legde haar arm op haar heup. 'Ja, dat is beter.' Ik keek van haar naar het doek, fronste en keek weer naar haar. 'Buig nu je benen een heel klein beetje. Nog een beetje. Prachtig. Dat is schitterend. Perfect.' Ik knikte, want ik was het helemaal met mezelf eens. 'Lig je goed?'

Ze lag bewegingloos. 'Ja, ik lig prima.'

Ik staarde naar haar, al even bewegingloos, gefixeerd. 'Mooi.'

Wat kun je zeggen over obsessies? Het zijn de geheime krachten die het menselijke gedrag sturen. Als single zijn betekent dat je leeft in een staat van beleg – en dat geloof ik tot in het diepst van mijn hart, want je stelt in je hoofd een combinatie van eisen op en weigert je singlesbestaan op te geven tot er een superstuk langskomt dat je geen andere keus laat – dan zijn obsessies de vijfde colonne die, net als je denkt dat je veilig bent en alles onder controle hebt, je muren omverblazen en met knetterende machinegeweren door de ramen naar binnen stormen. Geen enkele verdediging is ertegen bestand.

En zo staat het er nu voor met McCullen. Sinds ik haar ken, word ik bestookt door beelden van haar en beelden van mij met haar. Het zorgwekkendste is dat veel van die beelden niets minder inhouden dan onbeschaamde aanvallen op de leidraad waarnaar ik mijn leven heb ingericht: het Handboek voor de Vrijgezel. Ik zie voor me:

a. hoe we hand in hand over straat lopen;
b. hoe ik bij zonsopkomst naast haar in bed lig en haar slapende gezicht bewonder;

c. hoe ik in een donker hoekje van een restaurant samen met haar aan een wijnglas nip en haar diep in de ogen kijk.

Dat zijn geen dingen die voorkomen in de singlesbijbel. Aan de andere kant zijn er ook verwachtingen die ik van mijn superstuk heb waaraan zij vast niet kan voldoen. Ik zie bijvoorbeeld niet voor me dat:

a. ik door overmacht een halfjaar van haar word gescheiden en dat ze er nog is als ik terugkom;
b. ik met haar ga samenwonen;
c. ik haar vraag of ze met me wil trouwen.

Desondanks komt ze dichter in de buurt van een superstuk dan alle anderen die ik heb ontmoet sinds Zoë en ik uit elkaar zijn. En op dit ogenblik is dat dichtbij genoeg.

'Zijn we klaar voor vandaag?' vraagt ze.

'Ja, bedankt. Je hebt een geweldig geduld.'

Ze raapt de handdoek op en slaat hem om zich heen. 'En wat gebeurt er nu?'

Een goede vraag. Een vraag ook die ik mezelf de afgelopen uren verschillende keren heb gesteld. Het antwoord dat ik het liefst zou geven, luidt ongeveer: 'Ik hoef pas over drie uur naar Matts feestje, dus wat dacht je ervan om die tijd nuttig te besteden en lekker samen in bed te kruipen?' Maar in de echte wereld, in Londen op de planeet Aarde, heeft McCullen de hele middag geen enkele hint gegeven dat ze op zo'n voorstel wel eens 'ja' zou kunnen zeggen. Ik besluit dus maar tot een diplomatieker benadering.

'Nou, we zouden een flesje wijn kunnen opentrekken...'

Ze glimlacht. 'Nee, ik bedoel niet nu. Ik bedoel met het schilderij. Het is toch nog niet af? Ik moet nog wel een keer terugkomen, denk ik zo.'

'O, natuurlijk. Jazeker.' Op een toon alsof ik best had begrepen wat ze bedoelde. 'Nog één of twee keer moet genoeg zijn. Als je dat nog kunt opbrengen tenminste.'

'O ja, zeker, ik vind het leuk.' Ze masseert haar schouder. 'Op de pijntjes en de kramp na dan.'

'Vond je het niet saai?'

'Nee, je bent goed gezelschap. Je zult het wel gewend zijn om mensen een beetje te vermaken als ze voor je poseren.'

Dat klinkt beter. We kunnen goed met elkaar overweg. Ze vindt me aardig.

'Ja, dat is wel zo,' zeg ik. 'En die wijn? Ik heb een fles in de koelkast, als je zin hebt...'

Ze denkt een paar seconden over dat voorstel na en zegt dan: 'Nee, ik kan maar beter gaan. Ik krijg vanavond de schoonfamilie voor mijn kiezen.'

Mijn maag krimpt ineen. Voor ik er erg in heb hoor ik mezelf zeggen: 'Schoonfamilie? Je bent toch niet...'

Lachend gooit ze haar haar over haar schouders. 'Getrouwd? Jezus, nee hoor. Het is niet echt schoonfamilie, gewoon de ouders van mijn vriendje. Zijn moeder is vandaag jarig.'

Het v-woord. Ik had het kunnen weten. Ik kan niet geloven dat ze het nog helemaal niet over hem heeft gehad.

'Ik wist niet dat je een vriendje had.' De teleurstelling klinkt duidelijk door in mijn stem. Ik probeer ongedwongen te doen en vraag: 'Al lang?'

'Drie jaar.'

'Dan moet het wel serieus zijn.'

'Zal wel.'

Ik bespeur enige aarzeling in haar stem. Net genoeg om door te gaan. 'Ik hoop niet dat je dit een brutale vraag vindt, maar vindt hij het niet vervelend dat je naakt voor me poseert?'

'Dat zou hij vast wel vinden, als hij het wist.'

We grijnzen allebei. 'Ik snap het.'

'Niet dat het nodig is. Er gebeurt hier toch niets geheimzinnigs? Ik ben hem niet ontrouw of zoiets.'

'Waarom vertel je het hem dan niet?'

'Omdat hij daar alleen maar onzeker en jaloers van zou worden. Het is het verdriet niet waard.'

'Hou je van hem?'

'Ja,' zegt ze en loopt het atelier door om zich te gaan aankleden, 'heel erg veel.'

Goed, de zaken volgen dus niet helemaal het gebruikelijke verleidingstraject. Ik krijg de indruk dat we het van achteren naar voren aan het doorlopen zijn. Het voorwerp van mijn verlangen was eerst naakt, toen in handdoek gehuld, kleedt zich op dit ogenblik aan en vertrekt over een paar minuten. En daarnaast heeft ze me net op niet mis te verstane wijze duidelijk gemaakt dat ze al drie jaar een relatie heeft met een man van wie ze houdt, erg veel zelfs.

Bij de meeste mensen zou dat onmiddellijk een einde aan hun obsessies maken, maar bij mij niet. Ik klamp me vast aan dat lichtpuntje in een verder aardedonker universum, de wetenschap namelijk dat ze bereid is de man van wie ze zielsveel houdt om de tuin te leiden om bij mij te kunnen zijn. En dat ze bereid is dat volgende week weer te doen. Natuurlijk, qua signaal is het meer een goedkeurend knikje in een overvolle zaal dan een rode gloed aan de donkere avondhemel, maar het betekent toch dat ik niet helemaal kansloos ben. Conclusie: dat ze geen glaasje wijn wil omdat ze liever naar haar vriendje gaat, is weliswaar een trieste nederlaag, maar er is altijd nog volgende week...

En wat mijn ego betreft: ik heb wel erger meegemaakt.

Bekentenissen: 2. Maagdelijkheid

Plaats: het huis van de ouders van Mary Rayner.

Tijdstip: 18.00 uur, 15 mei 1988.

Mary: 'Heb jij er een?'

Ik: 'Ja hoor.'

Mary: 'Nou, doe je hem nog om of niet?'

Ik: 'Ja, natuurlijk.'

Mary: 'Hij ziet er een beetje raar uit.'

Ik: 'Er zit currysmaak aan.'

Mary: 'Hè, getverdemme.'

Ik: 'Ja, ik weet het. Sorry, hoor.'

Mary: 'Jezus, hij stinkt.'

Ik: 'Ik zei toch al sorry.'

Mary: 'Heb je niks anders bij je?'

Ik: 'Nee, in die automaat zat niks anders.'

Mary: 'Nou goed, doe dan maar om.'

Ik: 'Goed dan.'
Mary: 'Waar ga je heen?'
Ik: 'Naar de badkamer.'
Mary: 'Waarom?'
Ik: 'Maak je geen zorgen, ik ben zo terug.'

Mary: 'Gelukt?'
Ik: 'Ja.'
Mary: 'Kom maar hier dan.'
Ik: 'Goed.'
Mary: 'Au.'
Ik: 'Sorry.'
Mary: 'Kom maar, dan help ik je wel even.'
Ik: 'Bedankt.'
Mary: 'Je hebt dit nog nooit gedaan, hè?'
Ik: 'Jawel hoor, zo vaak.'
Mary: 'Liegbeest.'
Ik: 'Echt niet.'
Mary: 'Zo, dat is beter.'
Ik: 'Zo?'
Mary: 'Ja, precies zo.'

Een nauwkeurige beschrijving van de daad zelf: een, twee, drie, vier, vijf, zes, zeven, acht, negen, tien, elf, twaalf, dertien, veertien, vijftien, zestien, zeventien, achttien, negentien, twin...

Mary: 'En dat was het?'
Ik: 'Ja. Hoe vond je me?'
Mary: 'Waardeloos.'

HET FEESTJE VAN MATT

Het zal niet verbazen dat het met Mary niet lang duurde. Ja, wel langer dan negentieneneenhalve seconden, maar niet zo heel veel langer. Ik bleef die nacht bij haar slapen en de volgende ochtend deden we het nog een keer. Nu lukte het me om het een hele Cola Light-reclame en drie liedjes op Capitol Radio vol te houden – en later wist ik Matt ervan te overtuigen dat het eigenlijk zes liedjes waren omdat Bohemian Rhapsody er een van was. Zelfs Mary moest toegeven dat ik dankzij haar deskundige lessen in vierentwintig uur opgeklommen was van 'waardeloos' naar 'gaat wel'. De toekomst zag er zonnig uit. Ik was tevreden, mijn missie was redelijk succesvol geweest. Aan het eind van de middag gingen we de deur uit, we zoenden nog wat bij de ingang van metrostation Ealing Broadway en daarop keerde ik terug naar Bristol. Ik heb naderhand nog een keertje met haar gebeld, maar ze belde nooit meer terug. Ik hoorde nooit meer iets van haar.

Omwille van de romantiek denk ik graag dat het de omstandigheden waren die ons uit elkaar dreven – zij woonde immers in Londen, ik in Bristol, we hadden geen van beiden genoeg geld om regelmatig de trein te pakken en we hadden het allebei te druk met ons eindexamen. Maar daar lag het niet aan. Waar het wel aan lag, was dat Mary het wel eens lekkerder had meegemaakt en dat ik het nog nooit had meegemaakt. We keken niet om, maar om verschillende redenen: Mary omdat ze niet tevreden was met 'gaat wel', ik omdat ik was ingewijd in een wondere wereld waarin ik het nu twee keer met één meisje had gedaan en het nog heel veel vaker met heel veel andere meisjes wilde doen.

Mijn inwijding was niet al te soepel verlopen, maar ik had hem niet willen missen. Na dat weekend in Londen werd alles anders. Ik keerde vol zelfvertrouwen terug naar Bristol, sloot mezelf op in de keuken en belde Matt. Ik vertelde hem alles, en daarna liet hij me alles nog een keer vertellen. En hoezeer ik ook mijn best deed om het niet te laten merken, ik koesterde elke seconde van dat gesprek.

De maandag daarna bracht Matt Laura Riley thuis. Ze was een meisje dat hij kende van wiskunde en op wie hij al maanden een oogje had zonder dat hij wist wat hij er verder mee moest. In de straat waar ze woonde zoende hij haar bij de bushalte en ze maakten een afspraakje. Twee weken later gingen zijn ouders een weekend de stad uit en verloren zowel Matt als Laura hun maagdelijkheid onder in het stapelbed waarin hij al sinds zijn zevende sliep.

Het zou toeval kunnen zijn dat Matt zo snel na mij van zijn maagdelijkheid werd verlost, maar ik heb daar zo mijn twijfels over. Ik schrijf het liever toe aan het wedstrijdelement dat altijd al onderdeel van onze vriendschap was. Vóór Mary ging ongeveer zeventig procent van onze gesprekken over seks. Waar kon je het krijgen? Hoe zou het zijn als het er een keer echt van kwam? Toen ik eenmaal de antwoorden op die twee vragen had gevonden, bleek dat onze vriendschap ineens niet langer onwetendheid als bindende factor had. De balans sloeg door en Matt, de jongen, keek op naar mij, de man, en ik keek door mijn ervaren ogen neer op hem. De enige uitweg voor hem was het vroegere evenwicht te herstellen door als het ware de gelijkmaker te scoren. En dat deed hij dus. Met Laura Riley. In zijn stapelbed.

Natuurlijk kwam daarmee geen einde aan de wedstrijd. Ik leerde weer een nieuw meisje kennen, waardoor het evenwicht opnieuw verstoord raakte, en het ging uit tussen hem en Laura, waarna hij snel inhaalde. Op de vijftien maanden na waarin hij verkering had met Penny Brown, een periode die – geheel toevallig natuurlijk – precies samenviel met mijn tijd met Zoë, is de wedstrijd ononderbroken doorgegaan. En waarschijnlijk zal er vanavond in de BarKing, waar Matt zijn verjaardag viert, een nieuwe ronde ingaan. We zijn allebei single. We zijn allebei op jacht. En al hoeven we elkaar niets meer te bewijzen en is onze vriendschap het stadium van 'wie doet wat het eerste' voorbij, om sportieve redenen zullen we vanavond allebei ons uiterste best doen om de balans weer naar onze eigen kant te laten doorslaan. Even een meisje versieren. Voor één nacht, zonder verdere verplichtingen. Weer een streepje achter onze naam. Gewoon voor de gein.

Ik monster de bezoekers, op zoek naar gezichten die ik ken en gezichten die ik graag wil leren kennen. De BarKing staat bekend als een etablissement met veel loslopend wild, vandaar dat Matt zijn verjaardag er graag wilde vieren. Het heet geen versiertent te zijn, maar eigenlijk is dat wel waar het op neerkomt. Het is er altijd druk en rumoerig en aan de paar tafels kunnen grote gezelschappen zitten. Het is, met andere woorden, niet het soort gelegenheid dat uitgebreid aan bod komt in de gids *Londen voor romantische stelletjes.*

Een eerste blik op het publiek bevestigt wat ik van de Bar-

King weet: de singlesavond van een man, de singlesavond van een meisje, en daartussendoor een heleboel kleinere gemengde gezelschappen. De verlovings- en trouwringen zijn op de vingers van één hand te tellen, en ik ben ervan overtuigd dat ik niet de enige ben die dat al heeft vastgesteld. De BarKing trekt een gemengd publiek, maar er zijn wel overeenkomsten: merkkleding en goedverzorgde kapsels en gezichten. De mensen komen hier om zichzelf te laten zien en om uit te vinden of er iemand in ze geïnteresseerd is. Dankzij Matts garderobe pas ik uitstekend in dit gezelschap. We hebben uitgerekend dat Matt hier tien keer eerder is geweest en dat hij van die tien keer twee keer succes heeft gehad, wat een score is van twintg procent. Ik kom hier vanavond voor de zesde keer en heb één keer gescoord, dus procentueel staan we ongeveer gelijk. Wat de BarKing betreft is de balans in evenwicht.

Nog wel...

Ik zie Matt zitten aan een tafeltje achterin, maar in plaats van meteen door de massa heen naar hem toe te stappen, begeef ik me eerst naar de bar, waar ik een fles Bud voor mezelf en de, nogal pittige, traditionele verjaardagscocktail voor Matt bestel. Onder het wachten op Matts drankje bekijk ik zijn gezelschap. Matt geeft niet zoveel om verjaardagen, hij ziet ze meer als een goed excuus om stevig dronken te worden dan om een echt feest te geven. Ons vaste vriendinnetje Chloë is er, maar Bradshaw gelukkig niet. Verder zie ik Andy, Will en Jenny, een paar collega's van Matt; Carla, Sue en Mike, die Matt van zijn studie kent, en Mark en Tim, die voor het weekend zijn overgekomen uit Bristol.

Er zijn maar een paar mensen die ik nog niet ken – de 'figuranten' over wie Matt het vanochtend in de keuken had. Twee van hen zijn jongens, drie zijn van het vrouwelijk geslacht. Van die meisjes valt er maar eentje niet in de categorie 'zwaargestoorden en paarden'. Ze zit naast Matt, ik zie haar en profil. Ze mag er wezen. Matt ziet me en zwaait, hij roept iets wat verloren gaat in het rumoer. Ik zwaai terug, bekijk het Onbekende Meisje nog een keer en draai me naar de bar om de drankjes af te rekenen.

Een vriend van me, Paddy, heeft het eeuwige dilemma van singles op jacht als volgt beschreven:

Volgens mij zijn er twee mogelijkheden: korte en lange termijn. Korte termijn betekent dat je de deur uit gaat met de bedoeling een wip te scoren. Dat betekent dat je aandacht moet besteden aan elke vrouw bij wie je kans denkt te maken. Dus maak je een praatje en onderzoek je of er mogelijkheden zijn. Stel dat ze je beginnen door te zagen over het feit dat ze het niet zomaar met iedereen doen, dat ze het vreselijk vinden om single te zijn of dat ze genoeg hebben van al die mannen die te onvolwassen zijn om een echte relatie aan te gaan – dan hou je het dus kort en zet je je onderzoek elders voort. En je zoekt en je zoekt, tot je iemand tegen het lijf loopt die, als ze niet al meteen ja zegt, in elk geval genoeg aanwijzingen geeft dat ze dat binnenkort zal doen.

En dan is er de andere mogelijkheid, de lange termijn. Het grote verschil tussen de korte termijn en de lange termijn is dat je bij de laatste niet *alleen* met je pik, maar ook nog met je hersenen nadenkt. De benadering is verder dezelfde. Je ziet iemand die je leuk vindt en je begint een praatje. Maar als wat je nu te horen en te zien krijgt je bevalt – en laten we niet om de hete brij heen draaien, op de lange termijn gaat het om de geest in het lichaam – dan wijs je haar niet meteen af, uitsluitend omdat ze niet van plan lijkt nog voor het ochtendgloren uit de kleren te gaan. In plaats daarvan denk je: *Hé, ik vind haar aardig, dit is iemand die ik graag beter wil leren kennen.* En dat probeer je dan. Je pakt het ouderwets aan: je wisselt telefoonnummers uit, je belt haar op, je maakt een afspraakje, en dan zie je wel verder.

Welke van de twee het wordt moet je aan het begin van de avond bepalen. Het is het een óf het ander. Als je voor de korte termijn kiest, kies je iemand uit die voor seks staat. De kans is groot dat je die persoon voor eeuwig uitsluitend met seks zult associëren. Als je voor de lange termijn kiest, moet je je erbij neerleggen dat je, in elk geval die avond, waarschijnlijk alleen naar huis moet.

Paddy is twee maanden geleden getrouwd, dus het laat zich raden waarvoor hij heeft gekozen. Ik neig echter nog steeds naar de korte termijn.

Ik voeg me bij het gezelschap en er weerklinken een heleboel hoi's, hallo's en hoe-gaat-het-er-mee's, afhankelijk van het moment waarop ik de betreffende persoon voor het laatst heb gezien. De stoel van het Onbekende Meisje is leeg, maar over de rugleuning hangt een jas. Ik weet Matt te bereiken en zet zijn verjaardagscocktail voor zijn neus. Al voor het glas de tafel raakt begint hij te kreunen.

'Jezus,' bromt hij, terwijl hij naar het lugubere, groezelige mengseltje staart, 'wanneer ontgroeien we deze gewoonte nou toch eens?'

'Als we oud en getrouwd zijn.'

Omdat hij wel begrijpt dat hij niet binnen afzienbare tijd door ouderdom of huwelijk zal worden gered, pakt Matt het glas op en drinkt het in één teug leeg.

'Gefeliciteerd,' zeg ik en geef hem een karikatuur van hem die ik heb laten inlijsten.

Hij bekijkt het cadeau, lacht en geeft het door aan de rest van het gezelschap. 'Heel mooi, bedankt. Hier,' wijst hij, waarna hij zijn lippen afveegt, een sigaret opsteekt en de stoel van het Onbekende Meisje een stukje opzijschuift, 'zoek een stoel en kom erbij zitten.'

Als ik eindelijk een stoel heb gevonden is het Onbekende Meisje terug. Ik zet mijn stoel naast de hare en ga zitten.

'Hoi,' zeg ik en kijk haar recht in de ogen, 'ik ben Jack.'

2 *Amy*

Ogod.

Dit kan niet waar zijn.

Onmogelijk dat één mens zich zo beroerd voelt.

Ik hoor een vreemd hijgerig geluid, wat moet betekenen dat ik nog adem (wat wel een wonder mag heten na die ongeveer vierduizend sigaretten van gisteravond). Toch heb ik het akelige gevoel dat ik een hersenbloeding krijg als ik nu niet opsta.

Dat is gemakkelijker gezegd dan gedaan. Na vannacht zijn mijn gewrichten opeens van elastiek. In één vloeiende beweging struikel ik over mijn schijt-aan-alles-laarzen, stoot mijn grote teen tegen de buis van de radiator, verlies krimpend van de pijn mijn evenwicht, strompel recht vooruit door mijn kralengordijn en smak tegen de theekist in de woonkamer.

Even blijft het stil. Gevloerd op het vloerkleed, met mijn oeroude RELAX-T-shirt door de val omhooggekropen, voel ik het koele ochtendbriesje tegen mijn billen.

En dan gebeurt het.

Ik hoor de lege fles wankelen en dan rolt de oorzaak van mijn duivelse kater van de kist af en komt boven op mijn hoofd terecht.

Ik kreun bij de aanblik van de whiskyfles en tergend traag beginnen de gebeurtenissen van de afgelopen nacht door een waas van pijn boven te komen.

Ik moet overgeven.

Als ik uit mijn dubbel gevouwen houding overeind ben gekomen, neem ik in de badkamerspiegel de schade op. Fraai is anders.

Amy Crosbie uit flat D, Pemberton Villa's, Shepherd's Bush, is spoorloos verdwenen. Oké, geef het maar toe: wie heeft dat wrattenzwijn in de badkamer gelaten? Wie?

Hoe is het mogelijk dat ik van een vlotte meid met dansend haar en een *wonderbra*, die gisteravond om 8.30 uur het pand verliet, ben veranderd in zo'n Grateful Dead-fan? Met twee handen probeer ik de nachtmerrie van elke kapper in het gareel te krijgen en ondertussen steek ik mijn tong uit. Hij is groen.

Omdat ik nu eenmaal een optimist ben, kijk ik eerst naar de positieve kanten van de zaak:

1. Erger kan het niet (ik moet toegeven dat dit meestal boven aan mijn lijstje van positieve kanten staat);
2. Jack is gelukkig niet gebleven, zodat ik hem niet in deze vernederende staat onder ogen hoef te komen;
3. ?

Nummer drie wil niet komen, omdat nummer twee boven aan de lijst van negatieve punten staat. Ik steun wanhopig.

Jack is niet gebleven.

De eerste aardige man die ik in maanden ben tegengekomen, is ervandoor gegaan. Heeft bij het krieken de benen genomen naar Herenland zonder ook maar een afscheidszoen. En de waarheid is dat ik het hem niet kwalijk neem. Ik heb mezelf compleet voor schut gezet.

Dit is een te grote ramp om in mijn eentje te verwerken. Ik bel H., mijn beste vriendin.

H. (slaperig): Hmmmm?

Ik: Blèèèèèèèèh!

H.: Ik kom eraan.

Ik ben gek op H. Zij begrijpt me.

Twintig minuten later duwt H. haar fiets tussen de stapel fietsen in de krappe hal. Na een RAT (Rustig Avondje Thuis) en waarschijnlijk een hoop DBG (Diep Bevredigend Gewip) met Gav (nieuw vriendje) ziet ze er walgelijk fris uit.

Ze kust me en verklaart dat ik stink als een brouwerij en dat mijn tanden oranje zijn.

Ik grom, maar ben er tegelijkertijd tevreden over dat ik de drie trappen naar de voordeur heb weten te nemen, waarmee bewezen is dat ik weer onder de mensen ben. Daar heb ik wel wat voor moeten doen.

Tot nu toe heb ik drie superzware aspirines geslikt, twee koppen zwarte koffie gedronken met in elk een eetlepel bruine suiker (afschuwelijk, ik weet het, maar dit is een noodgeval) en niet minder dan vier bruistabletten vitamine c naar binnen gewerkt. Ik zit nu op vierduizend procent van de dagelijks aanbevolen hoeveelheid, en zeker weet ik het niet, maar ik denk dat ik weer kan praten.

In de keuken hijst H. zich op het aanrecht, terwijl ik water opzet.

'Ik neem aan dat het je niet is gelukt,' zegt ze zakelijk. 'Wat is er gebeurd?'

Ik merk dat ze teleurgesteld is, vooral omdat ze gisteren voor kledingadviseuse heeft gespeeld. Omdat zij zei dat succes verzekerd was, heb ik me uiteindelijk in een jurkje gehesen dat zo kort was dat het eigenlijk niet eens een jurk mocht heten, met daarbij dus die beha en die schijt-aan-alles-laarzen (die ik overigens voor de grap had gekocht, zonder de bedoeling ze ooit aan te trekken). Ik ben meer een type voor een spijkerbroek en stevige sportschoenen, maar H. zei heel beslist 'Nee'. Ik moest zelfs voor vertrek nog even bij haar langs, zodat ze me kon beoordelen. Ik kreeg een hoop gefluit en een reusachtige wodka-tonic van Gav en een dikke negen van H. (de tien bewaart ze voor mijn trouwdag), waarna ze me op weg stuurde om mijn vrouwelijke charmes los te gaan laten op de goddelijke Matt.

Ik weet dat dit allemaal een beetje dramatisch klinkt, maar H. kent mijn gruwelijke geheim. Een geheim dat zich de laatste tijd tot een echte crisis heeft ontwikkeld. Ogod, ik wil er niet eens aan denken, maar de waarheid is... ik heb het al ruim een halfjaar niet gedaan.

Technisch gezien ben ik nu denk ik maagd: tenslotte zal de zaak nu wel zijn dichtgeslibd. Hoe dan ook, normaal is het niet voor een gezonde vrouw van vijfentwintig. Dit heeft me vanzelf tot de conclusie geleid dat ER IETS NIET IN ORDE IS MET ME.

H. is het er niet mee eens. Ze denkt dat het alleen een kwestie van tijd is. Maar zelfs zij wil wel erg graag dat ik een vriendje krijg, sinds ze door die kritieke eerste drie maanden met Gav heen is, aan de pil is gegaan en hem haar 'partner' is gaan noemen. Hierdoor zijn we op het oog een beetje, maar psychologisch gezien gigantisch uit elkaar gegroeid. Het gevolg is dat H. zich er persoonlijk voor inzet dat ik om te beginnen een beurt krijg en, vervolgens, het soort knusse relatie dat zij met Gav heeft.

Ik vind het best.

Het was H. die helemaal door het dolle heen raakte toen ik vertelde dat Chloë me had uitgenodigd voor Matts verjaardag. Dat Matt zelfs speciaal had gevraagd of ik wilde komen, terwijl hij me maar één keer had gezien (een gelegenheid waarbij ik openlijk in katzwijm was gevallen). Ik denk dat H. de uitnodiging zag als een oase van hoop in de dorre woestijn van mijn singlesbestaan en stom genoeg liet ik me aansteken door haar enthousiasme.

En nu, bij de nabeschouwing, heb ik het gevoel dat ik moet uitleggen wat er fout is gegaan. Naar eer en geweten.

Ik begin met een paar troostende woorden. 'Ik heb wel een beetje gescoord,' zeg ik, terwijl ze haar Marlboro Lights naar me toe gooit. Twintig minuten geleden nog heb ik plechtig gezworen nooit, maar dan ook nooit meer te roken, maar zelfbeheersing is nooit een van mijn sterke punten geweest. Hoewel mijn stem twee octaven lager klinkt dan gisteren en ik me door en door vergiftigd voel, haal ik er een sigaret uit.

'Bij wie, Matt?' vraagt H. en trekt haar jas uit. Eronder draagt ze een trendy nieuw vestje.

'Nee, niet bij Matt, hoewel hij het einde is. Nee, hij had geen belangstelling. Ik denk dat hij te zat was.'

'Wie dan?'

Ik geef de sigaretten terug en ze haalt er een uit het pakje. Ik houd haar een afgestreken lucifer voor. 'Zijn huisgenoot.' Ik steek mijn eigen sigaret op en knijp de theezakjes uit met een vork. 'Jack.'

Ik word al rood als ik alleen maar zijn naam uitspreek.

'De details, graag,' zegt H., die er eens goed voor gaat zitten en haar mok in beide handen neemt.

Ik neem de hele avond met haar door: de drukte in de Bar-King, het drinken, het geflirt, het dansen, het weggaan, de lange wandeling naar mijn huis, de vele sigaretten, het dicht bij elkaar op de grond zitten en, uiteindelijk, HET GESPREK. Tegen die tijd leken Jack en ik zo'n beetje alles te hebben besproken behalve ons seksleven. We sloegen whisky achterover en zaten als oude vriendjes tegen de bank gezakt. Ik kon me niet voorstellen dat we ooit uitgepraat raakten, er was zoveel te zeggen. Toen het tot dan toe gemeden onderwerp ter sprake kwam, was de fles bijna leeg en was ik van ons tweeën het verst heen – zowel fysiek als emotioneel.

'En? Wie is op het moment de gelukkige?' had Jack gevraagd, terwijl hij mijn glas nog eens volschonk.

Ik had met het kaarsvet zitten spelen, maar toen, met de flakkerende vlam voor mijn ogen, sloeg de whisky toe. Ik voelde me opeens ontzettend dronken en heel zielig. 'Niemand,' fluisterde ik.

Jack pakte mijn hand en keek me diep in de ogen. 'Oeps. Heb ik een gevoelig punt geraakt?'

'Nee. Niet echt. Ja, zal wel. Het is alleen...'

'Wat?'

'Niets.'

Zelfmedelijden kreeg de overhand. Een dikke traan viel op mijn schoot.

Jack veegde mijn haar uit mijn gezicht. 'Hé, hé. Kom op, zo erg is het toch zeker niet?' troostte hij.

'O, Jack,' snikte ik, waarbij tranen, snot en mascara over mijn gezicht liepen. 'Ik denk dat er iets niet in orde is met me.'

'Wat bedoel je?'

'Ik heb al in geen eeuwen meer gevreeën. Ik ben hopeloos met mannen. Volgens mij vinden ze me helemaal niet aantrekkelijk.'

Jack lachte zachtjes en streelde mijn nek. 'Doe niet zo raar. Je bent hartstikke aantrekkelijk.'

'Matt vindt van niet.'

'Matt?' Jacks vingers verstijfden onder mijn haar.

'Zo gaat het nou altijd. Hij nodigt me uit voor een feestje en als ik kom, dan moet hij me niet meer.'

Jack veerde met een verbaasde uitdrukking op zijn gezicht overeind. 'Jij vindt Matt leuk?'

Ik knikte stil. 'Maar het wordt toch niets, of wel?' Ik haalde mijn neus op (zonder resultaat) en veegde het snot af aan de zoom van mijn jurk. 'Hij gaat toch nooit met me naar bed. Ik moet het gewoon accepteren. Niemand wil het met me doen. Zelfs jij niet, of wel soms?'

Meer kan ik echt niet herhalen. H. en ik zijn inmiddels in de woonkamer beland en zitten nu elk aan een kant van de bank. Beschaamd buig ik mijn hoofd. Ze legt geruststellend een hand op mijn knie.

'Volgens mij til je er veel te zwaar aan,' luidt haar oordeel. 'Goed, misschien heb je hem afgeschrikt, maar dat is niet het einde van de wereld. Hij heeft zich waarschijnlijk op een of andere rare manier ook nog wel gevleid gevoeld.'

Heeft ze soms niet geluisterd? Heeft ze niet door dat ik afgedaald ben in de diepste oceaan van de vernedering, zonder zuurstofflessen? Dit is nog erger dan die keer dat ik Boris probeerde te verleiden, die sexy Duitse fotograaf aan de universiteit. Overtuigd van de vonken die er tussen ons oversprongen en stervend van geilheid stond ik op een avond in zwartsatijnen lingerie tegen de deurpost van zijn kamer op te rijden. Ik was al onderweg naar zijn bed, met mijn lippen wulps getuit en het bandje van mijn beha halverwege mijn bovenarm, toen hij zijn tijdschrift weglegde en zei dat hij homo was.

De toestand met Jack is absoluut nog erger.

'H.!' kerm ik. 'Hij voelde zich helemaal niet gevleid.'

'Hij was vast bang dat hij... je weet wel... het niet kon.'

'Voordat ik zei dat ik op het feest was om Matt te versieren, leek het daar anders helemaal niet op,' snauw ik.

'Waarom begon je er dan over?' vraagt H.

Goede vraag.

Ik sta op en begin te ijsberen – nou ja, te schuifelen – over de vierkante meter lege vloer bij het raam. 'Ik weet het niet. Ik was dronken en huilerig en ik flapte het er zomaar uit.' Ik sla mijn armen over elkaar. 'Het punt is, ik vind hem leuk,' mijmer ik. 'Hij was de eerste vent in tijden met wie ik kon praten. En hij kon goed dansen. En hij ziet er leuk uit. We hadden de grootste lol tot...' Ik sla mijn handen voor mijn gezicht. 'Ogod, wat ben ik toch een trut.'

H. reageert hier niet op. 'Ik wil wedden dat hij je belt.'

'Dat kan hij niet. Hij is vertrokken zonder mijn nummer te vragen.'

'Maar hij weet waar je woont. Hij kan Inlichtingen bellen.'

'Je begrijpt het niet.'

'Hoor eens. Jullie hebben samen een fles whisky soldaat gemaakt. En toen heb je wat dingetjes gezegd. Nou en? Het is helemaal niet erg om te laten zien dat je kwetsbaar bent.'

Kwetsbaar, ja. Kwetsbaar is prima zolang je je beperkt tot onschuldige bekentenissen als dat je met een knuffelbeer slaapt of dat *Top Gun* nog steeds een van je favoriete films is. Maar iemand die je net kent (en die je leuk vindt) vertellen dat je de wanhopigste, meest behoeftige, naar seks hunkerende vrouw van de wereld bent, dat is iets heel anders.

'Je bent gek als je denkt dat hij belt. Hij belt niet. Ik weet het zeker,' mok ik.

Op dat moment gaat de telefoon.

We staren er allebei naar en H. trekt haar wenkbrauwen op, zo van 'o, ja'.

'Wat moet ik zeggen?' vraag ik paniekerig.

'Weet ik veel, neem nou maar op!'

Niet alleen heb ik laten merken dat ik met mijn katerige hoofd denk dat H. wel eens gelijk zou kunnen hebben, ik heb ook te lang geaarzeld. Net als ik de hoorn opneem, springt het antwoordapparaat aan. Er komt een hels geknetter en gepiep uit het mechanische misbaksel, dan wordt de verbinding verbroken. Ik kijk ongelovig naar de hoorn en sla er vervolgens mee tegen mijn hoofd.

'Bel de telefoondienst,' zegt H. enthousiast. Ze gaat rechtop zitten en slaat haar benen over elkaar.

Ik draai het nummer.

'Het spijt me, maar het nummer van degene die u gebeld heeft is niet te achterhalen...'

Ik kwak de hoorn op de haak. 'Shit!'

Een poosje zitten we de zaak stilletjes te overwegen.

'Ik durf te wedden dat hij het was,' zegt H. en ze drukt een kussen tegen zich aan.

Ik weet dat ze het mis heeft, maar ik moet met alles rekening houden. 'Goed, laten we even aannemen – heel even, ja – dat hij het was, hypothetisch. Hoe leg ik dan uit dat ik me vergist heb en Matt helemaal niet leuk vind, en dat ik hém wil?'

'Hij belt wel terug. En dan moet je het niet over gisteravond hebben. Doe verbaasd en opgewekt. Zeg dat je zo dronken was dat je je niet kunt herinneren hoe hij is weggegaan.'

'Ja hoor!'

'Maakt niet uit wat je zegt. Hij heeft gebeld, dus hij wil wel. Laat hem zien dat vijf minuten van achterlijk gedrag acht uur volmaakte damesachtigheid niet ongedaan maken.'

H. beurt me op. Daarom heb ik haar ook aangesteld als beste vriendin.

Schoorvoetend geef ik toe dat er hoop is. Dat Jack genoeg belangstelling heeft om te bellen, dat ik zijn telefoontje verdien en bovenal dat ik als (niet indien) hij weer belt de kalmte zelf zal zijn.

Vijf minuten later gaat de telefoon weer. H. gebaart dat ze voor me duimt en ik sla mijn ogen ten hemel. Toch probeer ik mijn stem zo sexy mogelijk te laten klinken en kir in de hoorn: 'Hoi.'

'Lieverd, ben jij het? Godzijdank heb je dat vreselijke antwoordapparaat uitgezet.'

Het is mijn moeder. Mijn met hoop gevulde luchtballon spat uit elkaar.

Als ik mijn hoofd schud, knijpt H. me bemoedigend in mijn arm. Ik steek de hoorn naar haar uit, zodat ze het bekende moederlijke gekwebbel kan horen. Ik ben zo teleurgesteld dat ik pas als het te laat is in de gaten heb dat ik ermee heb ingestemd te gaan winkelen. Ik hang op en masseer mijn slapen.

'Wat doe jij vandaag?' vraag ik.

H. kijkt me meewarig aan. 'Ik ga niet mee winkelen met je moeder, als je dat soms denkt.'

Ik sla slaafs mijn handen ineen en smeek: 'Alsjebieft? Heel erg alsjeblieft? In mijn eentje krijg ik het niet voor elkaar.'

'Je zult wel moeten. En het leidt lekker af, moet je maar denken.'

Het leidt helemaal niet af. De hele wereld is veranderd in verwijzingen naar Jack. Barking is de plek van waaruit mijn moeder naar me toe komt gesneld. Barking... BarKing – waar we elkaar hebben ontmoet! Zie je wel! En op Notting Hill Gate hangt een poster van Leonard Rossiter. Rossiter – Rossiter. Er is geen ontsnappen aan.

Tussen Shepherd's Bush en Lancaster Gate heb ik tegenover mezelf toegegeven dat met Jack misschien nog niet alles verloren is. Tussen Lancaster Gate en Marble Arch heb ik mezelf ervan overtuigd dat Jack een groot hart heeft en niet zal kunnen vergeten dat we voordat ik over Matt begon heel erg veel lol hadden. Tussen Marble Arch en Bond Street zie ik helder voor me dat we voor elkaar bestemd zijn. Tussen Bond Street en Oxford Street begrijp ik dat de reden hiervan is dat Jack wel eens mijn ideale man zou kunnen zijn.

Ik bedoel, kijk maar naar de feiten. Prima lengte (één meter tachtig ongeveer), grote ogen als poelen van gesmolten chocoladeijs, geweldig gevoel voor humor, schattig litteken in zijn wenkbrauw van toen Matt op hem schoot (arme jongen). Te gekke kleren – een T-shirt van Paul Smith, dus duidelijk rijk. Woont in een verbouwde kroeg. Een verbouwde kroeg, als dat niet cool is (en met een tuin die groot genoeg is voor lome barbecues in de zomer). En nu komt het mooiste: hij is kunstenaar. Een echt en onvervalst creatief succesverhaal.

WAUW.

Ik ben me er vaag van bewust dat ik als een gedeprimeerde koe over het perron sjok, maar mijn hersenen zijn nu even ergens anders mee bezig en ik begin hardop te praten. Jack en ik hebben alles gemeen. Oké, ik heb gelogen over mijn werk (als uitzendkracht maak je niet echt indruk), maar ik heb kunstgeschiedenis gedaan, dus in theorie had ik best bij Sotheby's kunnen werken. Maar afgezien daarvan: we houden allebei van Indiaas eten en we hebben allebei een relatie achter de rug van langer dan twee jaar. Echt voor elkaar gemaakt, dus.

Hij vertelde van alles over Zoë, zijn ex, maar ik heb niet veel losgelaten over Andy, mijn laatste vriendje. Ik heb hem wel de leuke dingen verteld – dat Andy ouder was dan ik (dertig), dat hij een rijke beurshandelaar was en dat we een tijdje hebben samengewoond in een penthouse in Islington. Ik vergat erbij te zeggen dat Andy de grootste regelneef en de agressiefste en onbuigzaamste klootzak is op bladzijde 49 van het telefoonboek en dat onze relatie een complete ramp was. Dat kwam doordat Andy en ik maar één ding gemeen hadden: we waren allebei verliefd op hem.

Het was het soort relatie waarin ik, dat heb ik H. gezworen, nooit meer terecht zal komen. Met Jack zeker niet, want Jack is anders. Terwijl ik met twee treden tegelijk de trap opga en Oxford Street bereik, begint mijn hart vrolijk te kloppen. Zou dit al het eerste teken van liefde zijn?

Mam zit op me te wachten bij Dickens & Jones (een traditie). Ze heeft al een koffiebroodje en een pot thee voor me besteld, maar ik kan een gevoel van teleurstelling niet onderdrukken. Ik koesterde katerige fantasieën over liters cola en vette uitsmijters. Maar ik zal het ermee moeten doen.

'Heb je je flat nu op orde?' vraagt ze, zodra ik me op het plastic stoeltje laat zakken.

'Eh, nou, bijna.'

Dit is gelogen. Ik ben vier weken geleden verhuisd en moet nog steeds uitpakken.

Mam rommelt in haar boodschappentas en haalt er een schrijfblokje uit. 'Ik heb een lijstje gemaakt van dingen die je nodig hebt. We beginnen met wat ditjes en datjes te kopen, dacht ik.'

Dit is een heel aardig aanbod, maar ik ben er helemaal niet voor in de stemming. Op mams lijst van flatverbeterende ditjes en datjes staan vast dingen als een wc-brilovertrek van roze nepbont en een bijpassend wc-matje.

'Ik heb alles al. Echt waar,' zeg ik monter. 'Allemaal tiptop in orde. Het ziet er heel huiselijk uit.'

Ze kijkt teleurgesteld en legt het blokje op het formica tafelblad. 'Nou goed dan, laten we iets moois voor je kopen om aan te trekken. Je vindt nooit iemand als je in die slonzige kleren rond blijft lopen.'

Hoor wie het zegt! Ze is zelf ook niet bepaald een modekoningin. Ze draagt toevallig wel zo'n multifunctioneel T-shirt dat ook dienst kan doen als strandtas en hesje en hoofddoek – maar net hoe je het keert. Vorig jaar heeft ze me er met kerst een gegeven en nu is ze ontzet als ik haar vertel dat hij bij de verhuizing is zoekgeraakt. Na een tijdje kan ik haar niet langer aan het lijntje houden. We gaan winkelen.

Drie uur en twintig minuten later zijn we tot Marks & Spencer gekomen en de stemming daalt. Ik begin weer steeds meer te lijken op de weerbarstige veertienjarige die ik langgeleden was.

'Nee, ik wil geen groene nepsatijnen bloes, ik draag T-shirts naar mijn werk. Nee, nee, mam, mam, hang die fluwelen ochtendjas terug, het is zomer, veel te warm.'

Uiteindelijk laat ze zich overhalen om mee te gaan naar Warehouse en krimpt ineen van de harde muziek. Ik pas een cocktailjurkje en kom het kleedhokje uit om mijn rondje te draaien.

'Het is een beetje vormeloos, lieverd,' zegt ze.

'Dat is het model,' sis ik.

Mam grijpt het prijskaartje en houdt geschrokken haar adem in. 'Het zijn maar twee stukjes stof!'

Op dat moment laat mijn gevoel voor humor me volledig in de steek.

'Jij hebt geen smaak! Ik vind hem gewoon mooi!' schreeuw ik en storm het kleedhokje weer in, waar ik het gordijn met een ruk dichttrek.

Als ik me weer heb aangekleed, staat ze buiten op me te wachten.

'Ik wil je alleen maar helpen,' zegt ze huilerig. 'Je hoeft niet zo lelijk te doen.'

'Het spijt me,' zucht ik en neem haar bij de arm. 'Kom, laten we wat gaan drinken.'

Het café is te rokerig voor haar. Ik vind het heerlijk. Ik snak naar een sigaret, maar er nu een opsteken en haar toorn over me afroepen zou heel dom zijn. Ik denk dat ze wel weet dat ik rook, maar ik ga het nog steeds niet toegeven, stumper die ik ben.

In het hoekje zet ik een raam open en als ik haar eenmaal een versterkende gin-tonic heb opgedrongen, zegt ze eindelijk wat ze op haar hart heeft.

'Lieverd, ik maak me zoveel zorgen om je. Je werk biedt helemaal geen perspectief en het is niet normaal dat je hier helemaal alleen woont. Ik bedoel, waarom denk je niet eens na over een echte carrière? Je kunt altijd terug naar school en boekhoudster worden of zo. De dochter van Barbara Tyson van verderop heeft het goed voor elkaar, een goed salaris en...'

Ik luister niet meer. Ik heb dit al honderd keer gehoord. Ik wil geen carrière en ik ga nog liever op een abattoir werken dan dat ik één stap in een boekhouderskantoor zet. Het stoort me vreselijk dat ze vindt dat ik mislukt ben omdat ik niet iets doe waarover ze kan opscheppen tegen de buren.

En wie denkt ze eigenlijk dat ze is? Nog in geen miljoen jaar zou ik mijn leven voor het hare ruilen. Al dat kleinsteedse gedoe, met uitstapjes naar de supermarkt en het fitnesscentrum en een luizenbaantje bij de gemeente. Dat noem ik geen succes, en alle uren van de dag stoeien met cijfers ook niet.

Maar ik weet dat ik zo nijdig ben omdat ze ergens ook gelijk heeft. Ik heb niet mijn best gedaan om er iets van te maken en ik schrik ervan hoe cynisch ik de afgelopen drie jaar ben geworden. Toen ik net van de universiteit af kwam, was het allemaal anders. Ik was anders. Ik liep over van levenslust en was helemaal klaar voor een glanzende carrière. Ik wilde het modevak in. Het kon me niet schelen waar ik zou beginnen, ik moest alleen een kans zien te krijgen. Maar de kans kwam niet en na zes maanden van leuren met mijn cv en smeken om een baantje, wat voor een dan ook, gaf ik het op.

En dus ben ik uitzendkracht. Negen tot vijf, geen gezeur, tot ik erachter ben wat ik echt wil gaan doen. 'Uitzendwerk is prima,' zeg ik uit de hoogte en ik draai mijn bekende riedel af. 'De baantjes zijn interessant en het is een heel goede manier om te ontdekken wat er allemaal te koop is. Als ik het ergens leuk vind, is het heel goed mogelijk dat ik daar een vaste baan krijg – als ik dat wil,' voeg ik eraan toe. 'Op het moment kan ik alle kanten op.'

Ik laat het heel overtuigend klinken, spannend zelfs, en ze knikt tevreden. Het irriteert me dat ze het slikt. Iedereen, maar dan ook iedereen weet dat uitzendwerk van niets tot niets leidt. De kans dat ik de eerste vrouwelijke astronaut op Mars wordt, is groter dan dat ik dankzij uitzendwerk een baan krijg die ook maar in de verste verte de moeite waard is. Maar goed, dit is mijn sleur en daar moet iedereen gewoon afblijven.

'En er is nog iets,' zegt mam, verlegen spelend met haar bierviltje.

Daar zal je het hebben. De echte reden van haar bezoek.

'Toen ik zo oud was als jij was ik getrouwd en wilde ik een gezin stichten. En, nou ja, ik vroeg me af...'

'Jaah?'

'Nou, ik weet dat je heel goed bevriend bent met H. en als er iets is wat je me zou willen vertellen, over jullie twee... nou... dan zou ik mijn best doen om het te begrijpen.'

Niet te geloven! Mijn moeder denkt dat ik lesbisch ben. Geweldig.

Ik onderbreek haar hersenspinsels voordat ze nog meer onzin kan uitkramen. 'Mam, maak je maar geen zorgen.' Ik haal diep adem en sla een kruisje, in de hoop dat dit het lot een beetje zal sturen. 'Ik heb iemand ontmoet. Een man,' zeg ik met nadruk.

Ik kan het halleluja-gejubel in het hoofd van mijn moeder bijna horen.

'Het is nog pril,' mompel ik, van mijn stuk gebracht door de stralende uitdrukking op haar gezicht. 'Dus ik wil er nog niet te veel over zeggen.'

'O, lieverd,' zegt ze met verstikte stem, 'dat, ja, dat is fantastisch, wat een opluchting. Ik begon al te denken...'

'Ik weet wat je begon te denken,' knarsetand ik.

Eindelijk pikt ze mijn waarschuwende toon op. 'Je bent nu natuurlijk een beetje overgevoelig. Verliefd worden is zo spannend.'

Ik sla mijn gin-tonic achterover en doe er het zwijgen toe. Hier moet ik vast en zeker voor boeten.

Ik heb een hekel aan zondagen. Er is niets te doen, behalve naar *The Waltons* en de herhalingen van *EastEnders* kijken. En leuk is dan anders als je alleen bent.

Iedereen weet dat zondagen er heel anders uitzien als je een geliefde hebt. Stellen reserveren de zondag voor hun gezellig samenzijn.

Ik haat ze allemaal.

Ik durf te wedden dat ze in Café Flo zitten, hand in hand boven de kranten, nagloeiend van hun lome ochtendwip. Of ze rijden rond in hun open auto, lachen naar elkaar, zien er goed uit. Of, nog erger, ze zijn met bevriende stellen een weekendje weg en zitten lekker te drinken, of ze liggen samen op de bank video's te kijken. En ik durf te wedden dat ze het allemaal de gewoonste zaak van de wereld vinden. De hufters.

Ik zit te mokken. Jack heeft niet gebeld en het is al half twee. De hele morgen heb ik ervan gedroomd dat hij me uitnodigde voor de lunch, met daarna misschien een wandelingetje in het park, en dan de bioscoop? Ik heb het zo goed uitgewerkt dat ik ben gaan geloven dat het echt zal gebeuren. Maar het gebeurt niet. Ik kijk naar de zwijgende telefoon. Ik heb al gecontroleerd of de stekker er goed in zit en ik heb zelfs klantenservice gebeld om te vragen of er geen storingen op de lijn zijn.

Ik lig op de bank met mijn wang in het kussen gedrukt en staar naar de vlek in het tapijt. Ik kan niemand bellen, want stel je voor dat hij intussen mij belt, kan niets eten voor het geval hij me mee uit vraagt. Uit pure verveling heb ik me mezelf al drie keer een zweterig orgasme bezorgd, maar ik zit nog steeds boordevol gefrustreerde geilheid. Ik heb zelfs geprobeerd telepathische boodschappen te versturen. Allemaal nutteloos. Het is een schitterende dag en ik zit binnen. De gevangene van mijn eigen hoop.

Als H. belt, spring ik zowat tegen het plafond.

'Geen nieuws dus?'

'Noppes.'

'We gaan naar het café. Ga je mee?'

'Nee. Ik weet niet. Ik heb nog wat dingen te doen,' lieg ik.

'Zoals? Het is zondag!'

'Gewoon, dingen,' zeg ik gepikeerd.

H. zucht. 'Je zit te wachten tot hij belt, hè? Dat helpt niet, dat weet je. Hij belt als hij belt. Het heeft geen zin om naar de telefoon te staren, daar word je krankjorum van.'

Verschrikkelijk, dat ze me zo goed kent.

'Dat weet ik. Ik ben bezig. Ik ga naar de sportschool,' bluf ik.

'Wat?'

'De sportschool, je weet wel – sporten.'

'O, goed hoor. Net wat je wilt. Je weet ons te vinden.'

'Dank je.'

'Lijpo,' mompelt ze.

Ik steek mijn tong uit tegen de telefoon. Ik ben helemaal niet van plan om naar de sportschool te gaan. Misschien ga ik maar eens een eindje wandelen.

De wandeling doet me goed. Shepherd's Bush is geen erg inspirerende plek, maar tenminste redelijk stelletjesvrij, en omdat ik helemaal opga in de preek die ik mezelf geef, merk ik niets van de dronkelappen en junkies. Tegen de tijd dat ik een paar keer rond het grote grasveld heb gelopen, ben ik high van de uitlaatgassen en heb ik een aanvalsplan bedacht.

Het is nogal ondoorzichtig, maar het komt hierop neer: Jack moet weten dat ik hem leuk vind. Op het laatste gedeelte van onze avond samen na had het allemaal niet beter kunnen verlopen en dus moet hij weten dat ik hem weer wil zien. Maar Jack is een man van de wereld en heeft allerlei dingen te doen. Hij is kunstenaar. Waarschijnlijk heeft hij het druk. Dat betekent niet dat hij niet aan me denkt, het is alleen dat ik niet in zijn zondagse schema pas. En omdat hij nu eenmaal een man van de wereld is, belt hij me waarschijnlijk toch niet vóór morgen. Misschien pas dinsdag. En Matt heeft waarschijnlijk een beetje aandacht nodig. Tenslotte heeft zijn beste vriend hem op zijn verjaardag vanwege mij links laten liggen. Wat ik dus moet doen, is niet zielig gaan zitten wachten, maar me voorbereiden.

Voorbereiding is macht.

Ik besluit niet naar het café te gaan, want dat is alleen maar een omweg. In plaats daarvan wandel ik naar Boots in Notting Hill en geef me over aan wat therapeutisch winkelen. Dit is bijzonder aangenaam. Ik ben dol op Boots. Het is mijn favoriete winkel, op Hamleys na misschien. Ik koop meidenspeelgoed: badschuim, dure shampoo en conditioner met gratis haarolie, een superverpakking nagelvijlen, nagellak in drie verschillende kleuren, een pincet, een luffaspons, een kleimasker, een lippenstift, een doos gekleurde tissues (altijd handig voor naast het bed), Oil of Ulay, hars voor de bikinilijn, bruiningscrème en een pak met vierentwintig superdunne condooms.

Uitstekend.

Terug in de flat probeer ik het een beetje gezellig te maken en ben ingenomen met het resultaat. Ik ben niet zo ambitieus dat ik het structuurbehang van de muren haal of de scheur in de keukenmuur dichtsmeer, maar ik zet wel mijn boeken op de wankele planken en hang de ingelijste foto van H. en mij in Thailand op.

We waren vrije meiden op reis en hadden de tijd van ons leven. Op de foto zien we er allebei slank en gebruind uit en zitten we met de ruggen tegen elkaar te schateren van het lachen. Dat was de vakantie waarin we drie weken zouden eilandhoppen, maar bleven hangen op een strandje. H. haalde twee nummertjes en een overvloed aan ander gerotzooi binnen en ik werd verliefd op drie jongens tegelijk. Toptastisch!

Ik zoek de vuilniszak met losse sokken en truien uit die al eeuwen bij de voordeur staat en ben er verbaasd over hoe snel de tijd gaat. Het bevalt me wel om een vrouw met een missie te zijn.

Ik laat het bad vollopen en bekijk mezelf in de spiegel in de hal. Als ik de enige ben die naar mij kijkt, zie ik er naakt helemaal niet slecht uit. Op een goede dag ben ik een weelderig maatje 38.

Maar hoe zal ik eruitzien door Jacks ogen? Laat ik het zo zeggen. Als ik in het openbaar een striptease opvoerde, zouden de mensen hun geld terug eisen.

Tijd om op dieet te gaan.

Zodra ik dit besluit heb genomen, trekt er een pijnscheut van de honger door mijn maag en zit mijn hoofd plotseling vol met beelden van alle zalige dikmakers die ik zou kunnen eten. Ik moet in bad om ze te vergeten. Met mijn kleimasker op lig ik in het dampende water en denk eraan hoe anders ik er over een week uitzie.

's Avonds knabbel ik braaf op vetarme crackers en lees ik *Vrouwen met macht*, een boek dat ik voor mijn laatste verjaardag heb gekregen. Het is heel interessant.

Op maandag ben ik wakker voor de wekker afgaat, wat nog nooit is gebeurd. De ochtend is zo ontspannend als je om zeven uur opstaat. De vogels fluiten en ik luister voor de verandering eens naar de radio, als onderdeel van mijn plan om in contact te komen met de wereld. Volgens mij is het belangrijk dat ik weet wat er allemaal speelt.

Na mijn tweede kopje thee vis ik *Vrouwen met macht* onder het bed vandaan en ga ik voor de badkamerspiegel staan. Het is tijd voor wat positieve bekrachtiging.

'Ik ben een uniek, warm en meevoelend mens,' lees ik hardop. Ik kijk naar mijn spiegelbeeld om te zien of het is doorgedrongen.

'Ik ben een vrouw met macht. Ik kan de wereld waarin ik leef veranderen.' Weer kijk ik op.

'Ik zie er fantastisch uit, voel me fantastisch. Ik hou van mezelf... en Jack gaat me vandaag bellen,' voeg ik er ook nog aan toe, waarna ik het boek dichtklap en mijn tanden poets.

Ik haal de weegschaal tevoorschijn en weeg me. Ik ben een pond zwaarder dan gisteren. Hoe kan dat nou? Ik heb mezelf twaalf uur lang eten onthouden; ik zou nu op zijn minst al zes kilo lichter moeten zijn.

Ik kijk weer in de spiegel. 'Ik zie er fantastisch uit. Ik voel me fantastisch. Ik hou van mezelf,' zeg ik dreigend.

Elaine van het uitzendbureau heeft een baantje voor me bij Boothroyd, Carter en May, een saai adviesbureau aan Portland Square. Janet, de receptioniste, is op vakantie en ik val voor haar in. O, wat heb ik weer een geluk.

Met een vaag mistroostig gevoel sta ik in de lift. Dat ik alweer een uitzendbaantje heb. Wanneer begint mijn carrière nou eens, vraag ik me af. Ik ben jaloers op mensen die een duidelijke carrièreplanning hebben. Mensen die zeggen: 'Ik word arts.' En dat doen ook. Ik zeg alleen maar: 'Ik word later...?'

Een ongeïnteresseerde receptioniste voor een week, dat word ik.

Voor de eerste dag in een nieuw baantje hanteer ik vijf richtlijnen:

1. achterhaal je directe nummer en bel H.;
2. zoek de spelletjes op de computer, het toilet en de keuken;
3. zoek uit wie je werkbriefje tekent en breng hem of haar binnen een uur na aankomst een kop koffie;
4. zorg dat je naam en signalement van de grote baas kent, ten-

einde gênante situaties te voorkomen;
5. blijf onder geen beding langer dan tot half zes en neem altijd je lunchpauze.

De persoon verantwoordelijk voor mijn werkbriefje is Audrey Payne. Bij de eerste aanblik geef ik haar de bijnaam Azijngleuf. Ze vindt me geloof ik niet erg aardig, maar volgens mij vindt ze niemand aardig en is humor iets waar ze in haar leven nog nooit mee te maken heeft gehad. Ik zet koffie voor haar en als ze langsloopt rammel ik op de toetsen van de computer om een efficiënte indruk te maken.

Om half twaalf belt Elaine. 'Ik hoor dat het goed gaat.'

Weer gefopt. Voor de dag dus met de *Hello!* en de nagelvijl. Ik weet dat het een cliché is om *Hello!* te lezen, maar voor een uitzendkracht is het een onmisbaar blad. Ik ben ervan overtuigd dat het *Hello!* heet omdat het zo lekker het ijs breekt. Nog nooit ben ik op een kantoor mensen tegengekomen die niet stiekem even in het blad wilden bladeren als er eentje ligt. Als je als uitzendkracht voorziet in hun (naar mijn mening) gezonde behoefte om aan de sleur van alledag te ontsnappen, dan maak je vrienden voor het leven. *Hello!* Het werkt altijd.

Tussen de middag zit ik op Portland Square een uur lang naar de duiven te kijken. Ik houd mezelf voor dat het caloriearme broodje kip dat ik in nog geen minuut op had heerlijk was en dat ik echt geen honger meer heb. Ik zie een vrouw van het kantoor op mijn bankje afkomen en moet druk in mijn tas rommelen om contact uit de weg te gaan. Ik heb helemaal geen zin om met haar te praten en antwoord te geven op de vraag waarom ik uitzendkracht ben. Als je eenmaal een meter van de receptie verwijderd bent, moet je meteen een zij-en-wij-houding aannemen, vind ik. Betrokkenheid leidt altijd tot ellende en ik heb ontdekt dat afstand voor mij het beste werkt. Het betekent dat ik nooit mijn naam op een afscheidskaartje hoef te schrijven voor iemand die ik niet eens ken, nooit hoef te roddelen over smakeloze kantooravontuurtjes of na werktijd in de kroeg hoef te zitten met mensen die steen en been klagen over de baas.

Om kwart over twee is mijn maag uit protest aan mijn lever

begonnen. In de keuken vind ik een pak cornflakes, waarvan ik uit wanhoop vijf handenvol naar binnen werk, waarna ik alles wegspoel met een litertje thee.

Tussen half drie en kwart over vier doe ik ongestoord een spelletje patience op de computer, zit een halfuur met H. aan de telefoon over het bestaan als vrouw met macht, en pluk ondertussen wat achtergebleven cornflakes van mijn trui, tik een etiket voor Azijngleuf, speel met de paperclips op mijn bureau, frankeer de post – en voor ik het weet is het tijd om naar huis te gaan. Alles bij elkaar een redelijk stressvrije dag.

Tot ik thuiskom en zie dat er geen bericht op het antwoordapparaat staat. Ik mompel een aantal bekrachtigingen in de badkamer en kijk naar een soap op televisie.

Er gebeurt nog steeds niets. Tegen middernacht word ik wankelmoedig. Het is heel mooi om een vrouw met macht te zijn en je leven in eigen hand te hebben, maar ook ongelooflijk saai.

Het is dinsdag en ik ben nog steeds kalm. Uitgehongerd, maar kalm.

Het grootste gedeelte van de dag speel ik met het idee om naar de sportschool te gaan. Maar zodra de kans dat ik ga sporten groter wordt dan bijzonder klein, slaat mijn lijf op tilt. Halverwege de middag heb ik last van artritis en voel ik een longontsteking opkomen. Maar ik ken mijn lijf en zijn trucjes. Het heeft nog niet door dat ik een vrouw met macht ben.

Om zeven uur kom ik aan bij de sportschool. Het is er heel druk en ik voel me een vreemde eend in de bijt. Wat doe ik hier?

Dit is beslist niet mijn natuurlijke omgeving.

Ik draag een legging vol verfspatten, sportschoenen van toen ik nog op school zat (circa 1984), een T-shirt dat in de was grijs is geworden en sokken die niet bij elkaar horen. Nou jij weer, Cindy Crawford.

Ik wurm me langs kleerkasten op borstspierapparaten naar de dossierkast in de hoek en zoek mijn trainingsschema. Ik sla het stof eraf en loop om te beginnen naar de hometrainer.

Twee minuten later ben ik gereduceerd tot een zweetzak met een kop als een biet. Ik spring van de hometrainer en beproef mijn geluk op de loopband. Het meisje naast me heeft een supermoderne discman op haar hoofd en trekt een sprint in onberispelijk Reebok-tenue. Ze lijkt helemaal niet te zweten en daaruit leid ik af dat het gemakkelijk moet zijn.

Niet gehinderd door haar verbaasde blik voer ik de snelheid op en probeer haar bij te houden, maar mijn benen willen niet zo snel en ik vlieg achteruit van de band af. Zonder op haar gegiechel te letten klim ik op de ombouw en zet het apparaat op wandelsnelheid.

Wandelen is fijn. Er is niets mis met wandelen.

Ik concentreer me op de calorieënteller, die stil lijkt te staan. Na twintig minuten heb ik precies tweeënveertig calorieën verbrand. Dat is ongeveer drie cornflakes.

Ik maak me ernstig zorgen over mijn conditie. Tegen de tijd dat ik aan het stepapparaat toe ben, roept mijn hart dat het er elk moment mee op kan houden. Ik neem me heilig voor om vanaf nu iedere dag naar de sportschool te gaan. En als ik dat doe, moet ik langzaam beginnen en mezelf niet forceren, zodat ik mijn conditie op een verstandige manier opbouw. Het heeft weinig zin om jong opgebrand te raken, of wel?

Ik raadpleeg mijn oefeningenlijst en probeer het opdrukapparaat, maar ik denk dat het kapot is. Ik krijg er in elk geval geen beweging in. Uitgeput ga ik op een matje liggen voor mijn buikspieroefeningen. Ik kom maar vijf keer omhoog, maar troost mezelf met de gedachte dat ik niet eens een platte buik wil. Een platte buik is iets van de jaren tachtig.

Om vijf over half acht kom ik met het haar in mijn gezicht geplakt terug in de kleedkamer. Ik zie er niet bepaald best uit en voel me ook niet al te lekker. Met veel moeite buk ik me om mijn veters los te maken.

'Amy?'

Traag laat ik mijn blik omhoogglijden. Over slobsokken die bij elkaar passen, gespierde, bruine benen, een strak wielrennersbroekje, een bloot middenrif en in een Elle-topje gehulde borsten, tot ik stuit op een glimlach als uit een tandpastareclame.

Het is je ergste nachtmerrie.

Het is Chloë.

'Alles in orde?' vraagt ze.

'Ja, prima,' antwoord ik en veeg het slonzige haar uit mijn gezicht. 'Hoe is het met jou?'

'Uitstekend. Heb je het naar je zin gehad laatst, op het feestje van Matt?'

Ik voel een lichte paniek opkomen. Ze weet het natuurlijk van mij en Jack. Ik knik dom. Hallo? Waar is mijn persoonlijkheid gebleven?

'Je bent samen met Jack vertrokken, toch?'

'Er is niets gebeurd,' flap ik eruit.

'Ik heb iets heel anders gehoord.' Ze geeft me een plagende knipoog.

Ik schraap mijn keel. 'Wat heeft hij dan gezegd?'

Godzijdank ben ik al rood en kan ze niet zien dat ik bloos.

'Niet zoveel. Hij was behoorlijk lazarus toen hij terugkwam. Let maar niet te veel op hem. Eerlijk gezegd is hij nogal een versierder.'

'O ja?'

'Hij is vreselijk! Hij heeft laatst mijn buurmeisje Cathy geneukt en haar zonder ook maar een kopje koffie buiten de deur gezet. En hij geilt op al die naaktmodellen die hij schildert. We plagen hem er altijd mee, maar je weet hoe mannen zoals hij zijn...'

'Ja. Ik dacht al zoiets.' Ik onderdruk de neiging om haar te kelen, maar iets in mijn stem verraadt haar dat wellicht niet alles in orde is.

'Je hebt natuurlijk groot gelijk als je wel... je weet wel. Hij is hartstikke aantrekkelijk.' Ze houdt haar hoofd schuin.

'Je lijkt hem nogal goed te kennen,' mompel ik.

'Al jaren. We hebben samen op school gezeten.'

'O ja, dat heeft hij verteld. Ik was het even vergeten.'

Ik ben een leugenaar. Ik herinner me ieder woord dat hij heeft gezegd.

'Hij is een goede vriend van me. Altijd in voor een geintje. Je moet eens wat vaker met ons uitgaan.' Chloë kijkt me stralend aan.

Ik voel haat in me opwellen.

'Dat zou leuk zijn. Ik had het reuze naar mijn zin. Ik wilde

Matt trouwens nog bellen om hem te bedanken, maar ik heb zijn nummer niet.'

Heel origineel, meid. Heel origineel.

Chloë ritst haar tas open en haalt er een dikke organizer uit. Ik probeer niet te nadrukkelijk te kijken als ze er een lavendelkleurig blaadje uit scheurt en met haar hippe, duidelijk dure vulpen het nummer opschrijft. Ze overhandigt me het blaadje.

'Bedankt,' ik doe mijn best om nonchalant te klinken, terwijl ik het zorgvuldig opvouw.

Ze glimlacht naar me, buigt zich naar voren en geeft me een kus op mijn gloeiende wang. 'Prima. Ik zie je gauw.'

Als ze al bij de deur is, draait ze zich om. 'O, trouwens, ik heb Jack jouw telefoonnummer gegeven. Hoop dat je het niet erg vindt.'

Om deze informatie te verwerken heb ik een zak chips en drie halve liters bier met H. nodig. We lopen alle mogelijke interpretaties na. Mijn idee is dat Chloë me probeert te waarschuwen omdat ze me aardig vindt en niet wil dat ik gekwetst raak, of dat ze Jack aantrekkelijker wil maken door hem af te schilderen als een schurk. H. vindt dit allemaal onzin, maar zij mag Chloë eigenlijk ook niet zo. Ze zegt dat Chloë aan het stoken is omdat ze niet wil dat haar knusse kliekje uit elkaar valt, en dat ze waarschijnlijk zelf een oogje heeft op Jack.

Chloë had een tijdje iets met de vriend van de broer van H. en was volgens alle getuigen nogal een kreng. Ik heb haar ongeveer een jaar geleden op een feestje leren kennen, net toen de relatie ten einde liep, en ze huilde uit op mijn schouder. Daarna kwam ik haar weer tegen op de bruiloft van H.'s broer en sindsdien houden we min of meer contact. Ik mag haar wel, maar ik ben het met H. eens dat ze meer een meisje voor jongens is dan een meisje voor meisjes. En die zijn toch anders.

'Aha,' zeg ik, 'als dat zo is, waarom vroeg ze me dan om mee uit te gaan en waarom heeft ze Jack mijn nummer gegeven?'

H. haalt haar schouders op en schudt haar hoofd. 'Geen idee. Ik vertrouw haar gewoon niet. Maar goed, jouw probleem is opgelost, je hebt zijn nummer.'

Ik vertel H. maar niet dat ik vanmorgen een uur lang aan de

telefoon heb gezeten met een aardige meneer van Inlichtingen om het nummer van alle galeries in het centrum van Londen te weten te komen en dat ik met nog een paar uur veldwerk Jack zelf wel zou hebben opgespoord.

'Ja, en hij heeft mijn nummer al dagen, maar hij heeft nog niet gebeld, of wel soms?'

H. nipt bedachtzaam van haar bier. 'Weet je zeker dat je hem nog wilt? Hij klinkt niet bepaald betrouwbaar.'

'Hij heeft nog niet de juiste vrouw gevonden, dat is alles,' zeg ik met een glimlach, maar dan komt er een verontrustende gedachte in me op. 'Wat als Chloë Jack vertelt dat ze me is tegengekomen en dat ik eruitzag als een heks?'

'Allemachtig!'

'Maar misschien geloofde hij me wel toen ik zei dat ik achter Matt aan zat en heeft hij me afgeschreven en wil hij me helemaal niet.' Ik geef me over aan een monoloog vol twijfels aan mezelf en verklaringen voor zijn stilzwijgen, totdat H. mij het zwijgen oplegt. Met haar lege glas in de hand komt ze overeind.

'Ik krijg hier aardig de zenuwen van,' waarschuwt ze.

Bij het volgende biertje geeft H. praktische adviezen. Ze zegt dat als ze mij was ze Jack zou bellen om zelf te horen hoe de vork in de steel zit. Maar ze is mij niet. Zij heeft veel meer lef. Ik zeg dat hij me wel zal bellen als hij echt contact wil. Ik kan alleen maar afwachten. H. zegt dat ik niet zo defaitistisch moet zijn, maar zij heeft makkelijk praten, zij heeft Gav.

Als ik thuiskom, ben ik dronken en heb ik medelijden met mezelf. Jack heeft nog niet gebeld, hoewel Chloë nu toch wel iets zal hebben gezegd. Ik ben niet van plan hem te bellen. Hij had mijn nummer het eerst, dus hij moet beginnen. Het zou niet cool zijn om hem te bellen, wat H. ook zegt.

Ik kruip in bed met *Vrouwen met macht* en ben onmiddellijk vertrokken.

Als ik op woensdag wakker word, kan ik me niet bewegen. Elke spier in mijn lijf verkeert in shocktoestand. Eerst denk ik dat ik een vreselijk auto-ongeluk heb gehad, maar dan herinner ik me de sportschool weer. Ik heb mijn ogen nog niet open en nu al heb ik een rotgevoel over deze dag.

In theorie verloopt mijn ochtend ongeveer als volgt:

7.00 uur: Wekker loopt af. Druk op snoozeknop.
7.20 uur: Wekker loopt weer af. Druk weer op snoozeknop.
7.40 uur: Wekker loopt voor de derde keer af. Ik sta op, was gezicht, zet water op. Laat bad vollopen.
7.45 uur: Drink thee. Doe aan positieve bekrachtiging. Ga in bad.
8.10 uur: Kom uit bad met gewassen en geconditioned haar.
8.15 uur: Föhn haar en doe poging het in model te brengen (altijd een ramp).
8.25 uur: Doe klerenkast open. Kies kleren en trek ze aan. (Strijken is soms nodig.)
8.30 uur: Eet kom cornflakes of geroosterd brood (afhankelijk van melkvoorraad).
8.35 uur: Check kleding. Poets tanden. Pak tas voor eventuele klusjes, zoals stomerij, schoenmaker. Maak gezicht op.
8.40 uur: Check en double-check inhoud tas. Zoek sleutels.
8.45 uur: Verlaat flat.

Vandaag word ik om kwart voor negen wakker. Dat is geen goed begin.

Hoe komt het toch dat als ik me verslaap ik altijd wakker word op het moment dat ik eigenlijk de deur uit moet? Vreemd.

Azijngleuf geeft me een preek over stiptheid en ik besluit haar te vergiftigen. Ik verbind telefoontjes door naar de verkeerde mensen en maak er in het algemeen een puinhoop van. Tussen de middag troost ik mezelf met een broodje gezond met ham en extra veel mayonaise. Slank zijn lijkt me op het moment vrij zinloos.

De hele middag houd ik oefengesprekken met Jack.

Ik: Hallo?

Jack: Hoi Amy, met Jack.

Ik: (verbaasd) Wie?

Jack: Je weet wel, van laatst. Ik vond het heel leuk. Je was geweldig. Eerlijk, ik heb nog nooit zo'n intelligent, sexy...

Nee, schrap dat maar. Dat zit er niet in.

Ik: Hallo?

Jack: Hé stuk, met Jack.

Ik: (supercool) Hoi, hoe gaat het?

Jack: Eenzaam zonder jou...

Getver! Ik word misselijk van hem.

Dit gaat zo een hele tijd door. Ik heb alle varianten al een keer gerepeteerd, behalve die waarbij ik hém bel. Maar aan het eind van de middag ben ik er wel zo aan gewend om met hem te praten dat ik zeker weet dat hij me zal bellen. Het is onmogelijk dat een mens zoveel aan een ander denkt zonder dat die ander een of andere vibratie oppikt. Toch?

Als ik thuiskom staat er maar één bericht op het antwoordapparaat. H. zegt dat ik haar moet bellen zodra ik Jack heb gebeld.

Ik kan er niet onderuit. Ik pep mezelf op met een paar bladzijden uit *Vrouwen met macht*. 'Sta je macht niet af aan andere mensen... Vrouwen die krijgen wat ze willen zijn altijd *actief*...' enzovoort.

Ik staar naar het agendablaadje met Jacks nummer. Doe het gewoon. Doe het. Doe het. Kom op, pak de telefoon.

Jacks telefoon gaat vier keer over. Ik druk de hoorn tegen mijn oor. Mijn knokkels worden wit. Ik voel me zo bloot. Ik bel naar zijn huis!

Dan springt het antwoordapparaat aan. Het is de stem van Matt.

'Hoi, Matt en Jack zijn er op het moment niet. Als je na de piep een boodschap achterlaat, bellen we je terug. Piep.'

En dan gebeurt er iets geks. Er blijkt opeens een eekhoorntje in mijn luchtpijp te huizen.

'Hoi, met...' tjiep ik. Dan niets. Ik ben zo geschrokken van het geluid dat uit mijn mond komt. Ik probeer het opnieuw. 'Met Amy. Eh...' Weer stilte, dan de piep.

Ik heb het voor elkaar gekregen om de domste boodschap in te spreken die ooit op een antwoordapparaat is achtergelaten. In de hele geschiedenis van de mensheid. En ik kan er niets aan veranderen. Ik laat de hoorn vallen alsof hij me een elektrische schok heeft bezorgd en begin wild met mijn handen te wapperen. Ik heb het bloedheet.

Ik trek het snoer van de telefoon los, haal het stekkertje uit het antwoordapparaat, zet het raam open en slinger *Vrouwen met macht* de tuin van de buren in.

Donderdag: totale ineenstorting.

In een kramp zit ik op mijn werk. Het is tot me doorgedrongen dat mijn probleem veel groter is dan het incident met het antwoordapparaat. Het omvat mijn hele leven. Zonder het te weten stapt Geoff deze persoonlijke crisis binnen.

Geoff is een medewerker van Boothroyd, Carter en May en hangt al de hele week rond in de buurt van de receptie. Dat komt doordat hij de Jan Zondervriend van het kantoor is. Hij lijkt nog het meest op een natte krant. Er is in de verste verte niets aantrekkelijks aan hem. Hij heeft een rechthoekige bril, begint kaal te worden en ruikt onaangenaam.

Ik ben zo uit mijn doen dat ik ja zeg als Geoff me mee uit vraagt. Ik ga uit met Geoff!

Hij neemt me mee naar een Italiaans restaurant en bestelt spaghetti, die hij vervolgens op zijn das laat vallen. Hij is heel erg zenuwachtig en op een kruiperige manier gevleid dat ik met hem uit wil. Het heeft allemaal weinig met mij te maken, want vandaag is zo'n dag dat ik helemaal buiten de werkelijkheid sta. Het gesprek stokt en ik begin met mijn vork in mijn lasagna te prikken.

'Je lijkt niet erg gelukkig,' merkt Geoff op.

Een eerste prijs voor deze Einstein!

Ik haal mijn schouders op. 'Het gaat wel.'

'Waar denk je aan?' vraagt hij (stom genoeg).

En ik vertel het hem.

Ik laat alles eruit komen.

Ik vertel hem dat mensen alleen mensen aantrekken die ze kunnen aantrekken. Bijvoorbeeld, Elizabeth Taylor trok Richard Burton aan omdat hij ongeveer net zo aantrekkelijk was als zij. Ik heb Geoff aangetrokken. Dat moet dus wel betekenen dat ik op hetzelfde niveau van aantrekkelijkheid sta als Geoff. En daar krijg ik, heel eerlijk gezegd, zin van om mezelf van kant te maken.

Ik weet niet wat me bezielde. Ik heb nog nooit zoiets onaardigs gezegd tegen iemand die ik nauwelijks ken. We staren elkaar een tijdje aan en dan glimlach ik nerveus, maar Geoff ziet er echt gekwetst uit. Hij haalt met trillende vingers geld uit zijn portefeuille, laat het op het tafeltje vallen en gaat ervandoor.

Omdat niemand met Geoff praat, heeft hij niemand om tegen te klagen en volgt er op kantoor gelukkig geen scène. Maar voor de rest van de middag dompel ik mezelf onder in diepe spijt.

Eenmaal thuis weet ik genoeg moed te verzamelen om de telefoon weer aan te sluiten.

Onmiddellijk belt mam voor een van haar 'praatjes'.

'Lieverd. Hoe gaat het met dat nieuwe mannetje van je? Ik ben zo benieuwd...'

'Het is geen mannetje en hij is niet van mij!' gil ik.

Ik heb geloof ik een zenuwinzinking.

Jack belt niet. H. komt langs en we kibbelen omdat ik weiger me door haar uit mijn sombere stemming te laten halen. Ze zegt dat ik me aanstel en dat ik me niet zo op anderen moet afreageren. Ze heeft gelijk, maar ik ben te ver heen om dat in te zien.

'Je begrijpt het niet,' zeg ik verwijtend. 'Jij weet niet hoe het is om gedumpt te worden nog vóór je eerste afspraakje.'

Ze is niet te vermurwen. 'Dit heeft niets met Jack te maken,' zegt ze zo rustig dat ik er kwaad van word. 'Je bent eindelijk ingestort en dat komt door dat uitzendwerk. Ik wist dat het zou gebeuren.'

'En wat dan nog als ik een rotbaantje en een rotleven heb? Dat is mijn verdiende loon. Ik kan niets anders,' snauw ik. 'Ik kan helemaal niets.'

Ze weigert hierop in te gaan. 'Wat een gelul. Je probeert het niet eens. Het is net alsof je het hebt opgegeven. Je weet best dat je de mode in wilt en dat je er iets van wilt maken, maar je bent te bang.'

'O, hou je kop! Dat is al honderd jaar geleden. Daar is het nu te laat voor.'

'Het is niet te laat, je bent alleen maar veel te koppig.'

'O, en wat weet jij ervan? Met je snelle baan bij de televisie en Gav die thuis op je zit te wachten. Weet jij hoe het is om op een dood spoor te zitten?' zeg ik, maar mijn stem begint te trillen.

'Amy, een vriendje hebben lost heus niet al je problemen op.'

'Meen je dat nou, juf Wijsneus,' zeg ik met verstikte stem. 'Het is misschien niet alles, maar het zou een heel aardig begin zijn, want je hebt geen idee hoe ik het haat om alleen te zijn. In mijn eentje bezig te zijn met al die... shit.' Ik spuug het woord uit en begin dan te snotteren. 'Maar als het je nog niet opgevallen was, ik kan niemand krijgen. Ik kan zelfs Geoff niet krijgen, want hij is achter de waarheid gekomen – dat ik een vreselijk mens ben en dat mijn leven helemaal nergens heen gaat... en... en... als ik dertig ben, ben ik een verbitterde, verknipte mislukkeling en... als ik doodga ben ik vast nog ma-ha-haagd.'

H. geeft me een dikke knuffel, maakt de doos met gekleurde tissues open, zet een kopje kruidenthee voor me en stopt me in bed. Ze zegt dat morgen alles weer goed is.

Goed. Ze kunnen allemaal de pot op! Ik ben het zat. Ik heb veel te veel energie verspild met wachten op die klootzak die maar niet belt. Eén simpel telefoontje was genoeg geweest, maar nee hoor, hij is gewoon een egoïstische eikel! Nou, ik ga mooi geen tijd meer met hem verdoen. Hij zal me niet nog meer ellende bezorgen. Deze week ben ik kilo's afgevallen en weer aangekomen, heb ik met iedereen ruziegemaakt, inclusief H., en waarvoor? De kat z'n viool.

Dus dat is dat. Jack Rossiter is voorgoed mijn leven uit. Ik bedoel, weet hij dan niet wie ik ben? Hij zou om een afspraak moeten komen smeken, de telefoonlijn laten smelten, mijn flat verdomme omtoveren in een bloemenwinkel. Weet je wat? Hij kan de kolere krijgen. Laat hij die domme sletjes van hem, die chique kleren en dat artistiekerige gelul maar in zijn haar smeren.

Jongens, wat ben ik vanavond in een uitbundige stemming. Ik ben Tarzan; wie wil er nou zo'n zachtgekookte Jane zijn? Tenslotte ben ik een vrouw met macht.

Ik heb geen mannen nodig. Mannen met hun stinkende geslachtsdelen, walgelijke teennagels en snobistische gezeik. Wie heeft daar nou wat aan? Ik niet. No way, José.

Ik sta in de deuropening en haal eens diep adem. Ha! Nooit meer laat ik me door zo'n achterlijke vent een oor aannaaien.

Vandaag is de laatste dag van mijn uitzendbaantje en DE EERSTE DAG VAN DE REST VAN MIJN LEVEN.

Helaas glijd ik uit op het trappetje en verrek ik mijn bovenbeenspieren.

Maar ik weiger me uit het veld te laten slaan en denk dat mijn nieuwe houding van me af te lezen valt. In de metro gaan de mensen voor me opzij en op kantoor slikken mijn collega's hun begroeting haastig in. Ik zeil door de dag met nietsontziende efficiency. Ik ruim zelfs het kastje met briefpapier op, iets waarvan Azijngleuf zeer onder de indruk is.

Om precies half zes overhandig ik haar mijn werkbriefje. Aan dit aspect van uitzendwerk heb ik meestal de grootste hekel. Mensen maken zo'n drukte voor ze hun handtekening zetten, zeuren over uren en geven je het gevoel dat je een gevangene met weekendverlof bent. Maar vandaag niet. Terwijl ik in de houding voor haar bureau sta, bekijkt Azijngleuf me van top tot teen.

'Dank je wel, Anna, voor je harde werken,' zegt ze. 'Ik moet zeggen dat je vandaag heel, eh, ijverig bent geweest.'

'Ik heet Amy. Graag gedaan.'

'Volgende week zullen we je niet nodig hebben. Janet is terug van vakantie, maar als zich iets voordoet, neem ik contact met je op.'

Ze meent er niets van en ik vind het prima. Ik ben weg.

Met vaste tred loop ik naar Topkracht. Elaine geeft op vrijdagmiddag voor alle uitzendkrachten een borrel, die onmogelijk te vermijden is als je je werkbriefje wilt inleveren. De bedoeling ervan is dat we ons één grote gelukkige familie voelen, in plaats van het schuim der aarde waar de rest van de wereld ons voor aan lijkt te zien. In werkelijkheid zijn die borrels alleen maar gênant. Uitzendkrachten hebben niet veel respect voor zichzelf, laat staan voor elkaar.

Het is tropisch heet op het kantoor. Op de balie staan een schaal met omgekrulde sandwiches, een paar flesjes fris en een doos met goedkope wijn. Elaine is al halverwege die doos en met haar uitgelopen eyeliner lijkt ze net een pandabeer.

'Blijf nou, kom op, neem een drankje,' zegt ze met dikke tong, terwijl ze mijn werkbriefje in haar bakje ingaande post legt.

Ik sla het aanbod af en zeg dat ik uitga. Ze antwoordt dat ze me volgende week belt over meer werk.

Vanuit het kantoor spreek ik een boodschap in op H.'s mobiele telefoon. Ik zeg dat ze geen keus heeft, we gaan de bloemetjes buiten zetten.

Heel veel bloemetjes.

Op de trap naar mijn flat loop ik te neuriën, opgewonden bij het vooruitzicht van een meidenavondje. Ik ga me bezatten. Meer dan bezatten. Ik heb het verdiend. Misschien geef ik me wel over aan een paar lekkere stukken als ze zich laten zien. Niets zou me tegenhouden. Ik ben de baas.

Ik steek de sleutel in het slot. Ik ben niet van plan zelfs maar naar het antwoordapparaat te kijken. Dan denken ze straks nog dat het me iets kan schelen. En dat is dus niet zo. Al stonden er tien boodschappen op van Jack Lamstraal Rossiter, ik zou ze allemaal wissen. En als ik hem aan de telefoon kreeg, dan zei ik dat hij dood kon vallen.

Zodra ik de deur open heb, begint de telefoon te rinkelen. Mooi, dat zal H. zijn, klaar om plannen te maken.

Ik sprint naar de telefoon.

'Hallo,' toeter ik.

Even is er niets te horen.

'Hoi, Amy, met Jack. Ik vroeg me af of je iets te doen hebt vanavond.'

En ik weet dat dit fout is. Heel, heel erg fout. Dat ik in twee seconden twintig jaar werk van de vrouwenbeweging ongedaan maak. Maar ik ben ook zo blij om zijn stem te horen. Zo stumperig dankbaar dat hij eindelijk belt dat ik mezelf hoor zeggen, veel enthousiaster dan ik eigenlijk wil: 'Nee. Hoezo?'

3 Jack

HET TELEFOONTJE

'Nee. Hoezo?'

Nou, het hoezo is niet zo moeilijk. Het hoezo beantwoord ik terwijl ik met vastgebonden handen op mijn kop sta. Omdat het vrijdagavond is en ik alleen thuis ben. Omdat ik, Amy, hoewel je me vorige week vertelde dat je op Matt valt, toch hoop dat je mij ook wel leuk vindt. Omdat ik al meer dan een week geen seks heb gehad en jij al meer dan een halfjaar. En, ja, omdat ik je leuk vind.

Maar dat 'nee', dat is het probleem. Dat nee komt als een verrassing. Dat nee is, eh, nou ja, te *eerlijk*. Ik bedoel, het spelletje dat we spelen kent wel een aantal regels. Er is een handleiding en in die handleiding staan bepaalde voorschriften. Er zijn dingen die singles doen en andere dingen die ze niet doen. Wat ze wel doen:

a. iemand op een feestje leren kennen, contact leggen en die persoon toevoegen aan de map PS (Potentiële Sekspartners);
b. af en toe niets te doen hebben op vrijdagavond en dan de map PS doorlopen om te zien of er nog iemand beschikbaar is;
c. een enkele keer ook echt iemand opbellen en voorstellen samen iets te gaan doen.

Wat ze beslist niet doen:

a. de telefoon meteen opnemen, want ze weten dat antwoordapparaten, net als Rottweilers, indringers op afstand houden;
b. op een vrijdagavond als ze alleen thuis zijn de telefoon opnemen, omdat dat bij de beller de indruk wekt dat ze zojuist hun

sociale leven ten grave hebben gedragen;
c. deze indruk nog eens versterken door 'nee' te antwoorden op de vraag of ze die avond iets te doen hebben.

En het is de bedoeling dat wij ons aan de etiquette houden, want die is opgesteld om onze status als single te beschermen. Bij elkaar vormen de regels onze onafhankelijkheidsverklaring, een verklaring waarnaar wij te allen tijde behoren te leven.

Maar ja, Amy, blijkbaar zijn mijn regels de jouwe niet. Kort gezegd: je hebt mijn handleiding in stukken gescheurd. En nu sta ik met mijn rug tegen de muur. Ik kan niet anders dan jouw 'nee' veranderen in een 'ja'. Ik pak een sigaret.

'Um,' zeg ik, zittend op de leuning van de luie stoel, 'ik moest vanavond eigenlijk werken, weet je. Een of ander portret dat absoluut zondag af moest, voor die vent z'n vijftigste verjaardag. En toen was ik een uurtje geleden ineens klaar en... en... ik weet niet... Ik vond het leuk vorige week. We hadden het gezellig, dacht ik, en ik vroeg me af of we het niet nog een keertje over moesten doen. Dus dacht ik, ik bel je maar eens om te horen wat je voor plannen had en zo...'

'Bedoel je dat je een echt afspraakje met me wilt, Jack?'

De directe benadering. Prima, dat kan ik ook. 'Euh, ja, zo zou je het kunnen zeggen.'

'Goed.'

'Goed in de zin dat je erover wilt nadenken of goed in de zin dat je het een goed idee vindt?'

'Goed in de zin dat ik erover heb nagedacht en goed in de zin dat ik het een goed idee vind.'

Ik moet lachen om de manier waarop ze me nadoet. 'Prima, ik zoek wel een restaurant uit. We kunnen eerst ergens wat gaan drinken als je wilt.'

'Ik wil.'

Ik lach weer. 'Ken je Zack's?'

'Tuurlijk.'

'Zullen we elkaar daar om een uur of acht ontmoeten?'

'Goed, dan zie ik je daar.'

Als ik ophang is het net alsof ik mijn blaffer na een vuurgevecht weer terug in zijn holster stop. Maar ondanks een ietwat versnelde hartslag voel ik me picobello. Ik heb een live telefoongesprek overleefd. En het liep gesmeerd. Amy was aardig, blij dat ik belde. Ik vroeg haar of ze een avondje met me uit wilde en ze zei ja. We zien elkaar vanavond. Dat is gescoord. Billy the Kid 1, Calamity Jane 0.

Maar dan dringt het besef plotseling tot me door: mijn hemel, ik heb een afspraakje! Een afspraak nota bene. Met een drankje en een hapje en uren kletsen met iemand die ik nauwelijks ken; het soort avond waar ik mee gestopt ben toen ik ontdekte dat er kortere, minder ingewikkelde wegen zijn die naar seks leiden.

Waar ben ik in godesnaam aan begonnen?

Rustig blijven.

Ik neem een stevige haal van mijn sigaret en probeer mezelf ervan te overtuigen dat het minder erg is dan het lijkt. Amy is leuk. Ze is mooi. Je kunt met haar lachen. Bovendien wil ik haar echt weer zien. Waarom heb ik haar anders gebeld? En het is niet dat ik haar niet ken. Ik heb een hele nacht met haar doorgebracht, nietwaar? En ze wil graag. En als ze het een goed idee vindt om met me uit te gaan, is ze blijkbaar minder verzot op Matt dan ze zei. Dus dit is allemaal eigenlijk heel logisch.

Op een of andere manier neem ik het Chloë kwalijk dat mijn avond deze kant opgaat. Ik tuur naar het stukje papier in mijn hand: Chloë's handschrift, Amy's telefoonnummer. Chloë gaf het me afgelopen maandag, toen ze genoeg begon te krijgen van mijn eeuwige gezever over McCullen, bij wie ik geen poot aan de grond krijg. Ze vond dat ik Amy maar eens moest bellen, dacht dat ik gefrustreerd was en dat een lekker, ongecompliceerd potje seks me wel zou kalmeren. En vervolgens belde Amy – ik weet tamelijk zeker dat het Amy was – woensdagavond op met een korte, nogal merkwaardige boodschap. Dat ze mijn nummer had zal ook wel het werk van Chloë zijn geweest. Wie anders zou dat durven uitdelen? Ze haalt voortdurend dat soort grappen uit met Matt en mij, zodat haar jongens niets tekortkomen. Wij doen overigens hetzelfde voor haar en bezorgen haar af en toe een leuke kerel.

Ik heb me wel eens afgevraagd of het niet verstandiger zou zijn al die tussenpersonen overboord te zetten en het eens met

Chloë te proberen. Die gedachte steekt af en toe de kop op, we flirten genoeg met elkaar. Ik heb het een keer met Matt besproken, toen Zoë en ik net uit elkaar waren. We hadden ons de avond ervoor samen met Chloë een stuk in de kraag gezopen en ze was naast mij, op mijn bed, in slaap gevallen. 's Ochtends bracht Matt ons koffie en trof hij ons innig omstrengeld in bed aan. Toen ze naar huis was, vroeg Matt of er iets was gebeurd, waarop ik ontkennend antwoordde. Dus vroeg hij waarom niet, waarop ik zei dat ik haar een schat vond, maar nooit verliefd op haar zou kunnen worden. Het was met haar net als met hem, ze was een maatje. Er zou te veel druk zijn om er ooit iets moois van te kunnen maken. Bovendien kende ik haar al veel te goed. Wat viel er nog te ontdekken? Ik weet niet of hij me geloofde. Ik weet niet eens of ik mezelf wel geloofde.

Ik kijk naar de oude Marlboro-klok boven de bar aan de andere kant van de kamer: half zeven. Wat te doen, wie te zijn...

Ik ga naar Matts slaapkamer en trek zijn klerenkast open. Voor de duizendste keer prijs ik mezelf gelukkig dat ik een beste vriend heb die geen moeite heeft met delen. Dat moet ik hem nageven. Hij heeft kleren voor elke gelegenheid: smokings, dassen en pakken, mooie overhemden en spijkerbroeken en truien. Grasduinen in zijn klerenkast is net winkelen met een American Express-goldcard: je kunt nemen wat je wilt. (Zorg er altijd voor dat je je huis deelt met iemand van hetzelfde postuur als jijzelf.) Ik bid nu maar dat Matt van al die dure zakenlunches niet te veel uitdijt, want dan zit ik in de problemen. Met hem meegroeien is dan waarschijnlijk het enige wat ik kan doen. Of anders moet ik een echte baan zoeken en mijn eigen creditcard aanschaffen. Voor het einde van dit jaar – de tijd die ik mezelf heb gegeven om van mijn geschilder een succes te maken – zie ik dat er zeker niet van komen. Ik kies wat kleren uit en ga de badkamer in.

Een heleboel meisjes die ik ken, beschouwen hygiëne als iets wat seksebepaald is: meisjes doen eraan, jongens niet. Einde verhaal. Tot op zekere hoogte hebben ze daar gelijk in. Laat een man een jaar alleen, ontneem hem elke vorm van beschaving en – het allerbelangrijkste – elk uitzicht op seks. Als je dat doet, is er een goede kans dat er schimmel op hem gaat groeien. Sokken en onderbroeken worden stukgedragen, verdwijnen pas in de was als ze jeuk veroorzaken of beginnen te stinken als Franse kaas. Saharaatjes van stof zullen ongemerkt oprukken vanuit de hoeken van het huis. Het fornuis gaat naarmate de stapel vuile pannen hoger wordt steeds meer op een wegversperring lijken. En zwarte randjes dreigen de nagels van vingers en tenen uit hun bed los te maken.

Maar zet diezelfde man in zijn normale omgeving terug en het verhaal krijgt een heel andere afloop. Bezorg hem een afspraakje met tien procent kans op seks en hij haalt meer luchtjes en crèmes uit de kast dan Cleopatra ooit voor mogelijk had gehouden. In feite zit het dus zo: hygiëne is voor mannen iets wat met seks te maken heeft. Je wast je en dan volgt er seks. Zo eenvoudig is dat. Neem jonge jongens, jongens die denken dat ze sokken die niet uit zichzelf naar de wasmand lopen nog best een dagje aan kunnen. Die jongens kan het niets schelen hoe vies ze worden. Zet ze binnen een straal van honderd meter van een stevige hondendrol en de kans is groot dat ze er midden in belanden. Pas als ze geslachtsrijp worden, beginnen ze te snappen wat de bedoeling is. Ze merken dat de meisjes ze stom vinden als ze stinken. Ze kunnen nog zo slecht in wiskunde zijn, maar ineens hebben ze wel genoeg hersenen om de volgende ingewikkelde reeks vergelijkingen op te lossen: vieze adem + smoezelige tanden = niet zoenen; gebrekkige hygiëne van het onderlichaam = geen seks.

En bij mij is het al niet anders. Neem vanavond. En dan heb ik het even niet over tien procent, ik schat mijn kansen op zeker fifty-fifty. Als ik het een beetje handig aanpak, wandel ik vanavond over de Laan van Wippestein rechtstreeks naar Huize Hupsakee. En om ervoor te zorgen dat het inderdaad zo loopt, houd ik me bezig met dat hygiënegedoe. Ik neem geen halve maatregelen. Ik douche, poets, scheer, kam en borstel, flos mijn tanden, was mijn oren, knip mijn nagels, smeer mezelf in met bodylotion en doe aftershave op. Dan kleed ik me aan: Calvins (ook wel bekend als de Versierslip), schone sokken en Matts kleren (schoon en gestreken, zoals altijd). Ik bekijk mezelf uitgebreid in de spiegel, glimlach zoals ik dat later die avond onder het eten ook naar Amy zal doen. Mijn algemene indruk? Ik geloof erin. Hopelijk doet zij dat ook.

Beneden pak ik een biertje en zet ik een cd op. Zack's is vlak om de hoek, dus er is geen haast bij. Ik moet alleen nog een restaurant uitzoeken en een tafeltje reserveren. Het moet gezellig en, noodgedwongen, niet te duur zijn. We moeten er ontspannen een beetje lol kunnen hebben. Naar zo'n gelegenheid zou ik op zoek zijn gegaan als ik niet al had gereserveerd. Maar dat heb ik wel. Vier uur geleden, nog voordat ik er ook maar over piekerde om Amy te bellen. Vier uur geleden, tegen het einde van mijn tweede sessie met McCullen. Vier uur geleden, toen ik besloot een tafeltje te reserveren in Hot House, omdat ik dacht dat dat wel iets voor McCullen was. Vier uur geleden, ongeveer een uur voordat ik voor de tweede keer in twee weken werd geconfronteerd met het feit dat McCullen er nog niet klaar voor is.

MOUNT MCCULLEN: BASISKAMP

McCullen belde vanochtend rond tien uur aan. Dit keer was ik helemaal klaar voor haar. Geen Catherine Bradshaw die als een duivelin vanaf de bushalte toekeek. Geen gebrek aan slaap waardoor mijn tong voortdurend in de knoop raakte. Geen kater die mijn hoofd deed bonzen. Met andere woorden: niets wat me kon hinderen bij mijn tweede poging de top van Mount McCullen te bereiken.

Toen ik opendeed gaf ze me een kus (op mijn wang) en ging zelfs zo ver me even (snel) te omhelzen. Dat was bemoedigend. Toegegeven, het was niet het toppunt van passie, maar wel degelijk een begin. Eenmaal binnen was ze een en al glimlach. Geen zenuwen of gefriemel met haar vingers of gefronste wenkbrauwen zoals vorige week. Een vlug kopje koffie, een babbeltje over een feestje waar ze met Kate naartoe was geweest, een roddel hier, een grapje daar. Alsof we elkaar al jaren kenden. Vervolgens naar het atelier, waar ze zich zonder een greintje gêne van haar kleren ontdeed en haar pose op de bank weer innam. En terwijl dit allemaal al goed verliep, bleek het niets in vergelijking met wat er later kwam, toen we halverwege de middag even pauzeerden om in de tuin wat te drinken.

De zon scheen als een schijnwerper vanuit de helderblauwe hemel op ons neer. McCullen, met niets meer aan haar lijf dan een handdoek (van mij) en een Ray Ban (van Matt), zat naast me op een van de drie houten bankjes in de tuin. Vier recentelijk geleegde bierflesjes lagen op het vergeelde gras te glinsteren in de zon. Een cirkel van schaduw, veroorzaakt door de Budparasol die in een gat in het midden van de oude terrastafel was gestoken, zorgde voor een beetje verkoeling. Tussen ons in, op de houten bank, stond een koelbox vol bier. Ik haalde er twee flesjes uit, ontdeed ze met behulp van de tafelrand van hun dop, gaf er eentje aan McCullen, bracht het andere naar mijn lippen en dronk.

Ik keerde me naar haar toe en zag toe hoe ze een sigaret opstak en de tuin in zich opnam. Voor het eerst vielen haar sproetjes me op. Het verbaasde me niets dat ik ze nog niet eerder had gezien, ook al had ik haar binnen al vele uren bestudeerd. Er waren tenslotte andere lichamelijke kenmerken geweest die mijn aandacht hadden getrokken. Haar sproeten waren maar vaag. Niet van het schreeuwende soort dat je in de verleiding brengt een pen te pakken en er nog een paar dikke stippen bij te tekenen, maar meer het soort dat door het kleinste zuchtje wind als confetti lijkt te kunnen worden weggeblazen. Ze draaide zich naar me toe en omdat ik niet wilde dat ze me zag staren, richtte ik mijn blik op de fijne haartjes die onder de rand van mijn korte broek op mijn dijbeen groeien.

Er was geen twijfel mogelijk: dit was perfect. Dit was wat je noemt een moment. Sereen. Ik was er. Zij was er. En er was zon en er was bier. Ik had me de afgelopen drie jaar geen vakantie in het buitenland kunnen permitteren, maar hier had ik van gedroomd in al die lange, koude winternachten die ik in mijn eentje had doorgebracht. Dit waren de kleuren die de somberheid hadden verdreven. En al was er in mijn dromen iemand anders bij me geweest dan McCullen, het viel allerminst tegen.

'En?' vroeg ik, terwijl ik haar weer recht aankeek. 'Vertel eens over je man.'

'Waarom?'

'Ik ben gewoon nieuwsgierig.'

Wat iets anders was dan de waarheid en niets dan de waarheid.

Er bestaan twee stromingen als het gaat om praten over de partner van iemand op wie je een oogje hebt. Je hebt de passieve en de actieve stroming. De eerste is van mening dat hoe minder je over de partner praat, hoe minder de ander aan die partner denkt. En als ze eenmaal is opgehouden aan haar partner te denken, is er geen enkele reden meer waarom ze niet aan jou zou gaan denken. En als dat eenmaal het geval is, dan ben je binnen. Aan de andere kant is er de actieve stroming. Er recht op af. Maak het vriendje bespreekbaar, zodat je zo snel mogelijk ontdekt wie je tegenstander is. Dat is meer mijn stijl. Het spaart tijd.

Ze glimlachte. Ik weet niet of dat was omdat ze begreep dat ik haar probeerde te versieren en dat haar verlegen maakte of omdat ze aan haar vriendje dacht. Uiteraard hoopte ik op het eerste.

'Ik weet niet waar ik moet beginnen.'

'Bij het begin misschien? Dat is een heel geschikte plek. Dat vond Julie Andrews ook al.'

En dus vertelde ze me alles. Dat hij Jonathan heet, maar iedereen hem Jons noemt. Dat ze elkaar op school hebben leren kennen toen ze zeventien was. Dat het een knappe jongen is die in een bandje zingt. Toen ik bijna een teiltje nodig had en mezelf vervloekte omdat ik niet wat beter had opgelet tijdens de lessen van professor Passief, veranderde onze held ineens van Luke Skywalker in Darth Vader. McCullens glimlach ging over in een mistroostige grijns toen ze zijn duistere kant onthulde: het cocaïnegebruik dat hij niet kon bekostigen, de paranoia, de manier waarop hij haar vanuit Glasgow, waar hij zat voor zijn studie, in de gaten hield en per se elk weekend bij haar wilde zijn, hoe hij altijd haar vrienden afkraakte en dat hij helemaal over de rooie zou gaan als hij ooit ontdekte dat ze naakt voor mij poseerde.

Grappig toch dat erg soms zo goed kan zijn. Hoe meer erge dingen ze vertelde, hoe groter mijn kansen werden. Jezus, nog even en ik vond Jons een aardige gozer.

En toen zei ze: 'Ik weet soms eigenlijk niet waarom ik nog bij hem ben.'

Waardoor ik weer dacht: *Houston, het probleem is opgelost.*

Maar toen zei ze: 'Dat is belachelijk. Zo bedoelde ik het niet. Ik hou van hem.' Ze keek beschuldigend naar het bierflesje en schudde traag haar hoofd. 'Alcohol en zon. Daar raak ik altijd door van slag. Vergeet wat ik heb gezegd.'

Waardoor ik weer dacht: *Ground Control to Major Tom. Your circuit's dead, there's something wrong.*

En dus besloot ik alles op alles te zetten en gooide haar het allerslechtst denkbare scenario voor de voeten: het vooruitzicht van een huwelijk. 'Denk je dat je nog eens met hem trouwt?' vroeg ik.

Ze haalde haar schouders op. Ik nam het haar absoluut niet kwalijk, ik zou hetzelfde hebben gedaan als mij in een dergelijke situatie een dergelijke vraag was gesteld. 'Ik weet het niet,' zei ze. 'Misschien. Nu nog niet in elk geval.'

'Waarom niet?'

Ze dacht daar een paar seconden over na en antwoordde toen: 'Te jong, denk ik.'

'Is hij je eerste echte vriendje?'

'Hoe bedoel je?'

'De eerste jongen met wie je het langere tijd hebt gehouden,' viste ik.

'De eerste en enige...'

'Hoe bedoel je?'

'Er is nooit iemand anders geweest.'

Ik geef eerlijk toe dat ik perplex stond. 'Dat meen je toch niet?'

Ze keek me recht in de ogen. 'Jawel.'

'Ben je nooit...'

'Wat?'

'Nou, benieuwd... Vraag je je nooit af hoe het met een andere jongen zou zijn?'

Ze leunde voorover en maakte haar sigaret uit in het gras. 'Soms.'

'Wanneer dan?'

'Dat weet ik niet.'

En ik keek haar aan met zo'n blik die aan duidelijkheid niets te wensen overlaat. 'Nu bijvoorbeeld?'

'Misschien.'

En dat was dat. Ze had gehapt. Ik glimlachte, kneep mijn ogen tot spleetjes en maakte me op voor de laatste ronde. 'Misschien ja of misschien nee?'

'Misschien ik weet het niet.' Ze stak weer een sigaret op. De rook kringelde tussen haar lippen vandaan. 'En jij dan? Heb jij een vriendinnetje?'

'Nee.'

En daar zaten we dan naar elkaar te staren, zij met haar sigaret en ik met mijn biertje. Het zat zo: McCullen had nog niet besloten wat ze met me wilde, maar ze was er dichtbij, dichtbij genoeg om me blij te maken. Maar als ze het nu nog niet wist, wanneer dan wel? Vanavond? Het moest vanavond worden. De gedachte dat ik misschien nog langer zou moeten wachten, was onverdraaglijk. Restaurant. Verder praten. Meer woordspelletjes. En dan een beslissing.

Intussen gleed mijn blik van beneden naar boven en weer terug over haar lichaam en wenste ik dat ze die handdoek niet om had. En toen bedacht ik ineens dat je je eigen lot in handen hebt: je kunt je eigen wensen laten uitkomen.

'Kom op,' zei ik, 'de pauze zit erop. We moeten weer verder.'

En dat deden we dan ook. Terwijl McCullen zich weer op de bank vlijde, ging ik even naar de keuken, meldde me telefonisch af voor het feestje waar ik die avond met Matt heen zou gaan en reserveerde een tafel voor twee in Hot House. Ik dacht dat ik het helemaal voor elkaar had en realiseerde me daarom niet dat McCullen een langdurige flirt nog aangenamer vond dan ik dacht. Niks mijn verlangens een paar uur op ijs zetten, dit werd een klus voor de veel langere termijn. Haar antwoord op mijn uitnodiging om uit eten te gaan was veelzeggend.

'Dat zou ik heel leuk vinden, maar vanavond niet. Jons komt morgen uit Glasgow en ik moet vroeg op om hem van de trein te halen.'

En nadat ze me bij de voordeur ten afscheid had gekust (weer op de wang) en ik haar had nagekeken terwijl ze de straat uit liep, bedacht ik dat ze als puntje bij paaltje kwam mij weliswaar behoorlijk leuk vond, maar J. tegelijkertijd nog lang niet had afgeschreven. En zolang ze nog meer bij hem dan bij mij was, waren mijn kansen niet erg groot om tot haar te komen. In bijbelse zin dan. Het zou een kwestie worden van heel goed opletten. En dat zou ik doen.

Met een verrekijker.

Dag en nacht.

Zonder pauze.

Het zou niet de eerste keer zijn dat ik langdurig had te wachten.

Bekentenissen: 3. Bondage

Plaats: mijn slaapkamer, Matts huis.

Tijdstip: 3.00 uur, 13 april 1997.

Matt waarschuwde me altijd nadrukkelijk voor herhalingen. Zijn gedachten daarover kunnen als volgt worden samengevat:

a. de kwintessens van een liefde-voor-één-nacht is dat ze één nacht duurt;
b. herhalingen scheppen een band;
c. een band staat op gespannen voet met het singlesbestaan.

En dit was het ogenblik waarop ik inzag dat zijn woorden de zuivere waarheid waren.

Daar lag ik, met mijn armen en benen wijd op mijn rug op het bed, zo bloot als op de dag dat ik ter wereld kwam. Op me zat Hazel Atkinson, al even bloot. Atkinson en ik hadden elkaar met oud-en-nieuw op een feestje bij Barry ontmoet. In de vroege uurtjes van nieuwjaarsdag waren we samen naar boven geslopen, hadden een kamer ingepikt en de deur achter ons op slot gedraaid. De volgende ochtend om een uur of zeven was ik weer onder de mensen en wist ik Matt ervan te overtuigen dat we zo snel mogelijk terug naar Londen moesten. Niet dat het een onaangename nacht was geweest, helemaal niet. Het was ook niet dat ik Atkinson niet leuk vond; dat vond ik wel. Het was vooral een nogal vreemde nacht geweest.

Atkinson heeft een voorkeur voor handelingen die mensen van de generatie van mijn ouders 'pervers' zouden noemen. Met andere woorden: ze vindt het leuk om mannen vast te binden en ze een beetje te laten smeken. Omdat ik geen preutse jongen ben, ben ik altijd bereid om iets nieuws te proberen, ook al vind ik het zelf niet helemaal normaal. Dus in die vroege uurtjes van het nieuwe jaar had ik me door haar laten vastbinden, en ja hoor, ik had gesmeekt. Laat ik zeggen dat ik het een leerzame ervaring vond. Maar net als met Latijn op de middelbare school was ik niet van plan erin verder te gaan. Eindresultaat: ik heb Atkinson nooit teruggebeld en elk feestje gemeden waar zij ook kwam.

Domme ik.

Om half twaalf 's avonds op 12 april 1997 stond ik met mijn dronken hoofd in Klaxon en wie zag ik daar aan de bar staan, haar blik strak op mij gericht? Niemand minder dan Hazel Atkinson, nog even schitterend, nog even beschikbaar. Onder normale omstandigheden was ik er als een haas vandoor gegaan. Barry had me verteld dat Atkinson mij, als gevolg van mijn met ijzeren discipline volgehouden ontloopregime, was gaan beschouwen als iets wat evolutionair gezien net onder de amoebe stond. Maar ik was dronken en had de afgelopen uren al zo vaak mijn kop gestoten bij mijn pogingen iemand te versieren dat ik de hoop op succes voor die avond eigenlijk al had opgegeven. Dus toen ze naar me toe kwam en me aansprak en overduidelijk niet boos op me was, kon ik weinig anders dan haar uitnodigen met me mee naar huis te gaan.

Terug naar het bed.

Ze had mijn handen aan het hoofdeinde vastgemaakt en mijn voeten aan het voeteneinde. Ik vond het best, ik wist wat er nu ging gebeuren. Een beetje kastijding. Een heleboel gegoochel met woorden. Zij zou zeggen wat ik moest zeggen, en dan zou ik dat zeggen. En daarna volgde het leuke gedeelte van het spel, de seks – verrassend genoeg aangenaam rechttoe-rechtaan.

Helaas had Atkinson dit keer andere plannen.

'Zo, gore klootzak die je d'r bent,' zei ze. 'Ik zal jou eens een lesje leren dat je van je hele leven niet meer vergeet.'

Ik wist wat er van me werd verwacht. 'Ik ben stout geweest, hè?' vroeg ik, als onderdeel van het spel. Ik vond het hele gedoe nog net zo belachelijk als de eerste keer. 'Ik ben een ziek klein hondje dat moet worden afgericht, hè?'

'Je moest eens weten, jongen.' Ze keek van grote hoogte op me neer. 'Wanneer zei je dat Matt weer terugkwam uit Bristol?'

'Hoezo?'

'Geef maar gewoon antwoord.'

'Morgenochtend,' zei ik, een beetje in de war. 'Om een uur of negen.'

Ze keek op haar horloge. 'Dat duurt nog zeven uur. Mooi. Misschien haal je dat wel.'

'Waar heb je het over?'

Ze gaf geen antwoord, maar stapte van het bed en begon zich aan te kleden.

'Weet je wat jouw probleem is, Jack?' vroeg ze, terwijl ze naast me kwam zitten en haar laarzen aantrok. Ik probeerde een hand los te wurmen, tevergeefs. De andere hand, mijn voeten: allemaal tevergeefs. De knopen die ze had gelegd zaten goed stevig. Ze stond op. 'Je hebt het verkeerde meisje in de maling genomen.'

En met die woorden liep ze de slaapkamer uit. Een paar tellen later hoorde ik de voordeur dichtslaan.

Ik wachtte.

Het duurde niet lang voor ik de eerste kramp voelde.

Mijn mond voelde al snel zo droog dat mijn tong leek te barsten.

Ik wachtte nog een tijdje.

En nog veel langer.

Tot ik besefte dat ze echt niet terugkwam.

Die nacht passeerde een scala aan gedachten de revue. Ik denk niet dat ik ooit in mijn leven zo lang alleen maar heb nagedacht. Het meeste was onzin. Zo dacht ik dat ik dood zou gaan, dat Matt niet terug zou komen, dat Atkinson wél terug zou komen, met een rijzweep en een elektrische notenkraker. Maar de belangrijkste gedachte die zich die nacht telkens weer opdrong was deze: als ik doodga, ga ik dood zonder de persoon te hebben gevonden met wie ik oud wil worden. Zij zal mij niet vinden en alleen moeten blijven. En dat kan ik dan niemand anders dan mezelf kwalijk nemen. Misschien was dat wel de les die Atkinson me wilde leren.

Eindelijk verscheen een stomverbaasde Matt in de deuropening.

'Zeg het alsjeblieft niet,' wist ik uit te brengen.

'Zeg wat alsjeblieft niet?'

'Ik had je gewaarschuwd.'

Hij kwam op het bed zitten en begon mijn voeten los te maken.

'Atkinson?' vroeg hij.

'Jawel.'

'Dat dacht ik al.'

SAMEN UIT

Als ik Matts voordeur achter me dichttrek, bekruipt me een ongekend gevoel. Het is net alsof er een beest in mijn maag nestelt. Iets met veren. Iets wat kriebelt. Eerst wijt ik het aan het drinken van die middag, op een bijna lege maag, en even overweeg ik onderweg een patatje te kopen. Maar uiteindelijk begrijp ik wat het gevoel betekent: zenuwen. Zenuwen en opwinding. De oorzaak is duidelijk: Amy. Of eigenlijk: mijn afspraakje met Amy. Hoe graag ik ook zou willen dat het niet zo was, een andere uitleg is er niet. Ik ben geïnteresseerd. In haar. Ik wil weten hoe het is om een afspraakje met haar te hebben. Ik wil weten of ik met haar ook op de gebruikelijke toer kan gaan en of dat wel leuk is.

Zack's is fantastisch. Ik ben dol op Zack's. Echt, als Zack's een vrouw was, dan had ik er vanavond niet met Amy afgesproken. Dan was dat niet nodig geweest. Dan was ik met Zack's getrouwd en was ik nu op een eiland heel ver weg kleine Zackjes aan het opvoeden. Er staan zitbanken en tafeltjes, er is ruimte, gedempt licht en prima muziek. En bovendien is het ook nog eens om de hoek van Matts huis.

Ik loop er in vijf minuten heen, waardoor ik er keurig op tijd ben, rond half acht. Het is tamelijk rustig voor een vrijdagavond, maar het is nog vroeg. Al die mensen met een echte baan hebben het waarschijnlijk nog te druk met de vrijdagse borrel-na-het-werk, zijn nog niet teruggekeerd naar hun privéleven.

Ik bekijk de tafeltjes en kies er eentje in een hoekje, niet te dicht bij de pooltafel, niet te dicht bij de geluidsboxen, weg van de drukte. Ik hang Matts jasje over de stoel tegen de muur. Ik zal ervoor zorgen dat Amy tegenover mij komt te zitten, want dan heeft ze qua uitzicht de keus tussen mij en de bakstenen muur, en dat is een wedstrijd die ik nog wel aandurf.

Ik pak mijn portefeuille en ga naar de bar, waar ik een praatje maak met Janet, de eigenares. En Zack? Ik heb het één keer gevraagd en ze heeft het me verteld. Zack was met Janet getrouwd, maar hij ging ervandoor met zijn secretaresse. Janet wist hem via de rechter een forse stapel geld af te troggelen en noemde het café dat ze van de opbrengst kocht naar hem, alleen maar om hem te pesten. In de drie jaar dat ik haar ken, is Janet altijd zesendertig gebleven en niets wijst erop dat ze ouder wordt. Ze is leuk, excentriek volgens sommigen, en we gaan verder met een gesprek dat we dinsdagavond zijn begonnen, alsof ik maar vijf minuten weg ben geweest. Ik ben net bezig aan mijn tweede, door haar aan het Fonds voor de Dorstige Kunstenaar gedoneerde flesje bier als ik achter me een stem hoor.

De stem zegt: 'Hoi, Jack.'

Ik let op de uitdrukking op het gezicht van Janet.

En met die uitdrukking zegt ze: Bofkont.

Ik draai me om en zie dat ze gelijk heeft: ik ben een bofkont.

Amy staat zo breed naar me te lachen dat ik alleen maar breeduit terug kan lachen. Het is een lach waarvan mijn hart overslaat. Maar op een aangename manier. De vorige keer dat ik haar zag, toen ze zo doordraaide omdat haar seksleven op zijn gat lag en haar liefde voor Matt onbeantwoord was gebleven, hadden haar lippen strak gestaan, waardoor ze me nog het meest deden denken aan twee parende slakken. Maar nu – ik moet het toegeven, en doe dat overigens maar al te graag – vragen ze erom te worden gekust. Wat haar kleren betreft: ze heeft een kittig zwart rokje aan met een grijs dingetje erboven. Ze ziet er goed uit. Echt waar. Mooi. En zelfverzekerd. Ze houdt mijn blik vast en daardoor word ik weer helemaal zenuwachtig. Ik glimlach en dan buitelen de woorden over elkaar heen.

'Hoi, Amy,' zeg ik. 'Je ziet er prachtig uit.'

'Dank je. Leuk je weer te zien.'

'Wat wil je drinken?'

'Een wodka-tonic.'

'Wil je er citroen in?' vraagt Janet, terwijl ze het drankje inschenkt.

'Graag.'

Janet snijdt een partje af en laat het in het glas glijden. Ik pak mijn portefeuille, maar Janet, die goeierd, wuift het geld weg en geeft het glas aan Amy. 'Geen zorgen, Jack,' zegt ze, 'ik zet het wel op je rekening.'

'Bedankt,' zeg ik uit de grond van mijn hart.

In stilte zeg ik tegen mezelf: Geef Janet nou eindelijk eens dat schilderij dat je haar al zo vaak hebt beloofd. Niet alleen omdat ze een vriendin is en zo, maar ook omdat je haar wel iets schuldig bent.

Amy en ik kijken elkaar een paar tellen aan, dan neemt ze een slokje en kijkt ze het café rond. Het is vreemd dat je de hele nacht met iemand kunt doorzakken, haar diepste geheimen kunt aanhoren, terwijl je dan toch de volgende keer dat je haar ziet in een ongemakkelijk stilzwijgen vervalt. Praten, beveel ik mezelf. Maak een einde aan de stilte.

'Ik heb mijn jasje daar op die stoel hangen,' zeg ik en wijs naar het tafeltje.

We gaan zitten, steken allebei een sigaret op, inhaleren, blazen de rook uit. We nemen allebei een slok van ons drankje.

Eindelijk zegt ze iets. 'Ik moet je eigenlijk eerst mijn excuses aanbieden.'

'Waarom?'

'Omdat ik me vrijdagavond zo heb aangesteld.'

Nu moet ik haar natuurlijk tegenspreken, 'Nee-nee-nee-helemaal-niet' roepen. Ze ziet er echt uit alsof ze zich schaamt, dus dat zou ook wel zo fatsoenlijk zijn. Maar ook stom. Straks denkt ze nog dat ik een kick krijg van die emotionele uitbarstingen, dat ik een of andere emotie-junkie ben. Wat niet zo is. Niet in deze situatie in elk geval. Niet nu. Niet met iemand die ik nauwelijks ken. Niet als ze vanwege Matt zo overstuur is. Ik wil het daar niet over hebben.

'Zaterdagochtend,' verbeter ik.

'Wat?'

'Zaterdagochtend. Je hebt je zaterdagochtend aangesteld.

Rond een uur of zes. Vrijdagavond was je hartstikke leuk. Zaterdagochtend trouwens ook nog. Tot een uur of zes.'

'Toen ik me begon aan te stellen?'

'Toen je je begon aan te stellen.'

'Hoe dan ook, het spijt me.'

'Het hindert niet. Iedereen mag zich zo af en toe aanstellen. Dat is ons democratisch recht.'

'Maar je schrok er behoorlijk van, hè?'

'Nee, hoor,' lieg ik, 'ben je gek.'

'Aha.' Ze glimlacht voor het eerst sinds we zijn gaan zitten. 'Dus ik moet er niets achter zoeken dat je ineens mijn huis uit rende alsof de dood je op de hielen zat?' Haar wenkbrauwen gaan omhoog. 'Was dat gewoon jouw manier om de nieuwe dag te begroeten? Doe je dat elke ochtend?'

Terwijl ik in lachen uitbarst, herinner ik me weer hoe het vorige week was. Dat ik meer met haar praatte dan met Matt, die toch het feestvarken was – een staaltje hoogverraad waar ik niet bepaald trots op ben. Dat ik zo om haar moest lachen. En vooral dat ik, toen ze ineens door het lint ging, nog wel een heel halfuur ben gebleven om haar te kalmeren voordat ik mijn hielen lichtte. Ik weet weer waarom ik haar zo leuk vond. Omdat ze direct was. Omdat ze geen flauwekul verkocht. Omdat ze sinds jaren het eerste meisje was met wie ik geen spelletje hoefde te spelen.

'Nou goed dan,' antwoord ik, 'ik ben ertussenuit geknepen. Maar dat lag niet aan jou. Ik was gewoon kapot, meer niet.' Ik lach voorzichtig. 'Jezus, we moeten bij jou thuis nog ongeveer een hele fles whisky achterover hebben geslagen. Mijn hoofd voelde aan alsof iemand het als speldenkussen gebruikte.'

'Ik voelde me ook niet al te best,' geeft ze toe. 'Ik moest mijn toevlucht nemen tot ebenega.'

'Tot wat?'

'Ebenega,' herhaalt ze. 'Je weet wel.' Maar omdat ik het niet weet, verklaart ze: 'Een bad en nurofen en geen alcohol.'

Ik glimlach. 'Dat moet ik de volgende keer ook eens proberen.'

'Het helpt altijd.'

Na haar woorden volgt een stilte. Het is alsof we het moeilijke gedeelte achter de rug hebben – het gedeelte over haar uitbarsting vanwege Matt en mijn overhaaste vertrek. En dat allemaal zonder dat de naam Matt ook maar één keer is gevallen. Dan zijn we nu dus met zijn tweetjes.

En hoe gaat het nu verder? De mogelijkheden zijn legio, natuurlijk. Vrijheid van meningsuiting en zo. Het lastige is dat de enige drie onderwerpen waar ik het over wil hebben – zij en ik en ons samen – precies de drie onderwerpen zijn waar we het niet over kunnen hebben. Voor die dingen is er een tijd en een plaats. En Zack's om even na achten is de plaats noch de tijd. Eerst komen er andere zaken. Meer drank, meer praten. Wat eten. De taxi naar huis. Geduld, makker, bezweer ik mezelf. Geduld is een schone zaak. En dus doe ik mijn mond open om het gesprek weer op gang te helpen, maar net op dat ogenblik komt Janet eraan en verbreekt de stilte door ons nog een drankje aan te bieden. Tja, het zou onbeleefd zijn om af te slaan. We nemen het aanbod aan en Janet, het beste gespreksonderwerp dat je maar kunt bedenken, verdwijnt weer achter de bar.

'Vertel eens,' zegt Amy, die Janet nakijkt. 'Hoe komt het dat ik hier het afgelopen jaar elke maand wel een keertje ben geweest en dat de vrouw achter de bar me niet eens herkent, maar dat ze wel jouw naam weet en je blijkbaar goed genoeg kent om een rekening voor je te maken, terwijl er boven de bar duidelijk "Wij poffen niet" staat?'

'Omdat dit zo ongeveer mijn tweede huis is. Matt woont vlak om de hoek. Janet is een goede vriendin.'

Nu we uit de impasse zijn, loopt het gesprek weer soepeltjes. Onder het praten speel ik voor detective en achterhaal stukje bij beetje wat we vorige week met onze zatte kop allemaal hebben besproken. Tegen de tijd dat we bij Hot House uit de taxi stappen weet ik alles van Amy. Haar curriculum vitae, nu in de map 'In behandeling', ziet er als volgt uit:

Naam: Amy Crosbie
Leeftijd: 25
Burgerlijke staat: single
Opleiding: middelbare school, waar ze uitblonk in Engels en aardrijkskunde; vervolgopleiding textiele vormgeving, bijvak kunstgeschiedenis

Arbeidsverleden: na school verschillende baantjes via uitzendbureaus
Relatieverleden: vaag, één keer samengewoond; verleden tijd
Overige kwaliteiten: vlotte prater, prachtige glimlach, heerlijke tieten

In Hot House worden we naar ons tafeltje gebracht door een appetijtelijke serveerster die volgens de voorschriften een kort zwart rokje en een strak wit truitje draagt. Ik moet me ertoe dwingen naar rechts te kijken als ze links van me loopt en naar links te kijken als ze rechts van me komt. Ik zweer het, vrouwen voelen het gewoon als je naar een andere vrouw kijkt. Een zesde zintuig. VGR (Vijandelijke Gleuf Radar). Dus terwijl de appetijtelijke serveerster ons onze plaatsen wijst en de menukaart overhandigt, doe ik mijn best een blinde vlek voor haar te ontwikkelen. Ze bestaat niet. Alleen Amy. *Schat, ik heb alleen oog voor jou...*

Ik doe alsof ik de wijnkaart bestudeer, bestel een niet te goedkope en ook niet te dure fles en kies het goedkoopste hoofdgerecht dat er is. Hopelijk begrijpt ze de hint en bestelt ze geen kreeft. Onder het eten praten we verder. Ik vertel de gebruikelijke dingen over mezelf, draai mijn beproefde standaardpraatje af. Wat ik schilder. Waar ik zoal uitga. Ik haal de bekende truc van politici uit: ik laat haar praten tot ik erachter ben wat haar interesseert en geef het haar in andere bewoordingen terug. De onderliggende boodschap: ik ben je man, stem op Jack Rossiter voor een betere wereld.

'Maar jij dan?' vraagt ze.

'Wat bedoel je?'

'Jij. Jij! Wat is jouw drijfveer? Wat wil jij van het leven?'

'Dat is een grote vraag,' zeg ik om tijd te rekken.

'Goed, nu alleen nog een groot antwoord.'

Ik heb natuurlijk wel een antwoord op die vraag. Dat heeft iedereen. En het antwoord is altijd hetzelfde: liefde. Er zijn dingen die ik wil, dingen die ik aan niemand vertel voor het geval ze er nooit van komen. Maar het zijn ook allemaal ooit-dingen. Zoals: ooit wil ik echt verliefd worden. Ooit wil ik trouwen met de vrouw op wie ik verliefd ben. Ooit wil ik een gezin en een eigen huis. Ooit wil ik dat mijn kinderen op zondagochtend om zes uur mijn slaapkamer komen binnenstormen zoals ik dat vroeger ook bij mijn ouders deed. Maar ooit is niet nu. Wie weet komt er nooit een ooit.

'Ik weet het niet,' antwoord ik slapjes. 'Lol. Ik geloof dat dat wel het belangrijkste is.'

'Goed,' zegt ze, 'en wanneer heb je voor het laatst echt lol gehad?'

'Die is niet moeilijk,' zeg ik met een glimlach. 'Toen ik een cadeautje kocht voor mijn neefje.'

'Heb je een neefje dan?'

'Ja, het zoontje van mijn broer. Leuk joch. Mijn neefje, bedoel ik. Mijn broer, Billy, die is een beetje... ik weet het niet. Kate en ik hebben eigenlijk weinig met hem gemeen.'

'Hoe komt dat?'

'Nou ja, hij is best aardig. Of eigenlijk is hij gewoon heel aardig. Maar hij is veel ouder. Hij houdt zich met andere dingen bezig. Hij is al achter in de dertig. Toen hij zo oud was als ik was hij al getrouwd en had hij al een kind. Hij leerde een meisje kennen, werd verliefd en klaar was Kees. Even later had hij kinderen en was zijn leven voorbij. Belachelijk.'

'Liefde en kinderen zijn dus niks voor jou?'

'Voor mij geen huisje-boompje-beestje. Nog niet. Ik moet er niet aan denken.'

'Ik snap het.' Ze kijkt me een tijdje aan en ik vraag me af wat ze nu eigenlijk denkt. Dan ontspant haar gezicht weer en vraagt ze: 'En, wat heb je voor hem gekocht?'

'Voor wie?'

'Voor je neefje.'

'O, voor John. Ik heb hem zo'n op afstand bestuurbare auto gegeven. Zo'n Amerikaanse racewagen. Die dingen gaan echt als een speer. Matt en ik vonden dat we hem het beste eerst konden proberen voordat we hem op de post deden. Voor het geval het slappe troep was, weet je wel.'

'Ja, ja,' zegt ze, maar ze kan met moeite haar lachen onderdrukken. 'Voor het geval het slappe troep was. Niet omdat jullie het leuk speelgoed vonden natuurlijk.'

'Nee, natuurlijk niet,' antwoord ik en grijns ongegeneerd.

'Wij zijn volwassen mannen, hoor. Ik dacht alleen maar aan kleine John. Niets is erger dan een rotcadeautje krijgen, toch? We moesten wel zeker weten dat hij het deed.' Ze schudt haar hoofd. 'Hoe dan ook,' ga ik verder, 'we gingen ermee naar de tuin, keken hoe het precies werkte en reden er een paar rondjes mee. Daarna zetten we een parcoursje op met wat hindernissen erin en...'

Haar mond valt open. 'Een parcoursje met hindernissen?'

'Ja. Niks moeilijks, hoor. Gewoon een paar planken uit de schuur met bakstenen eronder. Om de ophanging te testen.'

'Heb je het autootje nog aan John opgestuurd?' onderbreekt ze me.

'Eh, nee. Ik moet hem eerst nog schoonmaken.' Ik neem een slok wijn. 'En het wiel repareren. Een voorwiel.' Ik trek een gezicht. 'Dat ging bij de laatste hindernis kapot.'

'Voor iemand die niets van kinderen wil weten, lijk je er zelf nog veel op.'

De uren verstrijken en voor ik er erg in heb zijn we de laatste gasten in Hot House. Ik wenk een afgepeigerde ober en vraag om de rekening. Ik slaag er zelfs in om te betalen en sla zonder met mijn ogen te knipperen Amy's aanbod af om de rekening te delen.

Ze woont een kwartiertje lopen van het restaurant af en, voor een deel omdat het een warme zomeravond is die uitgevonden lijkt om te wandelen bij het licht van de sterren en voor een deel omdat ik nog net genoeg geld bij me heb om een taxi tot het einde van de straat te nemen, stel ik voor om te gaan lopen.

'Wat je me vorige week allemaal vertelde over dat je al zo lang niet meer aan seks had gedaan,' vraag ik, 'was dat echt waar?'

Dit zou wel eens verkeerd kunnen vallen. Maar gelukkig gebeurt dat niet.

'Inderdaad. Bijna een half jaar, als je het heel precies wilt weten. Een persoonlijk record. Waarom vraag je dat?'

'Gewoon, het verbaast me nogal.'

'Waarom?'

'Tja, ik weet het niet,' begin ik. 'Je ziet er goed uit en zo, en je bent leuk in de omgang. Je lijkt me gewoon niet een type dat zo lang zonder zou moeten – tenzij je dat natuurlijk zelf wilt...'

Ze lacht. 'Ik ben met een heleboel sukkels uit geweest en nu doe ik het rustig aan tot ik iemand tegenkom die ik echt leuk vind.'

'Met andere woorden, waar zijn alle aardige mannen gebleven?'

'Precies.'

We lopen een klein zijstraatje in, leggen nog een meter of vijftig af in stilte en staan dan voor een negentiende-eeuws huizenblok.

'O ja, hier was het, hè?' zeg ik schaapachtig.

'Ja. Oost-west, thuis-best.'

En ik zeg 'Nou...'.

En zij zegt 'Nou...'.

Ineens wil ik de aardige man zijn die ze zoekt en ik bedenk dat ze op dit punt aangeland verschillende dingen kan doen. Ze kan:

a. me vragen of ik nog een kopje koffie bij haar wil komen drinken;
b. een muziekje opzetten, naast me op de bank komen zitten en van haar koffie drinken tot ik het heft in handen neem;
c. de koffie overslaan en me direct bespringen.

Wat ik niet verwacht, maar wat ze tot mijn verbijstering wel doet, is:

a. me bedanken voor een gezellige avond en het naar huis begeleiden;
b. me een keurige zoen geven en een stap naar achteren doen;
c. zeggen dat ik haar volgende week moet bellen.

En dan draait ze zich om, loopt naar de deur van Huize Hupsakee, gaat naar binnen en trekt hem stevig achter zich dicht.

Daar sta ik dan.

Te staren.

'Kut.'

Dat ene woord weet ik nog net uit te brengen, maar verder ben ik sprakeloos.

Dat de aardige mannen altijd aan het langste eind trekken, is dus ook al een fabeltje.

SAMEN THUIS

'Dat meen je niet,' zegt Matt.

Het is de volgende ochtend. Een paar minuten geleden kwam Matt de keuken binnen, waar hij mij over de tafel gebogen aantrof. Met van slaapgebrek lodderige ogen tuurde ik naar de damp die opsteeg uit mijn thee. Mijn geestelijke gezondheidstoestand was niet best, dat was te zien. Hij vroeg me wat er aan de hand was, dus vertelde ik hem over de ramp van gisteravond.

'Zie ik eruit alsof ik het verzin?' bits ik terug.

Hij gaat tegenover me zitten en haalt zijn hand door zijn warrige haardos.

'Nee, dat niet. Dan zul je het wel aan het verleren zijn.'

'Bedankt.'

Hij haalt zijn schouders op. 'En... wat nu? Ga je haar nog opbellen?'

'Dat méén je niet.'

'Waarom niet? Het klinkt alsof ze best wil. Je kunt er best een tweede poging aan wagen – als je zin hebt. Heb je zin?'

'Ja, verdomme, natuurlijk heb ik zin. Anders was ik gisteravond toch niet met haar uitgegaan? Of ik zin heb is niet waar het om gaat.'

'Waar gaat het dan om?'

'Moet je horen, een afspraakje vind ik prima. Daar kan ik wel tegen. Waar ik niet tegen kan, is dat ik een blauwtje loop bij iemand die vervolgens van mij verwacht dat ik haar bel om nog een afspraakje te maken. Waar gaat dat heen? Dat kan volgende keer wel weer gebeuren. En daarna weer. En voor je het weet, zit ik vast aan iemand die ik niet kan krijgen.' Ik steek een sigaret op. 'Waar het om gaat, Matt, is dat alles gisteravond van een leien dakje ging en dat ze me toch op de stoep liet staan. Waar het om gaat is dat ik goed de pest in heb.'

'Maar het was toch niet allemaal voor niets? Jullie hebben toch nog even gezoend?'

'Je luistert niet. Ik ben niet met haar naar Hot House geweest en ik heb niet een hele avond gezellig zitten kletsen voor even zoenen. Zoenen is iets voor kinderen. Ik ben stemgerechtigd, godverdomme. Als ik alleen maar mijn tong in iets nats wil steken, koop ik wel een ijsje.'

'Ik wil je alleen maar helpen, hoor.' De grijns op zijn gezicht wekt niet de indruk dat hij erg oprecht is.

'Nou, dat doe je niet.'

'Je moet er niet zo zwaar aan tillen. Er is vast een heel logische verklaring voor haar gedrag.'

'Zoals?'

'Ik weet het niet. Misschien is ze een beetje ouderwets. Is ze bang dat ze te willig overkomt.'

'Ze is niet ouderwets. Je kunt veel van haar zeggen, maar niet dat ze ouderwets is.'

'Nou, misschien had ze gewoon geen zin. Was het zoiets.'

Ik word gek van dit gesprek, dus ga ik op een ander onderwerp over. 'En jij? Hoe was het feest?'

'Prima,' zegt hij en neemt een trekje van mijn sigaret. 'Linda was er ook. Ze vroeg nog naar je.'

Linda is een raar kind, het droomvriendinnetje-voor-één-nacht dat zich ontpopte tot een zes weken durende nachtmerrie. Telefoontjes, brieven, e-mails... Freud had er een moord voor gedaan.

'En? Wat heb je tegen haar gezegd?'

'Wat we hadden afgesproken: dat je in de Here bent. Dat je de deur niet meer uit komt, celibatair bent geworden. Het hele verhaal.'

'En geloofde ze het?'

'Twijfel jij eraan of ik een meisje nog wel iets op de mouw kan spelden?'

'Ik zou niet durven.'

'Mooi zo.'

Ik pak mijn sigaret van hem aan.

'En heb jij nog gescoord?'

Hij hoeft geen antwoord te geven. Ik hoor voetstappen dichterbij komen, dan zwaait de deur open en verschijnt er een meisje. Ze ziet er leuk uit, dat zeker. Zelfs met al die verse vouwen in haar gezicht. Zelfs in Matts smoezelige oude badjas – zijn enige onmodieuze kledingstuk, het enige met sentimentele waarde.

'Hallo,' begroet ze me met een door te veel sigaretten rauw geworden stem, 'ik ben Sian.'

'Niet slecht,' mompel ik.

'Is het goed als ik voor mezelf koffie zet?' vraagt ze aan Matt, terwijl ze al op de ketel afloopt.

'Ga je gang,' antwoordt hij. 'Maar je hebt niet zo heel veel tijd meer. Jack en ik moeten over een halfuurtje weg, we gaan naar Bristol.'

Ze kijkt verbaasd. 'O?'

'Mijn moeder wordt zestig. Verrassingsfeestje. Dat heb ik je gisteren verteld, weet je nog?'

Ze weet het niet, maar waarom zou ze ook. Dit is zeker de tiende keer dat Matts moeder zestig wordt. Maar het hindert verder niet. Ze zegt dat ze op zal schieten. Ik blijf even luisteren naar hun gesprek, dat al bijna nergens meer over gaat, en trek me dan terug met de mededeling dat ik mijn tas ga pakken. Matt knipoogt naar me, blij dat ik het spelletje meespeel. Ik kan mezelf er niet toe zetten hem een knipoog terug te geven. Eerlijk gezegd zit hij me op het ogenblik behoorlijk dwars. Ik ben doodgewoon jaloers op hem. Hij heeft een verleidelijk, sufgewipt meisje bij zich. Waar is mijn meisje? Dat zou ik wel eens willen weten. *Hé, Amy!* Ik wil het tegen haar roepen. *Waar is mijn meisje?*

De frustratie blijft de rest van de dag doorzeuren in mijn hoofd. Aanvankelijk lukt het me aardig om er geen aandacht aan te schenken, maar dat blijft niet zo. 's Avonds ga ik uit drinken met Matt, Chloë en consorten. Als Chloë vraagt hoe het met Amy is afgelopen, zeg ik dat het leuk was. Ze wil details horen, maar dan kap ik het gesprek af. Ik word dronken en raak aan de praat met een of ander meisje, maar mijn hoofd is er niet echt bij en uiteindelijk neem ik in mijn eentje een taxi naar huis.

Ik begrijp natuurlijk best dat dit een teken is. Dat met Amy heeft mijn zelfvertrouwen ondermijnd. Je doet alles zoals het hoort en toch loopt het verkeerd af. Wat betekent dat? Dat Matt gelijk heeft? Dat mijn techniek me in de steek laat? Dat mijn dagen als versierder geteld zijn? Dat Amy me raakt?

De antwoorden die me te binnen schieten bevallen me niks.

Zondagmiddag ga ik samen met Matt naar Zack's om te lunchen, en hij zegt dat ik het moet vergeten. De zaak als een vervelende ervaring naast me moet neerleggen. Niet langer bij stilstaan. En dat doe ik dus. McCullen komt vrijdag weer, dat is al iets. Daar moet ik me op concentreren. Maar als we thuiskomen, staat ze op het antwoordapparaat met de boodschap dat ze die vrijdag niet kan omdat ze naar Glasgow gaat, waar Jons optreedt op een of ander flutpopfestival.

Maandagmiddag kan ik er niet langer omheen: ik heb een probleem. En het probleem heet Amy. Ik betrap mezelf erop dat ik voortdurend naar de telefoon zit te turen. De aandrang om haar te bellen is er, daarover hoef ik mezelf niets wijs te maken. Het slaat nergens op. Ik probeer wat er in mijn hoofd omgaat op een rijtje te krijgen. Het enige geruststellende is dat ik in de eerste plaats kwaad ben. Ik ben kwaad op haar omdat ze me op het verkeerde been heeft gezet. Kwaad op mezelf omdat ik mijn doel niet heb weten te bereiken. Gelul, ik ben gewoon kwaad. Ze vindt me leuk, dus waarom doet ze dan zo raar?

Ik ga haar niet bellen.

Maar dat blijkt ook helemaal niet nodig.

Woensdagavond zit ik in de woonkamer, waar ik naar de radio luister en de krant lees, als de telefoon gaat en het antwoordapparaat aanklikt: 'Hoi, Matt en Jack zijn er op het moment niet. Als je na de piep een boodschap achterlaat, bellen we je terug.'

Ik luister naar de piep, gevolgd door de stem van de beller.

'Hallo, jongens, met Amy. Alles goed met jullie? Ik bel voor Jack, alleen om te zeggen...'

En dan doe ik iets heel vreemds. Ik neem de hoorn op en zeg: 'Hoi, Amy. Hoe is het?'

Als ik weer ophang en op de klok kijk, stel ik eerst verbaasd vast dat ik meer dan een uur met haar heb zitten kletsen en dringt vervolgens met een schok tot me door wat ik haar heb gevraagd en wat daarop haar antwoord was. Eten. Bij mij thuis. Vrijdagavond. Joehoe? Wie ging haar uit zijn hoofd zetten, om verder te gaan met zijn eigen leven? Wie zou nooit meer een afspraakje met haar maken? Van zijn hele leven niet?

Nou goed, ik heb er een puinhoop van gemaakt.

Het is een puinhoop en ik sta te lachen.

Leg dat maar eens uit.

Ik bel Phil, een vriend van me die als kok in een gerenommeerd restaurant werkt. Hij is me nog wat verschuldigd, want vorig jaar heb ik een afspraakje voor hem met Chloë geregeld. Hij mag me nu terugbetalen. Een driegangenmenu voor twee, te bezorgen op vrijdagmiddag. Niet té ingewikkeld. Iets wat ik in de koelkast kan bewaren en in de oven zetten als Amy komt, zodat ze me een geweldige kok vindt en een man die met zijn tijd meegaat.

Geregeld.

Er kan niets misgaan.

Ik krijg mijn meisje.

Ik zet mijn mislukking van vorige week recht.

En dan is het vrijdagavond en Amy is precies op tijd. Ik leg het er lekker dik bovenop. Wil ze romantiek? Is dat wat er van me wordt verwacht? Prima. Ik zal haar Valentino zijn. De tafel in de woonkamer is al gedekt, de gordijnen zijn dicht. Ella Fitzgerald zingt over harten en smarten. Het kaarslicht flikkert op de muur. Ik dien het eten op (van Phil), schenk de wijn in (van Matt) en ga er bijna zelf in geloven.

Maar niet helemaal. Want Jack is weer helemaal het mannetje.

We eten.

We drinken.

Ik dis mooie praatjes op.

Diep van binnen weet ik dat ik haar krijg.

Maar mijn cynisme houdt geen stand. Misschien komt het door de drank. Misschien ben ik minder ongevoelig voor de effecten van kaarslicht en wijn en een mooie vrouw dan ik dacht. Misschien komt het doordat ze halverwege het eten opstaat en een andere cd opzet. Cat Stevens. De enige cd waaraan iedereen die ik ken een hekel heeft, terwijl ik hem prachtig vind.

Of misschien komt het doordat ik haar echt graag mag. Ons gesprek is tekenend voor de teloorgang van mijn jagersinstinct. Er valt geen enkele pauze. Niet één. Het ene onderwerp lokt het volgende uit; een eindeloze rij dominostenen. Ik moet toegeven dat ze een juweel is. Ik heb in geen eeuwigheid zoveel gepraat, niet meer sinds ik als kind mijn fantasie de vrije loop liet. Niet met Zoë. Zelfs niet met Matt.

'En waarom ben je dan bij haar weggegaan?' vraagt ze, terwijl ze haar schoenen uitschopt en naast me op de bank komt zitten.

Ze is net klaar met met haar eigen liefdesleven, heeft me alles over die klootzak van een ex van haar verteld, en nu ben ik aan de beurt. Ik klap dicht. Praten over Zoë en waarom we uit elkaar zijn gegaan is niet iets waar ik erg goed in ben. Sinds het gebeurd is, heb ik het altijd weten te omzeilen. Het zegt te veel over mij, ik moet me er te veel voor blootgeven.

'Daarom,' zeg ik.

'Je gaat niet zomaar *daarom* weg bij iemand met wie je twee jaar samen bent geweest.' Ze bestudeert mijn gezicht en schudt haar hoofd. 'Of misschien ook wel.'

Ik wil over iets anders beginnen, maar dan ontmoeten onze ogen elkaar. En ineens kan ik dwars door haar heen kijken en weet ik dat het in orde is, dat ik het er allemaal uit kan gooien. Ze is geen wolf in schaapskleren die wacht op een kans me levend te villen, ze zal me niet veroordelen. Ik kijk naar de grond en weet niet of het de drank is of dat ik het ben die aan het praten gaat. Het kan me trouwens niet schelen ook.

'Ik hield van haar. Tot op de dag dat we uit elkaar gingen. Dat is het belachelijke van de hele toestand. Ik wilde nog steeds bij haar zijn, zelfs toen ik zei dat ik bij haar weg zou gaan. Dat slaat toch nergens op, of wel?'

'Dat is vaak zo met dit soort dingen.'

'Het kwam doordat ik wist dat ze niet... Je kent die praatjes wel, dat er iemand is die voor jou gemaakt is, iemand die perfect bij je past. Zij paste niet bij me. Ze was lief en ze was mooi. Maar ze was niet de ware. En ik was niet de ware voor haar.' Ik stak een sigaret op en nam een slok wijn. 'Hoe dan ook, het zat er niet in. Verleden tijd.'

'En daarna? Heb je haar daarna wel gevonden?'

'Wie?'

'De ware?'

'Nee,' beken ik, 'ik ben zelfs nooit in de buurt gekomen.'

'Dan zijn we allebei wel eens aan de beurt voor wat geluk, lijkt me,' zegt ze ten slotte.

En de echte ik weet dat dit het ogenblik is waarop ik moet toeslaan. De echte ik houdt een bordje omhoog met de tekst OPKOMST JACK HET MANNETJE. NU! ACTIE! Dit is het moment waarop ik uitsluitend aan mijn eigen geluk hoor te denken, aan mijn kans om eindelijk te scoren. Maar hoe komt het dan dat als ik naar haar kijk en haar glimlach zie, ik niets anders doe dan teruglachen? Waarom ben ik bang dat als ik me nu op haar stort en ze daar niet klaar voor is alles afgelopen zal zijn en al ons gepraat niet meer is dan gewoon maar woorden? En hoe komt het dat ik denk dat wat ze zegt misschien waar is?

Omdat Matt gelijk heeft, daarom. Omdat ik het aan het verleren ben.

Ze staat op en loopt naar het raam, doet de gordijnen open en kijkt naar de lucht. Ik blijf zitten waar ik zit, probeer de bedwelming van me af te schudden.

'Dit is een van de aangename avonden in het leven,' verkondigt ze.

'Ja,' geef ik toe. 'Er zou geen einde aan moeten komen.' Dat klinkt al beter. Zo ken ik mezelf weer. Vol zelfvertrouwen voeg ik eraan toe: 'Het laatste wat je op een avond als deze wilt, is gaan slapen...'

In je eentje. Ik wil zeggen... *in je eentje.*

Maar voor ik de kans krijg, komt Amy met een enthousiaste blik in haar ogen op me af.

'Echt waar?' vraagt ze.

'Echt waar,' antwoord ik.

'Nou, ik weet nog wel een feestje, van een oud studievriendje. Daar zouden we heen kunnen gaan. Wat vind je ervan? Zullen we het doen?'

Ja, laten we het doen, maar nee, dat daar doen we niet.

Maar ik krijg geen tijd om iets te zeggen. Voor ik haar kan tegenhouden, heeft ze de telefoon al gepakt en een taxi gebeld, waarna ze weer voor het raam gaat staan.

In de taxi geeft ze de chauffeur het adres en daar gaan we. Buiten is het donker, op de radio klinkt een of andere dancehit en ik denk bij mezelf: *Waarom deed je niks voordat de taxi kwam*? Twee seconden, meer was er niet voor nodig geweest.

Stomkop.

Ik word overmand door moedeloosheid. Misschien is dit hele gedoe met Amy wel tot mislukken gedoemd, zit het er gewoon niet in. Misschien doe ik daardoor de hele tijd zo stom. Zoals de zaken er nu voor staan, zie ik de rest van de avond zo voor me. We gaan naar een feestje waar Amy iedereen kent en ik geen hond. Zij slaat aan het kwebbelen en ik aan het zuipen en dat is het dan. Het moment is voorbij. Ik kijk uit het raam naar de voorbijflitsende straatlantaarns en voel haar been tegen het mijne. Ik realiseer me ineens dat ik de zaak alleen recht kan zetten door nu te doen wat ik al eerder had moeten doen.

En dat doe ik dan ook.

Ik kus haar.

Het is geen slechte kus. Niet de allerbeste. Die eer gaat naar Mandy Macrone, het eerste meisje met wie ik ooit heb gezoend. De vonken vlogen ervan af. Letterlijk. We hadden allebei een beugel en toen die elkaar raakten, was het net alsof we een vork in een stopcontact staken. Maar lekker is deze kus zeker. Dit is een kus die van mij heel lang mag duren.

Helaas lijkt Amy daar anders over te denken.

Maar als ik hoor wat ze te zeggen heeft, vergeef ik het haar graag.

Want wat ze zegt is: 'Laten we dat feestje maar vergeten en terug naar jouw huis gaan.'

En ik wil het wel uitschreeuwen. Ik wil juichen en springen. Ik wil op elk gebouw in de straat met koeienletters *YES!* schilderen. Ik wil mijn leraren en mijn ouders en mijn vrienden en iedereen die er al die tijd voor me is geweest bedanken. Ik was het aan het verleren? Ik? Ik dacht het niet, Matt Davies. Let maar eens op.

'Heel goed idee,' zeg ik, 'laten we dat maar doen.'

De enige die niet blij is met de gang van zaken is de taxichauffeur. Ik zeg hem dat we heus wel zullen betalen, dat hij alleen maar even om moet keren, en dan is ook hij tevreden. Jezus, de hele wereld lacht me ineens toe. Hij zet ons voor de deur af, ik betaal en we stappen uit. We gaan naar binnen en ik doe de voordeur achter me dicht.

En dan begint de pret.

Het begint tegen de muur, verplaatst zich door de gang en gaat onder aan de trap verder. We laten een spoor van kleren achter. Mijn colbert, Amy's jas. Niet dat ik achteromkijk. Vergeet het maar. Ik kijk recht voor me en concentreer me op wat ik aan de hand heb (of om precies te zijn, wat ik aan beide handen heb).

Mijn handen gaan hun eigen gang, zijn bezig aan een ontdekkingsreis. Om te beginnen glijden ze onder haar truitje en onder haar beha, over haar borsten. Ze nemen de tijd voor de tepels, terwijl zij zich tegen me aan duwt en mijn riem losmaakt. Dan dalen ze af, grijpen haar billen beet en duwen haar tegen me aan. Dan naar de voorkant, over haar dijen, onder haar rokje, in haar onderbroekje.

De eerste bevindingen voor Ground Control luiden:

a. dure beha;
b. volle tieten;
c. harde tepels;
d. stevige billen;
e. strakke dijen.

De weersomstandigheden in de lagere regionen zijn als vochtig te omschrijven. Conclusie: planeet bewoonbaar – geschikt voor menselijk leven. Ground Control is tevreden en geeft opdracht tot volledige kolonisering.

Inmiddels heeft Amy mijn gulp opengeritst. Haar hand glijdt naar binnen. Als ze wat ze daar aantreft vastpakt, maak ik me voor het eerst sinds we binnen zijn los uit onze kus. Ik trek haar truitje over haar hoofd en laat het op de trap achter ons vallen. Ze heeft haar ogen dicht en heel even bekijk ik haar gezicht en luister ik naar haar jachtige ademhaling. Dan maak ik haar beha los, die ze van haar armen laat glijden en over de leuning van de trap drapeert.

Ze doet haar ogen open, glimlacht en fluistert: 'Hoi.'
En ik zweef.
Naar de zevende hemel.
En ik kijk haar aan.
Ze is prachtig en ik moet toegeven dat ze het wachten waarschijnlijk meer dan waard was. Ik laat mijn handen over haar heupen glijden en schuif haar rokje omhoog.
'Ga liggen,' zeg ik.
Ze doet het, haar benen en billen op de vloer, haar rug tegen de trap. Ik kniel naast haar, maak haar jarretels los en trek haar broekje uit. Ik duw haar benen van elkaar, ga ertussen zitten en buig mijn hoofd. Ik raak met mijn lippen de binnenkant van haar dij aan, sla plagend de plooi over waarvoor mijn tong gemaakt is en kus haar zachte buik. Ik hoor haar kreunen en doe mijn ogen dicht. Ik ben blij dat zij het is. Ik ben blij dat het haar geur is die ik ruik.
Dan op het doel af.
Recht op het doel af.
Want scoren zullen we.

4 *Amy*

Ik zit in wat je noemt een penibele situatie.

Dit is bepaald niet wat ik van plan was. Nog geen tien minuten geleden zat Jack me achter in de taxi te kussen en ik weet niet wat er in die kus zat, maar ik denk dat hij een of ander verdovend middel op zijn tong had, want ik heb geloof ik mijn verstand verloren.

Het ene moment voelde ik me net de hoofdrolspeelster in een vrijscène uit een romantische film voor alle leeftijden, het volgende moment ben ik de ster in de pornohit *Amy doet het voor niks.*

Hallo Amy?

Aarde aan Planeet Lellebel?

Ik lig ontdaan van mijn beha op Jacks trap, met mijn benen over zijn schouders, en hoewel het O... O... JA... JA... DAAR... DAAR... ooooooooooooooooooo... ja... ja... heerlijk voelt, verkeer ik ook in GROTE PANIEK. Ik hoor de stem van:

Mijn moeder: Je gedraagt je als de eerste de beste slet. Wat moet hij van je denken?

Mijn ijdelheid: Hij ziet mijn sinaasappelhuid en vindt me vast een vetklep.

Mijn longen: Ik kan mijn adem niet veel langer meer inhouden en WAT ALS HIJ NU OPKIJKT EN DE WAARHEID ONTDEKT OVER MIJN BUIK!

Mijn paranoia: Wat als Matt binnenkomt?

En erger, veel veel erger... Wat als ik...

als ik...

niet lekker ruik?

Ik bedoel, het kan niet, want ik heb in bad liggen weken tot ik brandschoon was, maar dat is een griezelige gedachte.

En alsof het niet genoeg is, schaam ik me ook nog en vind ik het gênant dat ik me schaam. Ik bedoel, als iemand zijn tong daar... in... steekt... mmmmmmmmmmmmmmmmmmmmm mmmmmmmmmm... en je zachtjes begint te likken... oooooo-oooooooo... daar... dat overkomt je niet iedere dag, of wel? Dat mag niet iedereen zomaar bij je doen. Het is nogal intiem. Persoonlijk. Onthullend!

En als Jack Rossiter denkt dat ik ga klaarkomen met al die dingen die in mijn hoofd rondspoken, dan vergist hij zich deerlijk.

Aan de andere kant wil ik niet dat hij ophoudt. Het is zo lang geleden dat dit voor het laatst gebeurde en een meisje moet pakken wat ze krijgen kan. Bovendien komt Jack op plekjes waar andere mannen nooit komen.

Dat maakt me blij. Blij omdat hij zijn best doet om mij blij te maken. Blij omdat hij dat wil en blij omdat H. tevreden zal zijn. Wat zeg ik, H. zal dolgelukkig zijn.

'Eindelijk,' zal ze zeggen. 'Het werd wel tijd ook.'

Helemaal mee eens. Vaarwel, meneer Afneembare Douchekop, welkom man die goed likt!

Een zeldzaamheid.

Een kostbare schat.

Een godvergeten wonder!

Want alle mannen die ik tot nu toe heb gehad, waren waardeloos op dit gebied.

Neem nou Andy. Meneer Wip Wip Klaar, is m'n eten al gaar (en strijk mijn overhemd even als je toch bezig bent). Na drie maanden raapte ik al mijn moed bij elkaar voor een goed gesprek over wat je in bed allemaal met elkaar kunt doen. Ik mompelde, stamelde en toen Andy me niet-begrijpend aankeek en verder las in zijn krant, stond ik met mijn mond vol tanden.

Maar toen ik de volgende dag uit mijn werk kwam, sleepte Andy me zonder plichtplegingen naar de bank – en begon te likken! Ik ging bijna dood van schrik. Ik kon het amper geloven. Ik kronkelde bemoedigend, kreunde, prees de Heer, en net toen ik had besloten dat ik toch wel met Andy wilde trouwen, hield hij op. Hij hield gewoon op. Na ongeveer een minuut. 'Alsjeblieft,' zei hij met een zelfingenomen lachje, 'welkom thuis.'

Maar Jack is anders. Jack vindt het leuk. Hij maakt geluidjes.

Geile geluidjes. En ik ook, maar dit kan zo niet verdergaan. De arme jongen krijgt straks kramp in zijn kaken en bovendien wil ik hem aanraken. Heel graag zelfs.

Ik grijp zijn hoofd, dat gezegend is met prima haar. Het ruikt lekker, het is goed geknipt en, het belangrijkste van alles, het ziet eruit alsof het vast zit. Ik laat mijn handen erdoorheen glijden en kreun zachtjes. Jack begrijpt de hint. Hij kijkt op en schenkt me een doorweekte grijns.

'Je bent betoverend,' zegt hij, en mijn hart maakt een dubbele salto.

En dan kust hij me. (Poeh! Ik ruik helemaal niet vies.)

Maar het is niet zomaar een kus.

Het is dé kus.

Op dat moment besluit ik – omdat hij een toptastisch mooi lijf heeft en omdat ik verdrink in zijn ogen en omdat hij zo goed is geweest om me te likken en omdat ik hem leuker vind dan Mel Gibson, Brad Pitt en die jongen van *Neighbours* bij elkaar – dat ik hem halfdood ga neuken.

En dat doe ik dus.

Maar dan denk ik dat Jack echt aan het doodgaan is! Dat, of hij staat op het punt om klaar te komen. Wat niet zo vreemd zou zijn, want het is wel een soort marathonsessie geweest.

'Ik kom,' hijgt hij, en ik kijk naar de rimpels die op zijn voorhoofd verschijnen en zijn mond die openvalt. En dan doet hij iets geweldigs. Hij noemt mijn naam. Precies als hij zijn hoogtepunt bereikt.

Wauw.

Hij weet mijn naam nog!

Hij zakt boven op me en ik voel zijn hart bonken. Ik streel zachtjes zijn ruggengraat en kijk naar het plafond.

Hij krijgt van mij een dikke zeven. Nee, dat is niet eerlijk. Een acht. Maar toch, er is altijd ruimte voor verbetering.

De eerste keer is altijd een teleurstelling. Ik dacht vroeger dat het zou zijn zoals in de romans die ik las als tiener – passie die je knieën deed knikken en je beroofde van je scherpe blik, gelijktijdige orgasmes die de aarde deden beven en de hele nacht duurden. Dus toen Wayne Cartwright (ik kan nog altijd niet geloven dat ik mijn maagdelijkheid ben kwijtgeraakt aan iemand die Wayne heet) iets uit zijn strakke spijkerbroek viste dat verdacht veel op een kippenlevertje leek, moest ik even van de schrik bekomen.

Een dag later, toen ik rondhing in de buurt van de aula in de hoop een glimp van Wayne op te vangen, hoorde ik hem en zijn vrienden praten over de definitie van goede seks. Maar toen ze het erover eens bleken dat tegelijk klaarkomen het enige was wat ertoe deed, begon ik me ernstig zorgen te maken. De kans dat Wayne Cartwright met zijn petieterige piemeltje ooit een andere fysieke reactie bij me zou losmaken dan lichte walging was behoorlijk klein, maar verdomme, ik was een schaap als ik me frigide liet noemen. En dus werd ik van de ene op de andere dag Amy Crosbie, Koningin van het Neporgasme. Meg Ryan? Ha! Haalt het niet bij mij.

Maar doen alsof is een gevaarlijk spelletje. Ik betrapte me erop dat ik het ging overdrijven, alleen maar om te kijken of iemand het in de gaten had. Maar, o verrassing, dat was nooit zo. Eikels!

Twaalf mannen verder (tjeezus, Jack is mijn twaalfde) ben ik eindelijk bij mijn verstand. Ik zal er gewoon mee moeten leven dat ik niet zo'n vrouw ben die zonder hulp een vaginaal orgasme krijgt. En wat dan nog? Het is toch allemaal gelogen.

Jack ligt zachtjes te spinnen en ik streel nog steeds zijn rug. Het liefst zou ik nu willen dat hij weer met zijn hoofd naar beneden gaat en afmaakt waar hij aan begonnen was, maar ik weet dat dat niet zal gebeuren, omdat seks twee gouden regels kent:

1. mannen doen dat nooit;
2. je moet altijd zorgen dat jij eerst komt.

Als nummer twee je niet lukt, kun je de man nummer een niet kwalijk nemen. Jack valt dus niets te verwijten, ook al schreeuwen mijn edele delen 'Ik ik ik ik ik ik ik ik!'

Jack gaat op zijn zij liggen en streelt mijn haar. Terwijl we zo naar elkaar grijnzen, word ik overspoeld door tedere gevoelens. Zo erg zelfs dat mijn hersenen losgekoppeld raken van mijn mond.

'Jack, ik vind je echt heel, heel leuk. Je bent de beste,' fluister ik.

Zodra het eruit is, weet ik dat ik de prijs heb gewonnen voor de flauwste uitspraak van het decennium. Waarom ik zo nodig mijn grote waffel open moest doen en iets zeggen, weet ik niet, maar flauwer kon het niet. Net een eitje zonder zout.

Jack kijkt een beetje geschrokken en trekt voorzichtig zijn penis (met stip op één) uit me terug, terwijl hij het lubberende condoom op zijn plaats houdt. In een nanoseconde pelt hij het eraf, legt er een knoop in en laat het op de grond vallen. (Hij heeft het duidelijk vaker gedaan.)

'Ik ben gesloopt,' zucht hij. Hij laat zich naast me vallen en neemt me in zijn armen. Ik kruip dicht tegen hem aan, met mijn oor in het warrige haar op zijn borst. Ik wil dolgraag mijn flauwe opmerking terugnemen, of horen wat hij vindt, wat hij voelt, wat dit allemaal te betekenen heeft, en plotseling raak ik helemaal in de war en wil ik alleen nog maar antwoorden hebben, antwoorden, antwoorden.

Ik weet dat ik me aanstel. De afgelopen twee uur heb ik deze man elke millimeter van mijn lijf laten zien en niet minder dan negen standjes geteld, wat niet slecht is voor een eerste keer. Dus ik kan waarschijnlijk veilig aannemen dat hij me wel leuk vindt. Dat moet wel.

Maar ik voel me genomen. In alle betekenissen van het woord. In het spel van seksuele relaties heb ik een slag verloren en dat kan ik niet terugdraaien. Ik kan hem niet ontneuken en dat betekent dat ik mijn positie moet heroverwegen, wat de reden is dat ik het zo graag wil horen, dat ik Jack zo graag wil horen zeggen dat het niet maar voor één nachtje was en dat hij morgenochtend blij zal zijn om me te zien.

Praat tenminste tegen me.

'Jack?' fluister ik en streel de zachte huid van zijn buik.

Maar Jack is zich niet bewust van mijn getob, want Jack is in een diepe slaap gevallen.

Hij is helemaal van de wereld, alsof hij een week niet heeft geslapen. Er dringt niets meer tot hem door, dus de rest van de nacht lig ik me half stikkend af te vragen of hij wel weet dat hij op een dag bijna zeker zal reïncarneren in een zeester.

Het is nu negen uur ’s ochtends en te oordelen naar het licht dat door de jaloezieën valt, wordt het weer een snikhete dag. Ik wil erg graag dat Jack wakker wordt. Ik wil zijn ogen zien, onder het dekbed kruipen en een lome ochtendwip maken. Maar in plaats daarvan lig ik naar zijn gesnurk te luisteren, met een blaas die aanvoelt als een keiharde bal.

Voorzichtig haal ik zijn arm van mijn nek en kruip uit bed. Op weg naar de deur schiet ik snel in zijn overhemd, waarna ik vol genegenheid nog even omkijk. Hij gromt en draait zich om, zijn haar helemaal in de war.

Nog steeds glimlachend om mijn verovering en de opluchting die ik voel nu mijn blaas weer leeg is, kom ik de badkamer uit en bots tegen Matt op, tieten tegen borst. Oeps! Ik voel dat ik bloos tot onder mijn teennagels, zoals ik daar sta in Jacks overhemd. Het hangt maar net over mijn billen.

Matt vindt het wel grappig en ik voel me helemaal de schaamteloze slettenbak die hij denkt dat ik ben.

‘Jack slaapt zeker nog?’ vraagt hij met een grijns.

Ik knik zonder hem aan te kijken. ‘Compleet buiten westen.’

‘Kom even thee drinken dan.’

‘Nee, dat kan niet, ik...’ begin ik. Matt kijkt van bovenaf op me neer. Van dichtbij is hij groter dan ik me herinner en in zijn wijde sportbroek en hemd ziet hij er bijzonder aantrekkelijk uit. Hij heeft een stevig, gespierd lijf en een lekker kleurtje en ondanks mezelf, hoewel ik net uit Jacks bed kom, gaat er een siddering van schuldige verwachting door me heen. Maar ach, ik ben tenslotte ook maar een mens.

‘Kom op. Die wordt voorlopig nog niet wakker,’ fluistert Matt samenzweerderig en ik glimlach tegen hem. Zijn blauwe ogen lijken over mijn gezicht te dansen en ik knik als teken van verstandhouding.

Ik trek het overhemd omlaag, druk mijn knieën tegen elkaar en schuifel als een Japanse geisha achter hem aan de gang door, ondertussen zijn nonchalante manier van lopen bewonderend. Hij heeft mooie voeten. Ze zijn in ieder geval mooier dan die van Jack.

Na het etentje van gisteravond ziet de keuken eruit alsof er een bom op is gevallen. Matt pakt energiek de fluitketel van de stapel borden op het aanrecht.

'Sorry voor de troep,' mompel ik. 'We hadden geen tijd om... eh... op te ruimen.'

Matt lacht. 'Leuke avond gehad, neem ik aan?'

Hij duwt de stang van de openslaande deuren naar beneden en de keuken stroomt vol warm licht en vogelgekwetter. Ik heb het gevoel dat ik in een reclamespotje verzeild raak.

'Het was heel gezellig,' zeg ik. Tegen de deurpost geleund sta ik naar hem te kijken.

Hallo, hé? Waarom houd ik mijn adem in?

'Jack kan hartstikke goed koken,' zeg ik.

Matt laat de ketel vollopen. 'Ja, hè? Ik probeer hem steeds zover te krijgen dat hij iets met zijn recepten doet.'

'Goed idee.'

'Weet ik. Maar hij heeft het te druk. Je kent die artistieke types.'

'Het klinkt hectisch, al die modellen om je heen.'

Hij zet de ketel op. 'Het valt niet mee. Het vergt veel van zijn krachten.'

'Ken je zijn werk? Is het goed?'

Hij knikt. 'Voortreffelijk. Al heb ik zijn laatste doek nog niet gezien.'

'O, dat van die Sally?' Mijn nieuwsgierigheid wordt me de baas. 'Wat is dat voor iemand?'

'Ach, je weet wel. Hoe zal ik haar eens beschrijven?' doet Matt terughoudend.

Wat aardig van hem om Jack te beschermen. 'Het geeft niet,' lach ik. 'Je mag zo grof zijn als je wilt. Jack heeft me al verteld dat ze een lelijke heks is.'

Matt legt zijn hoofd in zijn nek en lacht, en de zon valt op zijn gezicht. Als hij uitgelachen is en naar me kijkt, word ik helemaal zenuwachtig.

'Wat is er?' vraag ik.

'Dat overhemd staat je goed.'

'Het is van Jack,' zeg ik en pulk aan de zoom.

'Hmmm. Mooi ding,' zegt Matt. 'Gewone of Earl Grey?'

Hij staat met me te flirten. Hij kijkt naar mijn benen!

'Gewone graag. Ik was wel even af,' bied ik aan, waarna ik als een manke krab in de richting van de gootsteen schuifel. Ik ben me er scherp van bewust dat ik geen onderbroek aanheb en ik weet vrij zeker dat Matt dat ook doorheeft. Ik kan hem niet in de ogen kijken.

Hij reikt voor me langs om uit het keukenkastje boven de gootsteen theezakjes te pakken en het valt me op dat hij lekker ruikt, niet naar aftershave, maar naar zeep en frisheid. Lekker. Zijn arm is zo dichtbij dat ik het blonde haar erop kan zien. Bij zijn elleboog zit een litteken en zonder na te denken raak ik het aan. Zijn huid voelt warm aan.

'Hoe kom je daaraan?' vraag ik.

'Dat heb ik gedaan.'

We draaien ons allebei als door een wesp gestoken om. In de deuropening staat Jack. 'Ik heb hem uit een boomhut geschopt, als je het zo nodig wilt weten.'

Aan de uitdrukking op zijn gezicht te zien, zou hij willen dat hij wat harder had geschopt. Onzeker trek ik het overhemd verder over mijn dijen.

Matt gooit een vaatdoek over zijn schouder alsof er niets aan de hand is, maar ik zit gevangen in een spervuur van blikken en Jack weet het. En Jack weet dat ik het weet.

'Thee, jongen?' vraagt Matt.

Jack gromt bevestigend. O, o. Einde van de reclame.

Matt knipoogt naar me en rolt met zijn ogen en ik zit compleet in de val. Ik loop op Jack af, maar hij fronst zijn wenkbrauwen om mijn schaarse kledij en wendt zijn blik af naar de tuin.

Matt dompelt de theezakjes onder.

'Wat ging je vandaag ook al weer doen?' vraag ik aan Matt, in een poging een gesprek te beginnen en te doen alsof alles heel gewoon is, maar schuldgevoel verstikt mijn stem.

Matt haalt zijn schouders op. 'Ik blijf denk ik hier en ga in de tuin een beetje in de zon zitten, voetbal kijken op de draagbare tv. Ga jij naar de wedstrijd kijken, Jack?'

Jack haalt duidelijk geïrriteerd zijn schouders op. 'Weet niet. Ik ga denk ik maar werken.'

'Wat je wilt,' zegt Matt en blaast haastig, maar fluitend de aftocht. Ik blijf achter in een stilte die pijn doet aan mijn oren.

Hoe kan ik Jack bereiken in het koninkrijk van de donderwolk? Waarom, o waarom ben ik uit bed gekomen? Waarom ben ik niet blijven liggen en samen met hem opgestaan? Hij kijkt me aan alsof ik een vreemde ben, maar ik kan het hem niet kwalijk nemen. Als ik de morgen na onze eerste wip zag dat hij in mijn keuken H.'s elleboog stond te strelen, zou ik ook door het lint gaan. Ik overweeg om iets luchthartigs over Matt te zeggen, of uit te leggen dat ik wel mee moest naar de keuken, maar zelfs terwijl ik mijn praatje in gedachten oefen, weet ik dat ik bij alles wat ik zeg schuldbewust zal klinken, alsof ik iets verzwijg.

'Suiker?' vraag ik zwakjes.

'Nee, dank je,' zegt hij en gaat aan tafel zitten.

Ik breng hem zijn thee. Hij ziet er somber uit. Ik wou dat ik de hele ochtend terug kon draaien en opnieuw beginnen. Dit is een ramp.

'Heb je veel werk te doen?' vraag ik.

'Ja.'

'O.' Ik staar naar de vloer.

Jack nipt van zijn thee. 'Wat ben jij van plan?'

Er klinkt geen enkele aansporing in zijn stem. Ik haal mijn schouders op. Wat kan ik zeggen? Als hij me er nu uit gooit, ga ik vandaag in het zwart gehuld hard huilen. Maar ik denk niet dat hij dat wil horen.

'Niets bijzonders, eigenlijk.'

Stiekem werp ik een blik op Jack. Ziet hij dan niet dat ik over die gapende kloof tussen ons heen wil springen en me aan hem vastklampen, dat ik serieus een loopbaan als plakker overweeg? Ik word gek als ik het heb verpest.

Er valt een geladen stilte voor Jack weer iets zegt. 'Het is heerlijk buiten.' Hij knikt richting tuindeuren.

Nee, nee, nee. Geen beleefd gesprekje over het weer, alsjeblieft. Dat kan ik nu niet hebben. Ik slik moeizaam en volg zijn blik. 'Op zulke dagen vind ik het vreselijk in de stad. De enige plek waar je kunt verblijven, is het strand,' mompel ik tussen twee slokjes thee door.

Ik kijk Jack nu recht aan. Ik heb niets te verliezen. Ik moet het vragen en proberen het niet te laten klinken alsof ik smeek.

'Je hebt niet toevallig zin om een dagje met me naar Brighton te gaan? Ik bedoel, als we de trein nemen, zijn we er in een paar uur.'

Aldus sprak een wanhopige vrouw.

Jack knijpt zijn ogen tot spleetjes en kijkt me aan. Hij ziet er onthutst uit, maar dan haalt hij zijn schouders op en zegt: 'Waarom niet?'

Eerst weet ik niet zeker of ik hem wel goed heb verstaan. Ik zit hem met open mond aan te gapen, totdat het tot me doordringt.

'Oké!' doe ik overdreven, alsof ik net een elektrische schok heb gehad. Ik ben zo dankbaar dat ik zijn voeten kan kussen. Hoe heb ik ooit kunnen denken dat die van Matt mooier waren?

Als we op weg zijn naar mijn flat om een jurk te halen (omdat jarretels en hoge hakken nu eenmaal niet geschikt zijn voor het strand) kijk ik onophoudelijk naar hem, alsof ik wil controleren of hij wel echt is. Dat hij echt bij me is.

Hij is echt bij me. In mijn keuken. Ik heb nog een kans gekregen! Dat is wel een paar koppen in de landelijke pers waard. WERELDPRIMEUR: AFGESCHREVEN MEISJE TE ELFDER URE GERED.

Ik laat hem rustig een poging ondernemen om het ijsbakje uit de gletsjer in mijn vriesvakje te bikken en dans de slaapkamer in, waar ik mijn knuffelbeer een zoen geef.

'Teddy, er is een man mannenwerk aan het doen in mijn keuken!' fluister ik. Teddy kijkt me met zijn gebruikelijke glazige blik aan. 'Kijk niet zo dom, zeg liever wat ik aan moet!'

Ik trek gehaast mijn kleren uit en rommel in de ladenkast op zoek naar mijn blauwe zonnejurk, maar als ik hem aanheb, zie ik op de linkertiet een wijnvlek. Typisch. Ik neem mijn toevlucht tot een gerafelde korte broek en een strapless topje. Te ongedwongen? Te *Charlie's Angels*? Teddy, help nou even!

Jack reist lichtbepakt. Hij heeft niet meer bij zich dan de kleren die hij aanheeft. Hoe doen mannen dat toch? Hoe kunnen ze zich veilig voelen zonder altijd een complete verzorgingsset en stel cheques bij de hand? Ik begrijp dat niet. Voor ik het weet heb ik een stapel spullen op mijn bed verzameld waarmee ik drie weken op vakantie zou kunnen, en dan heb ik alleen nog maar het hoogstnoodzakelijke: borstel, make-up, bikini (zal ik?), zonnebril, badlaken, spijkerbroek (voor als het koud wordt), vestje en extra korte broek (ik ben de dochter van mijn moeder), deodorant, honkbalpetje – het gaat vanzelf.

Terwijl ik de bovenste la overhoophaal besef ik dat ik 'We're all going on a summer holiday' neurie alsof ik Cliff Richard zelf ben en dat ik maar beter kan opschieten, voor ik in 'The hills are alive with the sound of music' uitbarst en het echt gênant wordt. Ik wip het dopje van mijn parfumverstuiver en hul mezelf in een onbescheiden wolk, waarna ik ook nog wat op mijn schaamhaar spuit.

Net als ik de la dicht wil duwen, krijg ik de condooms in het oog. Ik grijp de doos stevig vast en doe er een wens op. Alsjeblieft, alsjeblieft, alsjeblieft, zorg ervoor dat Jack me nog een keer wil neuken... Wacht even, deze zijn extra extra large! Shit!

Ik weet dat Jack goedgeschapen is, maar niet overdreven, niet op een manier die om extra grote kapotjes vraagt. Ik vlieg op mijn rommelkist in de hoek af en duikel een grote papieren zak op vol extra extra veilige condooms in verschillende smaken op, in het centrum voor geboortenregeling gekregen van een vrouw met een zuinig mondje. Ze zijn waarschijnlijk ruim over de houdbaarheidsdatum heen, maar ik heb nu geen tijd om dat te controleren.

'Wat doe je daar allemaal?' roept Jack vanuit de keuken.

'Twee tellen,' tjilp ik, terwijl ik op mijn knieën onder het bed naar een tas zoek. De enige die ik vinden kan is veel te groot, maar ik zal het ermee moeten doen. Ik prop al mijn troep erin en gooi ook de doosjes met condooms erin leeg (een beetje keus kan nooit kwaad). Ik trippel de keuken in.

'Wat zit daarin?' vraagt Jack, en hij geeft me een glas ijskoude limonade aan. 'Een emmertje en een schepje?'

'Uiteraard!' Ik glimlach en drink mijn glas leeg. 'Kom, we gaan.'

Terwijl ik het gevoel heb dat ik aan de speed ben, doet Jack nog steeds wat koeltjes tegen me. Op het station staan we een beetje ongemakkelijk in de rij voor kaartjes. Tussen onze handen liggen onoverbrugbare centimeters en ik zou willen dat ik de moed had om Jack aan te raken. Maar die heb ik niet. Ik weet maar al te goed dat de intimiteit van gisteravond niet kan worden teruggehaald op een openbare plaats, niet met al die mededelingen die constant worden omgeroepen.

Jack gaat dus op de afstandelijke toer. Prima, dat kan ik ook.

Denk ik.

Alleen ziet hij er in dat T-shirt zo verdomd aantrekkelijk uit dat ik me afvraag hoe lang ik het kan volhouden zonder uit elkaar te barsten. Maar ik heb een afspraak met mezelf gemaakt. GEEN FLAUWE OPMERKINGEN MEER en GEEN GESMEEK.

Als we aan de beurt zijn, graai ik in mijn buitenmodel tas naar mijn portemonnee, maar Jack wil niet hebben dat ik betaal en gooit achteloos zijn Visacard in het bakje. Ik zucht onhoorbaar en luister naar het geratel van de puntenteller in mijn hoofd.

Bij de kiosk kopen we proviand: een fles water, kauwgom en sigaretten. Ik sta achter Jack en kijk ademloos naar hem. Hij is zo voortvarend!

'Hoe laat gaat de trein?' vraagt hij.

Een doodgewone vraag, maar de de tiener in mij wordt er helemaal zenuwachtig van. Ik kijk omhoog naar het bord met vertrektijden, maar zie alles vaag. Komt dat doordat ik een bril nodig heb of doordat Jack zo dicht bij me staat en ik al mijn aandacht erbij moet houden om hem niet ineens te grijpen?

We moeten rennen om de trein te halen. Nog net op tijd trekt hij me naar binnen en even lig ik in zijn armen. Ik leg mijn hand op zijn borst en als we elkaar aankijken, laat hij me niet los. Ik verlies mezelf in zijn ogen en de trein zet zich met een schok in beweging en mijn maag maakt een sprongetje, allemaal tegelijk. Ik denk dat Jack ook iets voelt, want hij bloost en lacht een beetje verlegen.

Hij maakt zich van me los en ik loop met ingehouden adem achter hem aan de coupé in. Die is vrijwel leeg en bij het raam zijn de stoelen vrij. 'Geef maar,' zegt Jack en grijpt mijn tas om hem in het bagagerek te tillen.

Dit is zo'n moment waarop het leven zich plotseling in slowmotion afspeelt.

Verstijfd zie ik hoe hij de tas aan één handvat omhoogslingert, waardoor al mijn spullen tussen ons in op de grond kletteren. Alles. Ook alle condooms.

In stilte staan we ernaar te kijken.

'Eh, Amy,' zegt Jack, met zijn kin in zijn hand, 'we gaan maar een dagje weg. Is dat niet een beetje al te... enthousiast?'

Ik ben misselijk. Ik laat me op mijn knieën vallen en grabbel naar mijn spullen. Zelfs mijn haarpunten zijn rood.

'Die heb ik niet allemaal gekocht. Ik, ik heb ze van het centrum...' begin ik, maar ik weet dat ik het alleen maar tien keer erger maak.

'Dat is erg... vrijgevig van ze.'

Gelul. Hij bedoelt dat het erg vrijpostig is van mij. Vrijpostig zoals alleen een gestoord wijf zonder enige vorm van zelfbeheersing dat kan zijn.

Woest prop ik de condooms terug in mijn tas. Ik voel me zo stom dat ik het liefst het balkon op zou rennen om mezelf uit de trein te gooien. Het is me pijnlijk duidelijk dat alles wat ik zeg de zaak alleen maar erger zal maken.

Jack grinnikt en valt in een stoel. Ik duik ineen en verberg mijn gezicht in mijn handen. Ik kan niet naar hem kijken, maar dan begint hij zo hard te lachen dat ik uiteindelijk tussen mijn vingers door gluur.

'Je bent vuurrood!'

'Ojezus, wat moet je wel van me denken?' kreun ik.

Hij trekt me op zijn schoot en wiegt me in zijn armen. 'Ik denk dat ik niet kan wachten om aan de voorraad te beginnen,' fluistert hij en legt een koele hand op mijn brandende wang. Hij kust me zo vol overgave dat ik vergeet dat ik hem waarschijnlijk zit te pletten en zo licht als een veertje het geluk tegemoet zweef.

Als we in Brighton aankomen, lijkt het bijna onvoorstelbaar dat er ooit enige kilte tussen ons heeft geheerst. We hebben als oude maatjes zitten kletsen over vakanties van vroeger en familiegebeurtenissen en het voelt heel natuurlijk. Alsof we vrienden zijn. Onderweg door het dorp naar het strand praten we honderduit. Het zonlicht glinstert op het water, overal trekken mensen hun kleren uit en je kunt de zomer ruiken, vermengd met de geur van de wafels en suikerspinnen bij de stalletjes op de pier.

Er is iets zo aanstekelijks aan de warmte dat ik me binnen de kortste keren een kind voel en spijt heb dat ik niet echt een emmer en een schepje heb meegenomen. Alles wat ik wil is lol maken en Jack heeft er duidelijk ook zin in. Ik pak zijn hand en trek hem mee naar de pier en het voelt alsof ik vijf ben en hij mijn vriendje is en we samen op de schommels af rennen.

We hangen rond op de pier, stoppen ons vol met waterijs en lachen naar elkaar vanachter de kartonnen figuren zonder gezicht. Het is misschien niet zo cool en we reppen met geen woord over gisteravond, maar dat geeft niet. Het is gewoon heerlijk om niet in Londen te zijn, om weg te zijn van alle anderen, en ik voel me zo ontspannen dat ik helemaal vergeet cool te zijn of indruk op hem te maken. Het is genoeg dat we bij elkaar zijn.

In de speelhal is Jack helemaal in zijn element en ik moet lachen omdat hij zich gedraagt als een groot kind. Het is verbazingwekkend wat je allemaal over een man te weten komt als hij eenmaal aan een racespelletje begint. Het is een soort filter van de persoonlijkheid en ik kom het volgende te weten over Jack:

1. hij is prestatiegericht;
2. hij kan niet tegen zijn verlies.

Ik neem me voor nooit Monopoly met hem te spelen.

'Jij krijgt een pak slaag, meid,' zegt Michael Schumacher Rossiter als hij een munt in de gleuf gooit.

'O ja? Is dat zo?' Ik zet het stoeltje op de goede hoogte. 'Dat zullen we nog wel eens zien.'

En weg zijn we. Scheurend over het circuit van Monaco werp ik af en toe een steelse blik op Jack, die in gevecht is met zijn stuurknuppel en geconcentreerd op zijn lip zit te bijten. Ik probeer het hoofd te bieden aan de neiging om het kwijl maar gewoon uit mijn mond te laten lopen, want ik wil winnen. En door puur geluk doe ik dat ook. Drie keer.

Bedankt God, ik sta bij je in het krijt.

Jack kan er niet tegen. Als ik weiger om nog een spelletje te doen en hem te laten winnen, is hij serieus beledigd.

'Je moet weten wanneer het genoeg is. Ophouden zolang je nog voor staat,' plaag ik en been naar buiten, het zonlicht in. Jack strompelt min of meer de speelhal uit. Ik verwacht half dat hij 'Je bent maar een meisje!' zal schreeuwen, maar ik weet ook dat hij op een perverse manier wel onder de indruk is. Ik kijk hem over mijn schouder aan en grijns zelfingenomen. 'Niet mokken, jochie.'

Dat had ik niet moeten zeggen. Hij komt achter me aan en ik ren ervandoor, vlieg gillend over de stoep, ontwijk kinderen en oma's en hol over de kermis naar het eind van de pier, waar hij me te pakken krijgt en tegen de railing klemzet. Hij gromt, maar er ligt een brede grijns op zijn gezicht en opeens staan we te zoenen als een stel kinderen van veertien, met tanden die tegen elkaar aan stoten en tongen die nog naar waterijs smaken. Als er een paar jongetjes langslopen die heel hard 'Getver' roepen, beginnen we allebei te giechelen en laat Jack me los. Zijn broek vormt een tentje en we moeten lachen.

Hij leunt over de railing en kijkt naar het water dat tegen de pier klotst. Ik sta de andere kant op te kijken. Het geratel van de achtbaan komt op de warme wind onze richting uit, gevolgd door opgewonden gegil als de wagentjes over de rails omlaagsuizen.

'Je bent zo mooi, je bent betoverend,' zegt Jack plotseling. 'Je hebt zo'n prachtige lach.'

Met één oog dicht tegen de felle zon kijk ik naar hem. Het is de eerste keer dat hij me een compliment maakt en ik ben sprakeloos. Hij wordt verlegen en schuift het moment van zich af.

'Een duik zou wel lekker zijn,' zegt hij met een knikje richting water, maar ik ben niet in staat om iets terug te zeggen, want hele karrenvrachten endorfinen huppelen heen en weer tussen mijn zenuwuiteinden.

Hij pakt me bij de hand, maar mijn handpalm voelt zweterig en ik probeer me los te wurmen. Jack merkt het wel en pakt mijn hand nog steviger vast. Hij kust de knokkels.

'Kom mee, we gaan naar het strand,' wenkt hij.

Volgens mij is volwassen zijn een van de moeilijkste dingen die er bestaan. Het is veel moeilijker dan bijvoorbeeld examen doen, en wat erger is, niemand bereidt je erop voor. Niemand vertelt je dat op een dag, als je ergens in de twintig bent, iedereen van je zal verwachten dat je je anders gaat gedragen. Als een volwassene. Een volwassene met verantwoordelijkheden als rekeningen en een hypotheek en beslissingen die zonder mankeren moeten worden genomen. En er is maar één ding erger dan volwassen zijn en dat is een volwassen single zijn.

Ik weet dat ik dit niet zou moeten zeggen. Ik weet dat het prima met me zou moeten gaan. Ik lees genoeg politiek correcte vrouwenbladen om ervan doordrongen te zijn dat ik als vrouw van de jaren negentig:

1. onafhankelijk en tevreden met mezelf hoor te zijn;
2. op elk gebied alles zelf moet kunnen, ook op doe-het-zelfgebied;
3. succesvol moet zijn in mijn werk en financieel op rozen hoor te zitten;
4. tegen elke vorm van kritiek moet kunnen;
5. altijd gelukkig hoor te zijn, omdat ik immers altijd spiritueel aan het groeien ben.

Maar dat is allemaal geouwehoer. Meestal red ik niet eens een van deze vijf punten. Want het afgelopen halfjaar voelde ik me soms net dat dikke kind dat niemand in zijn team wil hebben. En als ik de laatste tijd eens een keer wél mocht meespelen, wilde ik vanwege de mannen die me uitkozen het liefste heel hard de andere kant uit hollen. Ik moet me er niets van aantrekken, maar dat doe ik wel. Want iedereen die ouder is dan twee weet dat in je eentje spelen helemaal niet leuk is. Het werkt niet. Het is saai.

Maar als je een kind bent, kun je altijd naar binnen rennen, waar je moeder je een zoen en een koekje geeft en alles weer goedmaakt. En dan ben je plotseling volwassen en kun je nergens meer heen en moet je daar ook nog eens onaangedaan onder blijven en doen alsof het niets uitmaakt. En dan krijg je een schuldgevoel omdat je verlangt naar een aardig iemand om mee te spelen. En je verlangt er steeds meer naar. En hoe meer je daarnaar verlangt, hoe onbereikbaarder zo iemand lijkt. Je loopt met je mandje door de supermarkt en kijkt vol ontzag naar de mensen met een karretje. De mensen met een team waarin jij niet mag meespelen, en je denkt: Waarom ik niet? Wat is er mis met me?

Af en toe stort je even in en dan komen mensen als H. dingen zeggen als 'Maak je geen zorgen, het gebeurt vanzelf als je even niet oplet'. Degene die dat heeft bedacht, verdient de kogel, want je let wel op. Altijd let je op. Je let zo goed op dat je door de bomen het bos niet meer ziet.

En dan gebeurt het. Zomaar opeens. Je krijgt een gevoel van saamhorigheid. Zoals nu, met Jack die naast me loopt en zijn stappen richt naar de mijne, zijn arm om mijn schouder. Het lijkt zo vanzelfsprekend als maar kan. Maar hoe is het nou gekomen? Het is fantastisch, maar ook zo oneerlijk. Al die benauwde maanden en kijk, het is zo simpel. Simpeldepimpel. Maar als het gevoel deel uit te maken van een team zo snel kan komen, kan het vast even snel weer verdwijnen.

Plotseling wil ik de tijd stilzetten. Dit moment moet stil blijven staan, want iedereen moet het zien. Ik wil dat iedereen weet dat ik als deel van 'ons' veel beter functioneer dan in mijn uppie. Ik heb zin om op en neer te springen en te schreeuwen: Kijk dan, allemaal, ik ben er een van een stel! Ik kan het ook!

Jack stopt bij een zaak die watersportbenodigdheden verhuurt. 'Laten we gaan jetskiën,' zegt hij en grijpt mijn hand.

Zonder dat ik de kans krijg om te protesteren word ik de zaak in gesleurd. Ik zie hoe hij bezig is en lach in mezelf. Ik lach omdat hij geen idee heeft wat er in mijn hoofd omgaat en er ook niet veel van zou begrijpen. Want hij is een man en heeft domweg niet zulke gedachten. En gelijk heeft hij. Ik ben zo jaloers op zijn ongecompliceerde leven. Wat moet het geweldig zijn om al die hersencellen te kunnen gebruiken voor het hier en nu. Er zou zoveel meer uit mijn handen komen als ik niet zo vaak werd gekweld door existentiële angst. Ik zou tijd hebben om impulsief te zijn, zoals Jack nu is, en mijn leven zou altijd leuk zijn.

Ik weet nog hoe het voelde toen iemand me leerde hoe ik

mijn schoenveters moest strikken. Het was een openbaring. Het was opeens zo logisch. Nooit meer hoefde ik over die dingen te struikelen. Nu ik zo naar Jack sta te kijken, krijgt ik datzelfde gevoel, alsof hij me een manier heeft laten zien om gelukkig te zijn en ik mezelf voor mijn hoofd sla en zeg: Slimpie! Dat is toch logisch!

Het meisje in de zaak waarschuwt me dat mijn zogenaamde bikini veel te weinig voorstelt en zo in de golven verdwijnt. Ze geeft me een rubberen wetsuit dat niet bepaald flatteus is voor mijn volslanke heupen. Uiteraard ziet Jack eruit als James Bond op een geheime missie en als het meisje achter de toonbank hem van hoofd tot voeten opneemt, ben ik stikjaloers.

Hé daar, handjes thuis!

Op het water blijkt Jack een natuurtalent. Aan de glinstering in zijn ogen zie ik dat hij uit is op revanche voor zijn nederlaag op het autocircuit. Hij suist door het water en ik dein maar wat op de golven die hij veroorzaakt.

'Niet bang zijn, geef je er maar gewoon aan over,' schreeuwt hij en ik geef gas en schiet weg, de horizon tegemoet. Het is zo opwindend dat ik gil als het water in mijn gezicht spat. Hij haalt me in en laat me zien hoe ik bochten moet maken, en binnen de kortste keren kan ik in *Baywatch.* Joehoe!

Ik heb zo'n pret dat de tijd voorbijvliegt. Op het strand pel ik mezelf uit de wetsuit. Ik heb geen stem meer over.

Als ik weer achter uit de zaak tevoorschijn kom, legt Jack zijn arm om me heen en vraagt: 'Leuk?'

'Fantastisch, maar nu heb ik toch een honger.' Ik sla op mijn buik, verrast dat mijn onzekerheid over mijn lijf opeens weg is.

'Dan zal ik je trakteren,' zegt hij royaal.

'Zakkie patat?'

'Wat ben je toch lekker gewoon,' plaagt hij. 'Nee, er is vast wel iets beters.'

We wandelen door de straatjes tot we een goedkope en gezellige bistro hebben gevonden met een terrasje op de kinderhoofdjes. Jack bestelt twee glazen bier.

'Op ons,' proost hij en ik tik met mijn glas tegen het zijne. De belletjes prikken in mijn neus.

Ik heb me lang lopen afvragen wat hij vindt van gisteravond, maar nu ik eindelijk de kans heb om het hem te vragen, laat ik het moment voorbijgaan. Ik realiseer me dat ik andere dingen veel liever wil weten.

'Vind je het leuk om kunstenaar te zijn?' vraag ik als het voorgerecht wordt opgediend.

'Ik geloof het wel. Het is het enige waar ik goed in ben. Zo hoef ik in ieder geval geen kantoorbaantje te nemen.'

'Jij boft maar,' zucht ik. 'Ik wou dat ik ergens goed in was.'

'Ik weet wel wat,' grijnst hij.

Ik bloos. 'Behalve dat.'

'Je bedoelt dat je succes wilt?'

'Ik denk het. Dat wil toch iedereen?'

'Wat wilde je worden toen je klein was?' vraagt hij. Hij breekt een stukje stokbrood af en doopt het in zijn saus.

'Iets met mode, denk ik. Herenmode. Ik was altijd gekker op Ken dan op Barbie.'

'Je wilde hem gewoon uit zijn broek hebben.'

Ik lach. 'Dat is zo. Hoewel er aan Ken niet veel te beleven valt. Nee, ik hou van mannenkleren. Toen ik jou voor het eerst zag, vielen je kleren me meteen op.'

Jack kijkt me aan. 'Waarom ga je dan niet iets doen in de modebranche?'

Ik kijk naar de asperge op mijn bord. 'Dat heb ik wel heel lang gewild, maar het is er niet van gekomen. De concurrentie is veel te groot.'

'Dat weet je pas als je het hebt geprobeerd. Er zijn heel veel mensen met talent, maar waarom zou jij daar niet één van zijn. Als ik had stilgestaan bij de concurrentie, dan was ik allang met schilderen gestopt.'

'Dat zal wel.'

'Je hebt niets te verliezen. Bovendien heb je alles mee.'

Hij kijkt naar me en glimlacht. Ik ben zo opgelucht en zo gelukkig dat ik hem zonder er verder over na te denken geloof. Helemaal. Behalve met H. heb ik het nooit met iemand over mijn carrièrewensen gehad en nu ik mijn ambities tegenover hem hardop heb uitgesproken valt er een last van mijn schouders. Ik ben mezelf weer. Iemand met een echte toekomst. Misschien waag ik het erop.

Terwijl we naar de mensen kijken die voorbijkomen, worden we langzaam dronken en de middag eindigt met de slappe lach. Later lopen we terug naar het strand. Het is niet meer zo druk en we vinden een rustig plekje. Ik ben zweverig van de drank en op de hele wereld zijn er alleen nog maar Jack en ik. Jack keilt schelpen over de golven in de richting van de ondergaande zon en ik kijk hoe hij zich beweegt. Ik zit te zwijmelen als een dom wicht.

Hij draait zich naar me om.

'Wat zullen we nu doen?' vraag ik.

'Wil je naar huis?'

'Nee. En jij?'

Hij schudt zijn hoofd.

We kijken elkaar nerveus aan en beginnen te lachen. Hij tikt tegen zijn lippen. 'Ik weet waar we kunnen overnachten. Als je dat wilt, tenminste.'

En of ik wil. Ik wil niets liever.

De man van hotel Casanova behandelt Jack als een oude vriend. Hij werpt hem met een knipoog een sleutel toe, waarschuwt dat er maar tot half elf ontbijt wordt geserveerd en laat ons verder met rust.

De kamer heeft een hoog meubelboulevardgehalte, met een bloemetjessprei en een hoogpolig tapijtje. Maar alles is schoon en op de theewagen liggen allemaal piepkleine pakjes koek. Ik zet mijn tas op een stoel naast de tv en kijk door de vitrages naar het tuintje aan de achterkant.

Het voelt gek om met Jack in deze kamer te zijn. Na de dag die we samen hebben doorgebracht, lijkt het zo schaamteloos volwassen. We raken elkaar niet aan.

Jack gaat naar de badkamer en klapt de wc-bril omhoog. Ik kan zijn rug zien terwijl hij staat te plassen en om een of andere reden vind ik dat schokkend. Nu vaststaat dat we straks met elkaar naar bed gaan, word ik nerveus. Op een of andere manier zal het meer te betekenen hebben dan gisteravond bij Jack thuis en de beslotenheid van deze omgeving jaagt me angst aan. We zijn hier zo *samen.*

Jack trekt de wc door en blijft staan in de deuropening. Het valt me op dat hij de bril weer naar beneden heeft gedaan. Iemand heeft hem goed opgevoed. Ik vraag me af wie...

'Ik voel me vies,' zegt hij.

Ik trek rimpels in mijn neus en woel door mijn haar, dat van het zoute water helemaal kroezig is geworden. 'Ik ook.'

'Douchen?' vraagt hij en ik knik.

Hij stapt er als eerste in en terwijl ik me uitkleed, zie ik hem door de glazen deur aan de knoppen van de kraan draaien. Dan doet hij de deur voor me open.

Ik voel me onhandig en ongemakkelijk. In het felle licht en naakt tegenover Jack voel ik me hopeloos onbeschermd. Het is net of we elkaar voor het eerst echt zien. Waarschijnlijk is dat ook zo. Het liefst wil ik mijn armen voor mijn buik slaan en me oprollen tot een balletje.

Jack bekijkt me. Bekijkt me aandachtig. Van top tot teen, alsof hij elke porie van mijn huid in zich op wil nemen, en ik weet dat ik bloos.

Ik probeer hem vast te pakken en te kussen, want dat zou minder intiem zijn, maar hij maakt zich los en duwt me van zich af. Zonder een woord te zeggen en terwijl hij recht in mijn ogen kijkt, pakt hij een stukje zeep en laat het opschuimen in zijn handen.

Je zou niet zeggen dat douchecabines van roze kunststof bijzonder erotisch zijn, maar op dit moment staan ze boven aan mijn lijstje van ideale vrijplekken. Want Jack begint me te wassen en verandert me in een trillende berg zeepsop. Al soppend besteedt hij zoveel aandacht aan mijn lijf dat het bijna is alsof hij me tekent. Ik glijd tegen hem aan in een wolk van stoom. En ik voel me... VROUW.

Natte vrouw.

Verdorven vrouw.

Als hij door zijn knieën zakt en een van mijn benen over zijn schouder legt, tril ik over mijn hele lijf. Hij begraaft zijn hoofd tussen mijn benen en ik ben verloren. Alles is glibberig, zijn handen op mijn huid, mijn rug tegen de muur, en ik glijd naar het ontzagwekkendste orgasme dat ik ooit heb gehad.

Na afloop duurt het uren voor ik weer op adem kom en ben ik helemaal slap in mijn benen. We hebben nog steeds niets gezegd. Door de stoom kijk ik hem aan.

Het is mijn beurt.

Ik zak op mijn knieën en als mijn tong begint te praten, grijpt hij me bij mijn haar.

'Amy?' steunt hij na een tijdje.

'Mmmmmmmmmm?' zeg ik. Veel meer kan ik niet uitbrengen, want ik heb mijn mond vol.

'Je zit op het putje.'

We maken de vloer droog met de handdoeken en gaan op bed liggen om onszelf te laten opdrogen. Met een vinger volgt Jack de lijn die mijn bikini op mijn borst heeft achtergelaten.

'De zon heeft je verwend,' zegt hij.

En dat is zo. Ik voel me door en door verwarmd. We kijken elkaar in de ogen en dan weet ik dat we de liefde gaan bedrijven. En wat me echt raakt, is dat Jack mijn gedachten raadt, want hij zegt: 'De hele nacht. De hele nacht en de hele dag, tot je niet meer kunt lopen.'

En hij voegt de daad bij het woord.

Als we op zondag terug zijn bij Jacks huis, voel ik me afgepeigerd op een manier die alleen maar kan komen van te veel seks, zon, zee en drank.

'Blij?' vraagt hij, als hij de deur van het slot draait. We zijn de hele dag op het strand geweest en door de zon heeft hij sproeten gekregen. Hij ziet eruit om op te eten. Ik streel zijn wang.

'Misschien,' glimlach ik.

'Alleen maar misschien? Wat moet een man nog meer doen?' Hij doet alsof hij beledigd is en tilt me bij mijn middel op om me naar de keuken te dragen. Ik moet zo giechelen dat ik niet in de gaten heb dat Matt en Chloë op kussens op de vloer van de woonkamer zitten.

'Kijk eens aan. Daar komt het prille geluk,' lacht Chloë.

Jack houdt op met kietelen en springt bij me vandaan. Het lachen vergaat me bij de aanblik van Chloë. Met een flesje bier in haar hand zit ze erbij alsof ze hier woont. Haar volmaakte benen onder het korte zomerjurkje zien er walgelijk slank uit.

'Hé, hallo,' zegt Jack en loopt langs me heen. Hij knielt neer en kust Chloë op haar wang.

'Ga je gang,' zegt Matt met een gebaar naar een paar flesjes bier op de tafel. 'Waar zijn jullie geweest?'

'Brighton,' antwoord ik.

'Moet je je neus zien!' loeit Chloë. 'Arm kind.'

Jack lacht en geeft me een biertje aan. Het is niet grappig. Kan ik er wat aan doen dat ik eruitzie als een clown. Ik trek een gezicht naar hem, maar hij lijkt ver weg en neemt het niet voor me op.

'En?' vraagt Chloë. 'Vertel?'

'We hebben het geweldig gehad. Jetskiën, de hele heisa,' zegt Jack. Hij laat zich tegen de bank zakken en maakt zijn biertje open.

'En je bent blijven slapen! Hoe heet dat liefdesnest van jou ook weer, Jack?' plaagt Chloë. Ze kijkt me aan en knipt met haar vingers. 'Niks zeggen, niks zeggen... het Casanova. Zo heet het toch? Ze hebben je toch wel korting gegeven?'

'Hou je mond, Chloë,' zegt hij, maar hij moet wel lachen. Hij geniet ervan dat hij Jack Casanova is en op dat moment valt alles op zijn plaats. Ik ben gewoon maar een van zijn veroveringen. Hij heeft het allemaal al eerder gedaan en ik ben niet de eerste. Wie heeft hij nog meer het paradijs laten zien in die roze douchecabine? De grond lijkt onder mijn voeten weg te zakken.

'Ga zitten, ga zitten,' zegt Matt, met een gebaar naar de kussens. Maar ik kan maar beter uit de buurt van Chloë blijven, anders steek ik haar nog per ongeluk dood.

'O, H. belde me gisteravond nog,' zegt Chloë, achteloos zwaaiend met haar flesje.

Alarmbellen. Waarom zou H. Chloë bellen?

'Ze was op zoek naar jou.'

'Shit.'

'Maak je geen zorgen, ik heb gezegd dat je waarschijnlijk met Don Juan hier op stap was.'

'Was alles in orde? Wat zei ze?'

'Niets bijzonders. Klonk een beetje overstuur.'

'Mag ik even bellen?' vraag ik aan Jack.

'Tuurlijk, neem de telefoon in mijn kamer maar.'

Bezorgd loop ik de kamer uit, de anderen lachend achterlatend.

‘H., met mij. Neem nou op,’ zeg ik dwingend tegen haar antwoordapparaat.

Er klinkt een klik. ‘Je bent dus terug,’ zegt ze kortaf. Ze klinkt behoorlijk nijdig.

‘Ik was in Brighton.’

‘Lekker voor je.’

Dit is verschrikkelijk. Zo praat ze nooit tegen mij. Ik grijp de hoorn steviger vast. ‘Wat is er aan de hand?’

‘Alsof jou dat wat kan schelen,’ snauwt ze, maar haar stem trilt en ik krijg een angstig gevoel.

‘Vertel nou,’ dring ik aan.

Ze onderdrukt een snik. ‘Laat me met rust.’

De verbinding wordt verbroken. Verbijsterd luister ik naar de in-gesprektoon. Ze heeft bij mij nooit eerder de hoorn erop gegooid, maar het is niet zo vreemd dat ze kwaad is. Als ik haar was, zou ik ook een hekel aan mij hebben. Ik heb onze zaterdagavondplannen geruïneerd en haar het hele weekend niet gebeld, en ik voel me schuldig. Schuldig omdat ik een egoïstische trut ben, schuldig omdat ik iets heb gedaan waarvan ik had gezworen dat ik het nooit zou doen als er eenmaal een man in mijn leven was. En nu zit ze in een dip. Toen ze me het hardst nodig had, was ik er niet. Het idee dat ik haar kwijt kan raken, vervult me met een diepe angst.

‘Alles in orde?’ vraagt Jack vanuit de deuropening. Hij komt naar me toe en legt een hand op mijn schouder.

‘Er is iets mis, ik moet naar haar toe. Je vindt het toch niet erg?’

‘Nee, geen probleem, ga maar.’

Ik vind het vreselijk dat hij zo oprecht klinkt. Ik wou dat hij het wel erg vond, dat het hem speet dat ons hemelse weekend als een nachtkaars uitgaat, maar met één blik op zijn gezicht weet ik dat dat niet zo is. Hij is weer bij zijn kliek en ik tel niet meer mee.

In aanwezigheid van Matt en Chloë nemen we afscheid, waarbij Jack doet alsof hij zijn oude tante gedag zegt. Ik kijk aandachtig naar hem, maar de Jack met wie ik het weekend heb doorgebracht, heeft zich teruggetrokken in zijn fort. Hoe langer ik naar hem kijk, hoe defensiever hij wordt en hij kust me nauwelijks.

'Ik zie je wel weer,' zegt hij.

Je ziet me wanneer? Morgen? Over een week? Over een maand? Een jaar? Ooit nog wel eens?

'Ik vond het leuk,' zegt hij nog grootmoedig, maar hij praat mij te nadrukkelijk in de verleden tijd.

'Ik hoop dat alles goed is met H.,' zegt Chloë, die naast Jack bij de voordeur staat. Er ligt medeleven in haar stem, maar ik trap er niet in, vooral niet omdat ze haar arm om Jacks middel slaat en hem een knuffel geeft. Ieder ander zou dat opvatten als een vriendschappelijk gebaar, maar als ze haar hand van Jacks borst laat glijden, kan ik het brandmerk dat ze daar heeft achtergelaten bijna zien: privé-eigendom. Verboden toegang. Ik struikel achteruit de straat op en nog voor ik uit het zicht ben verdwenen, lacht ze al weer en trekt hem mee naar binnen. Ik staar ongelovig naar de dichte deur.

Met bonzend hart rijd ik met de metro naar H.'s huis en nerveus volg ik haar de verduisterde woonkamer in. Als roken een olympisch onderdeel was, dan had H. nu helemaal in haar eentje goud, zilver en brons gewonnen. Ze is omringd door de brokstukken van het verdriet en luistert naar Leonard Cohen. Dat is een heel slecht teken.

Aanvankelijk probeert ze nog te doen alsof ze boos is, maar ze kan het niet volhouden en kruipt terug in de H.-vormige deuk in de zitzak. Zoals ik al vermoedde, is het Gav.

'Ik heb het goed verklooid,' snikt ze.

'Sssssst,' sus ik op mijn hurken naast haar. 'Vast niet.'

Als ze een beetje is gekalmeerd, vertelt ze me in tranen het laatste traumatische voorval.

'We lagen in bed en ik vroeg of hij wilde trouwen. Het was maar een hypothetische vraag, het was geen aanzoek of zo, maar hij ging helemaal raar doen. Hij zei dat hij nooit ging trouwen, tenzij hij een kind kreeg. Dus vroeg ik, wanneer wil je dan kinderen, en hij zei nog lang niet, misschien over tien jaar, hij wilde eerst nog allerlei andere dingen doen.'

Tot zover kan ik het volgen; een typische reactie voor Gav.

'Maar toen liep het helemaal uit de hand. Ik zei dat tien jaar wel erg ver weg klonk en hoe dat dan met ons moest, maar hij had de pest in en zei dat hij vond dat ik hem onder druk zette en waarom konden we niet gewoon plezier hebben, maar ik zei, wat heeft het voor zin?' Ze haalt beverig adem en haar onderlip trilt. 'En wat heeft het ook voor zin? Wat heeft het voor zin om een relatie te hebben, om van iemand te houden terwijl je de hele tijd weet dat hij er op een dag met iemand anders vandoor gaat en pas kinderen wil als jouw eierstokken al helemaal verschrompeld zijn?'

Ik lach en droog haar tranen met het laatste stukje wc-papier. 'Je kunt de toekomst niet voorspellen, meid. Je kunt niet weten wat een van jullie beiden later gaat doen.'

'Van Gav weet ik het nu wel,' zegt ze met verstikte stem. 'Het leidt nergens toe.'

'Dat is niet waar. Het ging prima tot jullie die domme ruzie kregen. Jullie hebben alles wat je maar wilt en maken een hoop lol samen. Waarom kun je dat niet gewoon zo laten?'

'Je begrijpt er niets van. Kom nou niet aan met dat gezeik over leven in het nu, ik ben geen zenboeddhist en jij ook niet,' valt ze uit.

Ze is niet voor rede vatbaar. Als een echte Steenbok wil ze van geen wijken weten. De enige uitweg is de treitertherapie. Godzijdank heb ik een cursus Hoe Manipuleer ik H.? gevolgd.

'Goed, goed,' geef ik toe. 'Wees dan maar een koppige ouwe zeur. Begin maar nooit meer een relatie met iemand, want misschien is hij toch weer niet de ware Jakob. Ik weet het al, ik heb een idee! Je kunt een vragenlijst maken en iedere man die je leuk vindt vragen om die in te vullen, en dan moet hij je ook beloven dat hij zijn leven even opschort, terwijl jij bedenkt wat je eigenlijk wilt. Dat werkt geheid!'

H. moet ondanks zichzelf glimlachen.

'Of misschien kan je Gav vastbinden. Keten hem vast aan de keukentafel en geef hem ervan langs tot hij je een aanzoek doet. Is dat wat je wilt? Weet je absoluut zeker dat hij de ware voor je is, voor altijd en eeuwig, tot het einde der tijden?'

'Nee,' bekent ze.

'Nou dan.'

'Maar ik hou wel van hem en ik wil echt dat het wat wordt.'

'En heb je hem horen zeggen dat hij dat niet wil? H., je stelt je vreselijk aan.'

'Het is nu toch te laat. Hij is weg.'

'Ja, naar zijn eigen huis waarschijnlijk.' Ik rol met mijn ogen. 'Hij is niet in rook opgegaan. Waarschijnlijk zitten jullie er morgen om te lachen.'

Ze wordt wat vrolijker en we geven elkaar een dikke knuffel.

'Het ergste was nog dat ik je niet kon bereiken,' zegt ze. 'Ik was echt ongerust.'

'Ik weet het, ik weet het, ik heb me laten meeslepen. Het spijt me.'

Ze wil alles weten over het weekend in Brighton en ik vertel het haar.

'Wat is dan het probleem? Waarom dat lange gezicht?'

'Ik weet het niet. Ik heb het heerlijk gehad, maar nu brengt die Chloë me helemaal van mijn stuk. Ze deed zo krengerig.'

'Misschien heeft ze wel een reden om je te waarschuwen.'

Ik ben meteen wantrouwig. 'Hoezo? Wat heeft ze gezegd?'

H. zucht en trekt een gezicht van jammer-maar-helaas. 'Niets bijzonders. Ik wil niet dat hij je pijn doet, dat is alles. Chloë kent Jack vrij goed. Ze zegt dat hij een echte versierder is en dat het vooruitzicht van een relatie hem de stuipen op het lijf jaagt.'

'En wat wil je daarmee zeggen? Nu geloof je Chloë opeens wel?'

'Nee,' verbetert H. 'Ik bedoel alleen maar dat je er niet te veel van moet verwachten.'

'Dus dat was dat? Het wordt toch niets? Ik ben blij dat jullie dat voor me hebben besloten, dan hoef ik het zelf niet meer te doen.'

H. maakt sussende geluidjes en duwt me in een stoel. 'Wie weet. Alleen jij weet wat goed voelt. Je moet maar zien hoe het loopt.'

En ze heeft natuurlijk gelijk, maar ik heb er zo'n hekel aan als ze me met mijn eigen goede raad om de oren slaat. Het is zo moeilijk om die aan te nemen.

Thuis lig ik op mijn buik op de bank naar het tapijt te staren. In mijn hoofd is het een warboel. Vóór mijn afspraak met Jack op vrijdag had ik alles in de hand. Ik dacht dat ik mijn strategie helemaal had uitgedacht. Ik zou afstand bewaren en het rustigaan doen en ik zou in geen geval met hem naar bed gaan. Oké, ik geef het toe, ik heb wel nieuw ondergoed gekocht – en zelfs jarretels (ongemakkelijke rotdingen) – en ben me te buiten gegaan aan nieuwe make-up, parfum en een jurk op afbetaling, maar dat betekende niet dat ik niet van plan was om me aan mijn strategie te houden. Ik wilde alleen dat hij me zo leuk vond dat hij het nooit meer vergat, dat hij besefte dat ik iemand ben met wie hij wél een relatie zou kunnen hebben.

En nu heb ik het verknald. Nog voor het is begonnen.

Maar dan zie ik Brighton weer voor me en de herinneringen zijn zo vers dat ze pijn doen aan mijn geestesoog. Was het nog maar vanochtend dat ik zo dicht tegen hem aan lag? Hoe kan dat nou niets voor hem betekenen? Hoe kan hij alles zo snel opzij schuiven? Hoe kan hij me nu behandelen als een snelle wip die je naderhand buitenzet?

Ik ga in bad, maar put er geen troost uit. Ik heb het koud, ben verbrand en voel me verlaten, en zelfs als ik mezelf in schone badlakens heb gewikkeld gaat het gevoel van verlatenheid niet over. Naar de telefoon kijken helpt niet, ik weet dat hij niet belt. Waarom zou hij. Hij heeft Chloë om hem bezig te houden.

Voor ik naar bed ga, smeer ik mezelf in met bodylotion. Hoewel ik heel erg moe ben, wil de slaap maar niet komen. Ik vouw mijn armen over elkaar op het dekbed en staar naar het plafond, terwijl het weekend aan me voorbijtrekt als een serie foto's. Ik sta er veel te onbevangen op.

Dat waren dan mijn hooggespannen verwachtingen. In één dag heb ik alles gevonden en weer verloren. Over een heleboel jaar, als ik gehuld in spinnenwebben achter de geraniums zit, zullen de mensen zeggen: Ach, ja, dat arme mens. Ze was gelukkig op die ene dag in juni, maar meer zat er niet in.

Jack is weliswaar niet dood, maar hij kon net zo goed op de maan zitten. Ik kwel mezelf met gedachten over wat hij nu allemaal zegt:

Amy, die doet het lekker. Het was lachen, maar er zit nog veel meer vis in de zee. Voorwaarts en opwaarts.

Waarom zou ik haar nog een keer zien? Mijn vrienden zijn belangrijker en ik wil jong, vrij en ongebonden zijn. Waarom zou je je laten vastketenen?

Dit is onverdraaglijk. Met zijn stem in de kamer kan ik onmogelijk in bed blijven en ik sleep mezelf naar de keuken om warme chocolademelk te maken. Ik ruik aan de melk. Hij kan nog wel. Pas als ik de koelkastdeur dichtdoe zie ik dat mijn magnetische letters verplaatst zijn. En daar staat het, in roze, groen en oranje:

AMY
UH
TOF

Ik leg mijn wang tegen de witte deur en glimlach, want die boodschap kan alleen maar van Jack komen. Terwijl ik sta te wachten tot de melk kookt, voel ik me al veel minder rot.

5 Jack

NIEUWE DAG

Mijn ochtend begint met een raadseltje:

Vraag: Wat ruikt naar kaas en smaakt naar kaas, maar is geen kaas?
Antwoord: De voet van Matt.

Kijk, Matt is een aardige vent. Of nee: Matt is een *bovenste beste* vent. We hebben samen veel meegemaakt: van onze kindertijd in Bristol, waar we pianoles kregen van de kinderhaatster juffrouw Hopkins, en onze puberteit, waarin we kennismaakten met seksblaadjes en goedkope cider, tot ons huidige leven, waarin we doen alsof we volwassen, verantwoordelijke leden van de Londense gemeenschap zijn. Ik mag wel zeggen dat er maar weinig opofferingen zijn die ik me voor hem niet zou getroosten. Ook al waren we kilometers van de dichtstbijzijnde winkel verwijderd, dan nog zou ik mijn laatste sigaret met hem delen. Als hij in een storm overboord zou slaan, zou ik hem onmiddellijk naspringen. Als hij een nier nodig had, zou ik hem er eentje geven. En onder druk kreeg hij zelfs mijn laatste Rolo. Maar ook de mooiste vriendschap kent zijn grenzen. En die grenzen zijn wat mij betreft overschreden als ik 's ochtends wakker word en de zweterige grote teen van zijn linkervoet tegen mijn gebit voel.

Ik haal het aanstootgevende stuk vlees uit mijn mond en veeg mijn lippen af aan mijn arm. Of eigenlijk aan mijn mouw, want ik heb al mijn kleren nog aan. Ik heb precies dezelfde kleren aan als die waarin ik vannacht om een uur of drie in slaap viel op de klanken van Supertramps 'Breakfast in America' (de ironie ontging me ook toen niet). Ik probeer rechtop te gaan zitten, maar kapseis onmiddellijk. Ik ga weer op mijn zij liggen en wacht tot de golf die Matts huis heeft opgenomen voorbij is. Na een paar seconden sta ik op, duik op de bank en slaag erin daar een zittende houding aan te nemen. Pas dan durf ik de toestand in ogenschouw te nemen.

Er is één woord dat zich opdringt: apocalyps. De vier ruiters zijn aangetreden op het slagveld Armageddon, dat voorheen dienstdeed als woonkamer van Matt: Matt, Chloë, Jack Daniels en Jim Beam. De twee eerstgenoemden liggen aan mijn voeten, naast elkaar en naast de bank, in elkaar verstrengeld als geliefden. Van de andere twee is slechts het omhulsel over. Jims nek brak toen Chloë hem vannacht rond twee uur van tafel gooide, waarbij zijn hele ziel en zaligheid over het kleed stroomde. Jack is leeg, bijna letterlijk van het leven beroofd, en wijst naar waar ik zat toen we *truth or dare* speelden. Terwijl ik dit decadente, verderfelijke en inhoudsloze tafereel overzie, kom ik tot de conclusie dat mijn leven niet deugt.

Er moet, besluit ik, iets veranderen.

Ik stel een snelle diagnose:

Smaak: verschaalde drank, sigaretten en paprikachips
Gevoel: wankel, zweterig
Gezichtsvermogen: wazig
Gehoor: gesnurk van Matt, mijn eigen hart
Geur: Matts voeten

En mijn ergste angst wordt bevestigd. Mijn leven: kut. Kut: mijn leven. Het is op dit ogenblik niet zo eenvoudig om het verschil te zien. Ik drink te veel. Ik rook te veel. Ik werk te weinig. Zo ziet mijn leven er al een halfjaar uit. Dit is het leven waarvoor ik heb gekozen. Maar ik heb er genoeg van.

Ik hoor een koe een scheet laten, maar realiseer me dan dat het Matt is. Zijn ogen gaan langzaam open en op zijn gezicht verschijnt een gepijnigde uitdrukking. Het is niet te zien of dit een reactie van het bovenlichaam is op de toestand van zijn darmen, of dat hij net uit het licht dat door de gordijnen valt opmaakt dat het maandagochtend is en voelt dat hij niet in staat is om naar zijn werk te gaan. Hij kreunt, kijkt op zijn horloge en mompelt iets onverstaaanbaars. Met zijn ogen weer dicht schudt hij voorzichtig Chloë wakker.

Matt: 'Kmoederuid.'

Chloë: 'Blèh. Waruikterzovies.'

Matt: 'Dawilkniedeenzaandenke.'

Chloë: 'Blèh. Blèh-blèh-blèh. Kweeniewaarkben.'

Matt: 'Wekometelaad. Werrek. Wekometelaadoponswerrek.'

Chloë: 'Kreidekleremedjewerrek. Kgadoooood. Mekopzpadzowaduipmekaar.'

Matt: 'Luiztekloee. Kmoedernuechuid. Goe? Ztajeiookzoöp?'

Chloë: 'Goe. Kztazoöp. Kztaovetieminudeop.'

Matt: 'Goe. Nogtieminude. Madangaanwenaaronzwerrek, goe?'

Chloë: 'Goe.'

Gelukkig spreek ik zelf vloeiend Katers. Daardoor kan ik hun intellectuele gedachtewisseling vertalen als besluit om vooralsnog te blijven liggen. Een verstandig besluit, want mijn kater dringt zich nadrukkelijk op. Ik moet in bad. Ik moet uitgebreid weken.

Vijf minuten nadat ik me in het hete water heb laten zakken, ben ik nog steeds meer dood dan levend. Boven op mijn kater komt nu ook een grote somberheid en zelfverachting. Frankenstein is kinderspel, Nosferatu stelt ook weinig voor – ik ben het echte monster. Ik ben het gekwelde schepsel dat gedoemd is om tot het einde der tijden lijdend rond te dolen. Dante's hel is er niets bij.

Mijn duivelse toestand blijkt uit het volgende:

a. de paukenist van het Londens Philharmonisch Orkest voert in de concertzaal onder mijn schedeldak een door amfetaminen geïnspireerde solo uit;
b. mijn maag draait en kermt alsof ik net een hondsdolle terriër heb doorgeslikt;
c. er gutst zoveel zweet van mijn voorhoofd dat het waterpeil in het bad zichtbaar stijgt.

In mijn wanhopige verlangen naar verlossing wend ik me dus maar tot het geloof. Ik word pelgrim en het bad mijn Lourdes. Ik zing Loof de Heer die ons het Warme Water geeft. Ik hef een loflied aan op de Reinigende Geest van Zeep en de Bonus van Badparels. Ik zegen het bad en allen die erin wegzinken.

Maar het helpt niet. In dit donkere uur besluit de God in wie ik al sinds mijn twaalfde niet meer geloof me een koekje van eigen deeg te geven. Ik heb geen enkele andere keuze dan de harde werkelijkheid onder ogen te zien, namelijk dat mijn lichaam geen tempel is, maar een zwijnenstal. Een behoorlijk gammele zwijnenstal bovendien. Maar dan schiet me ineens Amy's advies te binnen over ebenega en dus verlaat ik eventjes het bad, loop druipend door de badkamer en pak een paar nurofennetjes van de plank. Ik werk ze met een handje water uit de kraan weg en keer terug naar mijn warme cocon.

Terwijl ik lig te wachten tot de chemicaliën hun werk gaan doen, haal ik mijn duikbril achter de kraan vandaan en zet hem op. Een verandering van omgeving zou wel eens de sleutel tot mijn herstel kunnen zijn. Je hebt mensen die door middel van meditatie hun gedachten ordenen, anderen proberen het met drugs. Ik zweer bij mijn duikbril met snorkel en steek mijn hoofd onder water. Gaat heen, droog land met al je aardse zorgen. Welkom Atlantis.

Ik ga helemaal kopje onder en speel het oude spelletje, het spelletje dat ik als kind al speelde. Met gesloten ogen stel ik me een onderwaterwereld voor waar ik doorheen drijf. Onder me felgekleurd koraal, om me heen allemaal warme stromingen. Ik verbeeld me dat ik onder water kan ademhalen. Slierten zeewier strelen mijn huid, vissen schieten langs me heen. En hoog boven de golven stel ik me een strakblauwe hemel voor.

Maar er zijn momenten waarop vluchten domweg niet meer kan. En dit is zo'n moment. De fantasiewereld lost op en ik blijf achter met smoezelig badwater en een dikke laag schuim boven mijn hoofd. Het zal wel aan mijn concentratie liggen. Ik word afgeleid. Ernstig afgeleid. Het is het oude probleem. Het grote probleem. Leven. En waar het heen gaat. En hoe het komt dat het daar nog niet is. Ik ben zevenentwintig jaar en wat heb ik bereikt? Antwoord: niets. Het besef dat mijn gekwelde gedachten vooral worden veroorzaakt door mijn kater, maakt ze niet minder erg. Ik ben mijn leven aan het vergooien en dat weet ik donders goed.

Er moet absoluut iets veranderen.

Eind vorig jaar heb ik een beslissing genomen. Ik zou mijn baan opzeggen en kunstenaar worden. Ik zou van de voorsteven van het schip de Geborgenheid springen en de zekerheid van een vast salaris, een pensioenregeling en kantooruren laten voor wat ze was. Ik zou de haaien voor lief nemen en proberen het mythische Eiland der Voldoening te bereiken. En dus gaf ik op 1 december 1997 mijn baan als ontwerper op. Op het scherm van mijn Mac stond het half voltooide ontwerp voor de verpakking van Kip-ik-heb-je ('De smakelijke kipkluifjes waar kinderen niet van af kunnen blijven'). Uit solidariteit met alle gevederde vrienden wiste ik het nog snel voor ik vertrok. In mijn ontslagbrief, die ik die avond schreef op Matts computer bij ons thuis, voerde ik als reden voor mijn vertrek aan dat ik wilde leven in plaats van langzaam doodgaan.

Ik gaf mezelf een jaar om mijn doel te bereiken. Pompen of verzuipen. En als het verzuipen werd, dan moest het maar. Ik had genoeg ervaring en contacten om binnen de kortste keren weer een of ander schijtbaantje bij een of ander schijtbedrijfje te kunnen krijgen. En dat zou dan prima zijn. Want dan had ik het in elk geval geprobeerd. Ik zou me niet zonder slag of stoot bij mijn eigen middelmatigheid hebben neergelegd. En zelfs nu ik me zo voel – het jaar half voorbij en nog altijd geen land in zicht – heb ik geen spijt van mijn keuze. Waar ik wel treurig van word, is dat ik zo'n groot deel van dit jaar al heb vergooid. Als ambitie een absolute voorwaarde is voor succes, dan ben ik bang dat ik het wel op mijn buik kan schrijven. En daar word ik behoorlijk zenuwachtig van. Oplossing: ik moet aan het werk. Vandaag. Vandaag ga ik werk maken van mijn leven. Met een nieuw schilderij. Als op commando dient zich een idee aan. Ik voel de adrenaline en houd mezelf voor dat dit wel eens het begin van iets geweldigs zou kunnen zijn.

Ik glimlach. Eén goede ingeving. Eén goede ingeving is voldoende om alle paranoïde gedachten te verdrijven. Net zoals Peter Pan maar aan een prettig moment hoeft te denken om te kunnen vliegen. En het is niet zo dat er maar één goede gedachte is. Ik heb er twee. Ik heb mijn werk waar ik me op kan storten. En ik heb Amy. Ik speel de film van Brighton nog eens af en zet hem bij de hoogtepunten steeds even stil: slenteren en keten op de pier, de bistro, de douche in het hotel... al die leuke dingen. Amy is leuk. Amy is puur. Amy is alles wat ik op dit moment niet ben. Amy is iemand die ik beslist vaker wil zien. Een vriendin. Een vriendin met wie ik toevallig ook naar bed ga.

Mijn vriendin.

Het idee komt in me op als een duveltje-in-een-doosje. Net zoals gisteren, toen we *truth or dare* speelden. Ik herinner me nog precies dat Chloë de fles Jack Daniels zo draaide dat hij in mijn richting wees. Matt was al op een paar stevige onwaarheden betrapt en had daarvoor geboet door drie eetlepels olijfolie door te slikken en al zijn kleren uit te trekken. Hij zat voor de bank, zijn geslachtsdelen netjes verstopt tussen zijn benen, op het eerste gezicht helemaal een vrouw. Chloë, die heel wat beter is in het vertellen van sterke verhalen, had alleen haar spijkerbroek nog maar hoeven inleveren. En ik, trots als ik was dat ik voor mijn beste vrienden eigenlijk nauwelijks geheimen kende, was nog niet één keer betrapt. Tot Chloë me over Amy begon te ondervragen.

'Heb ik het bij het rechte eind,' vroeg ze met een gemeen lachje, 'als ik zeg dat Amy jouw vriendinnetje is?'

'Nee.'

'Leugenaar,' reageerde ze en zocht bevestiging bij Matt.

'Leugenaar,' viel hij bij.

Chloë stak haar hand uit. 'Onderbroek. Nu. Inleveren.'

'Mooi niet. Ik vertel jullie toch de waarheid? We kennen elkaar nog maar net. We zijn vrienden, oké? Meer is het niet. En zeker dát niet. Niet dat vriendinnetjesgedoe. Godallemachtig.'

Chloë was allerminst overtuigd en keek Matt vragend aan. 'Hij protesteert wel erg fel, vind je ook niet?'

'Mee eens,' zei Matt. 'Zal ik hem aan een kruisverhoor onderwerpen?'

Chloë leunde achterover en gebaarde dat ze het goed vond. 'Ga uw gang, amice. U bent tenslotte de openbaar aanklager.'

Matt ging staan, realiseerde zich dat hij geheel naakt was,

ging weer zitten en sloeg zijn handen voor zijn kruis. 'Meneer Rossiter, is het waar,' begon hij, 'dat u een heel weekend hebt doorgebracht in het gezelschap van ene Amy Crosbie? Is het tevens waar dat u dat weekend niet hebt besteed aan activiteiten die men doorgaans verwacht van singles, zoals, om het maar eens duidelijk te zeggen...', de afkeer droop van zijn stem, '...achter de wijven aan jagen en van kroeg naar kroeg zwalken tot het uiteindelijke doel – een neukpartij met een volkomen onbekende – is bereikt? Is niet juist het tegenovergestelde waar? Hebt u bijvoorbeeld niet eerder genoemde Amy Crosbie hier uitgenodigd om te komen...', hier schraapte hij met veel gevoel voor drama even zijn keel, '...eten?'

'Ja, dat is waar.'

Matt fronste zijn voorhoofd. 'Wat wij vreesden, edelachtbare, blijkt inderdaad het geval te zijn. En hebt u daarna de situatie niet slechts verergerd door diezelfde vrouwspersoon te verleiden tot een bezoek aan een hotel met een twijfelachtige reputatie, het Casanova in Brighton?'

'Jawel,' geef ik toe, 'maar wat hindert dat? Jullie weten best dat het niet voor het eerst was dat ik daar met een meisje heen ging. Het betekent niets. Daardoor is ze niet meteen mijn vriendinnetje, toch?'

'Kunt u,' drong Matt aan, 'wellicht aan het hof uitleggen hoe het kwam dat wij u eerder vandaag minnekozend en giechelend aantroffen met eerder genoemde Amy Crosbie, die overigens haar benen om uw middel geslagen had?'

'We waren gewoon wat aan het dollen.'

Matt onderdrukte een proestbui, vermande zich en ging op zachte toon verder. 'O nee, het was veel meer dan dat. Was dat niet het gedrag van een man met gevoelens – sterker zelfs: emoties – voor de vrouw die hij zo stevig vasthield?'

'Nee.'

'Slapjanus,' onderbrak Chloë en lachte me vierkant uit. 'Je bent dol op haar. Je meent het serieus. Waarom geef je het niet gewoon toe?'

Ik ontweek hun blikken. 'Omdat dat niet waar is.'

'Dus,' ging Matt verder, 'zelfs in het licht van alle bewijzen die hier aan het hof zijn voorgelegd, bent u niet bereid uw onderbroek in te leveren?'

'Nee.'

'Dwarsliggerij,' zei Chloë. 'Einde spel.'

'Wat kan dat bommen?' mompelde ik. 'Het is toch een stom spelletje.'

Vriendinnetje.

Het woord hangt nog steeds in de lucht, in weerwil van mijn ontkenning gisteren. Het is raar, maar toen ik het zei, meende ik echt dat Amy niet meer was dan een maatje. Maar nu niet meer. En het raarste is dat ik me schuldig voel dat ik haar tegen Matt en Chloë zo heb genoemd. Het is alsof ik haar heb verraden, wat waarschijnlijk ook het geval is. Ik was dronken, maar dat is geen excuus. Ik wist toen net zo goed als nu dat het echt een prima weekend was. Sterker nog: het was een fantastisch weekend. Waarom heb ik al die dingen dan over haar gezegd? En hoe kwam het dat ik, toen we terug waren uit Brighton, weer nonchalant en gereserveerd ging doen? Wat was daar de bedoeling van? Misschien kwam het doordat ze zo snel wegging, naar haar vriendin, en dat ik weer bij Matt en Chloë was. Het driemanschap. Zoals het altijd is geweest, samen dronken worden en flauwekul uitslaan, de rest kan barsten.

Vriendinnetje.

Het wil maar niet verdwijnen. Omdat ik weet dat ik Amy weer zal zien. Omdat dat is wat ik wil. Snel. De gedachte bekruipt me dat het misschien wel zo eerlijk was geweest om Chloë mijn onderbroek te geven.

Ik adem in, maar er gebeurt niets. In paniek draai ik me om en kom met mijn hoofd boven water. Op de rand van het bad zit Chloë te lachen, de schuldige hand opgestoken.

'Nog zeemeerminnen gevonden, matroos?' vraagt ze.

Matt strompelt met een handdoek om zijn middel de badkamer in en bekijkt me wantrouwend. 'Waarom doe je dat toch?' vraagt hij afkeurend.

Ik haal de snorkel uit mijn mond. 'Doe ik wat?'

'Dat opstaan. Jezelf van de grond rapen en proberen wakker te worden. Waarom doe je dat als je niet eens werk hebt waar je heen moet?'

'Omdat, waarde vriend,' antwoord ik, terwijl ik mijn duikersattributen afdoe en de verstandigste van de twee probeer uit te hangen, 'ik wel degelijk werk heb.' Ik laat de oceaan waarin ik me de voorbije minuten heb gewaand leeglopen en stap uit bad, loop langs Chloë met haar afgewende ogen en pak een handdoek. 'En dat is dan ook precies waar ik nu heen ga.'

EEN MIDDAG IN HET PARK

Donderdagochtend begint met een verrassing: ik droom van Amy. We zitten op een tropisch strand, de zon zinkt langzaam in zee en trekt een sterrenhemel achter zich aan als een rolgordijn. Het is warm, maar toch trek ik haar dicht tegen me aan.

'Dit is heerlijk,' fluistert ze, haar hoofd op mijn schouders, haar kriebelige haar tegen mijn wang. 'Ik zou hier eeuwig kunnen blijven zitten.'

'Ja, dit is...'

Maar voor ik meer kan zeggen – en er zijn beslist meer dingen die ik wil zeggen – klinkt er een hoog, piepend geluid. Ik kijk achter me, maar zie alleen de rij palmbomen aan de rand van het strand. Vervolgens gaat het piepen over in woest geblaf. Ik keer me weer naar Amy, en precies op dat moment kijkt ze me aan. Eerst ben ik te geschokt om te reageren op wat ik zie: op Amy's schouders staat een wolvenkop, speeksel druipt uit haar bek. Ik ben verlamd van schrik door de aanblik van die kop en het lawaai dat uit haar bek komt, dat nu overgaat in een ellendig gejank. Maar dan kan ik me weer bewegen en ik duw haar achterover, ik draai me om en ren weg over het strand, luid om hulp roepend.

Als ik wakker word, parelt het zweet van mijn voorhoofd op het kussen waaraan ik me vastklamp. Maar zelfs hier, met mijn ogen wijdopen in mijn slaapkamer, hoor ik het gejank. Mijn hart gaat pas weer langzamer kloppen als tot me doordringt dat het Dikke Hond is, mijn wekker. Ik steek een hand uit, grijp mijn wollige kwelgeest van het nachtkastje en slinger hem dwars door de kamer. Als hij tegen de muur vliegt, slaakt hij een kreet van pijn, daarna is het stil.

Ik heb Dikke Hond afgelopen kerst gekregen van mijn broer,

die helemaal gek is op dit soort speeltjes. Als de wekker afgaat, hoor je eerst een zacht gehijg, dat langzaam overgaat in gegrom, waarna het ding begint te jengelen en woest te blaffen, om ten slotte uit te barsten in een oorverdovend gejank. Op het kaartje dat hij erbij had gedaan stond: 'Een nieuw vriendinnetje voor je.' Hahaha, grote broer Billy. Altijd in voor een geintje. Maar gezien de andere dingen die ik allemaal al eens van Billy heb gekregen, valt dit cadeau nog mee. Het was in elk geval nuttiger dan wat ik vorig jaar kreeg: een elektrische sokkenwarmer.

Overigens was dit bepaald niet de eerste keer dat Dikke Hond een droom kwam verstoren. En het kwam goed uit, want anders was het alles bij elkaar een behoorlijk freudiaanse toestand geworden. Mijn droom kan bijvoorbeeld gemakkelijk als volgt worden geïnterpreteerd:

a. Het rustige strand vertegenwoordigt mijn basale behoefte aan zekerheid en emotionele betrokkenheid. Amy's gedaantewisseling, net op het moment dat ik uiting wil geven aan een gevoel, vertegenwoordigt mijn angst om mijn onafhankelijkheid te verliezen. Ik ben dus emotioneel onvolwassen en word al doodsbenauwd bij de gedachte aan een vaste relatie.
b. Amy is nogal een honds type en eigenlijk vind ik haar helemaal niet zo leuk.

Het rechtstreekse verband tussen de toestand van mijn penis en de tijd die ik de afgelopen dagen, waarin ik haar niet heb gezien, heb doorgebracht met denken aan vrijen met Amy, maakt korte metten met de tweede interpretatie. Waardoor dus alleen de eerste overblijft. Maar die vind ik eigenlijk ook niks. Ik ben emotioneel niet onvolwassen. Ik heb net zoveel emoties als ieder ander. Ik ben alleen nogal kieskeurig in wat ik er verder mee doe, dat is alles. En bang ben ik ook helemaal niet. Waar zou ik bang voor moeten zijn? Ik heb tot nu toe de lakens uitgedeeld, niet Amy, of wel soms? Ik bedoel: zij belde mij dinsdag op. Goed, ik was degene die er alles aan deed om het gesprek zo lang mogelijk te rekken, die voortdurend met nieuwe onderwerpen op de proppen kwam om maar niet te hoeven ophangen. Maar dat is doodnormaal, ik ben gewoon een gezellige jongen. Ik zit hier heus niet dieper in dan ik zelf wil. Niks aan het handje. Mijn onafhankelijkheid opgeven? Onzin. Ik ben nog even onafhankelijk als toen ik haar voor het eerst zag.

Dag hoor, meneer Freud.

Ik pak de telefoon. 'Hoi, Amy,' zeg ik. 'Met Jack. Zin om te lunchen?'

Er weerklinkt een zacht en langgerekt – en, eerlijk is eerlijk, buitengewoon sexy – gekreun. 'Jack?'

'Ja, je weet wel, die jongen met wie je het weekend op pad bent geweest.'

Die kreun weer, en dan: 'Hoe laat is het?'

'Een uur of half negen.'

Ze schraapt haar keel. 'O ja... Hoe is het met jou?'

Ik hoor Matt uit de badkamer komen. 'Och, je weet wel, het gaat. Hoe komt het dat jij nog niet uit bed bent?'

'Ik heb vandaag vrij. Topkracht had even niks voor me.' Ze klinkt somber.

'Jammer,' zeg ik, en daarna: 'Shit, ik heb je wakker gebeld, hè?'

'Neeneenee – nou ja, eigenlijk wel.' Ze lacht. 'Maar dat hindert niet. Ik ben blij van je te horen.' We blijven even stil en ik hoor hoe ze in bed van houding verandert. Ik stel me voor hoe ze er nu uitziet, haar haar in de war op het kussen, haar ogen nog slaperig. Ik wilde dat ik bij haar was. 'Lunch,' zegt ze. 'Ja, dat lijkt me leuk. Waar?'

Ik werp een blik uit het raam. 'Nou, moet je horen, het wordt weer een prachtige dag, met veel zon en zo. Wat dacht je van Hyde Park? Gaan we picknicken. Beetje bruin worden.'

'Klinkt fantastisch. Hoe laat? En waar? Hyde Park is tamelijk groot, weet je.'

'Een uur of één. Haal me maar op van mijn werk.' Zodra ik dat heb gezegd, weet ik dat ik een fout maak.

Precies zoals te verwachten was, reageert ze verbaasd. 'Bij jou thuis, bedoel je?'

'Eh, nee,' improviseer ik. 'Bij een galerie in Mayfair. Die is van een vriend van me. Die vriend is weg en ik heb hem beloofd zolang op zijn zaak te letten. Als vriendendienst, begrijp je?'

'O, oké. Waar is het?'

We kletsen nog een paar minuutjes verder. Dan hang ik op, rek me even uit en sta op. Ik bruis van energie. Ik ben klaarwakker en helemaal fris in mijn hoofd. Dat komt door wat er sinds maandag allemaal is gebeurd, door de vlucht die de dingen hebben genomen. Maandag begon ik om elf uur in mijn atelier te werken en behalve voor de lunch en een snelle kop koffie met Matt toen hij thuiskwam, ben ik er tot tien uur 's avonds niet uit gekomen. Geen televisie. Geen gelummel in de tuin. Alleen maar werk.

Ik werkte aan een idee dat in me was opgekomen toen ik in bad mijn kater lag uit te zieken: iets met allemaal speeltjes voor mannen. Ik bladerde Matts verzameling mannenbladen door, knipte er foto's uit van modeaccessoires en prikte die op het prikbord. Vervolgens leende ik Matts auto en kocht een doek bij ArtStart in Chelsea. Eén meter bij twee meter vijftig. Het dak van de Spitfire moest naar beneden om het te kunnen vervoeren. De rest van de dag werkte ik aan de schetsen, aan de hand waarvan ik later de knipsels op het doek zou overnemen. En ik raakte er helemaal door gegrepen. Het was net een roes, alsof ik wist dat wat ik aan het doen was eindelijk eens een keertje ergens heen leidde. Dinsdag- en woensdagavond ging het precies zo, meteen na mijn werk in de galerie van Paulie. Niks even naar het café. Ik zei zelfs nee tegen Gete en Paddy, toen die voorstelden in West End te gaan stappen. Alleen maar werken. Precies wat ik de afgelopen zes maanden vaker had moeten doen.

'Waarom zie jij eruit alsof je het heel goed met jezelf hebt getroffen?' vraagt Matt als ik de keuken in loop.

'Het leven, Matt, gewoon het leven.' Ik pak een kom, strooi er muesli in, schenk er melk op en ga tegenover hem zitten.

'Ja? Heb je nog leuke plannen voor vandaag?'

'Niet echt. Ik ga gewoon naar de galerie, net als anders.'

'Hm. O, trouwens,' gaat hij verder, 'er staat een boodschap voor je op het antwoordapparaat.'

Ik blijf naar mijn eten kijken, ongeïnteresseerd. 'Van wie?'

'SM.'

Ik voel dat hij naar me kijkt. 'Wat moet ze?'

'Nou, je lichaam in elk geval niet, als we af mogen gaan op het verleden.'

Mijns ondanks glimlach ik. 'O, wat zijn we weer leuk.'

'Nee, ze wilde weten of ze morgen nog moet komen. Voor dat poseren, weet je?'

'O ja.'

Hij wacht tot ik nog iets ga zeggen, maar dat doe ik niet. 'Denk je nog steeds dat je een kans bij haar hebt?' vraagt hij.

'We moeten het maar gewoon afwachten, vind je niet?'

Zijn wenkbrauwen gaan in verbazing omhoog. 'Ja, hoor.'

'En wat bedoel je daar nou weer mee?'

'Je mag raden. Drie letters. De eerste is een A, de laatste een Y.'

Amy. Ik kijk weer naar mijn eten. 'Wat heeft zij ermee te maken?'

'Zeg jij het maar.'

'Niks. Wat dacht je daarvan?'

'Dus die zie je niet meer?'

'Dat zei ik niet.'

'Dus die zie je binnenkort wél weer,' stelt hij vast.

Ik leg mijn lepel op mijn kom en eet mijn mond leeg. Als ik hem aankijk, kan ik niet beoordelen of hij een geintje maakt of het echt meent. 'Dat zei ik ook niet.'

'Wat zei je dan wel?'

'Ik weet het niet. Ik heb nog niets besloten.'

'Dus je gaat vandaag niet met haar lunchen?' Hij lacht om mijn verbaasde uitdrukking. 'Sorry makker, maar ik ving jullie telefoongesprek op...'

Hier baal ik behoorlijk van. 'Je luistert me af, zul je bedoelen.'

Daar gaat Matt niet op in. Hij blijft me vriendelijk toelachen. 'Eén ding moet ik je nageven...'

'Wat dan?'

'Picknicken in het park. Heel romantisch.' Hij spreekt het woord 'picknicken' uit alsof hij het over een zwaar besmettelijke ziekte heeft.

'Picknicken,' leg ik uit, 'is een manier van lunchen. Een park is typisch een plek waar mensen picknicken. Daar hoeft helemaal niets romantisch aan te zijn.'

Hij haalt nonchalant zijn schouders op. 'Je zegt het maar. Ik laat het helemaal aan jou over.' Hij drinkt zijn koffie op. 'Persoonlijk zou ik het wel een romantisch afspraakje noemen. Persoonlijk zou ik het opvatten als het zoveelste bewijs dat Amy meer aan het worden is dan zomaar een wipje. Persoonlijk zou ik je de raad willen geven om in dat geval goed na te denken over je gedrag ten aanzien van SM.'

'Je bedoelt?'

Matt staat op en doet zijn colbertje aan. 'Dat het misschien tijd wordt om knopen door te hakken.'

Ik fiets naar de galerie en ben er ruim op tijd. Ik ben wel een paar minuten bezig om binnen te komen. Iemand heeft dinsdagnacht tevergeefs geprobeerd in te breken en bij die gelegenheid een puinhoop van de voordeur gemaakt. Er zit een nieuwe deur met nieuwe sloten in, die Paulie me nog moet terugbetalen. Ik heb al een week niets meer van hem gehoord en het laatste nieuws was dat hij ging bergbeklimmen in Nepal. Behalve over dat geld heb ik weinig te klagen. Paulie is eerlijk gezegd wel een beetje een eikel. Een jaar of vijfenveertig, schatrijk geworden op de beurs, met een kapsones van hier tot Japan en een persoonlijkheid ter grootte van een konijnenkeutel. Bij mijn sollicitatiegesprek werd me al snel duidelijk dat hij helemaal niets om kunst gaf en dat hij alleen maar een galerie bezat om op feestjes altijd iets te hebben om over te praten. Maar zoals Chris, met wie ik bij het ontwerpbureau werkte, het zo helder formuleerde: 'Het is werk. Het betaalt. Gewoon dóén.'

Ik houd mezelf voor dat het advies van Chris nog even zinnig is als toen. Wat kan het schelen dat het werk zo saai is dat je er bijna dood van gaat? Het is een middel, geen doel. Het brengt brood op de plank. Ik kan er wel tegen. Dus ik doe het. Ik ga naar binnen en zet koffie, ga aan de tafel bij de deur zitten en glimlach naar mensen die naar binnen kijken; kortom, ik doe er alles aan om een professionele en toeschietelijke indruk te maken.

Dat houd ik zeker vijf minuten vol. Dan loop ik druk heen en weer door het keukentje achter in de galerie, de radio aan, sigaret tussen mijn vingers, en denk na over het gesprek dat ik vanochtend met Matt had. Hij heeft natuurlijk niet helemaal ongelijk over McCullen. Of eigenlijk moet ik zeggen dat hij niet helemaal ongelijk heeft over McCullen en Amy. Ze zijn eigenlijk één onderwerp. En het is een bloedlink onderwerp. Het gaat om trouw.

In die twee jaar met Zoë was trouw helemaal geen onderwerp: ik was haar trouw en, voorzover ik weet, zij mij ook. Ik had heel overzichtelijke opvattingen over trouw en ontrouw:

a. het verschil tussen seks met iemand met wie je iets hebt en seks met iemand met wie je niets hebt, is de emotionele inhoud;
b. als je emotionele seks met iemand hebt, dan geef je om die persoon;
c. als je om iemand geeft, dan wil je die persoon niet bedriegen;
d. als je zonder schuldgevoel de persoon met wie je iets hebt bedriegt, dan geef je niet meer om die persoon;
e. als je niet meer om iemand geeft, dan moet je het uitmaken;
f. als degene met wie je iets hebt je niet trouw is, is die persoon jou niet waard.

Dit betekent overigens niet dat ik tegen elke vorm van ontrouw ben, want dat is niet zo. Het betekent ook niet dat ik nooit betrokken ben geweest bij de ontrouw van anderen. Tussen Zoë en nu ben ik met één getrouwde vrouw en twee vrouwen met een vast vriendje naar bed geweest. In al die gevallen nam niet ik het initiatief, maar zij. Wat mij betreft begint de ontrouw bij hun voordeur, niet bij de mijne. Singles zijn per definitie jagers. Zodra het uit was tussen Zoë en mij was ik weer op de markt. Ik was aan niemand seksuele trouw verschuldigd. Dat ik zelf nooit ontrouw zou zijn binnen een relatie, betekent niet dat ik niet buitengewoon dankbaar kan zijn als anderen besluiten ontrouw te zijn met mij.

Maar ik besef heel goed dat mijn singlesstatus in gevaar is. Ik voel zeker iets voor Amy. Niet heel veel of zo. Ik ben geen door liefde verblinde romanticus die zich in zijn eigen zwaard gaat gooien. Maar dat ik haar over een paar uur weer zie, geeft me een goed gevoel. Je moet ergens beginnen. En als dit het begin is van Amy en mij, zal voortzetting van de jacht op McCullen meteen ook het einde zijn van Amy en mij. Beslissen dus. Precies waar Matt vanochtend zo over zat te emmeren. De vraag die ik mezelf moet stellen is deze: wil ik het met Amy proberen? Want als dat zo is, dan zal ik haar, hoe lang het ook duurt, trouw zijn. Wat het einde van de jacht op McCullen betekent. Wat het einde van de jacht in het algemeen betekent.

En dat is een hele beslissing.

Amy is om precies vier minuten over een bij de galerie. Ik weet dat omdat ik voortdurend op de klok heb zitten kijken sinds ik negen minuten geleden in afwachting van haar komst er zo ongedwongen mogelijk bij ben gaan zitten: voeten op tafel, een geïllustreerd boek over de geschiedenis van het dadaïsme achteloos op schoot. Als ze op de winkelruit klopt, kijk ik quasi-verschrikt op, glimlach en kom overeind. Ze draagt platte schoenen en een vrolijk gekleurd jurkje tot op haar knieën, en ze heeft haar haar opgestoken. De regel van mijn vriend Andy is helemaal van toepassing: 'Een vrouw is goed gekleed als je haar alleen nog maar naakt voor je kunt zien.' Ik ga naar de deur en doe open. Even staan we daar maar wat, een en al zenuwachtige lachjes, en dan buig ik me voorover en kus haar op haar mond.

Als ze zich terugtrekt, aai ik haar over haar neus. 'Je neus is al niet meer verbrand.'

Ze bloost en trekt een gezicht. 'Vijf potten Nivea later, ja.' Ze kijkt langs me heen de galerie rond en lacht naar me. 'En, hoe is het om voor de afwisseling eens een dagje echt te werken?'

Op dat moment marcheert de Schoon-Geweten-Brigade mijn hoofd binnen, gehuld in het wit en gewapend met dweilen en emmers vol warm zeepsop. *Wat een zooitje is het hier*, mompelen ze vol walging. *Hier moet nodig eens schoon schip worden gemaakt.* En daar is veel voor te zeggen: ik zou me een stuk prettiger voelen als ik Amy opbiechtte dat ik hier gewoon drie dagen per week werk.

Maar net als ik mijn mond open wil doen om haar te vertellen dat het alleen maar kletspraatjes waren om haar te versieren en dat ik haar dat nu wel durf te bekennen omdat ik weet dat ze er niet moeilijk over zal doen, klap ik dicht. Als ze het nou eens niet begrijpt? Als ze nou denkt: Hij heeft al een keer gelogen, dus dat zal hij wel vaker doen?' Dan is het voorbij voor het is begonnen. En bovendien: ik blijf hier toch niet voor altijd werken? Het is maar tijdelijk. En de mensen die dat weten, Matt en Chloë, hebben mijn kletspraatjes al wel vaker bevestigd. Amy hoeft het nooit te weten.

'Laat ik het zo zeggen,' antwoord ik, in een poging haar vraag te omzeilen in plaats van ronduit te liegen, 'hoe sneller we hier weg zijn, hoe beter.'

Ik draai het bordje aan de deur op GESLOTEN en we lopen naar Hyde Park. Onderweg babbelen we over het weekend en wat we sindsdien hebben gedaan. In een delicatessenwinkel kopen we broodjes en frisdrank. Als we van de winkel naar het park lopen, raakt haar hand de mijne en voor ik er erg in heb zitten onze vingers verstrengeld. Hier schrik ik toch wel even van. Dat is natuurlijk belachelijk, want we hebben elkaars handen wel op intiemere plekjes gevoeld. Maar toen zaten we achter gesloten deuren, of we waren dronken, of buiten Londen. Niet in het volle zonlicht op mijn eigen terrein. Waar ik het vooral moeilijk mee heb, is de betekenis van het gebaar. Dat hele gedoe van hé-wereld-wij-horen-bij-elkaar.

'Wat is er?' vraagt ze. Ze lacht naar me, houdt haar pas in en kijkt dan naar onze ineengevouwen handen.

Ik bijt op de binnenkant van mijn wang en zeg: 'Niks. Het voelt gewoon vreemd, dat is alles.'

'Het hoeft niet als je het niet wilt. Eigenlijk is het ook maar beter als we dat soort dingen niet doen,' zegt ze en maakt haar hand los uit de mijne.

Ik kijk haar verbaasd aan en voel me ineens uit het lood geslagen, met in de ene hand dat boodschappentasje en in de andere hand niets. 'Hoe bedoel je?' vraag ik ten slotte.

Ze knijpt haar ogen een beetje dicht. 'Wat dacht je? Dat ik achterlijk ben? Ik weet precies hoe dat gaat.'

Ik snap er nog steeds niets van. Ik weet niet eens of ze meent wat ze zegt of dat ze me in de maling neemt. 'Hoe wat gaat?'

'Dingen als hand in hand lopen. Mijn moeder heeft me voor jouw soort gewaarschuwd. Eerst wil je handjes vasthouden, dan geef je me een kusje op mijn wang. En voor ik er erg in heb, probeer je me het bed in te praten en raak ik zwanger en ga jij weer achter de volgende aan.' Ze tuit haar lippen. 'Nou, ik kan je wel zeggen, Jack Rossiter, dat ik niet zo'n meisje ben.'

Ik barst in lachen uit. 'Oké,' zeg ik verontschuldigend, 'ik begrijp wat je bedoelt.' Ik steek mijn hand naar haar uit, maar ze trekt haar wenkbrauwen op en wacht af of ik nog meer te zeggen heb.

'Toe nou,' zeg ik, 'ik wil het graag.'

'Zeker weten?'

'Heel zeker.'

En als ze haar hand in de mijne legt en we weer verder lopen, moet ik toegeven dat het prettig voelt.

In het park zijn de grasveldjes het dichtst bij de ingang bomvol. Alle kantoren houden lunchpauze en iedereen is op zoek naar zijn dagelijkse portie onbespoten zuurstof en zonlicht. Rokken worden omhooggetrokken, mouwen opgestroopt en dassen losgemaakt. Het gras ligt bezaaid met lege flessen Evian en broodzakjes en Amy en ik laveren door de mensenmassa tot het wat rustiger wordt en we ergens in het midden van het park een plekje vinden. We gaan in de schaduw van een boom zitten en eten en drinken en praten.

Eerst komt de hele situatie me nogal onwerkelijk voor. Ik speel toneel, lach om Amy's grapjes, stel haar de ene vraag na de andere en put me uit in complimentjes. Met andere woorden: ik doe wat meisjes leuk vinden – of liever, wat meisjes meestal leuk aan mij blijken te vinden. Maar na een tijdje laat ik mijn pose varen. Ik speel niet langer Jack het Mannetje, of Jack de Luisteraar, of een van de andere personages die ik heb ontwikkeld sinds Zoë en ik uit elkaar zijn. Na een tijdje ben ik alleen nog maar Jack de Ik en dat is een hele opluchting. Voor het eerst sinds god-weet-wanneer kan ik me ontspannen. We liggen naast elkaar, turen omhoog naar de bladeren en de lucht en ineens wil ik iets bespreken met haar, iets waar ik het sinds ik Zoë leerde kennen niet meer over heb gehad.

'Dat gedoe met die handen,' begin ik.

Ze raakt met haar vingertoppen even de mijne aan. 'Dit gedoe?'

'Ja,' zeg ik, terwijl ik haar hand vasthoud. 'Dat gedoe bedoel ik.'

'Wat is daarmee?'

'Ik weet het niet. Maar, nou ja... het betekent iets. Het is een teken. Ik bedoel, als je twee mensen hand in hand ziet lopen, neem je bepaalde dingen voor waar aan, toch?'

'Dat ze bij elkaar horen...'

'Maar ook nog iets anders. Je gaat ervan uit dat ze blij zijn met de situatie, dat ze er tevreden over zijn.'

Nog steeds met haar hand in de mijne komt ze een beetje omhoog en steunend op haar elleboog kijkt ze me aan. 'En ben jij dat? Voel jij je zo als je bij mij bent?'

'Ik geloof het wel.'

Ze fronst haar voorhoofd. 'Je gelooft het alleen maar?'

Ik probeer het uit te leggen: 'Tja, je weet het niet zeker, hè? Nog niet.' Ik aarzel. 'Ik in elk geval niet.'

Ze kijkt teleurgesteld, maar als ze weer iets zegt, klinkt ze kalm. 'Je voelt wat je voelt, Jack, zo eenvoudig is het. Het is niet iets wat je kunt uitstippelen. Het gebeurt gewoon.' Zo te horen heeft ze het al honderd keer eerder meegemaakt.

'Ik maak er wel een zootje van, hè?' concludeer ik.

'Wat had je dan verwacht? Je bent een jongen. Het staat in je functieomschrijving.'

'Het voelt gewoon zo raar om me aan je bloot te geven.' Ik grinnik. 'Om me juist niet bloot te geven, kan ik beter zeggen.'

'Je hoeft me niets uit te leggen wat je niet wilt,' zegt ze.

'Dat weet ik. Maar dat is het nou juist, Amy, ik wil je wél van alles vertellen.'

'Wat dan?'

'Dat ik het een heerlijk weekend vond en dat ik dit een heerlijke dag vind en... en dat ik hier nog meer van wil. Ik wil dit vaker doen.'

Ze zegt niets, want ze weet dat ik nog niet klaar ben. En gelijk heeft ze. Maar toch voel ik me ongerust. Zou dit wel zijn wat ze wil? Ze heeft belangstelling, maar hoeveel belangstelling? Misschien is dit voor haar alleen een leuke flirt. Misschien schrik ik haar wel af als ik zeg dat ik meer wil, dat ik eindelijk klaar ben voor meer dan af en toe een potje vrijen. En dan ben ik er zelf nog. Ik ben ook bang voor mezelf. Misschien heb ik de zomerkolder in mijn kop en is het over twee weken weer voorbij. En ben ik dan in een relatie beland die ik helemaal niet wil.

Ze knijpt in mijn hand. 'Weet je wat ik ervan vind?'

'Nee, vertel.'

'Ik voel me op mijn gemak.' Ze schudt haar hoofd en glimlacht. 'Ach wat, op mijn gemak, ik voel me geweldig.' Ze houdt mijn hand voor haar gezicht. 'Dit voelt geweldig. Dit voelt goed. Dit is wat ik wil.'

'En als het niks wordt?'

'Dan wordt het niks.'

En daar heb je het. Een grote opluchting maakt zich van me meester. Er is geen dwang. We zien wel hoe het loopt. We doen wat miljoenen mensen elke dag doen: we gooien een dobbelsteen en kijken hoe hij terechtkomt.

'Goed,' zeg ik, 'dus als mensen naar ons kijken en zien dat we hand in hand lopen en denken dat we bij elkaar horen, dan hebben ze gelijk.'

'Ja.'

Als we elkaar kussen, voelt het anders dan eerder. Het is alsof we met onze lippen bevestigen wat we net hebben afgesproken. Het is tegelijkertijd doodeng en ongelooflijk. *Dit is het,* denk ik bij mezelf. *Dit is het einde van deel één van je leven en het begin van deel twee.* Op het moment dat haar tong en mijn tong met elkaar versmelten, besef ik dat hetzelfde geldt voor haar en mijn leven. Maar als we ophouden met kussen, houden we niet op met samenzijn. Dat gebeurt pas als een van ons daarvoor kiest. Dat gebeurt pas als we niet meer geloven in wat we net hebben gezegd. En wie weet? Misschien komt het ooit zover. Maar dat is ook het spannende ervan, denk ik. En het kan natuurlijk ook zo zijn dat dit voor altijd is. Bij die gedachte verschijnt er een grijns op mijn gezicht. Ik laat me weer in het gras zakken, sla mijn armen om haar heen en sukkel in slaap.

Ik ben om een uur of vier terug bij de galerie, nog soezerig van de zon en draaierig van wat er is gebeurd. Uit de brievenbus steekt een envelop. Ik maak hem open en lees het briefje. Er staat: *Bel me op m'n portable. Nu! Paulie.* Kut, kut, kut, kut. Wat een verschrikkelijke pech. Die ene dag dat ik spijbel komt hij langs. Ik ga naar binnen, zet me schrap en draai zijn nummer. Hij is niet in een goed humeur. Erger nog, hij is op het oorlogspad. Tussen een ongekende hoeveelheid krachttermen door legt hij me uit dat hij vreselijk voor schut stond bij zijn nieuwe vriendin toen hij zijn eigen galerie niet in bleek te kunnen omdat er nieuwe sloten op de deur zaten. Maar dit is alleen nog maar de voorbode van echt slecht nieuws.

Ik: 'Luister, Paulie, het is mijn fout. Het spijt me vreselijk. Het zal niet meer gebeuren.'

Paulie: 'Dat is een ding dat zeker is. Wil je ook weten waarom?'

Ik: 'Nou?'

Paulie: 'Omdat je godverdomme ontslagen bent, daarom. Ik wil dat je de deur achter je dichttrekt en de sleutels afgeeft bij Tim Lee van de pottenbakkerij en daarna wil ik je nooit van mijn leven meer zien of horen. Kun je dat volgen?'

Ik: 'En dat was dat?'

Paulie: 'Dat was het.'

Ik: 'Maar er is nog één ding dat ik niet begrijp.'

Paulie: 'Wat?'

Ik: 'Hoe komt het dat de ontvangst van je mobiele telefoon zo slecht is?'

Paulie: 'Omdat ik in een helikopter zit. Maar wat jij daar godallejezus mee te maken hebt...'

Ik: 'En waar ben je nu dan precies?'

Paulie: 'Onderweg naar Parijs.'

Ik: 'O.'

Paulie: 'Wat nou "o"?'

Ik: 'Ik bedoel, o, ik zou maar snel rechtsomkeert maken, want ik laat die klotesleutels in je klotedeur zitten en die klotedeur blijft wijdopen staan.'

Ik voer mijn dreigement natuurlijk niet echt uit. Enerzijds omdat Paulie zich een betere advocaat kan permitteren dan ik, anderzijds omdat ik me meer verslagen dan strijdlustig voel. Ik sluit de tent netjes af en lever de sleutels in bij Tim.

In de categorie rampen komt dit nog vóór de Honderdjarige Oorlog. De invloed die dit op mijn leven zal hebben, is nauwelijks voorstelbaar. Geen inkomen = geen mogelijkheid om mijn huidige manier van leven voort te zetten = geen andere keus dan een enkele reis terug naar de afdeling schijtbaantjes = het einde van mijn ambitie en het begin van een leven vol sleur.

Het beetje greep dat ik op mijn leven had, is weg. Terwijl ik terugfiets naar het huis dat ik niet meer kan betalen, word ik overmand door een gevoel van onmacht. Zo heb ik me nog nooit gevoeld. Nou ja, bijna nooit.

Bekentenissen: 4. Impotentie

Plaats: mijn kamer, studentenflat, Edinburgh.

Tijdstip: 23.30 uur, 2 oktober 1991.

Ella Trent was een stuk. Nee, niet waar. Ella Trent was een einde-stuk. De benen van de stand-in van Julia Roberts in *Pretty Woman.* Het gezicht van Uma Thurman als ze met John Travolta danst in *Pulp Fiction.* De tieten van Jamie Lee Curtis in *Trading Places.* En de koele uitstraling van Lauren Bacall. Als er een school was die leerlingen selecteerde op basis van uiterlijk in plaats van IQ, dan zou Ella Trent op het omslag van de prospectus staan. Voor haar draaiden mannen niet zomaar hun hoofd om, ze braken hun nek.

En ik had haar net versierd.

Dat had natuurlijk nooit mogen gebeuren. Want je had haar en je had mij. Oost en west. Zoet en zuur. Belle en het Beest. En nimmer hadden die twee elkaar mogen ontmoeten. Ella Trent was niet voorbestemd voor types als ik. Een filmster of popmuzikant? Ja. Een afspraakje in een exclusief restaurant in Hollywood? Weer ja. Maar Jack Rossiter voor café De Laatste Druppel, in de stromende regen? Nee. Nee, nee en nog eens nee.

Niet dat ik me over deze onwaarschijnlijke gebeurtenis beklaagde. Ik was negentien, zat in mijn tweede jaar kunstgeschiedenis aan de universiteit van Edinburgh. De enige reden waarom ik het eerste jaar met goed gevolg had afgesloten, was dat Ella Trent op dezelfde verdieping van de bibliotheek rondhing als ik. Als ik niet in mijn boeken staarde, staarde ik naar haar. Ik staarde en fantaseerde en maakte plannen. En eindelijk had ik al mijn moed bij elkaar geraapt en durfde ik haar aan te spreken. Na veel subtiel voorwerk (ik wilde even een pen van haar lenen en zo) had ik het eindelijk voor elkaar dat we bij begroetingen tegen elkaar knikten.

Maar het ging mij natuurlijk niet echt om de inhoud van haar etui. De topvijf van mijn seksuele fantasieën – ter verhoging van de opwinding altijd in omgekeerde volgorde door te nemen – waren destijds:

5. Een triootje met Hayley en Becky, een ééneiige tweeling uit mijn jaar.
4. Als dekhengst gevangen worden gehouden door een stam beeldschone Amazones.
3. Een afranseling met een natte heilbot door mademoiselle Chaptal, mijn Franse juf op school.
2. De enige mannelijke overlevende zijn van een vliegtuigongeluk op een onbewoond tropisch eiland; de vrouwelijke overlevenden blijken de deelnemers aan de Miss World-verkiezing.
1. Tegelijk met Ella Trent klaarkomen na een langdurige sessie hartaanvalbevorderende seks.

Op dat visfetisjisme na (overigens, denk ik nu, waarschijnlijk te verklaren uit mijn dieet van die dagen: lekkerbekjes en patat) heel gewone fantasieën voor een jongen van mijn leeftijd. Maar de volgorde is veelzeggend. Ella Trent hoger op de ranglijst dan een eindeloos aanbod van Amazones? Dat is toch vreemd? Maar daar stond ze dan, op de eerste plaats. Ik kon er niets aan doen.

En daar waren we, in mijn kamer, nadat we buiten De Laatste Druppel hadden gezoend en een taxi terug hadden genomen. Ik bekeek haar terwijl we ons uitkleedden en koesterde elke seconde. Voor mij was dit de mogelijkheid om een levenslang verlangen te vervullen. En als het wat haar betreft alleen maar kwam doordat ze stoned was of haar bril kwijt was en mij daardoor aanzag voor Brad, een Australische student die ze leuk vond: nou en? Op dat ogenblik wilde ik liever geloven dat haar aanwezigheid in mijn kamer het resultaat was van mijn uitgekiende strategie. Ik had in de bibliotheek het fundament gelegd. Ik had haar gezien in het café. Ik was per ongeluk tegen haar op gebotst bij de bar. En ik had gekletst en gevleid en charmant gedaan alsof mijn leven ervan afhing.

En mijn plannetje had succes gehad.

Hier was ze, in mijn kamer, en daar lag ze, naakt op mijn

bed. Ik had overwonnen. Ik had gezien. En straks zou ik komen. Als mijn fantasie klopte, zouden we samen komen. Ze was voor mij, ik had haar waar ik haar hebben wilde. De Verovering van de Eeuw. Dit werd lekkerder dan lekker en heter dan heet. Ik zou haar Clint Eastwood zijn, haar Sean Connery en haar Richard Gere. Ze zou me nooit meer vergeten. Mijn ego eiste dat.

En aanvankelijk was dat ook precies hoe het ging. We graaiden en kronkelden en kreunden. We streelden en speelden en kweelden. Dit was het helemaal. Het summum. De top. Nog nooit in mijn hele leven had ik me zo geil gevoeld.

'Nu,' zei ze. 'Nu. Pak een condoom. Doe het nu. Alsjeblieft, snel.'

Maar zo mooi als mijn plan om fantasie nummer één te verwezenlijken werkte, zo matig werkte iets anders, constateerde ik toen ik het condoom om wilde doen. Misschien lag het aan de vijftien pils die ik nodig had gehad voor ik Ella durfde aan te spreken. Misschien was het gewoon de onzekerheid die me overviel toen ik, neerkijkend op dat ongelooflijk mooie lijf, besefte dat ik nooit zou kunnen voldoen aan de eisen die het stelde. Of misschien was ik me doodgewoon rotgeschrokken dat ik iets had bereikt wat ik nooit voor mogelijk had gehouden.

Waar het ook aan lag, het resultaat bleef hetzelfde: een misselijk gevoel in mijn maag en iets wat steeds kleiner werd in mijn kruis. Ik zag hoe mijn pik in het condoom verschrompelde als een ballon die leegliep. Nee. Dit is onmogelijk. Dit kan niet. Niet nu. Niet met haar. Dat mag niet gebeuren. Ik raakte in paniek en worstelde me wanhopig door de fantasieën twee tot en met vijf. Maar mijn pik had er helemaal geen zin in. Voor het eerst sinds mijn geboorte leidde hij geen eigen leven. Hij stierf zijn eigen dood. Een snelle dood bovendien. Ella en ik keken toe hoe hij zijn laatste stuiptrekkingen onderging en toen definitief ineenzeeg.

'Niet te geloven,' zei ik.

'Zeg maar niets,' gaf ze terug, stond op en raapte haar slipje van de grond. 'Dit is je natuurlijk nog nooit gebeurd.'

Ik sla mijn handen voor mijn gezicht en mompel: 'Het is mijn moeders schuld.'

'Wat zeg je?'

Ik zette mijn Australische accent wat dikker aan. 'Zij heeft me Brad genoemd. Ik heb me nooit op m'n gemak gevoeld met die naam.'

OVER SCHILDERIJEN

Volgens mij voltrekt een verandering zich meestal geleidelijk. Vaak gaat het zo langzaam dat je het niet eens merkt. Zoals de puberteit. Het ene moment ben je elf jaar oud en heb je niet één schaamhaar en even later ben je tien jaar verder en groeit er niet alleen in je schaamstreek genoeg haar om een kussen mee te vullen, maar komt het ook nog je oren en je neus uit. En je vraagt je af: *Hoe ben ik zo geworden? Wanneer ben ik van een lief zacht jongetje veranderd in een harige man?* En op zulke vragen heb je geen antwoord, want er is niet één ogenblik aan te wijzen, het is geleidelijk gebeurd.

Maar soms gaat het anders. Soms is verandering een sneltrein die je in een paar seconden van het ene station naar het andere vervoert. En je staat ervan te tollen. Je staat te tollen en te draaien, omdat je ziet welke afstand je hebt afgelegd en weet dat je nooit meer terug kunt.

Neem bijvoorbeeld nu. Neem zoals ik hier, om acht uur 's ochtends, in mijn slaapkamer lig met mijn arm om een mooi meisje, haar slapende hoofd op mijn borst en haar ademhaling synchroon met de mijne. Een paar weken geleden zou ik ongeveer als volgt hebben gereageerd:

a. Er ligt een *meisje* in mijn bed te slapen; uitstekend, ik heb iemand versierd.
b. Er ligt een meisje in *mijn* bed te slapen; lastig, dan kan ik er niet vandoor.
c. Er ligt een meisje in mijn bed te *slapen*; ik kan haar maar beter wekken, maar hoe zou ze heten?

Maar de naam van dit meisje weet ik heel goed. Ze heet Amy. Het is vandaag zondag. Ik ben anderhalve week geleden ontslagen. Het is anderhalve week geleden sinds ik dat gesprek met

Amy had in Hyde Park en we van Ik en Jij veranderden in Wij. En mijn reactie op haar aanwezigheid is:

a. *Amy* ligt in mijn bed te slapen; uitstekend, ik heb haar.
b. Amy ligt in *mijn* bed te slapen; uitstekend, ik wil niet dat ze in het bed van iemand anders slaapt.
c. Amy ligt in mijn bed te *slapen*; uitstekend, want wakker worden is maar niks als we niet bij elkaar slapen.

Ondanks mijn aanvankelijke weerstand ben ik tot de conclusie gekomen dat verandering niet altijd slecht is. Dat is maar beter ook, want de verandering gaat dieper dan mijn reactie op wakker worden naast Amy. Verandering, zo wisten de hippies al, is overal. Overal in mijn slaapkamer in elk geval. De oude getrouwen – mijn favoriete pin-ups, mijn verzameling *Dooood moet je*-vliegen op de vensterbank en mijn vieze sokken en onderbroeken – zijn respectievelijk van de muur gehaald, opgeveegd en in de wasmachine verdwenen. En als verandering op andere gebieden al niet slecht is, voor het bed is het absoluut een vooruitgang. Mijn lakens en dekbed en slopen zijn allemaal frisgewassen. In de asbak naast mijn bed zitten maar vier in plaats van veertig peuken. En het maartnummer van *Playboy*, jaargang 1971, die ik op mijn vijfentwintigste verjaardag van Matt heb gekregen, is verplaatst van onder mijn matras naar een doos boven op mijn klerenkast.

Maar verandering kan ook heel vervelend zijn. En als verandering met mijn werk te maken heeft, is het dat zeker.

Toen ik, vlak nadat Paulie me had ontslagen, weer thuis was, wilde ik eerst van jakhalzenmest een voodoopoppetje van Paulie maken, op het terras in de achtertuin met krijt een vijfpuntige ster tekenen en breinaalden door de edele delen van de pop steken, terwijl ik er achterstevoren het onzevader bij opzei. Ik verwierp dat plan als onuitvoerbaar (het is in deze tijd van het jaar heel moeilijk om aan jakhalzenmest te komen) en besloot tot een praktischer aanpak. Ik stak mezelf een hart onder de riem door te bedenken dat ik goed was geweest in mijn eerdere werk en dat ik vast wel als freelancer aan de slag kon. Maar soms lijkt de wereld er alles aan gelegen om zijn superioriteit te bewijzen door je hart te vertrappen alsof het een miertje is. Tien telefoontjes en evenzovele afwijzingen later kwam ik tot de conclusie dat dit nu het geval moest zijn. Dus ik beet in het stof. Ik kon nog maar één eerbare manier bedenken om mezelf uit de nesten te werken: bedelen.

Ik maakte een lijstje van potentiële sponsors.

a. Mijn vader. Papa nam ongeveer een week na mijn achtste verjaardag afscheid van mij, Kate, Billy en mama. Drie kinderen en een vrouw van wie hij niet meer hield, gecombineerd met de stress van het forenzen tussen Bristol en Londen, hadden hem gevoelig gemaakt voor de charmes van zijn toenmalige secretaresse, Michelle Dove. Hoewel mijn moeder anders voorspelde, zijn mijn vader en Michelle nog altijd gelukkig getrouwd. Ze wonen in een kast van een huis in Holland Park en besteden hun tijd aan de opvoeding van hun kinderen Davie (14) en Martha (13) en het uitgeven van de schandalige hoeveelheden geld die mijn vader in de jaren tachtig als projectontwikkelaar heeft verdiend. Ik zie mijn vader twee keer per jaar (verjaardag en Kerstmis). Kans dat hij me geld geeft: nul. Kans dat hij me geld leent: klein. Kans dat hij me nogmaals aanbiedt me op weg te helpen in de zakenwereld: groot.
b. Mijn broer. Billy Boy werkt, geheel in lijn met zijn fascinatie voor alles wat met technologie te maken heeft, als marketingdeskundige voor een softwarebedrijf in de Docklands. Billy heeft een hypotheek en een gezin. Het gaat hem goed en hij is gelukkig. Maar hij heeft een toekomst. Hij moet aan zijn kinderen denken. Ik mag hem niet terugduwen in de rol van ad interim-papa die hij zo goed vervulde toen Kate en ik nog klein waren.
c. Mijn moeder. Mijn moeder om geld vragen betekent mezelf verlagen tot het niveau van keizer Nero. Ze werkt als typiste bij een bank in Bristol en als ze haar hypotheek en de rekeningen heeft betaald, is er weinig meer over. O ja, ze zou het geld wel ergens weten te vinden, net als al die keren dat ik haar om geld vroeg toen ik nog studeerde, maar ik zou me er knap klote onder voelen.
d. Mijn zusje. Studente. Alsof je een lijk om gezondheidsadvie-

zen vraagt. Kansloos.
e. Matt. Dat is een lastige. Matt heeft geld zat. En hij is mijn beste vriend. En ik zou hetzelfde voor hem doen. Maar hij is al zo vrijgevig dat het me niet gemakkelijk af zou gaan hem om baar geld te vragen. Het zal wel iets met zelfrespect te maken hebben.

Niet wat je noemt een fantastische lijst. Maar wanhopige tijden vragen om wanhopige maatregelen. Gebaseerd op de theorie dat een kleine kans groter is dan helemaal geen kans viel de keuze op mijn vader. Zijn receptionist deed vijandig, maar mijn vader stond merkwaardig genoeg open voor een ontmoeting. En dus maakten we een afspraak om dinsdag samen te lunchen.

Het ging goed. Betrekkelijk goed. Voor een ontmoeting met het enige familielid dat altijd moet zuchten als hij me ziet, ging het goed. We praatten wat over koetjes en kalfjes, vertelden elkaar de stand van zaken in ons leven. Ik besloot niet te lang om de hete brij heen te draaien en vroeg hem of hij me wat geld kon lenen. Hij antwoordde dat ik op mijn eigen benen moest kunnen staan. Ik vertelde hem dat ik mijn baan kwijt was en hij stelde voor me te introduceren bij een prima effectenkantoor. Ik zei dat ik mezelf wilde bewijzen als kunstenaar, waarop hij zuchtte en zijn aandacht weer op zijn kreeftsalade richtte. En toen deed hij iets wat ik nog nooit van hem had meegemaakt: hij kwam met een oplossing waarover we ons geen van beiden beroerd hoefden te voelen. Hij zei dat hij me opdracht zou geven om een kunstwerk te maken voor de receptie van zijn nieuwe kantoor in Knightsbridge. Ik op mijn beurt deed ook iets wat ik nog nooit had gedaan: ik bedankte hem en beloofde hem niet teleur te stellen.

Vrijdagochtend. Willy Ferguson, marketingdirecteur van mijn vader, parkeert voor de deur van Matts huis. Voor de tweede keer achter elkaar had ik de schildersessie met Sally afgebeld, dit keer omdat ik zogenaamd naar een begrafenis in Brighton moest. Vorige week was ik, nog depressief van mijn ontslag, helemaal niet in staat geweest haar onder ogen te komen. En dan had je natuurlijk wat er was gebeurd met Amy: onze belofte. Ik moest mijn gedachten eerst maar eens ordenen voor ik Sally weer kon zien en haar misschien op de automatische piloot alsnog zou proberen te versieren. Ze vond het niet erg en dat vond ik een hele opluchting, want hoewel ik had besloten niet meer op haar te jagen, wilde ik het schilderij nog wel afmaken.

Willy was een kalende man van een jaar of vijfenvijftig, met een pens die alleen maar het gevolg kon zijn van een leven lang overdadig lunchen. Iets wat verdacht veel op een witte boon leek, ging schuil in zijn grote snor, net boven een mondhoek. Ik ging hem voor naar mijn atelier, waar ik acht schilderijen ter beoordeling had opgehangen. Hij keek ernaar alsof het de menukaart van McDonald's was.

'Drieduizend ballen,' zei hij uiteindelijk. 'Duizend vooruit en de rest bij oplevering. Maak er iets groots van, want we zijn een groot bedrijf. Groot is waar het bij ons om draait. Zoiets als die daar,' ging hij verder, met een gebaar in de richting van mijn mannenspeeltjes, 'maar dan minder raar.'

'Hebt u enig idee naar wat voor soort kunstwerk u op zoek bent?' vroeg ik hulpvaardig.

'Iets fris. Iets waar mensen vrolijk van worden.'

'Iets fris...'

'Citroengeel.'

'Citroengeel?'

'Of oranje. Sinaasappelkleurig. Is eigenlijk ook altijd goed.'

'Wat dacht u van limoen?' vroeg ik, spinnend van geluk dat ik getuige mocht zijn van de onthulling van de citrustheorie van professor Willy Ferguson.

Hij liet mijn voorstel even bezinken voordat hij een beslissing nam. 'Nee, limoen is niet goed. Dat doet aan vochtplekken denken, en we willen niet dat onze klanten denken dat wij vochtige muren hebben. Hou het maar op geel en oranje. Dat is altijd goed.'

Ik besloot zodra hij weg was ArtStart te bellen en een grote pot van hun felste geel te bestellen.

'Wie is dat moppie?' vroeg Willy, die voorovergebogen naar het schilderij van Sally stond te kijken.

'Gewoon een model.'

Hij hield zijn hoofd scheef en liet wat hij zag op zich inwerken. 'Ongelooflijk,' zei hij ten slotte.

Trots welde in me op. 'Vindt u het mooi?'

'Reken maar van yes. Ik heb in geen jaren zulke tieten en zo'n lekker strak kontje gezien.'

En zo staan de zaken er dus voor. Met het goede (Amy) komt het slechte (mijn vader om hulp moeten vragen) en het lelijke (een of ander geel gedrocht dat ik moet schilderen om de receptie van het bedrijf van mijn vader op te sieren). Maar ik mag niet klagen. Het brengt geld in het laatje. Ik kan weer leven. Ik wilde wat anders, en dat heb ik gekregen.

Maak er dus maar het beste van.

Ik keek naar Amy. Ze slaapt nog steeds. Het zou verstandig zijn om zelf ook weer te gaan slapen, maar mijn hoofd is te druk om terug te kunnen naar dromenland. Ik kan natuurlijk ook onder de dekens duiken om haar te wekken met een ochtendpresentje, maar het was gisteravond erg laat, dus ik laat haar maar slapen. Ik glijd uit bed, kleed me aan en ga naar de winkel verderop in de straat. In de keuken snijd ik de gerookte zalm in plakjes en beleg er de broodjes mee. Natuurlijk, dat is extravagant. Net als dat ik per se wilde betalen voor die jurk die Amy gisteren zag. Maar het zijn wel de dingen die het leven aangenaam maken. Wat kun je beter met je geld doen?

In mijn slaapkamer is het bed inmiddels Amy-loos, dus zet ik het blad op de rommelige lakens en zoek haar in de badkamer. Ook die is Amy-vrij. Ik ga in de gang staan en roep haar, maar ik krijg geen antwoord en ga dus maar naar beneden. Uiteindelijk vind ik haar in het atelier. De ramen zitten potdicht en het is er drukkend heet, als in het oerwoud. Ze zit in kleermakerszit op de grond, gekleed in een wit onderbroekje en mijn zwarte Hendrix T-shirt. Heel erg yin-yang. Maar haar kleren zijn niet waar mijn aandacht naar uitgaat. Het gaat om waar ze naar zit te kijken. Het half voltooide schilderij van Sally McCullen. Het half voltooide schilderij van de voor iedereen zichtbaar beeldschone Sally McCullen. Het half voltooide schilderij van de overduidelijk beeldschone Sally McCullen, met tieten en een kontje zoals Willy Ferguson ze in geen jaren heeft gezien.

'Ik kan het uitleggen,' zeg ik.

Amy draait zich niet om. 'Dus dit is Sally. Dit is Sally, je model.'

'Heus,' probeer ik nog een keer, 'het is niet...'

Amy steekt haar hand op. 'Ik kan me vergissen, hoor,' zegt ze, met haar blik nog altijd gericht op McCullen, 'maar heb jij me niet verteld dat ze een, en ik citeer, "monster" is. Je zou haar nog niet met een stok aanraken. En daar ging het bij naakten ook om. Ze moeten interessant zijn, niet mooi. Anders is het doodgewone porno. En dan ben jij een treurige viezerik die aan zijn trekken probeert te komen door naar een of ander bloot meisje te gluren. En als ze je aankijkt dan is het met een uitdrukking die de explosievenopruimingsdienst de stuipen op het lijf zou jagen. Dat heb je ongeveer gezegd, hè?'

'Nou, ja, maar...'

'Maar wat, Jack? Dat je tegen me hebt gelogen? Dat beeldschoon een relatief begrip is? Dat je geen treurige viezerik bent? Nou? Wat wordt het? Kom op nou, want ik wil het weten. Wat is er, Jack, heb je je tong afgebeten?'

Ik tuur naar mijn voeten. Ik heb mijn tong niet alleen afgebeten, ik heb hem ingeslikt, verteerd en als drol door de wc gespoeld. Wat valt er nog te zeggen? Ja, ik heb tegen haar gelogen. Ja, Sally McCullen is beeldschoon. En ja, ik ben waarschijnlijk een viezerik. Na een tijdje zeg ik het enige wat ik onder deze omstandigheden kan zeggen. Ik zeg 'Sorry'. En ik kijk weer naar mijn voeten en hoop dat ze me kan vergeven dat ik zo'n klootzak ben.

6 *Amy*

Ik ben nog nooit zo vernederd.

Nog nooit.

Ik ben de liefdesbaby van Attila de Hun en Darth Vader; zó boos ben ik.

Ik kijk achterom naar de deur waar ik zojuist uit ben gegooid en laat er een duchtige scheldkanonnade op los. Maar net kan ik mezelf ervan weerhouden tegen de deur te trappen.

Binnensmonds foeterend been ik onder donkerpaarse wolken de straat in. Vlak voordat ik bij het station ben, gaan de hemelsluizen open en raak ik doorweekt tot op de draad.

Amy Crosbie: aangespoelde potvis.

Ik dacht niet dat uitzendkrachten konden worden ontslagen. Ik dacht dat ik als zorgeloze zwerver binnen de gelederen van de werkenden onaantastbaar was. Blijkbaar had ik het mis.

De laatste tijd heb ik het wel vaker mis.

Dat bevalt me niets.

Oké, ik had Elaine beter niet kunnen wijsmaken dat ik bekend was met elke telefooncentrale onder de zon. Ik had haar de waarheid moeten vertellen, maar als je niet liegt over je vaardigheden kom je nooit ergens. Dat is regel één voor de uitzendkracht: kruis op het aanmeldingsformulier bij elke vraag 'ja' aan. Toen Elaine me belde en zei dat ze voor twee weken een goedbetaalde baan bij een groot advocatenkantoor voor me had, zei ik meteen dat ik hem nam. Ze zocht me op in haar archief.

'Dat is mooi. Je hebt eerder met een Elonexis 950 XPCZ digitaal PCI-systeem 2 gewerkt,' zei ze monter. 'Dan red je je wel.'

'Ja, ja,' zei ik. Ik had helemaal niet geluisterd, maar in mijn hoofd mijn loon uitgerekend en bedacht dat ik nu die gave schoenen kon kopen die ik vorige week had gezien. Hoe moeilijk kon het zijn? Receptiewerk? Dat kan ik met mijn ogen dicht.

Het kwam dus niet in me op dat ik misschien niet geschikt was voor die baan, zelfs niet toen ik dwars door Londen naar de City reed, of toen mijn nieuwe werkplek aan een immens, superchic atrium bleek te liggen. Ook niet toen ik me voorstelde aan Angela van Personeelszaken en mijn billen in de flitsende ruimtestoel wurmde.

Maar ik begon een vermoeden te krijgen toen ik alleen achterbleef met iets wat het meest leek op het controlepaneel van een luchtverkeersleider. Toen werd me duidelijk dat ik Elaine iets te veel had wijsgemaakt. Rode, oranje en gele lampjes lichtten pinnig op, terwijl de indrukwekkende stilte in de receptie alleen werd verstoord door het hardnekkige gezoem van overbezette lijnen.

'Goed,' mompelde ik. Ik keek ernaar en wreef me in de handen, maar ik voelde de aarde al beven onder de funderingen van mijn kalme uitzendkrachtenbestaan. Na twintig minuten had ik nog niet één telefoontje weten te beantwoorden en begon ik in paniek te raken. Na een uur moet Angela iets in de gaten hebben gekregen. Van een van de vele verdiepingen boven me kwam ze met de lift naar beneden en in haar onberispelijke krijtstreeppakje liep ze met afgemeten tred op me af.

'Moeilijkheden?' vroeg ze.

'Nee, nee,' glimlachte ik, maar realiseerde me ineens dat ik mijn headset achterstevoren op had. 'Het gaat prima.'

Ze knikte, hoewel duidelijk niet gerustgesteld. Ik keek haar na. Ik was vastbesloten me niet te laten kennen. Ik had natuurkunde gehad op school. Dit kon niet moeilijk zijn.

Dat was het wel.

Al snel zat ik met een menigte gefrustreerde bellers en brak er een crisis uit op de afdeling doorverbinden. Om elf uur zag de centrale eruit alsof hij elk moment kon ontploffen. Ik begon in het wilde weg op knopjes te hengsten.

'Shit, klote!' riep ik paniekerig. 'Ga weg, stelletje gekken. Niet bellen! Ga iemand anders bellen. Lazer op!'

Twee minuten later vlogen de liftdeuren open en stormde er een kalende man in een smetteloos pak op me af. Omdat hij zo wild met zijn armen zwaaide, dacht ik eerst dat er brand was,

maar het werd snel duidelijk dat ikzelf het gevaar was.
'Wat ben je in 's hemelsnaam aan het doen?' schreeuwde hij en kwam abrupt voor me tot stilstand. 'Hoe durf je te vloeken over de intercom! Weet je wel dat er een paar heel belangrijke cliënten in de bestuurskamer zitten? Die smerige taal van je was op elke verdieping te horen! Elke verdieping!' Zijn borstelige wenkbrauwen trilden van verontwaardiging en zijn uitpuilende ogen leken zo uit hun kassen te kunnen springen.
Ik stond met een ruk op, maar de headset waarmee ik aan de centrale vastzat, trok me weer omlaag.
'Waar kom jij vandaan?' blafte hij, terwijl ik mezelf zenuwachtig loskoppelde.
'Shepherd's Bush,' piepte ik. Voor het eerst zag ik nu het knopje van de intercom. Ik drukte erop en het lampje ging uit, net als het groene lichtje van de microfoon boven mijn grote mond.
Angela kwam aangerend via de deuren naast de trap. Ze legde haar hand op haar zwoegende boezem en hapte naar adem.
'Van welk bureau komt ze?' donderde de man met een priemende vinger in mijn richting.
'Topkracht,' hikte ze. 'Die horen nog van ons.'
Ik kreeg niet eens de kans om me eruit te kletsen, want de man had me al bij een arm gegrepen en beende nu met grote stappen naar de uitgang.
'Au!' gilde ik.
'Eruit!' zei hij, met een blik alsof ik net op het tapijt had geplast. 'Ik wil je hier nooit meer zien. Weet jij wat je...' Hij was niet in staat zijn zin af te maken, en heel even dacht ik dat hij me nog een trap na zou geven.

Ik daal af naar de metro en put troost uit het feit dat ik onder de grond zit. Dat lijkt voor het moment de beste plek voor me. Ik stap in het wilde weg van de ene lijn op de andere over en laat me door de chaos van gezichten en aanplakbiljetten kalmeren, onderwijl bedenkend wat ik allemaal had moeten zeggen. Uiteindelijk heb ik in vijf varianten een messcherp weerwoord bedacht, dat Angela en haar beul geheid de mond had gesnoerd.
Maar het heeft geen zin. Ik krijg toch geen kans om de zaak

uit te leggen. Ik zal me erbij moeten neerleggen: ik kom dit keer niet als winnaar uit de strijd.

Ik vind dat ik even een andere omgeving nodig heb en stap uit bij Green Park. Ik slenter over de grindpaden met de last van de hele wereld op mijn schouders. Het is nog steeds bewolkt, maar het regent tenminste niet. Ik trek mijn klamme jack om me heen en laat me in een van de ongebruikte ligstoelen vallen.

Ik doe mijn ogen dicht en kijk naar de dansende stippels op de binnenkant van mijn oogleden. Ik zal alles aan Elaine moeten opbiechten, dat weet ik. Ik trek mijn knieën op en sla mijn armen eromheen. Waarom heeft nog niemand teleportatie uitgevonden? Dit is een moment waarop ik dolgraag weggestraald zou willen worden. Een afgelegen eiland ergens voor de kust van Zuid-Amerika lijkt me prima.

H. is ergens aan het filmen en ik heb geen zin om Jack te bellen. Sinds ik dat schilderij van Sally heb ontdekt, is er een bepaalde afstand tussen ons. Ook al heeft hij zich een uur zitten verklaren en verontschuldigen, ik vind het nog steeds vervelend dat hij niet meteen de waarheid heeft verteld. Hij was zeker bang dat ik te simpel ben om te kunnen accepteren dat hij iemand schildert die hij aantrekkelijk vindt. Wat dacht hij nou eigenlijk? Dat ik zou veranderen in een zielig hoopje jaloezie? Misschien had ik dat ook wel gedaan, maar daar gaat het niet om. Ik probeer dus nu om onverschillig te doen. Maar ik voel me op het moment helemaal niet onverschillig. Ik voel me net een drilpudding.

Van anderen hoef ik ook al geen steun te verwachten. Ik heb mijn bruggen grondig achter me verbrand. De afgelopen week heb ik iedereen die ik ken gebeld om op te scheppen over Jack en ze door te zagen over mijn fantastische leven. Nu ik officieel iemands vriendin ben, heb ik onder de mensen die het geluk hebben om in mijn filofax te staan de boodschap van liefde verspreid en mijn positieve vibraties uitgestraald. Dat heb ik mezelf tenminste wijsgemaakt. Maar wie denk ik wel dat ik ben? Hillary Clinton?

Laat ik eerlijk zijn. Er was niets menslievends of eervols aan mijn bedoelingen. Ik wilde gewoon dat iedereen groen zag van jaloezie.

Sue, mijn beste vriendin van de universiteit, heb ik ronduit de ogen uitgestoken, wat nogal ongevoelig van me was, gezien het feit dat ze een uitzichtloze relatie onderhoudt met een getrouwde man. Nadat ik in een lange monoloog had uitgelegd dat mijn leven eindelijk zin had gekregen, zuchtte Sue verdrietig in de hoorn.

'Jij hebt maar mazzel.'

'Jij kunt ook mazzel hebben.' Ik zweeg even voor het effect. Ze wist wat er nu kwam. We hadden dit gesprek al honderd keer eerder gevoerd. 'Hij gaat nooit bij haar weg. Dat weet je toch, hè?'

'Ik weet het, maar ik hou van hem.' Ze zei het met een overdreven zielig stemmetje, als van een opgebrande soapster, en zoals gewoonlijk eindigde het ermee dat we heel hard moesten lachen.

'Ik ben blij dat het zo goed met je gaat,' zei ze aan het eind van ons gesprek. 'Ook al stik ik bijna van jaloezie. Ik zou mijn geluk niet op kunnen, als ik zo'n romantisch vriendje had. Zorg dat je hem houdt, Amy, wat je ook doet.'

Ik voelde me schuldig en zelfvoldaan tegelijk. Ik had mijn beschrijving van de relatie tussen Jack en mij voorzien van een paar Oscar-rijpe filmmomenten. Tegelijkertijd dichtte ik hem meer supermanachtige kwaliteiten toe dan menselijkerwijs mogelijk was. Zo vertelde ik Sue dat Jack met een reusachtige bos roze rozen voor mijn deur stond en dat we hebben gepicknickt met champagne en kaviaar.

De picknick was prima zoals hij was. En bovendien word ik misselijk van kaviaar.

Maar ik weet waarom ik het doe. Ik wil zo graag dat Jack het is, dat ik dingen over hem verzin, en andere dingen aandik, om mijn vriendinnen, en daarmee mezelf, ervan te overtuigen dat hij inderdaad de ware is.

Ik kijk naar de bomen en luister naar het verre getingel van een ijscokarretje. Ik haal eens diep adem.

De waarheid is dat mijn leven niet fantastisch is en Jack niet volmaakt.

Ik denk hier even over na en om mezelf maar meteen helemaal de put in te werken, voeg ik het woord 'omdat' toe: mijn leven is niet fantastisch, omdat Jack niet volmaakt is.

Misschien denk ik dit omdat ik niet weet of ik de rest van mijn leven met hem wil doorbrengen. Voor een relatie die nog zo nieuw is, zal dat wel normaal zijn, maar ik raak er desondanks van in paniek. Ik heb zo lang op de juiste man gewacht dat ik de realiteit uit het oog ben verloren. Ik dacht dat als mijn geliefde eenmaal in mijn leven was, alles duidelijk zou worden. Liefde. Trouwerij. Kindertjes. Geen twijfels.

Maar Jack is niet de man op wie ik heb gewacht. De man op wie ik heb gewacht is volmaakt. Hij is hét.

Hij is ook een hersenspinsel.

In plaats van hem heb ik nu Jack. En hoewel Jack echt is, is hij verre van volmaakt. Sommige dingen storen me behoorlijk aan hem. Genoeg dingen voor een lijstje.

1. Hij is ijdel. In gedachte streep ik deze meteen weer door. Het is eigenlijk niet eerlijk. Ik vind dat alleen maar omdat hij de gewoonte heeft om voor de spiegel zijn kin vast te houden en beide kanten van zijn gezicht te bekijken, alsof hij reclame maakt voor scheermesjes. Belachelijk, maar niet echt ijdel.
2. Hij is belachelijk.
3. Hij is kinderachtig. Hij laat scheten en moet er zelf om lachen, hij zwaait zijn ballen van links naar rechts als hij de douche uit komt en hij mokt als hij zijn zin niet krijgt. Aan de andere kant ben ik ook geen toonbeeld van volwassenheid.
4. Dat met die voet. Als ik probeer te slapen, ligt hij met zijn voet te wippen. Het komt door een teveel aan energie, maar voor mij is het net alsof ik met een voetballer in bed lig. Als hij het tegen mijn benen doet, vind ik het nog irritanter, omdat hij zijn voeten zo slecht verzorgt. Waarom vijlen alleen vrouwen hun teennagels?
5. Zijn vrienden zijn belangrijker voor hem dan ik.
6. Hij schildert mooie naakte meiden voor de kost.

Grrrrr.

Jack is dus niet volmaakt. Daar zal ik dan mee moeten leren leven. Ik kan hem niet de schuld geven van mijn ellende. Ik heb helemaal zelf een puinhoop van mijn leven gemaakt. En ik kan er maar beter wat aan doen, voor ik het begeef.

Ik sleep mezelf naar Oxford Street voor de confrontatie met Elaine. Ze is vandaag niet gelukkig. Streng zit ze achter het bureau in het privé-kantoor waar ons 'gesprek' zal plaatsvinden. Ze zegt dat ik haar heb laten vallen en dat ze heel erg teleurgesteld is in me en informeert hoe iemand toch zo onnadenkend enz. enz. enz. kan zijn. Met gevouwen handen sta ik nederig voor haar, knik en schud op de goede momenten met mijn hoofd tot ik ervan begin te tollen, put me uit in excuses en probeer er zo deemoedig uit te zien als maar kan. Eindelijk komt er een einde aan het gepreek. Elaine maakt haar sigaret uit in het grind aan de voet van de kunststof ficus. Ik zie er zo al tien peuken liggen. Misschien heeft ze niet zo'n topdag.

'Dit is heel ernstig, Amy,' zegt ze, terwijl ze haar pokdalige wangen naar binnen zuigt alsof ze op het punt staat mijn straf bekend te maken. De dikke laag foundation op haar gezicht eindigt onder haar kin in een bruine lijn. 'Gezien het gebeurde durf ik het niet aan om je nog ergens anders te plaatsen.'

De hele tijd heeft er in mijn hoofd een begrafenisklok geluid, maar nu ik opkijk en mijn blik de hare ontmoet, weerklinkt er een machtige dreun, alsof de Big Ben zojuist van zijn toren is gevallen.

Elaine is zich er niet van bewust, maar met die laatste zin heeft ze de mist uit mijn leven verdreven. Ze kakelt nog steeds door, maar ik hoor haar niet meer.

Het wordt me allemaal ongelooflijk duidelijk.

Eén woord.

Meer is er niet voor nodig.

Plaatsen. Elaine durft me niet meer te *plaatsen.*

Elaine *hoeft* mij helemaal niet te plaatsen!

Het verbaast me dat ik nu pas inzie wat er van mijn leven is geworden. Toen ik Elaine net kende, zorgde ik er wel voor dat ik haar te vriend hield, maar ondanks al mijn geglimlach en mijn vlijt, wist ik dat ik haar alleen maar gebruikte. Met uitzendwerk zou ik de paar weken overbruggen die ik nodig had om mijn leven op de rails te krijgen, waarna ik haar nooit meer hoefde te zien. Maar weken zijn maanden en maanden jaren geworden en Elaine is een vaste plaats in mijn leven gaan innemen. Ik ben er helemaal op gaan vertrouwen dat zij wel werk voor me vindt, omdat ik te zelfgenoegzaam ben geworden om zelf na te denken. Wanneer is dat gebeurd? Op welk moment heb ik mijn macht overgedragen en ben ik zo afhankelijk van haar geworden?

Al die tijd heb ik gedaan alsof het niets met mij te maken had, alsof ik te goed was voor uitzendwerk, maar precies wist wat ik deed. Ik haalde mijn neus op voor alle baantjes die ik kreeg, voor alle mensen met wie ik moest werken en vooral voor Elaine zelf, maar het was niet meer dan een rookgordijn. Ikzelf was degene op wie ik neerkeek.

Daar moet dus een einde aan komen. Terwijl ik als een stout schoolmeisje op mijn kop krijg, moet ik eindelijk toegeven dat H. de hele tijd gelijk heeft gehad. Ik rommel maar wat aan in mijn leven en ik heb Jack nodig om er een samenhangend geheel van te maken. Wat is dat nou voor houding?

De houding van een slappeling.

En ik heb geen zin meer om een slappeling te zijn. Nee, dus. Ik mag dan niet met een telefooncentrale overweg kunnen, ik kan een heleboel ook wél. Van nu af aan sta ik op eigen benen.

Amy Crosbie, dit is jouw leven.

Als ik Elaine tot bedaren heb gebracht, loop ik het gebouw uit, koop een KitKat en een tijdschrift en neem lijn 94 naar huis. Onderweg doe ik de 'Hoe goed ken jij je vriendje?'-quiz en merk dat ik naar de meeste antwoorden maar een slag sla. Als ik mijn punten heb opgeteld, blijk ik in 'categorie c' te vallen:

Je vertrouwt hem nog niet. Je moet meer tijd met je vriend doorbrengen, zodat je erachter komt hoe hij in elkaar steekt. Alleen als jullie allebei eerlijk en oprecht zijn, kan je relatie tot bloei komen.

Ik weet dat zulke quizjes belachelijk algemeen zijn, maar toch krijgt mijn goede humeur tijdelijk een deuk. Als ik thuis ben, kleed ik me uit, neem een douche en bel Jack.

'Jij bent vroeg thuis,' zegt hij geeuwend. 'Wacht even.' Hij legt zijn hand op de hoorn en ik hoor geroezemoes. Even later is hij er weer. 'Waarom ben je niet op je werk?'

'Dat baantje was niks. Maar het goede nieuws is dat ik nooit meer terug hoef. Wat ben je aan het doen?' vraag ik.

Je belt hem op een ongebruikelijk tijdstip thuis op. Hij klinkt niet alsof hij erg blij is je stem te horen. Wat doe je?

a. Je beseft dat hij met iets anders bezig was en zich gestoord voelt.
b. Je vraagt hem op de man af of er iets mis is.
c. Je denkt dat hij met een ander meisje is.

'Een beetje werken. Misschien kom ik zo even,' zegt hij. 'Als je thuis bent.'

Ik wilde helemaal niet c denken. Ik had de hele tijd al a in mijn hoofd. Echt waar.

Het leven als de vriendin van iemand kent veel meer stress dan ik me kan herinneren. Het kost zoveel tijd. Ik verkeer in een permanente staat van 'voor het geval...'. Voor het geval... Jack langskomt:

1. Scheer ik elke dag mijn oksels en benen, wat een ernstige stoppelcrisis tot gevolg heeft.
2. Knip ik boven de wc mijn schaamhaar, alleen doe je er eeuwen over om schaamhaar weggespoeld te krijgen.
3. Ruim ik mijn slaapkamer op en hang ik kleren in de kast in plaats van ze op de grond te laten slingeren.
4. Was ik telkens mijn mooie dekbedovertrek, omdat ik in geen geval dat beschamende bloemetjesding op het bed wil hebben.
5. Ga ik naar de supermarkt om een voorraad etenswaren aan te leggen, zodat ik niet hoef aan te komen met enkel Cup-a-Soup en chocola.
6. Draag ik slipjes die gezien mogen worden.

Van dat laatste krijg ik nog het meest de bibbers. In mijn LVJ (Leven Vóór Jack) deinsde ik er niet voor terug om een verwassen lubberonderbroek met gaten erin en een al even versleten beha aan te trekken. Ik bezit nu zelfs een paar misselijkmakende G-strings, die allesbehalve lekker zitten en vooral aanvoelen als flosdraad voor de schaamstreek.

Ik heb eens een artikel gelezen over single vrouwen die voor zichzelf sexy ondergoed droegen. Wat een geouwehoer. Volgens mij smachten die meiden naar een beurt of zijn ze rijker dan goed voor ze is. In ieder geval ken ik ze niet. Ik ken niet één meisje dat om de mensheid te redden vrijwillig afstand zou doen van haar stapeltje verstelde tenten, zelfs al brak er een internationale onderbroekencrisis uit.

Ik weet niet waarom ik me zo uitsloof op ondergoedgebied. Ik heb tenslotte laatst Jacks was aan de lijn in zijn tuin zien hangen. En daar hing hij: een tot op de draad versleten boxershort met de kerstman erop. Hij is dus niets beter dan ik.

Toch ben ik vastbesloten me niet te laten snappen en daarom heb ik vorige week met mijn handige VisaCard boodschappen gedaan in de ondergoedwinkel. Toen ik al bijna klaar was, werd ik aangeklampt door een besnorde verkoopster die afkeurende geluidjes maakte.

'Welke behamaat heb je, meisje?' vroeg ze streng.

'B80,' antwoordde ik, terwijl ik mijn handen voor mijn borsten sloeg als een actrice in een B-film.

'Ben je gek! Als dat geen D75 is dan weet ik het niet meer.'

'B80!' riep ik uit, maar ze had me al in een pashokje geduwd om me de maat te nemen. Ze trok haar centimeter strak rond mijn borsten.

'Net wat ik dacht,' knikte ze.

D75! Maar ik heb altijd B80 gehad, al sinds ik tieten heb. Sinds wanneer ben ik veranderd in een centerfold?

Ik doe mijn nieuwe uierhouder aan en trek hem recht. Het is net of ik ingesnoerd ben. Ik kijk in de spiegel en ben stomverbaasd.

Wat moet ik nog meer aan?

Ik vind dat niet moeilijk om te bedenken als ik uitga, maar wat trek je aan als je thuisblijft? Meestal loop ik rond in een legging en een slobberig T-shirt, maar Jack komt. Hoe presenteer ik mezelf *au naturel*? Kleed ik me:

1. voor seks;
2. in mijn gewone slobberkleren;
3. om uit te gaan?

Ik herinner me mijn categorie-A-voornemens en kies voor een slipje van Calvin Klein en een wit topje. De beha trek ik weer uit.

Ik ben net zo lang bezig met mijn make-up totdat het lijkt alsof ik helemaal geen make-up op heb, ruim het huis op en loop onrustig heen en weer door de keuken. Ik overweeg iets te gaan koken, maar besluit het niet te doen. Het zou toch maar verkeerd gaan en ik ben vastbesloten vandaag niets meer verkeerd te laten gaan. Ik ben herboren. Ik ben onafhankelijk. En dat zal ik Jack laten weten.

Ik lak mijn teennagels, kijk tv en wacht tot hij komt. Tegen de tijd dat de bel gaat, ben ik ingedut. Ik pulk de wattenbolletjes tussen mijn tenen vandaan en ren naar het knopje waarmee ik beneden de deur open kan doen. Als ik hem de trap op hoor komen, slaat er een golf van opwinding door me heen.

'Hoi,' zeg ik en vlij mezelf tegen de deurpost als zijn hoofd in beeld verschijnt.

Hij kust me en glimlacht. 'Trek je geen kleren aan?' vraagt hij met een blik op mijn onderbroek.

'Natuurlijk wel,' stotter ik. 'Ik was net, eh...' Ik wijs naar de slaapkamer.

'Laat je door mij niet tegenhouden,' lacht hij. Hij fronst zijn wenkbrauwen en ik heb het gevoel dat hij me doorheeft. Ik maak me snel uit de voeten, zodat hij mijn rode wangen niet ziet.

'Ik dacht dat we misschien wel uit konden gaan,' zegt hij, terwijl hij de woonkamer inloopt. Hij pakt de afstandsbediening van de tv en zapt langs de zenders.

'Oké,' antwoord ik vanuit het slaapvertrek.

Als ik mijn kast openzwaai en op zoek ga naar mijn spijkerbroek kan ik de tv horen. Jack zapt langs een spelletjesprogramma en het nieuws en stopt bij voetbal. Even denk ik dat hij van plan is te blijven kijken, maar dan rukt hij zich los en komt bij me op het bed zitten.

'Waarom trek je die jurk van laatst niet aan?' vraagt hij. 'Die staat je geweldig.'

'Goed,' zeg ik en haal de jurk van het hangertje. Ik ga met mijn rug naar hem toe staan en trek het topje uit. Opeens is hij achter me. Hij moet op zijn hurken zitten, want ik voel zijn lippen tegen mijn onderrug. Hij kust me steeds hoger, tot ik zijn adem in mijn nek voel. Dan slaat hij zijn armen om me heen en pakt me bij mijn nieuwe D75'jes.

'Nu ik er nog eens over nadenk...' fluistert hij.

Het is al donker als we klaar zijn met vrijen. Uit de keuken haal ik een fles wijn en de lucifers. Stommelend in het donker probeer ik een paar kaarsen aan te steken.

'Waarom doe je het licht niet aan?' vraagt Jack, die naar me zit te kijken en een fles wijn opentrekt.

'Omdat ik een hekel heb aan deze kamer. Ik moet hem opknappen, maar ik kom er niet toe.'

'Wat ga je ermee doen?'

'Ik weet het niet. Iets aparts. Nu ik toch tijd genoeg heb, zal ik er eens over nadenken.'

Ik ga weer naast hem op het dekbed liggen. Onze naakte ledematen raken elkaar in het flakkerende licht van de kaarsen.

'Hoezo heb je opeens tijd genoeg?' vraagt hij.

Ik vertel Jack wat er vandaag is gebeurd en hij moet zo hard lachen dat de wijn op mijn buik klotst. Hij likt me schoon en laat dan zijn kin rusten in mijn navel. Hij kijkt naar me op.

'Ik ben ook wel eens ontslagen,' zegt hij, 'als dat het minder erg maakt.'

Ik kan me niet voorstellen dat Jack kan worden ontslagen. Daar is hij veel te stoer voor. Als ik aandring, vertelt hij dat hij een paar jaar geleden in een galerie werkte en na een inbraak een nieuw slot moest inzetten. Toen zijn baas terugkwam en er niet in kon, werd hij razend.

'Wat deed je toen?'

'Hij kon het van mij verder zelf uitzoeken. Het was eigenlijk het beste wat me kon overkomen,' zegt hij. Hij komt overeind en beschrijft met zijn vingers een cirkel op mijn buik. 'Er werden me een paar dingen duidelijk. Dat ik kunstenaar wilde zijn en dat ik mijn energie beter daarin kon steken.'

Ik neem een slokje wijn. 'Weet je, ik vind dat zo spannend.'

'Wat?' vraagt hij.

'Dat je succes hebt als kunstenaar. Dat is een van de dingen die ik het leukst aan je vind.'

Jack stoot een soort gegrom uit en begraaft zijn hoofd in mijn hals. Ik vind het heerlijk als hij verlegen wordt en druk hem stevig tegen me aan.

'Het probleem is, wat moet ik nu doen?' vraag ik.

'Er dient zich wel iets aan,' zegt hij. 'Zeker weten. En als het niet gebeurt, dan moet je je koffers maar pakken, want dan ga ik met je de wereld rond varen.'

'Dan laat ik mijn cv misschien nog maar even zitten,' lach ik.

Maar ondanks Jacks verleidelijke fantasieën doe ik dat niet. De hele week ben ik bezig namen en adressen van bedrijven uit te zoeken en een plan de campagne te verzinnen. Tot mijn verbazing krijg ik veel steun van Jack en helpt hij me met mijn cv op de computer die hij aan Matt heeft uitgeleend. In het begin geneer ik me ervoor om hem mijn hele leven te vertellen, maar hij is zo enthousiast over wat we aan het doen zijn dat ik niet de kans krijg me onzeker te voelen.

'Je zou een cursus Positieve Grondhouding moeten geven,' plaag ik als hij op die ene avond die we niet samen zouden doorbrengen voor de derde keer belt. 'Of anders je eigen godsdienst beginnen. Je bent heel overtuigend.'

'Als je straks een vermogen verdient, hoor ik je niet meer.'

'Het Jackisme,' mijmer ik. 'Hmmm. Past wel bij je.'

'Goed dan, bijdehandje. Wat is de belangrijkste regel van het Jackisme?'

'Openbaar het me maar, grote goeroe.'

'Al mijn volgelingen moeten het met me doen.'

'Ik had het kunnen weten,' lach ik.

'Juist, maar jij bent tot nu toe mijn enige volgeling. Dus ik verwacht je over een halfuur hier.'

'Dat had je gedroomd. Ik doe niet aan religie.'

'Hè, toe nou. Je wilt best.'

En ik wil ook best, want de waarheid is dat ik het heerlijk vind om elke avond bij Jack te zijn. Als ik ooit het idee heb gehad dat hij aan bindingsangst leed, dan krijg ik nu het bewijs dat ik het mis had. Na een week hoort hij al zo thuis in mijn leven dat ik niet eens meer weet wat ik deed toen hij er nog niet was. Ook vraag ik me af waar ik ooit de tijd vandaan heb gehaald om te werken.

Ik ben zo gelukkig met mijn nieuwe leven dat ik schrik als Elaine me op dinsdag om negen uur belt. Voor mij is ze al een schim uit het verleden.

'Ik geef je nog een kans,' kondigt ze aan. 'Maar alleen omdat ik omhoog zit.'

Ik val ten prooi aan grote verwarring. De afgelopen week heb ik afscheid genomen van mijn uitzendbestaan. De gedachte dat ik weer wordt meegesleurd in die maalstroom is onverdraaglijk. Jack draait zich om en legt zijn kussen over zijn hoofd.

'Ik ben op het moment niet beschikbaar, Elaine,' zeg ik. 'Sorry.'

'Luister eerst even,' zegt ze. Ik hoor haar rommelen aan haar bureau en ondertussen zwaar inhaleren van haar sigaret. Ik streel Jacks arm, die over mijn maag ligt, en sla mijn ogen op naar het plafond. Mijn leven verliep zoveel rustiger zonder Elaine en haar gestress. Eigenlijk wil ik me alleen maar oprollen in de armen van Jack en wegdoezelen.

'Yes, daar heb ik hem,' zegt ze. 'Het is bij Friers, een of andere modetoestand. Je bent stante pede nodig, want het meisje dat ik op het oog had is niet komen opdagen...'

'Je maakt een geintje! *De* Friers?' val ik ertussen en ik zit ineens kaarsrecht overeind. Er komt enige beweging in het kussen. Jack tilt zijn hoofd op.

'Is er wat?' kreunt hij. Zijn gezicht is getekend door de slaap.

Ik leg mijn wijsvinger op mijn lippen en spring het bed uit, op zoek naar een pen. Op de achterkant van een envelop krabbel ik de gegevens.

'Elaine, je bent een engeltje,' zeg ik als ik ophang.

Jack zit inmiddels overeind. Hij rekt zich uit en bromt: 'Waarom heb jij zo'n hoop lol?'

'Friers.' Ik wapper met de envelop voor zijn gezicht.

'Wie?'

'Daar heb ik drie jaar terug gesolliciteerd en nog geeneens een afwijzing van teruggekregen. En ineens heb ik die baan. Dank je wel, Elaine.' Ik druk een kus op de envelop.

'Jij was toch niet meer te porren voor uitzendwerk?'

'Nee. Ja. Maar dit is mijn gouden kans. Ze willen me binnen het uur hebben.'

In grote haast doorloop ik mijn rituelen en ik zet een kop thee voor Jack, maar die lijkt er niets voor te voelen om in beweging te komen. Ik vis mijn reservesleutels uit de diepten van de fruitschaal in de keuken.

'Laat jezelf er maar uit,' zeg ik. Ik druk een kus op het deel van zijn hoofd dat nog onder het dekbed uitsteekt en laat de sleutels rinkelen bij zijn oor.

Hij komt overeind op een elleboog en pakt ze aan. 'Weet je het zeker?'

Ik lach naar hem. 'Ja. Ik vraag je niet om bij me in te trekken, als je je daar soms zorgen over maakt. Maar je mag ze houden, dat is wel zo handig. Ik laat de mijne zo vaak binnen liggen.'

'Prima,' grijnst hij. 'Kan ik eens even lekker rondneuzen. Waar ligt je dagboek?'

'Dat vind je toch niet,' zegt ik en kijk hem aan in de spiegel waarvoor ik mijn lippen zit te stiften. 'Ga ook maar liever niet op zoek naar dingen waar je niet tegen kunt.'

'Zou ik zoiets doen?' Hij doet alsof hij beledigd is.

'Ja. Maar ik vertrouw je. Verpest het dus niet,' waarschuw ik.

Hij pakt me beet en zoent mijn lippenstift eraf. 'Jack!'

Hij smeert het spul rond zijn mond. 'Ik snap niet dat je al die moeite doet. Die lippenstift staat mij veel beter.'

'Lekkere meid,' lach ik en ik omhels hem ten afscheid.

'Ga maar lekker werken, schat,' zegt hij, terwijl hij weer onder het dekbed kruipt. 'En maak je geen zorgen over de kinderen. Ik haal ze uit school en doe de boodschappen.'

Bij de deur zet ik mijn handen in mijn zij en lach naar hem. 'Daar gaat het allemaal om, hè? Al dat gesloof om mij een baantje te bezorgen, is ervoor bedoeld dat jij lekker huisman kunt zijn.'

Hij pakt mijn knuffelbeer. 'Verdomme,' zegt hij tegen Teddy, 'ze heeft me door.'

Friers zit boven een café in Charlotte Street. Als ik aankom ben ik behoorlijk zenuwachtig. Het is geen al te prettig gevoel en ik haal een paar keer diep adem voor ik op de bel druk. Ik heb geen idee wat me te wachten staat, maar als er ook maar het geringste uitzicht is op een vaste baan, dan ga ik ervoor. Dit is mijn tweede kans en ik ben niet van plan die te vergooien.

Het kantoor staat vol met bureaus, hangrekken en half geklede paspoppen. Boven het geluid van de telefoons uit staat een radio te schetteren.

'Godallemachtig!' Een grote man met een roze ruitjesvest en een bespottelijke zwarte bril met geelgetinte klep steekt zijn handen gefrustreerd de lucht in en stampt door het kantoor. 'Waar is die uitzendkracht?'

'Hier ben ik,' zeg ik.

Hij beent op me af. 'Eindelijk! Ik hoop dat je betrouwbaar bent, schat,' zegt hij en neemt me van hoofd tot voeten op.

'Ik doe mijn best,' antwoord ik.

'Jenny, Jenny!' roept hij. 'De redding is nabij! Maak er wat van.'

Hij vliegt weg in de richting van een klein kantoortje en slaat de deur achter zich dicht.

'Let maar niet op hem,' zegt de vrouw die op me afkomt. 'Dat is Fabian. Hij doet graag een beetje belangrijk, maar laat je niet gek maken. Ik ben Jenny.' Ze glimlacht naar me en ik vind haar meteen aardig. 'Welkom in het gekkenhuis.'

Ze leidt me rond en stelt me aan iedereen voor. Er werken hier ongeveer tien mensen en ze lijken me allemaal heel vriendelijk en ontspannen. Jenny is rond de vijfendertig en heeft, voorzover ik kan zien, het grootste deel van haar leven zo ruig gefeest dat ik er allang aan was bezweken. Ze komt uit Lancashire en heeft een geweldig accent, dat ik als ik met haar praat meteen nadoe. Ze lijkt het niet erg te vinden.

In de keuken zet ze een kop thee voor me, waarna ze me mijn bureau wijst. Ze laat me zien hoe de telefoon werkt en geeft me een paar brieven die moeten worden uitgetypt.

'Het is nogal saai secretaressewerk, ben ik bang,' zegt ze, 'maar later hebben we wel wat anders voor je. We komen om in het werk.'

'Geen probleem,' zeg ik. 'Stapel het maar op.'

Jenny werkt samen met Sam in de knipkamer. Het zijn, zo zou H. zeggen, MZW's (Mensen Zoals Wij) en dat is een hele opluchting. Rond elf uur komt Sam met een grote grijns op haar gezicht door de klapdeurtjes gestormd. Ze draagt een leren minirok en een oversized trui waarin haar tieten reusachtig lijken. Sinds de D75-kwestie ben ik geobsedeerd door andermans boezem.

'Red je je een beetje?' vraagt ze.

'Ja, hoor. Kan ik nog iets doen?' bied ik aan. 'Ik ben klaar met de brieven. Hier.' Ik geef haar de brieven.

Ze bekijkt ze goedkeurend. 'Uitstekend. Eindelijk iemand met verstand.'

Met verstand door het hele land. Ze weet het nog niet, maar ik ben Superuitzendkracht.

Sam heeft een grote stapel tijdschriften onder haar arm. 'Deze zijn voor jou,' zegt ze. Ze vist een getypt lijstje tussen de bladzijden van het bovenste tijdschrift uit. 'Kun je ze doorkijken op foto's van deze lui?'

'Tuurlijk.'

'Saai werk, ik weet het, maar het zou wel helpen.'

'Geen probleem.'

'Kom eerst maar even mee voor een rookpauze.'

Ik volg haar naar de gietijzeren brandtrap achter in de knipkamer. Jenny is er al. Ik voel dat ik nu word toegelaten tot hun kringetje. Tof.

Met al mijn baantjes heb ik zo lang op de wip gezeten dat de blauwe plekken op mijn kont staan, maar deze keer kon het wel eens anders lopen. Ik wil deze mensen leren kennen. Ik ben hier nog maar een paar uur, maar ik weet nu al dat dit wel eens de plek voor mij zou kunnen zijn. We zitten een tijdje te kletsen. Ze hebben allebei de pik op Fabian.

Sam probeert haar zonnebril los te krijgen uit de bos krullen op haar hoofd. Voor ze haar de helpende hand reikt, kijkt Jenny een poosje toe.

'Ik weet niet precies wat er aan de hand is, maar ik denk niet dat we nog lang last zullen hebben van zijn geblèr,' zegt Jenny.

'Hoezo?' vraag ik.

Jenny tikt tegen de zijkant van haar neus en we kruipen dicht bij elkaar om ingewijd te worden in haar geheim. Ik geniet dat ik er zo bij word betrokken. 'Er komt een overname. Let op mijn woorden. Volgens mij staan we op het punt om uitgekocht te worden en als dat gebeurt, staat Fabian op straat.'

Sam slaakt de bijpassende geschrokken kreetjes. Ik wil net doorvragen als de telefoon gaat.

'Ik ga wel,' zeg ik en maak mijn sigaret uit op het roosterwerk.

In de loop van de dag los ik een koerierscrisis op, help ik Andy met zijn gecrashte computer, haal ik wat stalen op in Berwick Street en ben ik in het algemeen zo hulpvaardig mogelijk. Ik moet aan een nieuw hoofdstuk in mijn leven zijn begonnen, want de hele dag bel ik niemand. Om half zeven ben ik verbaasd dat het al zo laat is.

'Beloof dat je er morgen weer bent,' zegt Jenny.

'Ik ben er,' beloof ik.

'Zonder jou hadden we het vandaag niet gered.'

Ik glimlach nog als ik de straat uit loop. Ik ben kapot, maar ik heb nog geen zin om naar huis te gaan. De hele dag probeer ik al wijzer te worden over Friers. Ik heb een vaag beeld van de kleren die ze maken voor het komende seizoen. Ze doen vooral aan vrijetijdskleding voor herenmodezaken, maar ze verkopen hun eigen lijn in een boetiek in Covent Garden.

Ik moest maar eens een kijkje gaan nemen en loop door Soho naar St. Martin's Lane. Ik bekijk de etalages van alle kledingwinkels die ik tegenkom en maak in gedachten aantekeningen, zodat ik een beeld krijg van wat er op het moment in de mode is.

Voor de boetiek van Friers sta ik een hele tijd te kijken. Ik vind de kleren mooi, maar alleen de opvallendste modellen hangen in de etalage. Eenmaal binnen verbaas ik me erover dat het grootste deel van de collectie zo klassiek is. Ik luister naar de gesprekken tussen de klanten en de verkopers, totdat tot me doordringt dat ze willen sluiten en ik de winkel moet verlaten.

Als ik thuiskom, is het al laat en loopt mijn hoofd over van de ideeën. Jack heeft het bed opgemaakt en de afwas gedaan. Er ligt geen briefje van hem en er staat niets op het antwoordapparaat, maar het idee dat hij zonder mij in mijn flat is geweest vind ik prettig. Ik neem de stapel mannenbladen die ik heb gekocht mee naar bed en bekijk aandachtig de modepagina's. Voor het eerst in tijden heb ik weer een doel voor ogen. Als ik het licht uitdoe en ga liggen, ruik ik Jacks luchtje aan het kussen en met een glimlach op mijn gezicht val ik in slaap.

De dagen daarna vliegen voorbij en ik vermaak me uitstekend. Ik heb het gevoel dat ik bij Friers op mijn plaats ben.

'Jammer dat Karen volgende week terugkomt,' zegt Sam als we op donderdag in het café gaan lunchen. 'Het zou leuk zijn als je kon blijven.'

'Ik wil niet weg,' zeg ik uit de grond van mijn hart. 'Er is niet toevallig een vaste baan vrij?'

'Geloof me, je zou de eerste zijn die het hoorde. Heb je een cv dat we mogen houden?'

'Jazeker. Ik heb er net een gemaakt. Ik zal het je vanmiddag geven.'

'Ik zal zien wat ik kan doen,' zegt ze.

Ik hoop dat ze het meent. Ik wil niet weg. Ik ben zo druk geweest met het secretaressewerk dat ik niet de kans heb gekregen ze te laten zien hoe geïnteresseerd ik ben in het modevak.

Op vrijdagmorgen moet iedereen opdraven voor een vergadering en blijf ik alleen in het kantoor achter. Ik kijk om me heen en voel me alsof ik er al weg ben. Ik zal het hier echt missen.

Elaine belt.

'Jij bevalt ze,' zegt ze, alsof het de grootste verrassing ter wereld is.

'Zij bevallen mij ook,' beken ik. 'Heb je toevallig nog meer van zulke baantjes achter de hand?'

'Niets. Het is heel stil.'

Terug bij af, denk ik, terwijl er wordt aangebeld.

'Ze zijn aan het vergaderen,' zeg ik tegen de man die de trap op komt. 'Kan ik je misschien van dienst zijn?'

'Ik kom voor Fabian,' zegt hij, met een blik op het verlaten kantoor. 'Vind je het erg als ik even wacht?'

'Helemaal niet,' glimlach ik en wijs hem de bank bij het raam. Hij mag wachten zo lang als hij wil. Hij ziet er bijzonder goed uit, met zijn korte blonde haar, zijn sexy stoppelbaardje en zijn gebruinde huid. Te zien aan de lachrimpeltjes rond zijn ogen moet hij halverwege de dertig zijn. 'Wil je koffie?'

'Graag,' zegt hij en leunt ontspannen achterover, terwijl ik op weg ga naar de keuken.

Een model. Ik weet het zeker. Kan niet anders. Ik snap waarom Fabian hem wil spreken. Jenny's nieuwe collectie past precies bij hem.

Met iedereen in vergadering heeft het weinig zin om te doen alsof ik werk en dus ga ik, als ik hem zijn koffie heb gegeven, op het randje van mijn bureau zitten. Ik glimlach tegen hem.

'En, hoe is Friers?' vraagt hij.

'Het is een fantastisch modehuis. De kleren zijn te gek – de klassieke modellen tenminste – en de mensen zijn geweldig. Ik werk hier nog maar een paar dagen,' voeg ik eraan toe, 'maar ik wilde dat ik niet weg hoefde.'

'Moet je weg dan?'

Ik haal mijn schouders op. 'Ik ben uitzendkracht.'

Hij fronst zijn wenkbrauwen. Ik weet dat ik hem dit niet zou moeten vertellen, ik ken hem tenslotte helemaal niet, maar ik voel me zo gedeprimeerd sinds mijn gesprek met Elaine dat mijn frustraties eruit zijn voor ik er erg in heb. Ik vertel ook nog dat ik drie jaar geleden mijn cv al eens heb gestuurd en dat ik had gehoopt dat dit uitzendbaantje alsnog tot iets vasts zou leiden.

'Waarom hier en niet bij een ander modeatelier?' vraagt hij na een poosje.

'Da's een gevoel. Ik zou hier zoveel willen doen.'

'Zoals?'

Ik begin te praten over mijn ideeën en mijn winkelexpeditie. Als hij maar vragen blijft stellen, doe ik hem mijn theorieën omtrent etalage-inrichting en een chiquer soort publiek voor Friers uit de doeken. Ik vertel over de gesprekken die ik in de boetiek heb opgevangen en over mijn tijdschriftenonderzoek. Ik heb het zelfs over de kleren die Jack draagt.

Hij knikt, terwijl ik maar doorbabbel en me ontzettend gevleid voel dat er eindelijk eens iemand naar me luistert. Jammer dat hij maar een model is.

'Het zijn maar wat ideetjes,' zeg ik aan het eind van mijn monoloog.

'Heb je het hier met Fabian over gehad?' vraagt hij.

'Fabian! Hemel, nee! Hij heeft nog geen twee woorden tegen me gezegd. Ik ben hier maar tijdelijk,' breng ik hem in herinnering.

'Wat zonde,' zegt hij oprecht.

Ik knik, afgeleid door de mensen die nu weer allemaal het kantoor inkomen. Ik spring van het bureau.

'Sorry voor al dat geklets,' zeg ik en strijk mijn rok glad.

'Ik vond het heel aangenaam,' zegt hij, met zijn hoofd een tikje schuin. Hij heeft een leuk Amerikaans accent. 'Hoe heet je?'

'O, eh, Amy,' antwoord ik. 'Ik zal tegen Fabian zeggen dat je er bent.'

Ik keer me om, maar blijf dan abrupt staan. Ik draai me weer naar hem toe en trek een gezicht.

'Je naam zou wel handig zijn.'

Hij staat op. 'Jules. Jules Geller.'

Als iedereen weer aan zijn bureau zit, is de sfeer duidelijk veranderd. Zodra ik kan, loop ik naar de knipkamer. Jenny, Sam, Andy en Louise zitten op de brandtrap.

'Wat is er aan de hand?' vraag ik al bij de deur.

'Wat we al dachten,' zegt Jenny. 'Friers is overgenomen door A&M.'

'Wat is A&M?'

'Een ander modehuis. Ze zitten vooral in Amerika, maar hun collecties verkopen hier ook goed,' legt Sam uit. 'Ze brengen een nieuwe baas mee.'

'Ik kan bijna niet geloven dat we hém krijgen,' zegt Jenny opgewonden. 'Hij is fantastisch!'

'Ik weet zeker dat hij Fabian eruit gooit als hij de zaak vanuit Londen gaat leiden,' valt Andy haar bij.

'Heb je die show van hem in Parijs gezien?' vraagt Louise.

'Ik weet het. Hij is echt goed. Ogod, ik hoop maar dat hij ons allemaal aanhoudt.'

'Over wie gaat het?' vraag ik, maar ze praten allemaal gewoon door.

Als ze me eindelijk hoort, zegt Jenny: 'Jules Geller. Jules Geller is onze nieuwe baas. Is dat niet geweldig!'

Ik strompel terug naar mijn bureau. Jules Geller is de nieuwe baas.

Dezelfde Jules Geller tegen wie ik net mijn hart heb uitgestort.

Goed werk, Amy. Nee, prima werk. Je hebt hier echt een goede indruk gemaakt. Omhooggevallen uitzendkracht, om je ideeen op te dringen aan een man die, naar Jenny's gezichtsuitdrukking te oordelen, zo'n beetje de hele mode-industrie in zijn zak heeft.

Shit.

De rest van de middag hou ik me gedeisd. De bespreking met Fabian lijkt eeuwen te duren en Sam en Jenny worden in zijn kantoor geroepen. Ik vermijd oogcontact met de anderen en doe mijn best de spanning te negeren. Als ik terugkom van het postkantoor vraag ik me af of Jules al weg is, want ik heb besloten dat ik me hoe dan ook liever onder mijn bureau verstop dan dat ik me nog aan hem vertoon.

Om half zes komt Jenny binnen en ik geef haar het laatste beetje werk dat ik heb gedaan. Ik geef haar ook mijn werkbriefje.

'Dit is de laatste keer dat ik dit doe,' zegt ze met een zucht.

'Eerlijk gezegd is het maar goed dat ik vertrek,' zeg ik, waarna ik haar vertel wat ik heb gedaan. Ze schudt haar hoofd en lacht.

'Niets is ooit zo erg als je denkt.'

'Nee, het is erger,' zeg ik en stop het werkbriefje in mijn tas.

'Zeg Fabian nog even gedag voor je gaat.'

Ze omhelst me en de bedankjes zijn niet van de lucht. Ik heb de indruk dat iedereen me vreemd aankijkt. Er zit zeker een postzegel aan mijn kin, of anders ben ik paranoïde. Ik voel aan mijn kin.

Paranoïde dus.

'We houden contact,' belooft Sam en steekt haar duim op. Ik klop op Fabians deur, terwijl zij nog steeds naar me staan te glimlachen.

'Is hij er wel?' vraag ik. Ze zien eruit alsof ze elk moment uit elkaar kunnen barsten van het lachen.

'Ga nou maar,' dringt Jenny aan.

Ik duw de deur open.

'Aha, jou wilde ik net spreken.' Jules staat achter Fabians bureau. 'Kom binnen,' zegt hij.

'Ik kom voor Fabian,' stamel ik.

'Fabian is weg, vrees ik. Je zult het met mij moeten doen.'

Voorzichtig laat ik me in een stoel zakken. Ik weet dat ik bloos en hij glimlacht geamuseerd naar me.

'Ik had dat vanmorgen niet allemaal moeten zeggen. Ik wist niet dat je de nieuwe baas was of wat dan ook. Meestal ben ik niet...'

Jules stopt met een gebaar mijn woordenstroom. 'Het geeft niks, Amy. Je hoeft je niet te verontschuldigen.'

'Maar...'

'Geen gemaar. Toevallig vind ik dat je prima ideeën hebt. En ik vind toevallig ook dat je precies bent wat ik zoek. Ik heb een assistente nodig die me hier op weg helpt en volgens mij ben jij daar geknipt voor. Kun je een beetje typen?'

Ik sta op het punt iets bijdehands te zeggen, maar ik hou mezelf tegen. Gauw doe ik mijn mond dicht. Dit is echt, ik ga er nu geen geintje van maken. 'Een beetje,' antwoord ik, 'maar ik leer het vast wel.'

'Ik heb met Jenny en Sam gesproken en die vinden allebei dat jij de beste organisator bent die ze hier ooit hebben gehad. Ik heb ook even naar je cv gekeken.' Hij houdt het ding omhoog. 'Ik ben onder de indruk.'

Dank je, Sam.

'Wat denk je ervan? Moet ik sollicitatiegesprekken gaan voeren met een stel doodsaaie secretaresses of geef je me een kans?'

Geef ík hém een kans?

Nadat ik het in het café heb gevierd met Jenny en Sam, ga ik met een fles champagne richting Jack.

'Je raadt het nooit,' begin ik als hij de deur opendoet.

'Wat dan?'

Ik haal de champagne tevoorschijn vanachter mijn rug. 'Als je wilt, kun je huisman worden!'

Jack en Matt vinden het allebei geweldig nieuws. Terwijl we in de keuken zitten te drinken, ratel ik maar door over Friers.

'Wanneer begin je?' vraagt Matt.

'Dat is nog het mooiste. Pas over een paar weken. Wat betekent dat we op vakantie kunnen.'

'Op vakantie?' vraagt Jack.

'Natuurlijk. Waarom niet? Als ik eenmaal begin, is daar geen tijd meer voor. Ik heb er onderweg over nagedacht. Laten we een weekje naar een lekker warm oord gaan.'

'Is dat niet een beetje plotseling?'

'Je kunt er nog een week over nadenken,' zeg ik. 'Kom op, Jack. Je hebt geld zat, het wordt hartstikke leuk.'

Jack lijkt niet overtuigd.

'Volgende week kan niet,' zegt Matt, 'dan heeft Alex zijn singlesavond.'

'Weet ik,' zegt Jack.

Ik verkeer in zo'n roes, van mijn grote nieuws en de alcohol, dat het even duurt voor ik opmerk hoe ze naar elkaar kijken. Ik krijg het gevoel dat ik iets mis.

'Ik verzin wel wat,' zegt Jack tegen niemand in het bijzonder. Hij staat op en loopt naar de koelkast.

'Ik ben weg,' zegt Matt plotseling.

'Blijf nou,' zeg ik.

'Sorry. Kan niet. Veel plezier samen,' zegt hij en vertrekt.

Hij doet de deur achter zich dicht.

'Heb ik iets verkeerds gezegd?' vraag ik.

'Nee, hoor, maak je geen zorgen.'

'Je hoeft niet op vakantie als je niet wilt.'

'Natuurlijk wil ik wel. Alex is meer een vriend van Matt dan van mij. Ik zal het hem wel uitleggen.'

'Prima.' Ik glijd van mijn kruk en geef Jack een stevige knuffel. 'Ik ben zo blij.'

'Ik ook,' zegt Jack, maar hij klinkt niet zo overtuigd als ik wel zou willen.

Hoe komt het toch dat mijn hele sociale leven zich afspeelt op maar zeven van de driehonderdvijfenzestig dagen van het jaar en dat op elk van die zeven dagen veertigtriljoen dingen mijn aandacht vragen. Deze zaterdag is zo'n dag.

Ik schiet al in de stress voor ik wakker word. Een kater maakt de zaak er niet beter op.

In Hemel Hempstead viert tante Vi haar vijftigste verjaardag. Ze heeft me uitgenodigd samen met Jack (het werk van mijn moeder, vermoed ik), maar ik ga nog liever dood dan dat ik hem aan mijn neven en nichten voorstel. Ik wil niet dat hij overhaaste conclusies trekt omtrent mijn verdachte genen. Tante Vi zelf is een heel leuk mens en onder andere omstandigheden had ik me erop verheugd haar weer te zien. Voor de gelegenheid heeft ze een springkussen in haar achtertuin.

Ik heb tegen mam gezegd dat ik zou gaan, maar onderweg terug naar mijn flat besef ik dat ik eronderuit moet zien te komen. Dat zal ze niet leuk vinden.

Tante Vi botst met het etentje dat H. vanavond geeft voor Gavs verjaardag. H. is al tijden bezig over het menu en de gasten en ze wordt gek als ik niet kom. Bovendien heb ik beloofd haar te helpen koken.

Maar het echte probleem is dat Chloë een barbecue houdt en dat Jack vanmorgen helemaal chagrijnig werd toen ik zei dat ik naar H. ging.

'Maar iedereen komt,' zei hij. 'Je moet mee. Matt en ik koken.'

'Maar ik heb het H. beloofd.'

'Ze is toch niet jarig of zo. Het is maar een etentje. Ze vindt het vast niet erg als er een mond minder is.'

'Jawel.'

'Ga dan maar,' mokte Jack. 'Maar ik vind je wel een beetje egoïstisch. Ik geef een singlesweekend op om met jou op vakantie te gaan, dan kun jij toch wel meegaan naar Chloë. Ik wil met je pronken.'

Er staan drie berichten van H. op mijn antwoordapparaat. Ik weet dat ik naar Chloë ga, maar ik kan haar in geen geval de waarheid vertellen. Ik voel me er vreselijk over, maar ik zal moeten liegen.

Als ze weer belt, zet ik mijn zieligste stemmetje op.

'Waar heb jij uitgehangen?' vraagt ze. 'Ik probeer je al de hele morgen te bereiken. We zouden samen inkopen doen, weet je nog?'

'Ik voel me niet goed,' antwoord ik.

'Is Jack bij je?' vraagt ze op sceptische toon.

'Nee. Ik heb overgegeven.'

'Kater?'

Ik wil haar dolgraag over mijn nieuwe baan vertellen, maar ik ben nu eenmaal begonnen met liegen. 'Ik geloof niet dat ik boodschappen kan gaan doen.'

'Maar je hebt het beloofd.'

'Ik weet het, maar ik voel me doodziek. Echt waar.'

Ze zucht. Ik kan horen dat ze boos is. 'Goed, als je vanavond maar weer beter bent. Jack komt toch ook?'

'Hij kan niet. Zijn tante is jarig of zoiets.'

'Maar ik heb alles geregeld! Dat had je wel even kunnen zeggen.'

'Sorry. Ik moet ophangen, ik moet weer overgeven.'

Ik loop de badkamer in en steek mijn tong uit tegen mijn spiegelbeeld. Nu ben ik ziek van mezelf. Ik weet dat ik me in de nesten heb gewerkt en ik krijg het akelige gevoel dat het nog erger gaat worden. Ik lieg nooit tegen H. En ik heb trouwens al een cadeautje gekocht voor Gav. Ik moet voor vanavond 'beter' worden. Jack zal het moeten slikken.

De hele dag loop ik maar wat te lummelen. Ik ben in een slecht humeur. Om zes uur belt Jack, met Matts mobiele telefoon.

'Ben je al onderweg?' vraagt hij.

'Ik ben me aan het omkleden...'

'Kom maar snel. Het eten ziet er heerlijk uit. Ik heb Chloë verteld dat je komt.'

'Jack...' Maar hij heeft de verbinding al verbroken.

Een tijdje overweeg ik om naar H. te gaan en later naar Chloë, maar hoe langer ik erover nadenk, hoe duidelijker het me wordt dat dit de zaken alleen maar erger zal maken.

Ik moet H. laten schieten. Ik kan Jack niet teleurstellen. Niet na alles wat hij de laatste tijd voor me heeft gedaan. Ik oefen wat ik ga zeggen voor ik de telefoon pak.

'Hoe voel je je?' vraagt ze.

'Nog rotter.'

'Heb je iets gegeten?'

'Nee. Ik hou niets binnen. Ik denk dat ik buikgriep heb. Dat heerst.'

'Zal ik je komen halen? Je kunt hier logeren, als je wilt. Het geeft niet als je niet eet.'

'Het gaat niet, H.'

'Maar Gav is jarig.'

'Ik weet het, maar ik voel me ellendig. Er is geen lol aan met mij. Je kunt het beter zonder me doen.'

'Dus je komt niet?'

'Ik denk dat ik beter naar bed kan gaan.'

'Dan bel ik je straks wel even om te horen hoe het gaat.'

'Hoeft niet. Dan slaap ik toch. Maak maar veel plezier. Doe Gav de groeten.'

Dat is dat. Nu ga ik naar de hel.

Ik doe er eeuwen over om bij Chloë te komen en ik ben niet in de stemming voor een feestje. Ze woont op de begane grond van een groot achttiende-eeuws huis. Ze doet zelf de deur open en wijst me de tuin. Ik kijk de woonkamer rond. Allemaal ruwhouten vloerdelen en verantwoorde kunst. Zelfs de tuin is perfect.

Jack en Matt hangen de topkoks uit bij de barbecue en zo'n veertig mensen dartelen rond in de tuin. Door de stereo blèrt Aretha Franklin. Iedereen lijkt straalbezopen.

'Ik ben blij dat je er bent,' zegt Jack bij zijn kusje.

'Mooi,' antwoord ik. Mijn blik door de tuin stokt bij Martin, de broer van H. Hij staat met een groepje mensen te praten. Als hij me ziet, heft hij zijn glas. Met een misselijk gevoel zwaai ik terug. Nu heb ik het echt verziekt. Hij gaat H. natuurlijk vertellen dat ik hier was.

Ik draai me om naar Jack.

'Iets eten?' vraagt hij, zijn mond vol met de hete worst waarvan hij net een hap heeft genomen.

'Nee, dank je, ik hoef niets.'

Jack slaat zijn arm om me heen. 'Niet zo somber. Het is feest.'

Niet zo somber? Terwijl mijn sociale leven in vlammen opgaat?

Ik glimlach zwakjes naar hem. 'Wie zijn dat allemaal?' vraag ik, in een poging er iets van te maken.

Een voor een wijst hij de mensen in de tuin aan. 'Dat is Stringer, die werkt in de sportschool. Damien, een oude schoolvriend,' begint hij, waarna er een hele reeks namen volgt die ik nooit kan onthouden.

'O, en dat is Jons,' besluit hij zijn rondje door de tuin. Hij wijst naar een jongen in een leren broek. Hij ziet er heel goed uit, maar te zien aan de manier waarop hij erbij staat, is hij zich daar maar al te goed van bewust. 'Voor hem moet je uitkijken. Die staat stijf van de coke. O, help, ze komen hierheen.'

Het meisje dat samen met Jons op ons afkomt, heeft iets vaag bekends, maar ik kan haar niet plaatsen. Misschien is ze een model of zo, want ze is heel mager en heeft lang blond haar en het soort uiterlijk waardoor je het bijltje erbij neer zou willen gooien en je laten ombouwen tot man.

'Jack, je doet het fantastisch,' zegt ze met een oogverblindende glimlach.

Op die tanden heeft vast nog nooit lippenstift gezeten.

'Stel je ons niet even voor?' vraagt ze met een nieuwsgierige blik op mij.

Jack ziet er ongemakkelijk uit. Hij keert een biefstuk om op de barbecue.

'Natuurlijk. Amy, dit is Jons.' Hij zwaait met een visfilet.

'Hoi,' zeg ik en kijk Jons aan. Jack heeft gelijk. Je ziet zo aan hem dat hij veel te veel heeft gesnoven.

'En Sally,' mompelt Jack.

Het duurt even voor het tot me doordringt, maar dan maakt zich een verschrikkelijk gevoel van me meester. Haar heeft Jack geschilderd? Zonder kleren aan?

'Oooh!' doe ik overdreven. 'Jij bent nou Sally. Die van het schilderij. Ik dacht al dat ik je herkende.'

Het verbaast me zelf dat ik me bij het valse lachje dat uit mijn mond komt niet ook nog op mijn dijen sla. Sally kijkt naar haar voeten, maar ze moet vooral niet denken dat ík me geneer.

'Wat voor schilderij?' vraagt Jons.

'O, je weet wel,' zeg ik met een glimlach die pijn doet aan mijn kaken. 'Dat naakt dat Jack aan het maken is. Het is echt heel goed...'

'Ho!' onderbreekt Jons me. Hij steekt een hand op. Om zijn wijsvinger prijkt een foeilelijke doodshoofdring. 'Ho!' zegt hij nog een keer en schudt zijn zwarte haar naar achteren.

'Ojezus!' Ik sla mijn handen voor mijn gezicht. 'Was het misschien een verrassing? Was het als cadeautje voor hem bedoeld?' Ik trek een gezicht naar Sally. 'Maar natuurlijk, het is ook zo... nou ja, intiem.'

Dat was fout.

Heel erg fout.

Heel, heel erg fout.

Sally staat met een gezicht als een donderwolk naar Jack te staren. Heel even blijft het stil, maar dan gaat Jons door het lint. Hij ziet eruit alsof zijn hoofd elk moment kan ontploffen. Hij grijpt Jack bij de hals van zijn T-shirt.

'Jij vuile klootzak!' schreeuwt hij en haalt uit naar Jack.

Hij mist en terwijl hij boven op de barbecue valt, hoor ik de mensen om me heen verschrikte geluiden maken. Hij steekt een hand uit en trekt de tafel om, waardoor de hamburgers in het rond vliegen en hij zelf onder de saus komt te zitten. Met donderend geraas bezwijkt de barbecue onder zijn gewicht, zijn leren broek sist op het rooster. Hij slaakt een kreet van pijn.

'Als je nog eens wat weet!' gilt Sally tegen mij, en ze geeft me zo'n harde duw dat ik achterover in een rozenstruik val. Ze rent op Jons af, die zich wankelend bevrijdt uit de rotzooi op het terras.

'Rustig aan,' schreeuwt Jack.

Jons duwt Sally van zich af. 'Smerige rothoer!' brult hij. Hij richt zich moeizaam op, grijpt de barbecuevork en springt op Jack af. De mensen achter Jack zoeken een veilig heenkomen. Jack pakt een plastic tuinstoel en ze draaien een poosje om elkaar heen, tot Jack de vork uit Jons' hand slaat. Jack duikt ineen en steekt in een verdedigend gebaar zijn handen uit, alsof hij een kungfubeweging wil gaan maken.

'Rustig aan, nou,' schreeuwt hij nog een keer. Dan keert Jons zich van hem af. Hij laat zijn armen zakken en Jack komt overeind. 'Laten we erover praten,' zegt Jack, terwijl hij op Jons afloopt.

Maar hij kan Jons' gezicht niet zien. Ik voel instinctief wat er gebeuren gaat en probeer naar voren te rennen, maar mijn jurk zit vast.

'Kijk uit!' gil ik, waardoor Jack een seconde afgeleid is. Dat is uiteraard de seconde waarin Jons uithaalt. Ik zie dat hij Jack keihard op zijn jukbeen raakt. Ik hoor mezelf gillen als Jacks huid openbarst en hij achteruit tegen de schragentafel tuimelt. Nu gaat deze tafel om en flessen en borden kletteren op de grond.

Matt en Damien en Stringer komen aangehold en grijpen Jons bij zijn schouders.

Ik ruk me los uit de doorns en haast me naar Jack.

Jons wordt vloekend en tierend door Damien en Stringer naar het tuinhek gesleept. Sally rent achter hen aan en dan ebt het lawaai weg.

Ik kniel naast Jack, die alweer rechtop zit. 'Gaat het?'

Het gaat helemaal niet. Hij houdt zijn gezicht vast en beweegt zijn onderkaak heen en weer. Ik steek mijn hand naar hem uit, maar hij duwt me weg.

'Laat me met rust!' sist hij, zo vals dat alle lucht me verlaat en ik op mijn billen in het gras val. Ik zie hem opstaan en het huis instrompelen.

'Jack!' Hij doet of ik niet besta.

Ik sla mijn handen voor mijn gezicht. Matt hurkt naast me.

'Maak je geen zorgen,' zegt hij. 'Geef hem een paar minuten om te kalmeren. Hij heeft net een dreun gekregen. Hij bedoelt het niet zo.'

Iedereen staat verbijsterd toe te kijken. Matt helpt me overeind en slaat een arm om me heen, maar dan komt Chloë aangestormd. Ze is hels. Alles ligt in puin. De tuin ziet eruit alsof er net een orkaan overheen is getrokken.

'Waar is Jack?' snauwt ze.

Ik knik stom in de richting van het huis.

'Jezus!' Ze zet een minachtende blik op en beent vervolgens door de tuin naar het huis, Jack achterna.

Een paar minuten later wankel ik de badkamer in en doe de deur achter me dicht, nog tollend van de gebeurtenissen in de tuin. Ik weet niet hoe lang ik op de wc-bril zit, maar plotseling hoor ik een zacht kloppen op de deur.

'Amy?' Het is de stem van Matt. Nog een klopje. 'Amy, doe eens open.'

'Hij is open,' zeg ik met schorre stem.

Hij komt binnen en de uitdrukking op zijn gezicht maakt me aan het huilen.

'Doe nou niet,' zegt hij, terwijl hij op de rand van het bad naast me gaat zitten. 'Kop op, het komt wel goed.'

Hij slaat een arm om me heen en geeft me wat wc-papier aan. Ik snuit mijn neus.

'Het spijt me,' snotter ik.

'Hoeft niet. Het geeft niet. Van zulke dingen schrik ik me ook rot.'

De deur vliegt open.

'O, hier zit je,' zegt Chloë met een zuinig mondje. 'Goeie plek. Je hebt je niet bepaald populair gemaakt.'

Matt en ik staan op.

'Hoe gaat het met hem?' vraag ik.

'Maak je maar niet druk. Ik zorg wel voor hem.'

Jack verschijnt in de deuropening, met een hand aan zijn gezicht. Ik zie dat zijn oog aan het opzwellen is. Chloë dendert langs Matt en maakt het kastje aan de muur open.

'Ik heb hier nog wat jodium,' zegt ze. Ze vist een flesje en een grote pluk watten uit het kastje. 'Kom hier, Jack,' zegt ze op gebiedende toon.

'Ik red me wel,' zegt hij. Hij kijkt me niet aan. 'Willen jullie ons even alleen laten?' Hij kijkt naar Matt, die knikt, en vervolgens naar Cloë, die kijkt alsof ze met haar voet zal gaan stampen. Ze staart hem doordringend aan, terwijl hij het flesje en de watten van haar overneemt. 'Het is hier een beetje vol, dat is alles,' voegt hij eraan toe.

Chloë werpt een blik op mij alsof ik een insect ben dat ze het liefst wil plattrappen, maar dan loopt ze achter Matt aan de badkamer uit en slaat de deur achter zich dicht. Jack loopt naar de deur en draait hem op slot. Hij leunt ertegen en sluit even zijn ogen. Dan kijkt hij me aan.

'Het spijt me,' zegt hij. 'Het was niet mijn bedoeling je een duw te geven.'

'Dat hoeft je niet te spijten. Het is allemaal mijn schuld. Ogod, Jack, het spijt me zo.'

'Kom hier,' zegt hij en een tel later lig ik al in zijn armen.

'Het is zo'n zielige figuur!' zegt hij.

Ik kijk hem aan en krimp ineen bij de aanblik van zijn oog. Ik trek hem naar het bad, waar ik hem op de rand neerzet. Met jodium en watten kniel ik voor hem.

'Doet het erg pijn?'

Jack geeft geen antwoord. Hij buigt zich voorover en legt zijn armen op mijn schouders. Zijn voorhoofd raakt het mijne.

'Wat een ellende!' zucht hij.

'Het is al voorbij.'

'Ik wilde je niet...'

'Ssst.' Ik leg een vinger op zijn lippen. Hij kijkt naar me en ik kijk hem recht in de ogen. En opeens valt alles op zijn plaats. Ze doen er allemaal niets toe – Sally niet, Chloë niet, Jons niet. Alleen Jack doet ertoe. 'Ik hou van je,' fluister ik.

7 Jack

ZE HOUDT VAN ME, HOU IK OOK VAN HAAR?

Niet 'ik vind je aardig'. Niet 'ik val op je'. Zelfs niet 'je bent mijn vriend'.

Niets van dat alles.

Gewoon 'ik hou van je'.

In de categorie betekenisvolle zinnen scoort hij hoog. Net als *voor we verder gaan, moet je wel weten dat ik niet altijd een vrouw ben geweest...* (Michaëla/Mike tegen Matt, 1995); *toen ik zei dat ik niet getrouwd was, sprak ik niet helemaal de waarheid...* (Graham Kint tegen Chloë, 1997) en *volgens mij wordt het tijd dat we eens ernstig over trouwen gaan nadenken...* (Zoë tegen mij, 1995).

Met andere woorden: niet iets waar je te licht over moet denken.

Op dit belangrijke kruispunt staan mij natuurlijk allerhande traditionele ontwijkingstactieken ter beschikking:

a. het peinzende 'hmmmmm' (het liefst vergezeld van een traag knikken met het hoofd en een gepijnigde blik);
b. het onverstaanbare 'koovjou' (hoe dronkener, hoe beter);
c. het paniekerige 'o, verdomme, ik moet geloof ik overgeven' (idem);
d. het therapeutische 'fijn dat je dat met me wilde delen' (verplicht mét een gevoelig kneepje in de hand);
e. het arrogante 'ik weet het' (eventueel met oogcontact en zelfingenomen glimlach).

Maar ik heb op het ogenblik geen zin in tactiek. Daarvoor ben ik te erg in de war. Ik kijk Amy aan en denk bij mezelf dat dit misschien wel precies de woorden zijn die ik uit haar mond wil horen. Ik voel me gevleid en gok dat haar bekentenis betekent dat ze zojuist als vrouw de enorme beslissing heeft genomen dat ik de juiste man voor haar ben. Een deel van mij wil opstaan, haar hand vastpakken, haar in de ogen kijken en zeggen: Ja, ik ben je man. Ja, ik hou ook van jou. En ik ben blij omdat jij van mij houdt. Als puntje bij paaltje komt, is dat toch wat iedereen wil: van iemand houden en iemands geliefde zijn. Alleen maar één van die twee is niet genoeg.

Toch?

Maar er gaan ook andere dingen door mijn hoofd. Onzekere dingen. Dingen die ik niet graag toegeef, ook niet tegenover mezelf. Zoals, hoe goed ken ik haar eigenlijk? Zo goed dat ik haar liefdesverklaring zomaar accepteer? Vertrouw ik haar daar echt genoeg voor? En wat als later blijkt dat ik me heb vergist? Wat als ik me er nu in stort en al die gevoelens die ik voor haar heb 'liefde' noem?

Mijn verleden op dit gebied, en op vrijwel elk ander gebied, boezemt me weinig vertrouwen in. Om te beginnen heb ik precies één keer in mijn leven 'Ik hou van je' tegen iemand gezegd (familie en huisdieren inbegrepen). Het was tegen Zoë, juni 1993, vliegveld Heathrow. We zaten al meer dan zes uur op onze vlucht naar Ibiza te wachten. Een uur of drie eerder had de vermoeidheid toegeslagen. En de totale verveling. Ik zat op zo'n plastic kuipstoeltje naar het informatiebord te turen, in afwachting van de mededeling *Now boarding*. Zoë lag met haar hoofd in mijn schoot te slapen. Ik weet nog hoe ik op haar neerkeek; haar haar op mijn dijen, haar ogen stijf dicht. En opeens werd ik overspoeld door het gevoel haar te willen beschermen. Ze lag daar zo mooi, vredig. Ik had me nog nooit met iemand zo vertrouwd gevoeld. Ik boog voorover en kuste haar voorhoofd en de vier toverwoordjes kwamen zomaar uit mijn mond gefluisterd. We hadden een halfjaar verkering en ik dacht dat ik meende wat ik zei.

Maar nu, in Chloë's badkamer, met de brandende jodium op mijn wang en een oog dat al vier keer zo dik is als normaal, denk ik er anders over. Ik ben geen kind meer. Liefde is niet de drang om te beschermen. Liefde is meer dan gewoonte en tevredenheid. Liefde is een beslissing. Het is de conclusie dat dit het is en niets anders. Ik ben geen jongen die het zegt omdat dat eenvoudiger is dan het niet te zeggen. En ik ben ook niet iemand die de woorden gebruikt om zich toegang te verschaffen tot de onderbroek van een meisje (daar doe ik alles voor, maar dát niet). Aan de andere kant ben ik er ook niet bang voor. Als ik het zeker weet, zal ik het zeggen. En zoals ik Amy nu zie, weet ik het niet zeker.

Het komt hierop neer: onze toekomst is nog steeds een *als*, niet een *wanneer*.

Dus in plaats van haar woorden te beantwoorden met het verwachte 'ik hou ook van jou', kies ik de weg die door generaties besluiteloze mannen is platgetreden: die van de afleidingsmanoeuvre.

'Je jurk is gescheurd,' zeg ik. Ik verbreek het oogcontact en kijk naar de stof.

Een paar seconden lang blijft het zo stil dat ik alleen mijn hart hoor kloppen, en me afvraag of zij het ook kan horen.

Uiteindelijk vraagt ze: 'Hoe voel je je?'

'Gemangeld,' antwoord ik.

Gelukkig begrijpt ze dat dit slaat op wat er in de tuin is gebeurd en niet op wat ze net zei.

'Het was stom van me,' zegt ze.

Ik sla mijn arm wat steviger om haar heen, trek haar dicht tegen me aan en kus haar wangen. 'Nee, het was stom van mij. Stom van mij om tegen je te liegen over Sally's uiterlijk. Stom van haar om het niet tegen Jons te zeggen. En het was stom van die achterlijke cokesnuiver dat hij zijn zelfbeheersing verloor en mijn kop eraf wilde slaan.'

Amy buigt haar hoofd. 'Ja, maar je kunt je voorstellen waarom...'

'Niks voorstellen. Niemand heeft het recht zich zo te gedragen. Te veel van dittum,' zeg ik, terwijl ik snuivend op mijn neus wijs, 'en te weinig van dattum.' Ik tik op mijn slaap, maar zodra ik Jons gezicht weer voor me zie, wordt mijn ademhaling zwaarder.

'En als jij nou eens in zo'n situatie belandde? Wat als je ontdekte dat iemand mij naakt aan het schilderen was? Zou jij dan niet gek worden?'

Dit is natuurlijk een redelijke vraag, maar niet eentje waar ik nu al te diep op in wil gaan. Ik schud onvermurwbaar mijn hoofd. 'Nee. Ik zou niet gek worden, want ik ben niet zo'n eikel. En... ik vertrouw je.'

'Wist jij dat ze het hem niet had verteld? Vóór vanavond bedoel ik.'

Ik overweeg te liegen, te zeggen dat ik had aangenomen dat Jons geen bezwaar had. Maar wat schiet ik daarmee op? Je hoeft Jons maar heel even uit de verte te bekijken en je weet dat hij er al bezwaar tegen zou hebben als er in een stampvolle bus een man naast Sally kwam zitten. Dus zeg ik de waarheid. 'Ja, ze zei dat hij gek zou worden als hij erachter kwam.'

'Net als ik toen ik dat schilderij zag.'

'Ja,' zucht ik, 'zoiets.'

'Het gaat om eerlijkheid, denk ik,' overweegt ze. 'Ik was wantrouwig en dacht meteen het ergste.'

Ik draai me op de rand van het bad naar haar toe en kijk haar aan. Haar ogen zijn helemaal gezwollen van het huilen. Ik heb het gevoel dat alles mijn schuld is. En waarom ook niet? Het is toch zo?

'Dacht je dat toen je dat schilderij vond?'

'Wat, dat je met haar naar bed ging?'

'Ja.'

'Nou, ik zou liegen als ik zei dat het niet bij me is opgekomen.' Ze strijkt met een hand door mijn haar. 'Het kwam wel bij me op. En niet zo'n beetje.'

Ze houdt haar hoofd scheef en kijkt me aan. 'Vind je het vervelend dat ik dat dacht?'

'Nee.' Ik heb te lang geaarzeld voor ik dat zei.

'Niet eens een beetje?' dringt ze aan.

'Nou goed,' geef ik toe, 'een beetje wel.'

'Het spijt me. Het is gewoon jaloezie. Ik vertrouw je hoor, Jack. Helemaal. Dat weet je toch wel, hè?'

Hier voel ik me klote over. En niet zomaar klote, maar zwaar klote. Zo zwaar als de kloten van een prijsstier. Zo voel ik me al sinds die keer in mijn atelier, toen ze het schilderij had gevonden en we het weer bijlegden. Dit zou een heel geschikt moment zijn om schoon schip te maken en Amy te bekennen dat ze gelijk had, dat mijn verlangen om Sally te schilderen veel meer werd ingegeven door de klootzak dan door de kunstenaar in mij. Open kaart spelen en doorgaan.

Maar waarom zou ik? Waarom moet ik me tegenover Amy verantwoorden voor hoe ik was vóór ik haar kende? Waarom meer schade aanrichten? Het doet er nu niet meer toe. Ik heb iets met Amy en ik zit niet achter Sally aan. En ze hoeft niet te weten dat dat ooit anders is geweest.

'Ik weet het niet,' zeg ik, om de grote lijn niet uit het oog te verliezen. 'Waarom is wat jij dacht nou zo anders dan wat Jons net dacht? Jouw reactie was precies hetzelfde.'

'Ik heb je niet geslagen,' zegt ze. 'Dat is toch al iets?'

Ondanks mijn huidige situatie moet ik lachen. 'Ja, dat zal wel. En ik heb jouw leren broek niet gebakken. Dat is ook wat waard.'

Ze grijnst. 'Het klonk alsof het zeer deed.'

'Verschrikkelijk,' zeg ik met een vals lachje. 'Alsof er een plak bacon in de pan werd gelegd.'

Maar dan wordt ze weer serieus. 'Dit is iets waar we het echt over moeten hebben, Jack.'

'Wat, dat van dat vertrouwen?'

'Ja. Maar niet alleen dat. Het hele verleden. Zodat er geen geheimen of leugens meer zijn. Zodat we niet nog een keer in zo'n puinhoop belanden.'

En ze heeft gelijk: we moeten het er echt eens over hebben. Maar niet hier. Niet nu. Niet nu we zo geëmotioneerd zijn.

Er wordt op de deur geklopt en Matt komt binnen. 'Gaat het weer een beetje, meneer de Hulk?' vraagt hij en trekt een vies gezicht als hij mijn oog ziet.

'Ja,' zeg ik en werp Amy een glimlach toe. 'Laten we maar kijken of we het feestje weer op gang kunnen krijgen.'

BAGAGE

Dinsdagavond. Als ik bij Zack's aankom, zit Amy al aan een tafeltje op het terras. We willen hier eerst wat drinken voor we verdergaan naar een feestje van een vriend van haar. Ik ben nog een eindje van haar af. Ik blijf even staan om naar haar te kijken. Het is een spelletje dat ik met Zoë deed toen we nog bij elkaar waren. Het heet: Zou ik ook op haar vallen als ze mijn vriendinnetje niet was? Ik probeer me voor te stellen dat Amy een volslagen vreemde is en dat ik een toevallige voorbijganger ben. Nu ik haar voor het eerst heb gezien, is de vraag: wil ik ook met haar wippen?

Om te beginnen let ik op de fysieke kenmerken: haar, bouw, kleding. Ze is helemaal mijn type. Ze heeft geen wet look-permanent, kaalgeschoren hoofd of een baard. Zo te zien gaat ze niet gebukt onder anorexia, vraatzucht of drugsverslaving. Wat haar kleren betreft: ze draagt geen fluorescerende legging, naaldhakken of een T-shirt van de Michael Bolton-fanclub. Ze valt ook in de juiste leeftijdscategorie: maximaal vijf jaar jonger dan ik (waardoor het mogelijk is samen geinige herinneringen op te halen waarin tv-programma's uit de jaren zeventig en tachtig centraal staan, zoals *The Dukes of Hazard, Mork & Mindy* en *The Rockford Files*) en hooguit tien jaar ouder (wat de kans op storende bagage, zoals een mislukt huwelijk, kinderen, Pink Floyd/David Soul-platen, klein maakt). Tot nu toe is alles picobello. Nu komt wat ik verder nog aan haar kan zien. Ze leest een glossy tijdschrift (ze kan lezen: goed), draagt een modieuze bril die ze op haar haar heeft geschoven (dure smaak: slecht) en op haar tafeltje staat een gekoelde fles wijn met twee glazen ernaast (ze verwacht gezelschap, mogelijk haar vriendje: heel slecht). Algemene indruk: interessant, maar jammer van dat vriendje.

En als dit echt de eerste keer was dat ik Amy zag, zou ik met tegenzin doorlopen. Maar dit is de eerste keer niet. En dat ze een vriendje heeft, kan mij niet schelen, want ik ben dat vriendje en dat tweede glas kan voor niemand anders bestemd zijn dan voor mij. Ik loop op haar toe, een glimlach op mijn gezicht, want het antwoord op de vraag die ik mezelf heb gesteld is een volmondig 'ja'.

Het eerste wat tot me doordringt als ik haar een zoen heb gegeven, ben gaan zitten en mezelf een glas wijn heb ingeschonken, is dat het tijdschrift waar ze in zat te lezen in feite een brochure van een reisbureau is. Terwijl ze me vraagt hoe mijn dag was, zie ik dat de brochure gaat over vakanties op Hawaii. Het derde dat ik me realiseer, naar aanleiding van Amy's opmerking dat ze al twee jaar niet meer het land uit is geweest, is dat ze denkt dat ik schandalig rijk ben en waarschijnlijk voortdurend op plaatsen als Hawaii zit. Maar het allerbelangrijkste dat me duidelijk wordt – ze wijst er ondertussen op dat er gele verf in mijn haar zit – is dat ik in de stront zit.

'En, wat denk je ervan?' vraagt ze. Ze houdt de brochure omhoog en laat me een foto van een buitengewoon chic vakantieoord zien.

Wat ik ervan denk? In het echt? Ik denk dat ik, als ik van het geld dat ik van mijn vader krijg voor *Kutstudie in geel* mijn saldo heb aangevuld en de huur en andere vaste lasten heb betaald, niet eens een buskaartje naar Clacton-on-Sea kan betalen, laat staan tickets naar exotischere bestemmingen. Ik vind het hier op het ogenblik heerlijk warm, dus waarom zou ik naar het buitenland moeten? Ik denk dat Amy in een volmaakte wereld vliegangst zou hebben en we gedwongen waren de zomer in eigen land door te brengen. Maar Amy wil de waarheid vast niet horen. In elk geval wil ik niet dat zij die hoort. Als ik mijn mond opendoe om iets te zeggen, dringt het, niet voor het eerst in mijn leven, tot me door dat liegen eigenlijk net masturberen is: als je er eenmaal mee begint, is het moeilijk er weer mee op te houden. Desondanks slaag ik er tot mijn eigen verbazing in de afschuw voor mezelf te houden en ietwat blasé en werelds te antwoorden: 'Ik weet het niet. Het vervelende van Hawaii is dat je het na één keer wel zo'n beetje hebt gezien.'

'O.' Ze doet geen enkele poging haar teleurstelling te verbergen. 'Ik wist niet dat je er al eens bent geweest.'

'O ja, hoor,' zeg ik.

En het is nog waar ook, ik ben er al eens geweest. Dat ik toen zes maanden oud was, de hele reis in de kinderwagen lag en de zaak van mijn vader alles betaalde, doet daar niets aan af. Als het om Hawaii gaat, weet ik waar ik het over heb. Als om mijn bewering kracht bij te zetten en in de hoop Amy af te leiden van haar missie, roep ik een paar keer '*ze pleen, ze pleen*', en neurie de begintune van *Fantasy Island*.

Het lukt niet. Ik zit nog maar net te neuriën als ze me onderbreekt: 'En je zou er niet nog een keer naartoe willen?'

Mijn armen vallen slap langs mijn lichaam. 'Nou ja,' bluf ik verder, 'veel meer dan zon, zee en strand is er eigenlijk niet te beleven.'

'Dat klinkt verschrikkelijk.' Ze legt een andere brochure op de eerste. Op het omslag lees ik: Reizen door het regenwoud. 'Wat dacht je hier dan van? Als je één regenwoud hebt gezien, heb je ze allemaal gezien?'

Een snelle blik op de uitgebreide bibliotheek aan brochures die uit haar tas steekt, leert me dat zelfs de paus haar moeilijk zou kunnen wijsmaken dat hij daar allemaal al is geweest. Tijd om een list te verzinnen, want hier kom ik echt niet onderuit. Ik heb al gezegd dat ik met haar op vakantie ga en als ik daar nu op terugkom, zal ze dat zeker opvatten als een teken dat niet alles koek en ei is tussen Crosbie en Rossiter. En ik heb geen zin in een gesprek over de crisis in onze relatie, want er is geen crisis. Alleen heb ik gelogen over het bedrag dat ik voor dat schilderij krijg. Alleen blijf ik maar liegen terwijl ik beloofd heb niet meer tegen haar te liegen. Crisis? Niks crisis! Dit zijn details, schapenwolkjes aan een stralend blauwe lucht – niets om je druk over te maken.

Ik schuif de brochure aan de kant en zeg: 'Ik dacht aan iets wat dichter bij huis.'

'Waarom?'

'Nou...' En ineens krijg ik een ingeving: 'Tegen de tijd dat we hebben geboekt, hebben we nog maar een week voordat jij aan je nieuwe baan begint.'

Maar zo gemakkelijk laat ze zich niet afschepen. 'Dat hindert niet,' zegt ze en ze slaat een brochure over de Bahama's open. Haar vinger glijdt langs een lijst die eruitziet als de beurspagina en ze wijst op aankomst- en vertrekdatums. 'Kijk, ze hebben ook allerlei aanbiedingen voor maar één weekje.'

Aanbiedingen. Ha! Zeg dat maar tegen mijn bank.

'Dat weet ik wel,' antwoord ik, 'maar het is allemaal zo ver vliegen. Dan krijg je jetlag en zo. En als je weer een beetje bent bijgekomen, moet je al weer naar huis.' Ik zie dat ze me wil tegenspreken en ga snel verder. 'Het vasteland van Europa. Wat is er mis met Europa? Dit is een prima seizoen voor het vasteland.

Europa is, hoe zeg je dat, Europa is *fun.*'

Ze knijpt haar ogen tot spleetjes en zegt me na: 'Fun?'

'Ja,' roep ik opgetogen. 'Hartstikke veel te doen, dingen om te bekijken...' Ik knik erbij, want ik ben het helemaal met mezelf eens. 'Fun.'

Ze leunt achterover in haar stoel. Haar lichaam spreekt duidelijke taal. Het zegt: *Het vasteland van Europa is geen fun, want ik ben er al heel vaak geweest en ik wil naar Hawaii.* 'Goed dan,' zegt ze. 'En welk deel van pretpark Europa vind jij het meest fun?'

Ik denk aan goedkope vluchten, goedkope accommodatie, goedkoop eten en goedkope drank, en voor ik het weet zeg ik: 'Griekenland.'

'Griekenland?' Ze perst haar lippen zo krampachtig op elkaar dat het me verbaast dat er nog geluid uit haar mond komt.

'Ja, Griekenland. Dat is wel mooi de bakermat van de westerse cultuur, hoor. Het Parthenon, Homerus, van die dingen.'

Ze denkt hier even over na, haar blik afwisselend op mij en op de brochures in haar tas gericht. Ik krijg de indruk dat als ze moest kiezen tussen mij en ieder ander, ze mij hier achter zou laten. 'Goed dan,' zegt ze ten slotte. 'We gaan naar Griekenland. Reserveer jij of zal ik het doen?'

'Laat dat maar aan mij over,' zeg ik, met het hemelse visioen van de goedkoopste aanbieding van het goedkoopste reisbureau voor mijn geestesoog.

Godzijdank is het onderwerp daarmee afgedaan. Maar als ik hoor wat er nu komt, ben ik niet meer zo blij. Nerveus: ja. Paranoïde: ja. Maar blij, absoluut niet. Woorden als 'regen' en 'drup' dringen zich op. Want waar Amy nu over begint, is het onderwerp dat ik het afgelopen weekend in de badkamer van Chloë ternauwernood heb weten te omzeilen: het verleden.

Ik heb zo mijn gedachten over het verleden. Aan de ene kant ben ik er heel nonchalant over. Ik ben waar ik ben en wie ik ben door alles wat me is overkomen – ik ben de som van mijn ervaringen, zoiets. Zoals die eerste keer dat ik Amy zag. We spraken uitgebreid over het verleden en dat was prima. Maar toen hadden we het over het schone verleden, het geretoucheerde verleden, het soort verleden dat je aan een kind kunt laten zien zonder je zorgen te maken dat het eng gaat dromen. Aan de andere kant zijn er dingen waar ik het liever niet meer over wil hebben. Zoals seks. Zoals met wie ik het de afgelopen jaren allemaal heb gedaan. Seks is een gevaarlijk onderwerp. Als je mensen over je seksleven vertelt, gaan ze daar conclusies aan verbinden.

Neem Christine. Christine is een meisje van wie ik eind vorig jaar helemaal weg was. Ze was een vriendin, een maatje, we vertelden elkaar alles, wisselden verhalen over ons liefdesleven uit alsof het voetbalplaatjes waren. En dat was geweldig. Het was open en het was eerlijk. Het vervelende was dat ze er niets van wilde weten toen ik haar uiteindelijk probeerde te veroveren. En waarom? Niet omdat ze me niet zag zitten – ze gaf toe dat dat wel zo was –, maar omdat ze niet het zoveelste turfje achter de naam Jack Rossiter wilde worden.

En daar ben ik met Amy nou ook bang voor. Zal ze me veroordelen? Zal ze, als ik haar opbiecht dat ik de laatste jaren een soort seksueel krijgertje heb gespeeld, niet zo snel mogelijk de benen nemen? Dat risico loop ik, maar daar is niets aan te doen. Want we zouden niet meer liegen, toch? Als Amy mij wil accepteren, moet ze me accepteren zoals ik ben. Graag of niet, daar komt het eigenlijk op neer.

Ik hoop maar dat het graag wordt.

Dus na wat inleidend gebabbel vertellen we elkaar over onze eerdere relaties. Maar ik besef dat het helemaal niet om die eerdere relaties gaat: we gebruiken ze alleen als toetssteen, om te kijken of we wel bij elkaar passen. Alles wat we elkaar vragen, heeft een zogenaamde en een werkelijke betekenis. Zo vraagt Amy mij:

Ben je ooit ontrouw geweest terwijl je een serieuze relatie met iemand had? *(Hoe groot is de kans dat je mij zult bedriegen?)*

Als je een einde aan een relatie wilde maken, zei je dat dan rechtstreeks of riep je allerlei onverdraaglijke toestanden in het leven waardoor het leek alsof jullie beiden schuld aan de afloop hadden? *(Ben je een kerel of een genieperd?)*

Heb je ooit, al was het maar heel even, overwogen met een van die meisjes te trouwen? *(Ben je bang om je te binden?)*

Op mijn beurt vraag ik Amy:

Zou je 'ja' hebben gezegd als een van die jongens je ten huwelijk had gevraagd? *(Zou je met me trouwen omdat het huwelijk je aanspreekt en je er de leeftijd voor hebt, of omdat je tot over je oren verliefd op me bent?)*

Heb je ooit op een of andere manier wraak op een ex genomen? (*Als het niets wordt en ik je laat zitten, krijgen we dan een tweede* Fatal attraction*?)*

Heb je het wel eens met een vrouw gedaan? *(Zit er een triootje in?)*

En zo horen we elkaar stukje bij beetje uit en overwegen of wat we horen ons bevalt.

Daarna worden we preciezer. Het begint met de gebruikelijke vraag: met hoeveel mensen ben jij naar bed geweest? Ik kan niet zeggen wat Amy vindt van mijn antwoord (ongeveer vijfentwintig). Maar als zij een tijdje met haar ogen dicht op haar vingers heeft zitten tellen en 'twaalf' zegt, ben ik oprecht verbaasd. Onmiddellijk laat ik de promiscuïteitsmeter op dit getal los, iets wat Matt en ik op een middag van dodelijke verveling hebben bedacht. Als je alle relevante gegevens hebt, kun je daarmee iemands promiscuïteitsfactor ($\heartsuit$) berekenen, ofwel het aantal mensen met wie iemand per jaar naar bed gaat in tijden dat hij of zij single is: aantal sekspartners (w), leeftijd (x), leeftijd van ontmaagding (y), aantal jaren doorgebracht in een vaste relatie (z). De berekening gaat als volgt:

$$w:\{x-(y+z)\} = \heartsuit$$

Ik pas dit toe op Amy:

$$12:\{25-(17+4)\} = 3\heartsuit$$

En op mezelf:

$$25:\{27-(17+2)\}= 3{,}125\heartsuit$$

Het is duidelijk: ze is weliswaar met minder mensen naar bed geweest dan ik, maar onze eindcijfers verschillen nauwelijks. In haar single, seksueel actieve jaren is ze per jaar gemiddeld drie keer met iemand naar bed geweest, tegenover mijn 3,125.

Ik weet niet precies wat ik hiervan moet denken. Er is natuurlijk de opluchting dat we ongeveer evenveel ervaring hebben en dat ik niet een grotere losbol ben dan zij, of omgekeerd. Tegelijkertijd ben ik geschokt. Ik zie mezelf namelijk als een nogal hoerig type; betekent dit dan dat Amy een nogal hoerige vrouw is? En vind ik dat dan vervelend? Ik vertrouw mezelf niet erg waar het om vrouwen gaat, dus moet ik haar waar het om mannen gaat dan wel vertrouwen? Of speelt mijn mannelijke ego gewoon op, omdat ze ook prima in staat is zich zonder mij te vermaken?

Wat er ook aan de hand is, geïntrigeerd ben ik wel. Ik wil meer weten. En dus stel ik vragen. En krijg ik antwoorden. Naam voor naam, wip voor wip. Van haar eerste keer (Wayne Cartwright, achter de fietsenstalling, Elmesmere High) tot de laatste (Martin Robbins, zes maanden voor ze mij leerde kennen, na een bruiloft in Wales). Van de jongste (alweer Wayne Cartwright, zeventien) tot de oudste (Simon Chadwick, een veertigjarige muzikant). Ik krijg te horen over de slechtste (Alan Wood, een dertiger die bezig was van zijn vrouw te scheiden) en de beste (Tommy Johnson, een ontwerper uit West End). Ze vertelt over haar langdurigste vergissing (Andy, een zakenman met wie ze zelfs nog heeft samengewoond) en haar kortste affaire ('Jimmy of Johnny nog wat. Ik was lam en stoned. Ik kan me er eigenlijk weinig van herinneren.').

Hoewel ik tegenover al haar verhalen een soortgelijk relaas van mezelf kan zetten, word ik op een goed moment door een ongewoon gevoel overvallen. Het komt vanuit het niets, maar als het er eenmaal is, gaat het niet meer weg. Ze praat honderduit en terwijl ik zit te luisteren, wordt het me langzamerhand te veel. Wat me vooral parten speelt, is dat ik alles visualiseer. Ik zie haar voor me met al die andere mannen, die met haar doen wat ik met haar doe, de dingen die haar de mijne maken en mij de hare. Ik weet dat het belachelijk is, maar toch doet het pijn. Ik heb al heel lang niet meer met dit soort dingen geworsteld. Ik heb er al heel lang niet meer mee geworsteld, omdat het me geen moer kon schelen. De meeste meisjes met wie ik naar bed ben geweest waren maar voor één nacht van mij. Ik wist zo goed als niets van ze af. En wat ik wel wist, liet me koud. Waarom? Ik bleef toch niet lang genoeg om me er iets mee te kunnen doen. We hadden geen toekomst samen, dus waarom zouden we tijd verspillen aan het verleden?

Maar dit keer is het anders. Totaal anders. Ik heb de afgelopen dagen veel nagedacht over wat Amy in Chloë's badkamer tegen me zei. Die vier woordjes. En ik heb bedacht dat ik er misschien anders op had moeten reageren. Want ik geef echt om haar. Heel veel. En ik denk dat ik verliefd op haar aan het worden ben. Daarom doet het zo'n pijn om al die verhalen te horen. Ik wil haar. Ik wil haar helemaal. En ik weet dat ik dan de waarheid over haar te horen krijg, wat ik liever heb dan dat er dingen voor me worden verzwegen. Maar toch wil ik niet horen dat ze wel eens ontrouw is geweest. Ik wil niet horen hoe ze zo lam als een balletje bij iemand in bed is gerold, alleen omdat ze te beroerd was om een taxi naar huis te nemen. Ik wil niets horen over omstandigheden waarvan ik maar al te graag misbruik zou hebben gemaakt als ik een avondje op de versiertoer was. En ik wil dat allemaal niet horen omdat ik niet wil dat ze nu nog van die dingen doet.

Maar ik slik het in en houd mezelf voor dat ik me niet zo moet aanstellen. Zij denkt vast hezelfde over al mijn avontuurtjes. Dus doe niet zo zielig. Doe niet zo onzeker en doe niet zo jaloers. Doe niet al die dingen waar je zo de pest aan hebt. Vecht tegen die stomme gevoelens. Wees blij dat dit gesprek plaatsvindt. Het is ongekuist, het is eerlijk en meer nog dan dat, het is heel gewoon. Accepteer het gegeven dat iedereen die niet met een maagd trouwt vroeg of laat met deze kwestie in het reine moet zien te komen.

'Maar ze behoren nu allemaal tot het verleden?' vraag ik, als ik nummer vijfentwintig achter de rug heb en zij nummer twaalf.

Ze kijkt me recht in de ogen en zegt: 'Ja.'

'Geen plakkers? Geen losse eindjes? Geen spullen die iemand nog een keertje komt afhalen?'

'Nee.'

'Mooi,' zeg ik en probeer mijn opluchting te verbergen. 'Daar ben ik blij om.'

'En jij?' vraagt ze aarzelend. 'Is er nog iemand over wie je me niet hebt verteld?'

'Er is niemand,' verzeker ik haar. 'Alleen jij.'

'Geen Zoë? Voel je niet nog een klein beetje voor haar?'

'Nee.'

'Geen Sally?'

'Nee.'

Ze kijkt naar de tafel. 'Heeft ze je nog gebeld?'

'Nee, en ik denk ook niet dat ik nog van haar hoor. Volgens Kate is ze naar Glasgow met Jons, om te zien of ze het weer goed kunnen maken.'

Ze knikt schijnbaar tevreden, kijkt dan op en vraagt: 'En hoe zit het met Chloë?'

Ik denk niet dat ik verbaasder zou hebben gekeken als ze me had gevraagd mijn broek te laten zakken en midden op straat te gaan staan pissen. Ik probeer 'Wat?' te zeggen, maar ik kom niet verder dan 'Uh?'.

'Ze valt op je.'

'Lulkoek. Ze is een van mijn beste vrienden.'

'Nou en? Vrienden gaan wel vaker met elkaar naar bed, hoor.'

'Ja, hoor,' zeg ik veel te defensief, en ik weet dat ik zo schuldbewust klink als maar kan. 'Maar wij niet, oké?'

'En zou je dat ook niet willen? Daar gaat het namelijk om. Niet of je het hebt gedaan, maar of je het gaat doen.'

'Ik heb het nooit gedaan en zal het nooit doen.'

Ze buigt zich voorover en geeft me een kus. 'Gelukkig,' zegt ze glimlachend. 'Het spijt me, maar ik moest het vragen.'

'Waarom?'

'Waarom? Omdat ik nooit haar vriendin zou kunnen worden als er wel iets tussen jullie was. Dan wilde ik haar helemaal niet in jouw buurt hebben. Dat begrijp je toch wel?'

'Ja. Maar nu doet het er niet meer toe, toch?'

'Nee.' Ze haalt de fles uit de koeler. Hij is leeg. Dan kijkt ze op haar horloge. 'Kom,' zegt ze, 'het feestje van Max. We moeten niet al te laat komen.'

Het feest van Max is een opluchting. Een tranquillizer. Een dubbele prozac met stukjes valium mag je wel zeggen. Voor feestjes als dat van Max zou op de buis uitgebreid reclame moeten worden gemaakt, als hét wondermiddel voor jongens als ik, die doodsbenauwd zijn om de vrienden van hun vriendin allemaal tegelijk te ontmoeten.

Max heeft de deur van zijn flat nog niet opengedaan of de knoop in mijn ingewanden is weg. Max is een en al glimlach en roept: 'Wauw, dus dit is je nieuwe man.' Hij schenkt me niet de kritische blik die ik had verwacht, maar drukt me een blikje koud bier in de hand, kust Amy en gebaart ons binnen te komen. Er zijn al een man of zestig aanwezig, het merendeel twintigers en dertigers. Ik monster het gezelschap en voel me al snel op mijn gemak. Zo te zien hoef ik nergens bang voor te zijn: geen satanisten die in een hoekje geiten aan het offeren zijn, geen krioelende massa in rubber gehulde lichamen op de grond. Met andere woorden: niets dat erop wijst dat Amy iemand anders is dan de persoon die ze bij mij is.

We blijven een tijdje bij de deur staan, waarbij Amy me in het kort vertelt wie wie is. Dan worden we door de massa opgenomen. Het lijkt wel de wereldtournee van Amy & Jack, met een stop bij elk groepje of kliekje in de kamer. Ik glimlach en maak grapjes en probeer namen te onthouden, en terwijl we van het ene groepje naar het volgende lopen, fluistert Amy me de laatste roddels in. Het is allemaal doodvermoeiend, moet ik zeggen. Ik moet de neiging onderdrukken om haar beet te pakken en ervandoor te gaan, al was het maar voor vijf minuten. Want ik word tentoongesteld. Sommige mensen kende ze al toen ze nog een kind was en voor die mensen ben ik waarschijnlijk gewoon een vriendje van Amy, niet een vast gegeven in hun leven, zoals zij.

'En, wat vind je ervan?' vraagt ze, als ze me een uurtje later even apart neemt.

'Ze lijken me hartstikke aardig,' antwoord ik. Ik kijk over haar hoofd naar de mensen om ons heen, en hoewel ik een paar uitzonderingen zie, meen ik wat ik zeg.

'Echt waar?'

Ik glimlach. 'Anders zou ik het toch niet zeggen?' Dat is natuurlijk gelogen. Als ik had gevonden dat ze het grootste stelletje krankzinnigen buiten het gekkenhuis waren, had ik ook gezegd dat ik ze leuk vond. Omdat Amy degene is die telt, niet al die anderen. En voor haar is het belangrijk dat ik ze aardig vind.

'Godzijdank.'

'Je lijkt wel opgelucht.'

'Dat ben ik ook.' Ze fronst. 'Jammer dat H. er niet is. Ongelooflijk dat jullie elkaar nog niet hebben ontmoet.'

Ze kijkt de kamer rond, waardoor ik haar even en profil te zien krijg. Ik denk weer precies hetzelfde als een halfuurtje geleden, toen ik haar van een afstandje zag terwijl ik met haar studiemaatje Sue stond te praten. Amy stond bij de openslaande deuren met een of andere jongen te lachen en te praten en ik dacht bij mezelf: *Je bent een gelukkig baasje.* Nu ik hier naast haar sta, is dat het wat ik tegen haar wil zeggen. Dat ze geweldig is. Dat ik trots op haar ben. Dat ik door haar blij ben met mijn leven, dat ik al voor me zie hoe we samen op de veranda van ons huis van de zonsondergang zitten te genieten. Ik buig me naar haar toe en fluister 'Zoen me' in haar oor.

'O, mijn hemel,' roept ze. Ze maakt zich van me los en duwt me weg.

Als ik haar door de menigte zie zigzaggen, is mijn eerste gedachte dat er in de communicatie tussen mijn hersenen en mijn mond iets mis is gegaan en dat ik in plaats van Zoen me per ongeluk heel hard Brand! Iedereen zo snel mogelijk de deur uit! heb geroepen. Maar dan begrijp ik dat Amy niet op weg is naar de deur, maar naar de persoon die zojuist is binnengekomen.

Terwijl ik langzaam dichterbij kom, dringt tot me door dat 'persoon' nauwelijks recht doet aan degene die hier zijn opwachting maakt. Dit is geen poppetje met harkjes. Dit is Adonis zelf. Hij is ongeveer één meter negentig, sportief en gebruind, met het soort dikke, donkere haar en de tandpastaglimlach die thuishoren bij de Chippendales. Ik kijk de kamer rond, maar nee, het is er niet – geen zwaailicht. Niets dat de verzamelde mannen waarschuwt dat er een grote witte haai is gesignaleerd en dat ze als de donder hun vrouwen in veiligheid moeten brengen. Maar misschien is dat niet nodig. Misschien heeft hij zijn slachtoffer al gekozen.

Of zij hem.

Als hij ziet dat Amy op hem afstormt, laat hij zijn rugzak vallen en spreidt zijn armen om haar te verwelkomen. Rustig blijven. Ze zullen wel oude vrienden zijn, niet dan? Er is geen enkele reden waarom je je niet volkomen op je gemak zou voelen. Hij heeft een rugzak en hij is bruin, dus waarschijnlijk is hij net terug van een reis en zijn ze blij elkaar weer te zien. Dat is logisch. Dat is prima. Dat is niets om je zorgen over te maken. En ik hoef me ook helemaal geen zorgen te maken over het feit dat Amy zich nu letterlijk in zijn armen stort. Of dat hij haar opvangt alsof hij haar vaste danspartner is. Allemaal dingen waarbij ik me volkomen op mijn gemak zou moeten voelen. Net als dat ze haar benen om zijn slanke middel slaat – zo, ja – en haar armen om zijn brede schouders. Net als dat hij haar in het rond draait – hupsa – en haar – daar, ja – stevig vasthoudt. Net als dat hij haar neerzet en zijn armen om haar heen houdt terwijl ze praten. Daarbij zou ik me volkomen op mijn gemak moeten voelen, want ik voel me zeker en veilig en gelukkig in mijn relatie.

In iets minder dan drie seconden sta ik aan de andere kant van de kamer en schraap ik mijn keel vlak bij Amy's oor.

Als ze hem loslaat, glinsteren haar ogen en heeft ze een blos op haar wangen. Zo zien meisjes in de film er soms ook uit, als goed duidelijk moet zijn dat ze een jongen geweldig vinden. Hij houdt zijn armen bezitterig om haar heen geslagen terwijl zij ons aan elkaar voorstelt. 'Jack, dit is Nathan, een heel goede vriend. Hij heeft het afgelopen halfjaar door Azië gereisd.' Ze wendt zich tot Nathan. 'En dit is Jack.'

'Haar vriendje,' voeg ik eraan toe, omdat zij het blijkbaar eventjes vergeten is.

Hoe dan ook, deze informatie heeft het beoogde effect op Nathan. Hij laat Amy los. Omdat hij mijn een hand wil geven, natuurlijk. Ik steek de mijne alvast naar hem uit. Maar Nathan heeft iets veel belangrijkers te doen; hij moet zijn glanzende lokken uit zijn gezicht vegen. Nu hij ongehinderd kan zien, bekijkt hij me heel even van top tot teen, waarna hij 'Hmm' mompelt.

Hij keert zich weer naar Amy en vraagt: 'Jake, zei je?'

'Jack,' herhaalt ze.

'O, ja.' Nathan werpt nog een blik op me, als om te controleren of die informatie wel klopt, en kijkt daarna weer naar Amy. 'Vriendje?'

'Klopt.'

Tijd om het heft in handen te nemen. Zoals ik hier als een zoutzak bij sta, begin ik me behoorlijk opgelaten te voelen. Ik geef mijn nog altijd genegeerde hand iets te doen door een willekeurig flesje bier van het tafeltje naast me te pakken. Ik wip de dop eraf en reik Nathan het flesje aan. 'Pilsje?' vraag ik heel lief en aardig, terwijl ik mijn hand in die van Amy laat glijden en haar arm achter mijn rug trek.

Nathan slaat dit openlijke vertoon van genegenheid kalm gade, tuurt vervolgens naar mij langs zijn kaarsrechte neus, mompelt maar weer eens tegen niemand in het bijzonder 'Hmmm' en neemt het biertje aan.

Hmmm? Wie denkt die gozer wel dat-ie is? Elvis zelf? Omdat ik hem niet in de weg wil staan, mocht hij ineens aandrang voelen om sensueel met zijn heupen te gaan draaien, doe ik een stapje naar achteren. Ik trek Amy met me mee, want haar gezondheid gaat me boven alles. Pas dan behaagt het Ellevis rechtstreeks het woord tot mij te richten.

'En wat doe jij zoal?' vraagt hij, volkomen ongeïnteresseerd. Zijn accent, dat zich openbaart nu hij heeft besloten om zinnen te maken van meer dan twee lettergrepen, verraadt dat hij met een zilveren lepel in de mond geboren is.

'Ik ben schilder.'

Zijn ogen beginnen te glanzen. 'O, is dat zo?' Hij kijkt Amy veelbetekenend aan. 'Heb je succes?'

'Ja,' antwoord ik, maar ineens ben ik op mijn hoede. 'Dat gaat wel.'

'Wat is je achternaam?' vraagt hij. 'Ja, weet je, mijn vader is kunstverzamelaar en hij heeft misschien wel iets van jou. Hij is altijd in de weer met aanstormend talent.'

Ik geef antwoord, ook al weet ik zeker dat mijn naam hem niets zal zeggen – tenzij zijn vader toevallig Willy Ferguson heet en graag opdracht geeft tot studies in geel.

Hij snuift hoorbaar en stelt plechtig: 'Nooit van je gehoord.'

En dat is precies wat ik tegen hem wil zeggen. Of eigenlijk, tegen Amy. Wie is die gozer nou helemaal? Als hij zo'n goede vriend is, waarom heb je het dan nog nooit over hem gehad?

Alsof ze mijn gedachten kan lezen, knijpt ze in mijn hand en zegt: 'Nathan en ik kennen elkaar van de universiteit.'

Nou en? wil ik vragen. *Mag hij me daarom behandelen als een stuk stront dat hij net van zijn schoenzool heeft gepeuterd?* Maar ik zeg helemaal niets, want als je reageert op gozers als Nathan doe je precies wat ze willen. Het heeft allemaal te maken met territoriumdrift. Hij valt op Amy. Ik ga met Amy. Hij wil mij uit de weg hebben. Zolang ik blijf waar ik ben, is hij machteloos.

Zijn lippen vormen zich tot wat alleen maar kan worden omschreven als een charmante hoonlach. De charme is bedoeld voor Amy, de hoon is helemaal voor mij. 'We kennen elkaar al jaren.' Hij gaat dus op zijn strepen staan. 'En jij? Hoe lang geleden heb jij Amy leren kennen?'

Correctie: het feestje van Max is geen tranquillizer. Het is een ramp aan het worden. Als het de bedoeling van deze klojo is om mij op de kast te krijgen, dan heeft hij daar kennelijk een graad in behaald. Aan de Hogeschool voor de Treiterkunst. Ik staar hem met zo intense haat aan dat het me verbaast dat er geen laserstralen uit mijn ogen spatten die hem van de aardbodem vagen. Ik kom tot de conclusie dat Nathan niet zomaar een naam is. Nathan is veel meer dan dat. Nathan is een werkwoord: Het spijt me, maar ik heb ben bang dat ik uw hele toilet heb *ondergenathand.* Nathan is ook een zelfstandig naamwoord: Ik wist wel dat ik die extra sambal er niet bij had moeten doen, mijn *nathan* staat vanochtend in lichterlaaie.

Ik zeg hem dit allemaal niet recht in zijn gezicht. Ik heb manieren. Ik hoef andere mensen niet naar beneden te halen om me goed te voelen. Ik ben bovendien een stuk kleiner dan hij. In antwoord op zijn vraag wanneer Amy en ik elkaar hebben leren kennen, noem ik dus in het wilde weg een datum, waarop Amy me verbetert en hem het verhaal over ons tweetjes begint te vertellen. Nathan luistert er even naar, maar het onderwerp lijkt hem niet erg te boeien. Er komt een of andere dertiger langs met een kek paardenstaartje, die Nathan erop wijst dat er in de serre coke rondgaat.

'Ik spreek je zo nog wel, Amy,' zegt Nathan met een knipoog en duwt me bijna opzij om weg te komen.

'Wat een klootzak,' mompel ik.

Maar ze luistert niet. Ze kijkt hem dromerig na.

Om een uur of twee 's nachts loopt het feestje ten einde en neem ik afscheid van de mensen met wie ik in de huiskamer heb staan praten. Ik ga op zoek naar Amy. In de werkkamer achter in het huis loop ik Nathan tegen het lijf. Het ruikt er naar dope. Op de grond liggen twee meisjes, helemaal van de wereld. Nathan geeft een jointje aan een of ander type met dreadlocks, fluistert iets en keert zijn hoofd naar mij. 'Hoi...' mompelt hij en er komt een overdreven frons op zijn voorhoofd. 'Sorry, maar ik weet niet meer hoe je heet.'

'Jack,' zeg ik.

'O ja, Jack de kunstenaar.' Hij knippert zwaar met zijn ogen en knikt. 'Het vriendje van Amy.'

'Heb je haar ook gezien?' vraag ik.

Hij mompelt iets wat klinkt als 'jawel, elke centimeter van haar', waarop de jongen met wie hij zijn jointje deelt omrolt van het lachen.

Ik doe een stap in Nathans richting. 'Wat zei je daar?'

Hij veegt de grijns letterlijk met de rug van zijn hand van zijn gezicht. 'Niets hoor, helemaal niets.'

Ik kijk hem een paar tellen aan voor ik me omdraai om weg te lopen.

'Hé,' roept hij als ik bij de deur sta.

Ik draai me niet om. 'Wat is er?'

'Als je haar vindt, zeg dan nog even dat ik vrijdag met haar uit eten ga.'

Dat negeer ik. Ik vraag hem niet het te herhalen. Ik negeer het en vraag hem niet het te herhalen, omdat als zou blijken dat hij zegt wat ik denk dat hij zegt, ik aan mezelf verplicht zou zijn hem een klap op zijn smoel te geven. Hij roept me nog meer na, maar ik luister niet, ik wil alleen nog maar weg.

Nu.

Ik vind Amy in de tuin. Ze heeft hem behoorlijk om en is

klaar om te vertrekken, dus bel ik een taxi, waar we voor de deur zwijgend op gaan zitten wachten. Onderweg naar huis komt ze weer een beetje bij haar positieven en vraagt of er iets mis is, waarop ik 'Nee' zeg. Dan vraagt ze waarom ik zo stil ben en ik antwoord dat ik moe ben. Pas bij haar thuis, als het licht uit is en de gordijnen dicht zitten, als we ieder aan een kant van het bed liggen, komt eruit wat me dwarszit.

'Was je nog van plan het me te vertellen?'

'Wat te vertellen?' vraagt ze soezerig.

'Dat je vrijdag met Nathan uit eten gaat.'

'O, dat... Natuurlijk zou ik je dat nog vertellen.'

'Waarom heb je dat dan nog niet gedaan?'

'Wat?'

'Waarom,' zeg ik heel langzaam en heel nadrukkelijk, zodat er geen enkel misverstand mogelijk is, 'heb je dat dan nog niet gedaan?'

'Ik wou het je morgen vertellen. Het is niet zo belangrijk.'

'Het is wel belangrijk,' verbeter ik.

'Hoezo dan?' Ze lijkt helemaal in de war. Ik moet toegeven dat ik onder de indruk ben van de onschuld die ze veinst.

'Dat er een of andere gozer binnenkomt en dat jij op hem afstormt alsof jullie tweetjes Ginger en Fred zelf zijn.'

'Ik zei toch al dat hij een goede vriend is. Wat zit je...'

'Zo'n goeie dat je vergeten hebt iets over hem te zeggen,' onderbreek ik haar. 'Prima, dus je bent beste vriendjes met het knappe broertje van Johnny Depp, en toevallig vergat je mij dat te vertellen. Hoewel we elkaar vanavond op het terras alles over ons verleden hebben zitten vertellen. Heel goed, Amy. Fantastisch. Als ik op voet van elkaar in de armen vallen en in de billen knijpen stond met types als Cameron Diaz en Kylie Minogue en ik had toevallig vergeten dat aan jou te vertellen, dan zou jij daar vast ook dolenthousiast over zijn.'

Ik hoor haar moeizaam overeind komen en gaan zitten. Ze slaakt een zucht, die er meer als een kreuntje uit komt. 'Ik heb je niets over hem verteld omdat hij het land uit was. Pas toen ik hem vanavond zag, wist ik dat hij weer terug was. Ik dacht dat hij pas rond kerst terug zou komen.'

'O ja,' zeg ik, alsof ik het plotseling snap, 'dus eerlijkheid is een kwestie van moment. Je vertelt me dingen als je denkt dat de tijd rijp is. Bedoel je dat?'

'Je gedraagt je belachelijk, Jack. Ik heb al in geen eeuwen meer aan hem gedacht. Daarom heb ik je niets over hem verteld.'

'Dus even om te recapituleren: jullie zijn gewoon goede vrienden.'

'Ja,' bitst ze uitgeput. 'Hoe vaak moet ik dat nou nog zeggen? Hij is een goede, heel goede vriend.'

'Dus je bent nooit met hem naar bed geweest of zo?'

Ze zucht alsof dat de stomste vraag van de hele wereld is, kruipt tegen me aan en zegt: 'Nee.'

Prachtig. Ze houdt dus niet alleen dingen voor me verborgen, ze liegt ook nog. Ik duw haar van me af.

'Hoe komt het dan,' zeg ik, 'dat toen ik je zocht om naar huis te gaan en ik hem vroeg of hij je had gezien, hij een of andere stomme grap maakte dat hij alles van je heeft gezien? Was dat soms een geintje? Was dat humor voor ingewijden die helemaal langs mij heen gaat? Misschien gingen jullie samen in je blootje zwemmen toen jullie kinderen waren en is het allemaal volmaakt onschuldig.'

Nu volgt er een stilte.

Een lange.

'Nou goed,' zegt ze uiteindelijk, 'ik ben met hem naar bed geweest.'

'Hoe vaak?'

'Wat doet dat er nou toe? Het is al heel lang geleden.' Haar stem klinkt steeds minder vast.

'Neem maar van mij aan,' zeg ik tegen haar, 'dat het er alles toe doet.'

'Ik weet het niet, een keer of vijf. Zo goed? Ik ben een keer of vijf met hem naar bed geweest toen we allebei nog studeerden. Tevreden? Of wil je ook nog de bijzonderheden? Of de datum erbij? Wil je dat?'

'Nee,' zeg ik rustig. Dat ik haar de waarheid heb ontfutseld, bezorgt me geen gevoel van triomf. Ik vind het alleen maar verschrikkelijk dat ze tegen me heeft gelogen. Ik ben er misselijk van. 'Ik wil weten waarom je me niets over hem hebt verteld,' weet ik uit te brengen.

'Dat zei ik toch: omdat ik niet meer aan hem heb gedacht. Waarom zou ik?'

'En waarom ga je dan met hem uit eten?'

'Ik val niet meer op hem, als je dat soms denkt,' verklaart ze. 'Al jaren niet meer. Sinds ik van de universiteit af ben niet meer.' Ik voel haar hand op mijn arm, maar reageer niet. Haar stem klinkt dringender. 'Ik ga met hem uit eten omdat hij een vriend is, iemand die ik aardig vind. Meer zit er niet achter.'

Ik trek mijn arm weg. 'O, nee? En waarom dan niet? Omdat hij zo verschrikkelijk lelijk is? Omdat hij niet toevallig vies stinkend rijk is en de zoon van een van de rijkste mannen van het land? Kolere, nou, ik begrijp dat je niets in hem ziet. Daar heb ik echt alle begrip voor. Jezus, waar heb ik me zorgen om gemaakt? Natuurlijk wil je niet met hem naar bed. Alleen een halvegare wil met zo'n gozer naar bed.'

'Waarom doe je nou zo?'

'Omdat je tegen me hebt gelogen.'

'Dat spijt me, nou goed? Het spijt me.' Ik voel haar hand weer op mijn arm. Hij trilt nu en ik kan mezelf er niet toe zetten om hem weg te duwen.

'Waarom heb je dat gedaan? En zeg nou niet weer dat je het vergeten was, of dat je dacht dat het er niet toe deed, of dat soort gelul.' Mijn stem klinkt kil, omdat mijn hele lijf kil aanvoelt, omdat ik weet dat het zo begint. Dit is altijd weer het begin van het einde: de dood van vertrouwen en communicatie. En dat wil ik niet. Ik voel de tranen opwellen. Ik wil Amy niet kwijt. Niet aan Nathan. Aan niemand niet. Ik wil niet dat dit gebeurt. Aan de andere kant ga ik mezelf ook niet voor de gek houden. Ik neem geen genoegen met een leugen. Ik wil alles of niets. 'Vertel me nou gewoon de waarheid.'

Haar ademhaling wordt zwaarder en af en toe snikt ze. 'Ik heb het je niet verteld, omdat wat ik zeg de waarheid is. Er is niets tussen ons.'

'En waarom liep hij me dan zo op de kast te jagen? Waarom doet hij dat als hij niet jaloers is?'

'Je zag hem toch. Hij stond stijf van de coke. Hij wist waarschijnlijk nauwelijks wat hij zei. Normaal doet hij niet zo.'

Er valt een stilte van een paar seconden, en dan zeg ik: 'Ik wil niet dat je met hem uitgaat. Ik wil niet dat je vrijdag naar hem toe gaat.' Ze geeft geen antwoord, dus ga ik door. Ik stel haar een ultimatum: 'Als je vrijdag met hem uitgaat, weet ik niet of ik nog wel met je om wil blijven gaan.'

Dat staat, lijkt me. Steek dat maar in je zak. Maar ze reageert niet zoals ik had verwacht. Zoals ik had gewild. Ik hoor geen *Goed Jack, je hebt gelijk en ik zat fout. Ik ga vrijdag niet met Nathan uit, ik zal nooit meer met hem afspreken.* In plaats daarvan slingert ze me eén eigen ultimatum in mijn gezicht. 'En... en als jij wilt dat ik mijn vrienden niet meer zie, dan weet ik ook niet of ik dit wel wil.'

'Bedoel je dat je het uit wilt maken omdat ik zeg dat je hem niet meer mag zien?' gooi ik er stomverbaasd uit.

'Nee, maar bedoel jij dat je het uitmaakt als ik zeg dat ik wél met hem uitga?'

Die zit.

We liggen zwijgend naast elkaar. Amy wacht op een antwoord op haar vraag, ik probeer er wanhopig een te formuleren. Dat valt niet mee. Er zijn twee mogelijkheden. Ik kan 'ja' zeggen en het uitmaken. En ik kan 'nee' zeggen en bij haar blijven. Het is een kwestie van gevoel versus verstand. Mijn verstand fluistert *Dumpen die handel. Maak er een einde aan, sta op en ga naar huis. Ze vindt Nathan belangrijker dan jou. Ze heeft haar keuze al bepaald, dus blijf niet rondhangen, dan zet je jezelf alleen maar voor schut.* Maar mijn gevoel zegt iets heel anders. *Vertrouw haar, meer hoef je niet te doen. Als je haar niet vertrouwt, betekent wat je met haar hebt helemaal niets.*

En zo is het: vertrouwen of wegwezen.

Aan mij de keuze.

Ik kies voor de tweede mogelijkheid: 'Nee.'

'Nou...' zegt ze.

'Nou, het ziet ernaar uit dat je vrijdag met Nathan uit eten gaat.'

'Ja, daar lijkt het wel op. En daar voel jij je prima bij?'

Prima is te veel gezegd, maar toch antwoord ik: 'Ja.'

'Mooi.'

Ze kruipt tegen me aan en ondanks mijn reserves voel ik me opeens weer veilig en geborgen. Terwijl haar ademhaling steeds regelmatiger wordt en ze langzaam in slaap valt, bedenk ik dat dit voor het eerst sinds Zoë is dat ik iemand anders moet vertrouwen. En ik besef dat dit niet alleen betekent dat ik mijn emotionele onafhankelijkheid kwijtraak, maar ook dat ik niet meer alleen ben.

UITWEDSTRIJD

Woensdag ren ik van het ene louche reisbureautje naar het volgende, op zoek naar de goedkoopste reis naar Griekenland. Na lang zoeken ontdek ik een arrangement van nota bene reisbureau FunSun, gevestigd in een piepklein kantoortje in de buurt van Paddington. Een week op het Griekse eiland Kos, vertrek deze zaterdag vanaf Gatwick. Goed, dan wordt het niet het vasteland. De toeristische attracties zullen eerder duistere discotheken dan bouwkundige hoogstandjes uit het hellenisme zijn. Nou en? Het is buitenland, toch? We zullen het ermee moeten doen.

Mandy, de verkoopster van FunSun, doet nogal vaag over de details. Zo horen we op Kos zelf waar we precies slapen. Ook over het vervoer van en naar het vliegveld van Kos worden we bij aankomst op de hoogte gesteld. Hoe ver we van het strand vandaan zitten? Dat kan op zo'n klein eiland nooit ver zijn, bezweert Mandy. Maar het maakt allemaal niet uit. Alle twijfel die ik mocht hebben, verdwijnt als sneeuw voor de zon door de brochures met oogverblindende foto's die Mandy me onder de neus duwt, maar die ik niet mee naar huis mag nemen. En het is goedkoop. Dat is het belangrijkste. Dus ik neem de reis. Ik teken de overeenkomst waarmee ik FunSun vrijwaar van schuld, mocht de vakantie niet precies zo uitpakken als ik verwachtte. Mandy overhandigt me mijn tickets, loopt met me mee naar de deur, draait hem achter me op slot en hangt er een bordje GESLOTEN voor.

Geregeld.

Vrijdagavond lig ik op mijn bed te kijken hoe de rook van mijn sigaret naar het plafond kringelt. Ik voel me buitengewoon terneergeslagen. Mijn kamer ziet eruit alsof er net een vliegtuig is neergestort: de inhoud van mijn klerenkast en laatjes ligt verspreid over de grond en het bed. In mijn rol van klerenkastcontroleur ben ik gestuit op een paar akelige misdaden tegen de mode die ik de afgelopen tien jaar op mijn vakanties heb begaan: lange korte broeken, piepkleine zwembroekjes, slippers versierd met palmbomen en een honkbalpetje met de tekst UIT JE BOL AAN DE COSTA DEL SOL. Maar de aanblik van dit alles is niet de oorzaak van mijn somberheid. Het gaat meer om wat ik niet zie. Amy. En waar ze is. En wat ze aan het doen is.

Vannacht heb ik mezelf een opdracht gegeven. Dat was om een uur of vijf 's ochtends. Ik lag naast Amy, in haar bed. We hadden een heerlijke avond achter de rug, met eerst een of ander theaterstuk waarin een kennis van haar meespeelde, daarna een etentje met alle acteurs en ten slotte uitputtende seks bij haar thuis. Ze lag vredig te slapen, maar ik had nog geen oog dichtgedaan. Ik dacht aan Nathan. Amy en Nathan. Aan hen tweeën. Ik kreeg het beeld niet uit mijn gedachten, hoe vaak ik ook tegen mezelf zei dat ik me nergens zorgen over hoefde te maken. Buiten begon het al licht te worden. De merels begonnen te merelen en de eerste forenzen reden langs. En daar lag ik, slapeloos en gestresst. Ik was wanhopig. En toen gaf ik mezelf die opdracht: ik gebood mezelf *niet* aan Nathan te denken. Telkens wanneer hij in mijn hoofd opkwam, moest ik aan iets leukers denken. Wat dan ook. En het lukte: ik viel in slaap.

En nu lukt het alweer.

Het afgelopen halfuur hebben gedachten aan Nathan mijn welzijn niet minder dan acht keer verstoord. Als reactie heb ik aan acht dingen gedacht, die stuk voor stuk leuker bleken dan Nathan. Bijvoorbeeld:

a. vleermuizenpoep;
b. luizen;
c. hondenkwijl;
d. aambeien;
e. de dood.

Ik ben me er weliswaar niet echt lekker door gaan voelen, maar het heeft wel voorkomen dat ik helemaal ben weggezakt in een verpletterende paranoia. Ik kijk op mijn horloge. Het is precies zeven uur. Rond deze tijd hebben Amy en Nathan afgesproken. Klootzak. Snel voeg ik spataderen toe aan de lijst van leukere onderwerpen dan Nathan.

'Oké,' zegt Matt vanuit de deuropening van mijn kamer. Hij heeft zijn oudste overhemd en spijkerbroek aan, zijn strijdtenue voor het hengstenbal van Alex. 'Heb je al ingepakt?'

Ik geef een schop tegen de lege weekendtas. 'Shit, nee. En jij?'

Hij klopt op de tandenborstel die uit zijn borstzakje steekt. 'Alleen tandbagage,' zegt hij grijnzend. Hij komt naast me op het bed zitten en steekt een sigaret op. 'Hoe laat vertrek je?'

'Morgenochtend. We vliegen om kwart over negen.'

'O ja? Komt Amy vanavond hier slapen?'

'Nee, ze is op stap met een vriend van haar.'

'Echt waar?' lacht Matt. 'En ze denkt dat jij helemaal in je eentje op tijd op het vliegveld bent? Is ze wel goed snik?'

'Ik haal het heus wel.'

Door de intonatie in mijn stem kijkt hij me bezorgd aan. 'Gaat het wel goed met je?'

'Ja, hoor,' antwoord ik, 'waarom niet?'

'O, zomaar.' Hij kijkt me sceptisch aan. 'Je klinkt niet zo erg enthousiast. Ik bedoel: je laat een superdeluxe singlesweekend in Edinburgh aan je neus voorbijgaan, omdat je liever op vakantie gaat met de vrouw van je dromen, maar je kijkt zo blij als een varken in het abattoir.'

'Niks aan de hand, hoor,' verzeker ik hem. Maar er is wel degelijk iets aan de hand. En hij heeft gelijk: erg logisch is mijn gedrag niet. Ik zou hem willen vertellen wat me dwarszit. Ik wil hem alles vertellen over Nathan, over Amy die tegen me heeft gelogen over hem. Ik wil hem vertellen dat ik me onzeker voel, dat er van mijn ego niets meer over is en het desondanks nog steeds kleiner wordt. Maar ik kan het niet. Omdat hij mijn maatje is. Omdat ik weet hoe verachtelijk onzekerheid in de ogen van anderen is. Omdat ik zijn medelijden niet wil. Net zo min als Amy's medelijden. Omdat ik van helemaal niemand medelijden wil. Dus doe ik het enige wat ik doen kan: ik begin over iets anders. 'Luister Matt,' zeg ik, 'het spijt me.'

'Wat spijt je?'

'Dat ik niet meega naar dat feest van Alex.'

'Zand erover.'

'Ben je er niet kwaad over?'

Hij kijkt me aan. 'Natuurlijk wel. Je laat je vrouw voor je vrienden gaan. Daar hoort de doodstraf op te staan.' Hij is even stil, legt zijn hand op mijn schouder. 'Maar ik verleen je gratie, als ze het maar waard is, begrepen?'

'Dat is ze.'

'Mooi. Meer hoef ik niet te weten.' Hij staat op en loopt naar de deur, maar keert dan nog even om. 'O, trouwens,' zegt hij, 'pak maar wat je nodig hebt uit mijn klerenkast. Als je díé dingen aantrekt, dumpt ze je van pure schaamte.' Ten afscheid zegt hij nog: 'Veel plezier vanavond.'

Maar ik heb geen plezier. Ik heb een kloteavond. Ik ben een uurtje zoet met kleren kiezen uit de zomercollectie van Matt Davies. Daarna prop ik de kleren in een tas, samen met de vliegtickets en mijn paspoort. Na al die opwinding gaat het allengs bergafwaarts. Ik ben helemaal alleen met een fles wodka en een kan versgeperst citroensap en de keukentafel. En de afdaling is behoorlijk steil.

Terwijl de minuten verstrijken, en Churchill me vanaf het tafelblad nauwlettend in de gaten houdt, wordt de lijst van leukere dingen dan Nathan steeds langer. Om half negen, ongeveer het tijdstip waarop Amy en Nathan aankomen bij het ongetwijfeld peperdure restaurant waar hij heeft gereserveerd, staan er een stuk of vijftig onderwerpen op en begint het tamelijk obscuur te worden. Tandplaque, bijvoorbeeld, heeft een plaatsje veroverd. Net als stinksokken en slechte adem. Tegen elven, als ze wel aan de koffie zullen zitten, sta ik op ongeveer honderd en wordt het een zielige vertoning. Tot de laatste toevoegingen behoren visschubben, kerncentrales en modder. En terwijl ik mijn lijstje maak en drank achteroversla, bel ik ook nog naar Amy's huis. Diverse malen. Maar ze is niet thuis. Ze is nog altijd bij hém. Middernacht komt en gaat voorbij en ik kap met het lijstje. In plaats daarvan gooi ik pijltjes naar een ingebeeld portret van Nathan op het dartbord. Het citroensap laat ik ook voor wat het is en ik ga over op de pure wodka, wat daar nog van over is.

Maar dan gebeurt het. Om even voor enen. Er wordt aangebeld. En ik lach. Ik lach hardop. En als mijn gelach soms een beetje hysterisch klinkt, het zij zo. Ik ben niet trots, alleen maar opgelucht. Het enige wat telt, is dat Amy naar me toe is gekomen en dat al mijn gepieker tijdverspilling is geweest. Omdat ik genoeg wodka op heb om in aanmerking te komen voor een Russisch paspoort, storm ik liever niet op mijn geliefde af, maar strompel door de gang om de deur open te doen.

Bekentenissen: 5. Ontrouw

Plaats: Matts huis, Londen.

Tijdstip: nu.

Ik doe de voordeur open.

'Hoi, Jack.'

'Sally?' vraag ik. Ik moet het wel vragen, want wie de slanke dame die tegen de deurpost hangt precies is, is me niet meteen duidelijk. Er hangt te veel blond haar voor haar gezicht, er zit te veel wild gedessineerde jurk om haar lijf. Omdat ik bovendien nogal wazig zie, is identificatie welhaast onmogelijk.

'Hallo schat,' zegt ze. Ze gooit het blonde haar naar achteren en onthult dat ze inderdaad Sally McCullen is.

Ik leg mijn hand op haar schouder om haar te ondersteunen, maar omdat ik zelf allesbehalve stevig op mijn benen sta, moeten we elkaar vastgrijpen om niet om te vallen. 'Wat doe jij hier?' weet ik uit te brengen.

'Wat dacht je?' Ze laat zich tegen me aan vallen en probeert me te zoenen.

'Je kunt beter naar huis gaan,' zeg ik en duw haar zachtjes van me af.

Ze kijkt me niet-begrijpend aan. 'Hoezo?'

Dat is een goede vraag, en bovendien eentje waarop mijn benevelde brein zo één-twee-drie geen antwoord weet. Ze ziet er toch prima uit? En ik ben toch kwaad op Amy? Dus waarom zou ze naar huis moeten? Maar het antwoord op die vraag laat niet lang op zich wachten: omdat het helemaal verkeerd zou zijn; omdat ik wilde dat Amy voor de deur stond, en niet Sally.

'Het is al laat,' mompel ik en wil de deur al dichtduwen. 'Ik moet morgen vroeg op. Ik ga naar bed.'

Maar ze grijnst me toe en glipt gewoon langs me de gang in. Ik kijk haar na en verward schud ik mijn hoofd. Waarom ik? Waarom nu? Waarom niet een paar maanden geleden, toen ik haar nog alles kon geven wat ze maar wilde? Met de gedachte dat er in deze wereld geen gerechtigheid bestaat, doe ik de deur dicht en volg Sally naar de keuken. Ze staat bij het gasfornuis om zich heen te kijken en laat haar blik rusten op de fles wodka.

'Bied je me niets te drinken aan?' vraagt ze en haar wenkbrauwen gaan verwachtingsvol omhoog. 'Vroeger bood je me altijd wel wat te drinken aan,' voegt ze er sluw aan toe. Ze loopt naar de tafel en neemt een stevige slok uit de fles. Ze bekijkt me van opzij. 'Wat is er veranderd? Wil je me niet meer?' Ze neemt nog een slok en trekt een pruilmondje. 'Is dat het?'

Ik zie weer voor me hoe ze in mijn atelier lag. Ik herinner me de rondingen van haar lichaam, de schaduwen op haar huid. Ik doe even mijn ogen dicht en verdrijf het visioen. Dit zijn andere tijden. Ik ben veranderd. Sally heeft gelijk: ik wil haar niet meer. Alleen Amy. Ik wil alleen maar dat Amy veilig en wel bij me terugkomt.

'Je bent dronken,' lal ik. 'Ik bel een taxi voor je.'

Ik wil langs haar naar de telefoon lopen, maar ze pakt me beet en trekt me tegen zich aan. 'Ik wil geen taxi,' zegt ze, 'ik wil jou.'

'Ik heb een vriendinnetje, Sally,' zeg ik, ineens doodmoe. Te veel gedronken. Ik wil haar weg hebben. Ik wil gaan slapen.

Maar ze geeft het nog niet op. 'Nou en? Toen ik een vriendje had, probeerde jij mij toch ook in bed te krijgen?'

'Dat is zo,' geef ik toe, 'maar jij bent toen niet met mij naar bed gegaan en ik ga nu niet met jou naar bed.'

Ze laat me los en slentert naar het aanrecht, schenkt zichzelf een glas water in en drinkt het in één teug leeg. 'Hij heeft me aan de kant gezet,' zegt ze, terwijl ze gaat zitten en me weer aankijkt. 'Door wat dat meisje zei, met wie je op Chloë's feestje was. Hij vindt me een slet en nou wil hij niets meer met me te maken hebben.'

'Dat spijt me,' antwoord ik.

Maar het spijt me helemaal niet. Ik weet dat ze zonder hem beter af is. Maar dit is misschien niet het moment om haar daarop te wijzen. Misschien zou ze het daar ook niet mee eens zijn. Of erger nog: misschien denkt ze dat als ik vind dat ze te goed voor hem is, ik eigenlijk bedoel dat ze het bij mij beter zou hebben en meer van dat geslijm.

'Is zij – dat meisje – je nieuwe vriendinnetje?'

'Ja. Amy. Ze heet Amy.'

'Ze leek me niet jouw type.'

'Waarom niet?' vraag ik. Vanuit mijn ooghoeken kijk ik naar de telefoon, in afwachting van een geschikt moment om weer over die taxi te beginnen.

'Lichamelijk, bedoel ik.' Ze legt haar benen op tafel. Haar jurk hangt van haar perfect gevormde kuiten en dijen af.

'Nou, dat zie je verkeerd,' zeg ik en word langzamerhand behoorlijk kwaad. 'Ze is fantastisch. Ze is precies mijn type.'

'O ja? En waar is ze dan wel?'

'Wat?'

'Waar is ze?' Met veel gevoel voor theater kijkt ze de keuken rond en vervolgens komt ze van de tafel. 'Waar is die fantastische vrouw?' Ze trekt de koelkast open en wijst naar binnen. 'Hier zit ze niet,' zegt ze. Wel vindt ze een blikje bier, dat ze openwipt en aan haar mond zet voor een forse slok. 'Hier dan misschien?' mompelt ze. Ze zet het blikje neer en maakt een kast open. Ze kijkt naar binnen en draait zich dan onvast naar me om. 'Nee, daar ook al niet...'

'Ze is uit.' Ik heb het nog niet gezegd of incontinente oude mannetjes zijn toegevoegd aan mijn lijstje van leukere dingen dan Nathan.

Sally kijkt me verbaasd aan. 'En als de kat van huis is...'

Ik vraag Sally maar niet meer of ze naar huis wil gaan. Ik heb genoeg gehoord. Ik grijp de telefoon en zoek op het prikbord het nummer van de taxistandplaats. Misschien komt het doordat ik die avond al zo vaak een bepaald nummer heb gedraaid dat het de enige telecommunicatieve handeling is die mijn vingers nog kunnen verrichten, of misschien komt het doordat ik net op de klok heb gezien dat het inmiddels na enen is, maar in ieder geval bel ik geen taxi, maar Amy. Ik bel Amy en weer wordt er niet opgenomen. Er wordt niet opgenomen omdat ze nog altijd op stap is.

Op stap met hém.

'Voordat je een taxi voor me belt,' hoor ik Sally achter me zeggen, 'moet je je misschien even omdraaien om te zien wat je misloopt.' En als ik over mijn schouder naar haar kijk, gaat ze verder: 'Niet dat je het nooit eerder hebt gezien.'

Ze stapt uit haar slipje, de rest van haar kleren heeft ze al uit.

'Ik ga naar boven,' zegt ze en keert me de rug toe. 'Ik zie je zo.'

Maar ze ziet me niet. Ze krijgt me niet te zien. Want ik kom mooi de keuken niet uit. Het lijkt wel alsof ik verlamd ben. Ik zit daar maar, me suf afvragend wat ik nou toch moet doen. Ik zou liegen als ik zei dat ik niet wilde. Moet je haar eens zien. Seks in hoogsteigen persoon. En nog smachtend ook. Een kans zoals je die maar zelden krijgt. Maar er is Amy. En wat ik tegen Sally zei, meende ik oprecht: Amy is precies mijn type. Alles aan haar is goed. Het is twee uur en ik probeer nog een laatste keer of Amy thuis is. Weer wordt er niet opgenomen. Goed, ze is dus nog niet thuis, nog steeds op stap met Nathan. Nou en? Ik weet toch niet zeker of er iets verkeerds gebeurt? En trouwens, als zij ligt vreemd te gaan, geeft mij dat nog niet het recht om het zelf ook te doen. We zijn geen kinderen meer. De beslissing om haar trouw te zijn moet van mij komen.

En dat is zojuist gebeurd: ik zal trouw zijn.

Sally ligt op haar rug in mijn bed. Ik zet Dikke Hond op zes uur, dan heb ik meer dan genoeg tijd om naar Gatwick te gaan, en schuif naast Sally in bed. Ze slaapt. Dat is zacht uitgedrukt. Ze is knock-out. Van de wereld. En daar ben ik heel blij om. Er komt geen toestand waarbij zij probeert het met mij te doen en ik haar van me af moet zien te houden. Er zal alleen maar geslapen worden. Ik ben kapot. Ik ben dronken. Eenzaamheid overspoelt me. Ik verlang ineens enorm naar troost, en hoewel ik weet dat het stom is en dat het maar al te gemakkelijk verkeerd kan worden begrepen, kruip ik toch tegen Sally aan. Voorzichtig, om haar niet wakker te maken, sla ik een arm om haar heen.

Ik word wakker van een kreun.

Mijn eigen kreun.

Ik beweeg nog even niet, maar geniet in stilte van het gevoel dat zich vanuit mijn kruis over mijn hele lichaam verspreidt. Mijn lippen vormen het woord *Amy*. Mijn handen gaan naar beneden en ik streel haar haar. Het geluid van haar bewegingen vult mijn oren. Ik duw mijn heupen naar haar omhoog, kreun weer. Ik voel haar tong en merk dat ik onwillekeurige bewegingen maak tegen haar aan. Ik wil haar. Ik wil in haar zijn. Nu. Ik pak haar bij haar armen en trek haar omhoog. Ze drukt haar lippen op de mijne, ik doe mijn ogen open en kijk diep in de hare. En heel even weet ik niet wat er aan de hand is.

Maar dan weet ik het weer.

En ik schrik me gek.

Want het is Sally, en niet Amy, en ik begrijp dat ik de allergrootste blunder van mijn leven heb begaan.

8 *Amy*

Jack is twee uur te laat. Dat zijn 120 minuten... 7200 seconden.

Ik weet dat.

Ik heb ze zitten tellen.

Sonia, het meisje van FunSun, heeft alle anderen op haar lijstje afgevinkt en is vertrokken richting paspoortcontrole. Ik ben alleen achtergebleven bij de incheckbalie (die bijna dichtgaat), waar ik wanhopig de gezichten in de andere rijen afspeur. Hoewel mijn nieuwe sandalen druk bezig zijn mijn voeten op te eten, kan ik niet ophouden met ijsberen.

Emotioneel heb ik het hele scala doorlopen:

7.15 uur: Geen Jack = vermaak (typisch mannelijke slordigheid).
7.30 uur: Geen Jack = irritatie (straks is er geen tijd meer voor de taxfree).
7.45 uur: Geen Jack = kwaadheid (begin van vakantie verpest).
8.15 uur: Geen Jack = bezorgdheid (straks missen we het vliegtuig).
8.45 uur: Nog geen Jack = paniek (het vliegtuig stijgt over minder dan een halfuur op).

Nu. Echte paniek.

Jack is dood. Er kan geen andere verklaring zijn. In de trein naar het vliegveld is hij op brute wijze vermoord en nu ligt hij onherkenbaar verminkt in een plas bloed. De intercom onderbreekt mijn morbide gedachten.

Laatste oproep voor vlucht CB003 *naar Kos. Passagiers dienen nu aan boord te gaan bij gate* D46.

'Oké, God. Luister.' Ik begin opnieuw, deze keer wat eerbiediger. 'Lieve God. Ik weet dat ik tot nu toe geen toonbeeld ben geweest van reinheid en medemenselijkheid, maar ik ben bereid te veranderen. Ik beloof hier en nu dat ik elke zondag naar de kerk ga als U Jack op tijd laat komen. Meer vraag ik niet. Alstublieft.' Ik kijk wanhopig om me heen. 'En ik geef al mijn geld aan het Leger des Heils.' Ik trek een gezicht naar de vrouw achter de incheckbalie. Ze haalt vragend haar schouders op, kijkt op haar horloge en schudt haar hoofd. 'Ik word non. Zo goed dan?'

'Amy!' Ik hoor Jack schreeuwen nog voor ik hem op me af zie sprinten. De tickets wapperen in zijn hand.

Verdomme! Dat van die non had ik niet moeten zeggen.

'Sorry, sorry,' hijgt hij. Hij snelt langs me zonder me ook maar een zoen te geven.

'Wat is er gebeurd? Waar zat je nou?' gil ik, verscheurd tussen de behoefte om hem van pure opluchting plat te drukken en de al even sterke neiging om hem pootje te lichten.

De vrouw achter de balie zit sceptisch naar Jack te kijken, die koortsachtig in zijn tas rommelt en er zijn paspoort uit haalt. Even probeert hij alleen maar op adem te komen. De vrouw kijkt van de foto in het paspoort naar Jack. Ik begrijp dat ze moeite heeft om in de verzorgde (en ja, ik moet het toegeven, knappe) man op de foto de verwilderde en verregende hoop ellende voor haar te herkennen. Maar dan herinnert Jack zich weer dat hij cum laude is afgestudeerd aan de School voor Charmeurs en schenkt de vrouw die onweerstaanbare grijns waarvan knieën gaan knikken.

'Te laat om de bagage in te checken, die zult u zelf moeten dragen,' zegt ze aarzelend, maar ik weet dat ze zich heeft laten inpakken. 'U moet wel opschieten.'

'Bedankt,' zegt Jack met een glimlach. 'Kom op,' beveelt hij en gooit zijn tas over zijn schouder. Ik kan die van mij bijna niet tillen. Ondanks H.'s goede raad zitten zowat al mijn kleren erin, plus een halve schoenenwinkel. Jack merkt het niet. Hij beent tussen de vakantiegangers door en is al halverwege de hal.

'Jack! Wacht!' roep ik, maar dat doet hij niet.

Omdat het leven vanochtend verloopt volgens de principes van de Wet van Lamstraal is onze gate natuurlijk degene die het verst van de incheckbalie ligt. Een paar minuten lang doe ik een poging een van de karretjes te bietsen waarop vette kerels met golftassen worden vervoerd. Ik heb er toch zeker harder een nodig? Ze zien er allemaal uit alsof ze wel een beetje lichaamsbeweging kunnen gebruiken.

Maar het heeft geen zin. Het staat nu vast: het tijdperk van de ridderlijkheid is ten einde. Waggelend zet ik de achtervolging in op Jack, die duidelijk voor de marathon aan het trainen is. Ongeveer zeven kilometer verderop, en op nog maar een derde van de afstand tot de gate, stort ik in op de loopband. Mijn hart klopt in mijn keel.

'Kom nou! Sta op,' schreeuwt Jack. De brutale vlerk klinkt nog boos ook. 'We missen het vliegtuig.'

'Ik kan niet, ik...' Ik snak naar adem. 'Mijn tas is...'

Ik schuif richting Jack en hij rukt hem uit mijn handen. 'Amy! Wat zit hierin?'

'Bakstenen,' piep ik, terwijl ik op de vloer glijd.

'Bakstenen?' vraagt hij en hangt de tas over zijn andere schouder.

'Om een hotel mee te bouwen!' blaf ik met moordlust in mijn stem. Ik trek mijn sandalen uit en kom overeind. Ik heb een blaar zo groot als de Nachtwacht.

Eenmaal in de slurf probeert Sonia de boel op luide toon te sussen. Haar dieporanje kleur krijgt in dit licht een groen tintje. 'Jullie kunnen niet naast elkaar zitten,' zegt ze nog voor ze haar glimlach weer opzet. 'Een prettige FunSun-vakantie.'

Heel even zie ik haar levendig voor me met haar ingeslagen tanden.

Jack en ik zitten tegenover elkaar aan weerszijden van een gangpad. Ik wurm mezelf in het krapste toeristenklassestoeltje uit de geschiedenis van de burgerluchtvaart en prop mijn tas onder de stoel voor me.

De vellen hangen aan mijn hielen, mijn schouders doen pijn en ik zit te hijgen als een dorstige bloedhond, dus het duurt even voor ik in de gaten heb dat in de stoel naast me zo'n duivelse peuter zit. Satan in het klein. Hij schenkt me een demonische grijns, waarna hij zijn mond opendoet en zo hard begint te gillen dat ik me voor kan stellen dat het vliegtuig zijn vleugels voor zijn oren slaat.

'Hé! Kop dicht!' schreeuwt de blondine in de stoel bij het

raam, waardoor ik vol afgrijzen achteruitdeins. Ze rommelt wat in een roze sporttas en haalt er een fopspeen uit. Ze veegt hem af aan haar spijkerrokje en duwt hem het kind in de mond. 'Nog zo'n geintje en je gaat het raam uit, Darren,' snauwt ze en ze ziet eruit alsof ze het meent. 'Heb je me begrepen?'

Prompt floept de speen in mijn schoot en spuugt Darren sinaasappelsap met stukjes op mijn arm.

Niet vergeten mijn eileiders in een kinderbestendige knoop te laten leggen.

Meestal vind ik vliegen heerlijk. Ik ben dol op het waardeloze eten en alle zakjes en doosjes die ze je erbij geven. Ik ben dol op de taxfreeprullen en de nutteloze artikelen in de tijdschriften van de luchtvaartmaatschappijen. Ik ben dol op de ventilatietuitjes en de koptelefoons. Ik ben dol op de flesjes smerige parfum op de wc en de kranen met voetpedaal. Ik ben dol op het gevoel in mijn buik bij opstijgen en landen. Ik ben zelfs dol op een beetje turbulentie, dat brengt wat leven in de brouwerij.

Maar vandaag vind ik het vreselijk. Ik vind dit hele stomme rotvliegtuig vreselijk. Vlucht AMYI naar Fantasy Island is neergestort en in vlammen opgegaan.

Er zijn geen overlevenden.

Het is een zware teleurstelling, want ik ben dagen bezig geweest om me in gedachten op dit reisje voor te bereiden. Ik had het helemaal in mijn hoofd: als stiekeme geliefden zouden we elkaar in alle vroegte op het vliegveld ontmoeten en zoenend ronddwalen in de taxfreewinkel, waar Jack onder veel gegiechel en geknuffel een vermogen zou uitgeven aan mijn favoriete parfum. Ik zag ons al hand in hand naar het vliegtuig lopen en gezellig samen bij het raampje zitten. Ik was zelfs zo ver gegaan om aan te nemen dat we het in de wc gingen doen en daarmee lid werden van de Mile High Club.

En dat was nog maar het begin.

Maar de zwijmelige jarenzeventigsoundtrack die mijn fantasiereisje begeleidde, eindigt nu in een afgrijselijk gekraak.

'En? Waarom was je zo laat?' vraag ik op koude toon, als ik weer een beetje tot mezelf ben gekomen.

Hij verschuift de tas aan zijn voeten. 'Kater.'

Godbetert.

'Juist.' Ik schraap mijn keel. 'Wat heb je gisteravond gedaan?'

'Dat kan ik net zo goed aan jou vragen,' kaatst hij terug, terwijl een van de stewardessen tussen ons in schuift voor haar praatje over de veiligheid aan boord. Ik leun naar voren om langs de billen met het gestreepte rokje te kunnen kijken. Jack negeert me. Hij pakt zijn veiligheidsgordel en volgt als een robot de bewegingen van de stewardess.

Ik ga weer tegen de rugleuning zitten en moet duiken om haar arm te ontwijken als ze de nooduitgang aanwijst. 'Wat wil je daarmee zeggen?' sis ik.

Jack haalt zijn walkman uit zijn tas en stopt de schuimrubber dopjes in zijn oren. 'Ik heb je de hele avond gebeld, tot twee uur 's nachts. Lekker gegeten?'

'Ik was bij H.,' protesteer ik veel te hard, maar ik probeer dan ook Jacks aandacht te trekken.

De stewardess zit midden in haar voorstelling. Ze demonstreert nu het blaaspijpje aan het zwemvest. Op het moment dat ik mijn stem verhef, blaast ze er per ongeluk echt op en begint een van het snerpende geluid geschrokken Darren opnieuw te krijsen. Hij is blijkbaar niet van plan zijn poging de geluidsbarrière te doorbreken zomaar op te geven.

Jack fronst zijn wenkbrauwen en zet zijn walkman aan, waarmee hij mij de mogelijkheid ontneemt nog iets uit te leggen. Hij lacht nog even zelfingenomen naar de stewardess en doet dan zijn ogen dicht. Hij slaapt voordat we zijn opgestegen.

'Hoe durf je?' schreeuw ik in stilte. 'Alleen omdat ik de telefoon niet opneem, ga jij ervan uit dat ik bij Nathan ben gebleven. Wat denk je nou, Jack. Dat ik de hele avond met hem heb geneukt? Denk je dat? Ben je zo onzeker en jaloers dat je me verdomme nog geen vijf minuten kunt vertrouwen?'

Ik zuig mijn wangen naar binnen, sla mijn armen over elkaar en kijk kwaad naar mijn opklaptafeltje. Ik besef dat mijn verontwaardigde uitbarsting het op een auditie voor de vrouwelijke hoofdrol in een soap niet slecht had gedaan, maar niets kan mijn stemming verzachten. Pinnig tik ik met mijn voet op de grond en ruzie inwendig verder.

'Ja hoor, toe maar, humeurige, irritante, wraakzuchtige, onzekere etterbuil. Verpest mijn vakantie maar. Kom maar lekker laat, gewoon om mij te straffen. Interesseert me toch geen moer. Speel maar net zoveel kleinzielige spelletjes als je wilt. Nathan kan me gestolen worden...'

Halverwege mijn tirade valt me in dat Jack het helemaal niet over Nathan heeft gehad. Hij heeft een vermoeden, meer niet. En ik doe precies zo schuldig als hij denkt dat ik ben.

Ik geef het op en laat me wegzakken in mijn ellende.

Als het ontbijt komt, sla ik het af. In plaats van te eten kijk ik toe hoe duiveltje Darren roerei naar zijn moeder gooit. Ik kijk achter op zijn hoofd of er soms 666 getatoeëerd staat.

De waarheid is dat het Nathan is, en niet ik, die zich gisteravond heeft misdragen. Ik had me erop verheugd hem te zien. Jack zou niet met zijn bespottelijke paranoia mijn hele sociale leven om zeep helpen. Tenslotte is mijn sociale leven er al langer dan Jack.

Ik had al bijna een uur zitten wachten voor Nathan eindelijk opdook in het afgesproken café in Soho. Ik weet niet waarom ik zo keurig op tijd was of waarom ik me zo druk maakte. Een van Nathans handelsmerken is dat hij altijd en overal te laat komt.

'Ik had een afspraak met een betoverend meisje,' sprak hij vurig toen ik eindelijk zijn hand op mijn schouder en zijn lippen op mijn wang voelde. Ik was zo gevleid dat ik ervan bloosde. Ik had er een uur over gedaan om mezelf op te tutten. 'Ze is de mooiste,' ging hij verder, terwijl hij op de kruk naast me ging zitten.

Ik kon het niet laten nog even aan mijn haar te voelen. 'O, Nathan,' glimlachte ik bescheiden en gaf hem een duwtje tegen zijn knie. Ik was vergeten hoe doordringend die groene ogen konden zijn.

'Marguerita,' fluisterde hij dromerig. 'Ze komt uit Spanje en ze is zo...' Hij wachtte even voor een optimaal effect. 'Ik zeg het je. Ze zou wel eens de ware kunnen zijn.' Vervolgens bestelde hij twee glazen champagne, terwijl ik snel mijn ego overeind hielp na deze uitglijder over de bananenschil van mijn ijdelheid.

'Geweldig, Nathan! Dat is geweldig!' piepte ik met een stijf glimlachje. Als een déjà vu stond me opeens weer helder voor de geest waarom het nooit wat was geworden tussen hem en mij.

'Ik ga met haar dansen. Dus ik kan niet met je eten. Vind je toch niet erg, hè?' vroeg hij en zonder op een antwoord te wachten, ging hij verder: 'Moet je jou trouwens zien. Helemaal verliefd op hoe-heet-'ie. Zo schattig.'

Ik liet hem maar doorpraten en zei af en toe 'O' of 'Aha' op zijn verhalen over zijn laatste reis naar de Himalaja. Verder zei ik nauwelijks iets, maar toen hij me een uur later in het café achterliet en ik op weg ging naar H., wenste ik dat ik wel iets had gezegd.

Ik wenste dat ik het lef had gehad om op te komen voor mijn relatie met Jack, en Nathan niet zo neerbuigend had laten doen. Ik wenste dat ik had gezegd dat het helemaal niet stoer is zoals hij achter mooie vrouwen aan zit en elke twee seconden weer op iemand anders verliefd wordt. Ik wenste dat ik had gezegd dat ik hem niet kwajongensachtig en onweerstaanbaar charmant vond, zoals vroeger, maar onvolwassen en doodsbang voor een echte relatie. Ik wenste dat ik tegen hem had gezegd dat hij mensen beter moest behandelen en niet zo'n egoïstische eikel moest zijn. Had ik maar gezegd dat het lomp en onbeschoft was om mij zo te laten zitten. Maar vooral wenste ik dat ik helemaal nooit met hem had afgesproken.

De nederigheid die nodig is om Jack te vertellen hoe stom ik me voel door dat hele afspraakje, valt echter niet op te brengen in een vliegtuig vol FunSun-vakantiegangers. Het zal moeten wachten tot we in het hotel zijn.

Ik werp een blik op mijn slonzige en onaanspreekbare reisgezel. Hij snurkt zachtjes en heel even voel ik me enorm opgelucht. Bij de gedachte aan nog een aanvaring zou ik het liefst naar de piloot rennen om hem te smeken rechtsomkeert te maken, zodat ik toch nog kan intreden in het klooster.

Ik wil alleen maar dat alles eenvoudig is.

Mijn leven was zo overzichtelijk toen ik nog in de Gobiwoestijn van het singlesdom woonde. Er bestonden geen ruzies, geen woedeaanvallen, geen misverstanden. Af en toe was het wel een beetje saai, maar ik wist tenminste waar ik aan toe was. Ik hoefde alleen rekening te houden met mij: we begrepen elkaar uitstekend. Nu gaat al mijn tijd op aan een onontwarbare kluwen van emoties en moet ik mezelf voortdurend verantwoorden.

Neem H. nou. Toen ze erachter was gekomen dat ik naar Chloë's barbecue was geweest, wilde ze niet meer met me praten. De hele afgelopen week heb ik boodschappen voor haar ingesproken en me zorgen gemaakt. Ik heb haar zelfs een kaart gestuurd, maar ook daarop wilde ze niet reageren. Uiteindelijk moest ik haar wel opzoeken. Ik ben te bijgelovig om het land te verlaten terwijl er nog kwaad bloed tussen ons is. Gisteravond, toen Nathan weg was, ben ik dus naar haar flat gegaan.

Ook toen ik voor haar deur stond en zonder adem te halen dertig keer achter elkaar 'Sorry' zei, wilde ze niets van me weten.

'Vind je niet dat je langzamerhand eerlijk tegen me kunt zijn?' vroeg ze, terwijl ze de fles wijn aanpakte die ik als een olijftak naar haar uitstak. Ik hield midden in een sorry mijn mond. Ze is angstaanjagend als ze boos is.

'Hoe denk je dat ik me voel?' ging ze verder. Ik liep als een schaapje achter haar aan de flat in.

'Alsof je het liefst mijn nek zou breken en mijn vriendje wurgen?' antwoordde ik bereidwillig.

H. had geen zin in grapjes. 'Zo ongeveer, ja,' gromde ze. Ze pakte de afstandsbediening en zette de band met *Friends* stil. Toen wist ik dat het haar ernst was. 'Het woord "respect", betekent dat iets voor je?' vroeg ze, zonder me een stoel aan te bieden.

Maar natuurlijk. H.'s respect betekent alles voor me. Ik was niet in staat om rechttoe-rechtaan ruzie met haar te maken, dus liet ik me in de zitzak vallen en stortte mijn hart uit. Ik vertelde dat het me ziek had gemaakt dat ik tegen haar had gelogen, dat ik me verscheurd voelde tussen haar en Jack, dat ik alles had verpest op de barbecue en dat ik me sindsdien afschuwelijk voelde.

Ze luisterde tot ik zoveel zoete broodjes had gebakken dat ik misselijk werd van de lucht.

Uiteindelijk sloeg ze haar armen over elkaar heen en schudde haar hoofd. 'Met respect bedoelde ik zelfrespect, mafketel,' zei ze op zo aardige toon dat ik ervan in de war raakte. 'Het kan me niet schelen wat je doet, als het maar is wat jij zelf wilt. Mij hoef je niet tevreden te stellen, en niemand anders ook trouwens. Je zelfstandigheid is een van je beste eigenschappen, Amy. Maar omdat je nu toevallig verliefd bent, hoef je die nog niet op te geven.'

'Hoe weet jij dat ik verliefd ben?' vroeg ik stomverbaasd. Ze had Jack zelfs nog nooit gezien.

'Wat waar is, is waar. Soms ligt het heel erg voor de hand,' antwoordde ze.

Toen moest ze me wel vergeven, want ik begon te huilen. Huilen is een van mijn nieuwverworven vaardigheden. Ik wist niet dat ik het zo goed kon, misschien moet ik er beter gebruik van maken. Misschien moet ik toch eens auditie doen voor zo'n romantische Hollywood-komedie waarin de heldin niet veel meer hoeft te doen dan snotteren in elke scène. Ik word nog rijk!

Ik weet niet waarom ik begon te huilen. Het was gewoon zo'n opluchting dat H. begreep hoe ik me voelde: ik ben verliefd en dientengevolge is mijn wangedrag, tot op zekere hoogte, begrijpelijk.

'Hou op,' suste H. en schonk me een groot glas wijn in.

'Het spijt me,' snufte ik.

'En hou op je te verontschuldigen. Het geeft niet.' Ze gaf me een zoen op mijn wang en duwde me het glas wijn in de hand.

Ik wist dat alles weer was zoals het hoorde, vooral toen ze ging zitten en zei: 'Stom rund dat je bent.'

'Jezus, ik heb je wel gemist,' lachte ik en kroop op de bank naast haar.

Ze proostte met me. 'Nou vooruit, slimmerd, laat maar horen. Ik wil alles weten.'

Onder nog een paar glazen wijn vertelde ik haar alles. Ik vertelde over mijn baan, over Jack, over Nathan en het feest en uiteindelijk ook over de vakantie. Er was zoveel om over te praten.

'Het is al laat, je kunt meneer beter even bellen,' gaapte H. 'Zeg maar dat je hier slaapt.'

'Kan niet. Ik moet nog pakken!'

Ze stak vermanend een vinger op en likte haar van de wijn rood geworden lippen. 'Jij neemt altijd veel te veel mee. Je hebt niet meer nodig dan twee onderbroeken – een aan je gat, een in de was – een bikini en een paar jurken. Makkelijk zat, toch?'

Ik pakte de telefoon van de grond en toetste met een schuldig gevoel Jacks nummer. Het was precies twee uur 's nachts. Ik had veel eerder moeten bellen.

H. rekte zich uit als een kat. 'Je neemt morgenochtend gewoon een taxi. Niet thuis?'

'In gesprek.' Ik legde de hoorn op de haak.

'Maak je niet druk. Je hebt hem straks een hele week,' zei ze.

Joepiedepoepie.

Mijn medereizigers barsten spontaan uit in applaus als het vliegtuig met een uur vertraging eindelijk aan de grond staat. Ik doe niet mee. Ik ben niet in jubelstemming. Mijn voeten zijn dik, mijn ogen prikken en ik voel me net een gedroogde pruim.

Jack ziet er daarentegen uit als herboren. Boven aan de trap stapt hij de verzengende hitte in. Weldadig snuift hij de lucht op – mij breekt het klamme zweet uit.

'Goed weertje,' zegt hij, alsof de meteorologische omstandigheden een persoonlijke overwinning zijn.

Sonia dirigeert ons naar de aankomsthal. Jack houdt mij niet voor de gek met zijn opmerkingen over het weer. Hamlet had Kos eens moeten zien toen hij meende dat er in Denemarken iets vreemds aan de hand was.

Tegen de tijd dat we door de douane zijn, het hele gezelschap zijn bagage heeft gevonden en we hebben plaatsgenomen in een bus die zelfs op het autokerkhof nog niet welkom zou zijn, zijn we beiden weer in een diepe stilte vervallen. Zelfs wat mokken betreft zitten we op een dood punt. Als je alles weet van de geur van elkaars geslachtsdelen, heeft doen alsof je elkaar niet kent weinig zin.

Ik neem de bezienswaardigheden van Kos in me op door het kapotte, smerige raam en bijt op mijn nagelriemen. Ik verkeer in een soort helse vakantieroes.

Fantasy Island is dit zeer zeker niet.

Als de bus eindelijk pruttelend tot stilstand komt in de grote badplaats staat mijn blik op oneindig. Het is nog niet eens middag, maar er zijn honderden mensen op de been. Te oordelen naar de ernst van hun verbrandingen, zijn het vooral Engelsen. Het moeten wel Engelsen zijn. Hoe komt het anders dat ze de beukende muziek die uit de Bulldog op de hoek komt niet lijken op te merken?

Met haar klembord in de hand grijpt Sonia de microfoon, die oorverdovend begint rond te zingen.

Dit is haar grote moment.

'Een, twee. Een, twee,' doet ze op zangerige toon, alsof ze spreekstalmeester is in het circus. 'Oké, lieve mensen! Dit is Villa Stephano, welkom op uw FunSun-vakantie.'

Boven de Bulldog en de winkels uit steekt een gebouw dat voor een hotel zou kunnen doorgaan, ook al zien de grauwe betonnen balkons eruit alsof ze eerst vergeten waren en er later alsnog aan zijn geplakt. Boven op het gebouw steken roestige stalen buizen uit, klaar voor de bouw van nog een verdieping. Op het dak staan twee werklieden tegen het kapotte Villa Stephano-bord geleund een sigaretje te roken. Ze kijken wantrouwig naar ons toeristen.

Dit is vast alleen maar het afzetpunt. Jack zal toch geen kamer hebben gereserveerd in déze ballentent?

Nee toch?

Sonia is nog steeds namen aan het afroepen. De familie Russell naast ons, eendrachtig gehuld in rode voetbalshirts, rent door het gangpad op haar af, al ruziënd over de lichtgevende sombrero die het jongste kind op heeft. Het ding is veel te groot en het kind ziet niks. Hij botst tegen alle stoelen op, terwijl de cola uit zijn blikje gutst en zijn ziedende vader tegen hem schreeuwt. Vlak achter hen kom duiveltje Darren. Zijn moeder heeft hem onder de arm genomen als een rugbybal, maar dan wel eentje die zich in bochten wringt en groen slijm kwijlt.

Ik bedenk dat Russell na Rossiter komt. Sonia heeft onze naam niet genoemd.

Pfff, op naar ons chique onderkomen.

Maar dan blijkt mijn erger dan ergste nachtmerrie waar te zijn. Sonia kent het alfabet niet.

'Kom op, dat zijn wij,' zegt Jack.

Terwijl hij boven mijn hoofd onze tassen pakt, laat ik mijn blik heen en weer gaan tussen Alcatraz daarbuiten en Jacks navel.

Nee.

Dit kan niet waar zijn.

We zijn in Griekenland. Dit is mijn vakantie. En als dit mijn vakantie is, dan moet aan bepaalde basisbehoeften zijn voldaan, zoals:

1. Afgelegen hotel.
2. Grote tweepersoonskamer met badkamer en balkon.
3. Naar alle kanten uitzicht op zee.
4. Geen andere toeristen in een straal van tien kilometer.
5. Romantische, niet al te dure taverna's in de buurt, uitgebaat door inheemse families.
6. Ten minste één verlaten strand helemaal voor mezelf alleen.

Ik kijk ook naar vakantieprogramma's op tv. Ik ken mijn rechten als consument!

Wat is hier aan de hand?

Ik heb Jack alles laten regelen, dat is er aan de hand. Jack, die in een bordeel nog geen wip voor elkaar krijgt.

De voetbalkinderen maken amok in de lobby van Villa Stephano, terwijl wij ons aanmelden en het FunSun-amusementsprogramma in handen geduwd krijgen. ELKE AVOND LIVE-KARAOKE, lees ik op een groot bord boven mijn hoofd.

Live?

Dit overleef ik niet.

In de gang op de vierde verdieping is geen licht. Ik wacht in het donker naast een achtergebleven zak cement tot Jack de deur van onze kamer open heeft. Er hangt een verpletterende schimmellucht. Na twee minuten frunniken aan het slot, gooit Jack zich grommend van frustratie met zijn volle gewicht tegen de deur. De deur vliegt open en Jack doet een stap opzij om mij door te laten. Een kakkerlak schiet langs me heen.

Fantastisch. Zelfs de kakkerlakken maken dat ze wegkomen!

'Het kan erger,' zegt Jack op defensieve toon, alsof hij mijn gedachten heeft gelezen.

Inderdaad. De krottenwijken van Calcutta zijn erger.

Ik zet mijn tas op de grond en laat mijn blik langzaam door de kamer glijden. Tussen de twee eenpersoonsbedden staat een nachtkastje met een kapotte lamp erop. Tegen de muur een veel te grote tafel. Er staat een gebarsten vaas met stoffige plastic bloemen op.

'Leuk detail,' zeg ik en onderdruk met moeite de neiging ze door de kamer te slingeren.

Jack doet de deur naar het balkon open en geniet van het uitzicht op het gebouw naast het onze.

Volmaakt.

En zo dichtbij.

In een mum van tijd is de kamer vervuld van het pittige aroma van frituurvet en ranzige riolen.

Ik kijk Jack woedend aan en trek me terug in de badkamer om te kalmeren. Op de wc-bril gezeten tel ik tot twintig. Rustig ademhalen. Kom op. Haal maar eens diep adem. Je kunt dit best aan.

Als ik weer tevoorschijn kom is Jack zijn tas aan het uitpakken.

'Alles goed?' vraagt hij.

Nee. Alles is niet goed. Door jou ben ik op de verschrikkelijkste vakantiebestemming van het universum terechtgekomen en ik vind het een klotestreek dat je zo'n krentenkakker bent, wil ik zeggen. Maar ik zeg het niet, want ik ben een rijpe volwassene. In plaats daarvan ga ik zitten mokken. Vergeleken met Jack ben ik echter maar een amateur.

'Jack?' vraag ik uiteindelijk.

'Jawel?'

'Zeg je nog iets tegen me?'

'Doe ik toch?'

Ik ben vastbesloten het niet op te geven. 'Toe nou. Er hoeft toch niet zo'n rotsfeer tussen ons te hangen?'

'Wat voor sfeer? Ik ben niet degene die voor een rotsfeer zorgt, hoor.'

Ik leg mijn handen op mijn hoofd en trek mijn haar naar achteren. 'Wil je alsjeblieft even gaan zitten?'

Jack smijt zijn T-shirt op het bed en gaat op de stoel zitten. Hij slaat zijn armen over elkaar en trekt een pruillip. Hij ziet eruit als een louche figuur die op het politiebureau wordt verhoord.

'Ik was heel erg ongerust toen je vanmorgen niet kwam opdagen,' begin ik.

'Dat zei ik toch al. Ik had een kater,' valt hij me in de rede. 'Ik heb zitten drinken met Matt.'

'Ik dacht dat Matt naar een hengstenbal was.'

'Daar ging hij om acht uur heen.'

'En wat heb jij toen gedaan?' Ik lijk de inquisitie wel, maar ik kan het niet helpen. Wat hij zegt, klopt niet.

'Ik heb in m'n eentje zitten drinken.' Jack kijkt me minachtend aan, zijn ogen tot spleetjes geknepen.

'Je hebt je bezat omdat je mij niet te pakken kreeg?'

'Ik heb me bezat, Amy, omdat ik daar zin in had.'

Zijn bittere toon jaagt me schrik aan. 'O, Jack, je denkt helemaal het verkeerde,' zeg ik. 'Ik bedoel, wat ik denk dat jij denkt, is helemaal niet...'

'Gooi het er maar uit. Wat je ook te zeggen hebt, zeg het gewoon.'

'Er valt niets te zeggen. Je weet al dat ik gisteren met Nathan uit ben geweest.' Jack kijkt de andere kant op en trekt een gekke bek. 'Maar alleen om iets te drinken,' ga ik verder. 'We hebben niet eens gegeten. Hij ging om half tien weg omdat hij een afspraak had met een ander meisje in een discotheek. Toen ben ik naar H. gegaan.'

'Wat enig voor je.'

'Jack, alsjeblieft! Ik vertel je de waarheid. Ik wilde Nathan weer eens zien om bij te praten. Er is niets tussen ons gebeurd. Dat zei ik toch al. Hij is gewoon een vriend van me. Zoals Chloë een vriendin van jou is.'

'Ik heb het nooit met Chloë gedaan,' brengt hij me in herinnering.

Even zitten we elkaar aan te kijken en ik weet dat ik heb verloren. Het wordt tijd om een toontje lager te zingen. Ik laat mijn armen zakken. 'Jack, het spijt me. Ik had niet moeten gaan. Dat besefte ik zodra ik hem zag.'

'Maar het was volkomen platonisch en onschuldig, hè?' Zijn stem druipt van sarcasme.

'Net wat je zegt.'

'Je had me wel even kunnen bellen.'

'Dat weet ik. Ik was het van plan, maar ik vergat de tijd. Ik heb je bij H. nog gebeld. Om twee uur. Je was in gesprek.'

Jack wrijft met de achterkant van zijn hand over zijn voorhoofd.

'Nou, dat klinkt me allemaal heel geloofwaardig in de oren.'

'Het is waar!' protesteer ik. 'Bel H. dan als je me niet gelooft.'

'Dat hoeft niet. Die dekt je toch wel.'

Ik grijp zijn arm. 'Jack.' Ik wil dat hij naar me kijkt, maar hij draait zijn hoofd weg en ik laat mijn hand van zijn arm vallen. Ik voel de tranen opwellen in mijn borst.

'Dit is niet eerlijk. Ik pik het niet dat je me straft terwijl ik niets verkeerds heb gedaan.' Ik kijk omhoog naar het plafond en lach vreugdeloos. 'Weet je wat zo ironisch is? Ik vertrouw mezelf wel. Toen ik met Nathan uit was, kon ik alleen maar aan jou denken, en aan hoe ik me bij jou betrokken voel. Ik had niet moeten gaan, omdat ik wist dat het jou niet lekker zat. Ik was koppig, Jack. Ik geef het toe en het spijt me. Maar ik heb niets verkeerds gedaan. Ik zou nooit iets doen om je te kwetsen. Ik dacht dat je dat wel wist.'

Ik moet hier weg voor ik stik. Ik pak mijn tas.

'Amy, wacht.' Jack staat op en gaat voor de deur staan om me de doorgang te belemmeren. 'Het spijt me, oké? Ik wil niet dat je weggaat.'

Terwijl Jack me zijn verhaal vertelt, doe ik mijn best om te voorkomen dat mijn onderlip gaat trillen, maar het heeft geen zin. Het is zoals ik al vermoedde: Jack had zich verslapen. Twee uur lang ben ik vanmorgen door de emotionele mangel gehaald en al die tijd lag hij gewoon te slapen!

Soms haat ik mannen.

'Wil je weg?' vraagt hij.

Ik schud mijn hoofd en laat mijn tas op de grond vallen. 'Nee! Ik wil alleen maar deze hele dag overdoen,' zeg ik hartgrondig.

'Het spijt me, het spijt me,' fluistert Jack en neemt me in zijn armen. Hij wiegt me en geeft kusjes op mijn haar. Na een tijdje trekt hij me op het bed en legt de deken over ons hoofd.

'Doe je ogen dicht,' mompelt hij op hypnotiserende toon. 'Straks loopt de wekker af. Als de wekker afloopt, word je wakker en ben je de afgelopen uren vergeten. Er komt een licht gevoel over je heen, een gevoel van rust en ontspanning. Je vriendje is niet langer een klootzak, je vakantie begint met pret en vrolijkheid en je hebt je gevoel voor humor terug. Trrrrrrrrrrrrrrrrrrrrrring!'

'Goed, goed!' lach ik, terwijl ik naar lucht happend de deken wegtrek. Ik kom overeind en ga boven op hem zitten.

'Het spijt me,' zegt hij nog eens. Hij ziet er weer heel gewoon uit. Hij ziet eruit als mijn Jack.

'Mij ook.'

'Vriendjes?'

'Vriendjes,' knik ik voordat ik zijn T-shirt omhoogschuif. Ik buk me om zijn buik te kussen. Als ik mijn hoofd draai en mijn wang tegen zijn huid leg, voel ik zijn spieren zich spannen. Ik snuif zijn geur op, de opluchting spoelt over me heen.

'Wat is dat?' vraag ik, terwijl ik op de rode vlek vlak boven zijn broeksband wijs. Ik leg er een vinger op.

'Wat?' vraagt Jack en schiet overeind. Hij trekt de huid van zijn buik strak en kijkt met grote schrikogen naar de vlek.

'Geen paniek,' zeg ik, lachend om zijn ijdelheid. 'Je kunt nog steeds lekker bruin worden. Het zal wel van de tassen komen.'

Ik duw hem achterover en kus de rode vlek, waarna ik mijn hoofd weer op zijn buik leg. Jack voelt gespannen aan en ik weet dat hij naar het plafond ligt te staren.

'Denk jij wat ik denk?' vraag ik.

'Weet ik niet. Wat denk je?'

'Dat dit de beroerdste hotelkamer is die ik ooit heb gezien.'

'Nee, daar dacht ik niet aan.'

'Waar dan aan?'

Jack komt overeind en zwaait zijn benen van het bed. 'Eten. Ik verga van de honger.'

Jacks hypnose heeft gewerkt. Na een uitgebreide lunch hebben we ons goede humeur weer helemaal terug. Jack kondigt aan dat we zoveel mogelijk lol gaan maken en zo min mogelijk tijd op de hotelkamer doorbrengen. Aanvankelijk geloof ik er niet zo in en wil ik dat hij een ander hotel zoekt. Op *Fantasy Island* hadden we elke middag in bed gelegen, loom genietend van de airconditioning tot het tijd was om bij zonsondergang op ons eigen strandje een martini te drinken. Maar Jack heeft niets met *Fantasy Island.* Hij heeft geen zin om te verhuizen. Ik heb geen idee wat er opeens met hem aan de hand is, maar hij luistert naar niks. Jack ratelt maar door.

'Het hotel doet er niet toe. Ik weet dat het basaal is, maar dat is juist de bedoeling: we gebruiken het als basis. We gaan erop uit. Dat is toch leuk,' roept hij uitbundig.

'Maar...'

'Nee, hè. Vertel me alsjeblieft niet dat je zo'n meisje bent dat de hele dag op het strand wil liggen met een of ander jankboek. Alsjeblieft, alsjeblieft? Zeg dat je niet zo suf bent.'

'Ik...'

'Dat is dan geregeld. We huren een brommer en gaan bekijken wat er te bekijken valt. Ik bedoel, er moet toch wat te bekijken zijn. We zijn in Griekenland. Bakermat van de kunst. Mythes en tempels en zo.'

Hij zwaait met zijn armen en grijnst maniakaal naar me.

'Maar Jack...'

'En maak je maar geen zorgen over hoe ik rij. Niets aan de hand. Ik weet dat veel mensen het niet zo nauw nemen met de veiligheid, maar ik rij veilig. Dat beloof ik je.'

'Ik maakte me...'

'Mooi zo. Laten we gaan,' zegt hij. Hij staat op en steekt een hand naar me uit.

Ik kijk hem verbluft aan. 'Gaat het wel goed met je?'

'Prima. Kon niet beter. Klaar om te gaan.' Hij grijpt mijn hand en mijn vingers voegen zich als vanzelf naar de zijne. Hij doet even zijn ogen dicht en kust mijn knokkels. 'Let maar eens op. Dit wordt een te gekke vakantie, ik zweer het je.'

Na een tijdje kalmeert De Ratelaar een beetje, maar ik blijf vinden dat er iets anders is aan hem. Het is niet dat hij onaardig is – hij kon nauwelijks complimenteuzer en attenter zijn – maar drie hele dagen lang vrijen we niet. Hij behandelt me alsof ik zijn speelkameraadje ben, niet zijn geliefde. Misschien komt het doordat we elke avond uitgeput in het hotel aankomen. Eenpersoonsbedden en verbrande lichaamsdelen helpen ook niet. Maar toch blijf ik me angstig afvragen of hij mijn verhaal over

Nathan wel echt gelooft.

Ik besluit met hem mee te doen en er verder geen punt van te maken. Hij is een man. En Jack kennende is het een kwestie van tijd voor zijn hormonen de overhand krijgen over wat het ook is dat hem dwarszit. Bovendien biedt deze periode van onthouding ook voordelen. Want Jack en ik voeren gesprekken. Echte gesprekken. En we hebben lol. De tijd die we anders hadden gevuld met seks, vullen we nu met ontdekkingen. Niet alleen over het eiland, met al zijn geurige olijfboomgaarden en stoffige weggetjes, maar ook over elkaar. Jack geeft me dan misschien niet zijn lijf, in die eerste dagen geeft hij me wel iets veel waardevollers. Hij geeft me informatie. In de kleine taverna's die we aandoen, vertelt hij me bij kannen sangria over de schilderijen die hij wil maken en de hekel die hij heeft aan de opdrachten die ervoor zorgen dat hij financieel het hoofd boven water kan houden. Elke avond als we terugrijden naar het hotel ben ik weer een beetje meer voor hem gevallen.

Maar op de vierde dag verandert alles. Want op de vierde dag komt er een einde aan onze zoektocht naar het ideale strand. We zien het baaitje vanaf de kustweg liggen en het duurt een hele tijd voor we erachter zijn hoe we er moeten komen. Uiteindelijk laten we de brommer achter en klauteren over de rotsen naar beneden, tot we op een in het gesteente uitgehouwen trap stuiten.

Eenmaal beneden sta ik ademloos te kijken.

Wat nou *Fantasy Island*? Dit is het paradijs.

Binnen een paar seconden hebben we ons uitgekleed en rennen we om het hardst naar de zee. Het groenblauwe water is zo helder dat ik mijn teennagels kan zien. Jack duikt onder water en pakt me vast op het moment dat hij weer bovenkomt. In dagen zijn we niet zo dicht bij elkaar geweest. Ik sla mijn benen om zijn middel. Zijn oogharen zitten aan elkaar geplakt en in zijn ogen glinstert de weerspiegeling van het water. Ik lach naar hem.

'Dit is zalig,' zucht ik met een blik op het strand. Niemand te zien.

'Jij bent zalig,' antwoordt hij.

Ik haal een hand door zijn haar en kus hem zachtjes. Ik kan

er niet meer tegen. Dit onthoudingsgedoe maakt me gek. Trouwens, straks is het nog gevaarlijk ook. Misschien wordt er wel onherstelbare schade aangericht als je de hele tijd zo geil bent.

'Kom mee,' fluister ik en trek hem mee door het water.

'Waar gaan we heen?' vraagt Jack.

Ik heb *10* gezien. Ik heb *Against all odds* gezien. Ik wil ook seks in de branding. Ook al moet ik hem verkrachten.

Maar ik hoef hem niet te verkrachten. Integendeel. Als we eenmaal aan het kussen zijn en de golven over onze benen spoelen, voel ik dat er iets verandert in Jack. Het is alsof alle hartstocht die hij de afgelopen dagen heeft binnengehouden er nu uit komt. Ik weet niet hoe vaak we het hebben gedaan sinds we elkaar kennen, maar al die keren verbleken bij wat er nu gebeurt.

Jack bedrijft de liefde met me. Als de belichaming van al mijn idolen. Het is een beetje zanderig en het is veel te heet, maar als we samen klaarkomen stijgt deze wip in één klap met stip naar nummer 1.

Dit is de beste wip van mijn hele leven.

'Wauw!' hijgt Jack als we eindelijk terug zijn op aarde. Hij kust mijn oogleden, mijn neus en mijn wangen, alsof ik het kostbaarste ben in de hele wereld. Ik streel zijn gezicht en hij doet zijn ogen open. En op dat moment voel ik het door me heen stromen als adrenaline.

Jack fronst zijn wenkbrauwen. Hij kijkt me aan alsof hij op het punt staat in huilen uit te barsten en strijkt een zanderige pluk haar uit mijn gezicht. 'Amy, ik h...' begint hij.

'Ssst.' Glimlachend leg ik een vinger op zijn lippen. Want deze ene keer hoeft hij het niet te zeggen. Omdat ik het al weet.

De dagen hierna brengen we door in ons strandparadijs. Als we aan het eind van de middag terug zijn in onze kamer, smeert Jack me van top tot teen in met aftersunlotion. Ik ben zo ontspannen dat ik voor ik het weet in slaap val, naakt op het bed.

Ik word wakker van een zacht gekras.

'Niet bewegen,' zegt Jack.

Mijn hele lijf verstrakt. 'Alsjeblieft, zeg dat het geen spin is!'

Jack lacht. 'Nee. Blijf maar stil liggen, ik ben bijna klaar.'

'Klaar met wat?'

'Wacht maar af.'

Het gekras gaat nog een tijdje door en dan hoor ik Jack naar het bed toe komen. Hij gaat naast me zitten.

'Mag ik me nu bewegen?'

'Ja,' zegt hij en ik draai me naar hem toe. 'Alsjeblieft.' Hij geeft me een vel papier.

Ik kijk naar de potloodtekening die hij van me heeft gemaakt. Hij is schitterend.

'Vind je hem mooi?' vraagt hij.

Ik buig me naar hem toe en kus hem. 'Hij is prachtig. Hoe lang heb je erover gedaan?'

'Ik weet het niet. Je hebt ongeveer een halfuur geslapen.'

Ik kijk weer naar de schets. Zie ik er echt zo gelukkig uit als ik slaap?

Jack bestudeert mijn gezicht. 'Ik heb je geen recht gedaan. Je bent zo mooi.' Hij steekt een hand uit en streelt mijn wang.

Opeens zie ik voor me hoe hij Sally schildert en ik vraag me af of hij met haar ook zo intiem was.

'Dat zeg je vast tegen alle meisjes,' plaag ik, maar het lukt me niet om mijn stem luchtig te laten klinken.

'Er zijn geen andere meisjes. Niet meer. Jij bent de enige.'

Ik leg de tekening op tafel en trek Jack naar me toe. Samen liggen we op bed. Ik geloof hem. Helemaal. Ik geloof dat hij van mij is. Ik snuif zijn geur op en heb me nog nooit zo tevreden gevoeld.

We kussen elkaar en ik woel door zijn haar. 'Dank je wel,' fluister ik. 'Kom op, ik trakteer je op een etentje.'

Jack lacht naar me en gaat op de rand van het bed zitten. Ik kijk toe terwijl hij zijn shirt aantrekt. Ik pak de tekening weer op. Ik weet niet of ik de tekening zal kussen of Jack, ze betekenen allebei zoveel.

Een week is nooit lang genoeg voor een vakantie. Dat is algemeen bekend. Maar ik weet het pas weer als het ongeveer vijf minuten na aankomst alweer vrijdag blijkt te zijn. Ik begin me net te ontspannen, word net een beetje bruin en dan moet ik weer naar huis. Het is niet eerlijk.

Op onze laatste avond kleden we ons tiptop en gaan eten bij onze favoriete taverna.

'Niet pruilen,' zegt Jack plagend, terwijl hij me een glas retsina inschenkt.

'Ik wil niet naar huis,' mopper ik. We zitten op het terras boven de baai. Het enige licht is afkomstig van de kaars op het geblokte tafelkleedje en de volle maan die als een lantaarn boven ons hangt.

'Dat wil je wel,' lacht hij. 'Je hebt een nieuwe baan waar je naar uitkijkt en een kleurtje waarmee je voor de dag kunt komen. Als je eenmaal thuis bent, vind je het prachtig.'

De ober komt even bij ons kletsen. Hij informeert naar onze vakantie en we vertellen hem dat we het heerlijk hebben gehad. Als we zeggen dat we morgen naar huis gaan, geeft hij op theatrale wijze blijk van zijn teleurstelling.

Als hij weg is, bewonderen we tegen de houten balustrade geleund de sterrenhemel.

'Je hebt gelijk,' zegt Jack na een tijdje. 'We laten gewoon alles barsten en blijven hier.'

'Daar hou ik je aan,' zegt ik en kijk hem aan.

'We zoeken een huisje in de bergen. Daar kun je dan in alle rust wratten en een snor laten groeien,' grapt hij, 'terwijl ik beelden maak van geitenpoep.'

'En wat als we elkaar zat worden?'

'Dan heb ik altijd nog de geiten. En er zijn vast jonge vissers genoeg die maar al te graag aan jouw behoeften voldoen.'

'Perfect. We blijven.' Ik buig me naar hem toe en kus hem.

'Het zou niks worden. Ik zou je moeten opsluiten, om je alleen voor mij te houden,' fluistert hij.

Ik houd zijn hand tegen mijn wang gedrukt. 'Bedankt dat je je belofte hebt gehouden.'

'Wat voor belofte?'

'Dat je me een te gekke vakantie zou bezorgen.' Ik kus zijn handpalm. 'Het is gelukt.'

Jack geeft een tikje op mijn neus en glimlacht. 'Hé jij, niet zo sentimenteel. We hebben nog een heel feestmaal te goed.'

Na twee karaffen wijn komen we erachter dat het al middernacht is geweest. Ik voel me een van de dolma's die ik net op heb.

'We moeten terug,' zegt Jack nadat de ober ons de rekening heeft gebracht. Zoals gewoonlijk zijn we de laatsten die vertrekken.

'Ik wil niet.'

'Hoezo niet? We mogen de FunSun-disco toch niet missen? En trouwens, ik wil nou ook wel eens karaokeën.'

'Dat wil je niet,' lach ik.

'Wist je dat dan niet? Voor je staat de Karaoke-koning.'

'Wat ga je dan zingen?' vraag ik.

'*Summer nights*, natuurlijk.'

Onderweg naar ons hotel zit ik met mijn wang tegen Jacks rug het lied te neuriën. Achter op de brommer, met de warme wind in mijn haar, voel ik me zo gelukkig dat het even duurt voor ik in de gaten krijg dat we de verkeerde weg hebben genomen.

'Waar gaan we heen?' vraag ik en ga rechtop zitten. Jack slaat een paadje in.

'Dat zul je wel zien,' zegt hij. We stoppen en hij zet de brommer op de standaard.

Hij leidt me over de rotsen, tot we boven aan de klif staan. 'Ik moest nog één keer kijken,' zegt hij. In de diepte ligt tussen twee olijfbomen ons strand. Ik heb het nog nooit vanuit deze hoek gezien. Als betoverd kijk ik naar de zilveren weerspiegeling van de maan op het water. Jack staat achter me en slaat zijn armen om mijn middel. De lucht is zwaar van geuren en het geluid van de krekels.

Dit is volmaakt.

Eindelijk. Ik heb gevonden waarnaar ik zocht.

'Jack?' fluister ik.

'Hmmm,' zegt hij. Hij begraaft zijn neus in mijn haar.

'Voel jij het ook?' vraag ik.

'Wat?'

Mijn hart bonst. 'Dat dit goed is. Dat we bij elkaar horen. Dat dit serieus is?' Ik kan bijna niet geloven dat ik zoiets belangrijks heb gezegd, maar ik meen het. Meer dan wat dan ook.

Jack pakt me steviger vast en laat zijn hoofd in mijn nek zakken. Ik leg een hand op zijn hoofd, maar hij pakt mijn pols en houdt me tegen. Ik draai me om om naar hem te kijken, om zijn trekken in me op te nemen en te zien hoe het maanlicht op zijn gezicht valt. Dit is beter dan al die filmmomenten die ik in gedachte had. Mijn knieën knikken en ik houd mijn adem in.

'Ik denk dat we moeten gaan,' zegt Jack zonder me aan te kijken.

'Wat?'

Hij laat mijn pols los. Nog steeds kijkt hij niet naar me. 'Het is al laat. We kunnen beter gaan.'

Achter op de brommer durf ik me nauwelijks aan Jack vast te houden.

Ik begrijp er niets van.

Waarom? Dat zou ik wel eens willen weten.

Wat is er zo verkeerd aan mij?

Ik dacht dat het allemaal prima ging. We kunnen goed met elkaar opschieten, we maken elkaar aan het lachen, de seks is fantastisch, maar nog steeds kan hij niet zeggen dat hij om me geeft.

Misschien heb ik hem te veel onder druk gezet. Misschien is hij er nog niet aan toe. Of misschien denkt hij dat ik niet het juiste meisje voor hem ben. Misschien heb ik het helemaal mis. Misschien wil hij meer. Maar hoe kan ik meer zijn? Ik heb hem zoveel van mezelf gegeven als maar kon. Meer is er niet.

Wat moet ik doen? Hem dumpen? Me niet zo druk maken en gewoon niet-serieus met hem verdergaan? Proberen te veranderen?

Ik kom er maar niet achter hoe we in deze crisis zijn terechtgekomen. Hoe kan alles nu het ene moment volmaakt zijn en het volgende helemaal verpest? Ik begrijp het niet. Wat heb ik verkeerd gedaan?

Mijn hoofd zit zo vol vragen dat ik niet heb gemerkt dat Jack steeds harder is gaan rijden.

'Niet zo hard!' gil ik en grijp me stevig aan hem vast als hij de laatste bocht voor de afdaling naar het hotel neemt. We zwenken naar de rand van de weg, maar de bocht is te krap. Jack verstrakt en remt zo hard mogelijk.

'Kijk uit!' schreeuw ik, maar het is al te laat.

Het volgende dat ik weet, is dat ik met mijn armen gestrekt voor me op de grond lig. Ik voel zand. Mijn elleboog doet pijn. Om me heen is het stil en donker.

'Amy?' Ik hoor Jacks gesmoorde kreet, maar ik ben compleet gedesoriënteerd. 'Amy? Is alles goed?'

Ik kan niet praten. Jack knielt naast me. Hij ziet er doodsbang uit. 'Sla je armen om mijn nek,' fluistert hij en legt zelf mijn armen om hem heen. Hij zet me overeind. Op dat moment merk ik dat hij huilt en dat ik het ben die hem steunt.

'Jack?' zeg ik met schorre stem. 'Is alles goed?'

'Ik dacht dat ik je had vermoord,' snikt hij. 'Ik dacht dat ik je had vermoord.'

'Ssst,' zeg ik en pak hem bij zijn schouders, zodat hij me kan aankijken.

'Kijk dan, niets aan de hand.' Hij schudt als een bezetene met zijn hoofd, tot ik er bang van word. 'Jack, rustig nou. Alles is in orde. We zijn gevallen, maar er is niets aan de hand. Ik ben nog heel.'

Jack hapt naar adem. Hij brengt zijn handen naar zijn hoofd en trekt aan zijn haar. 'Je begrijpt het niet. Er is iets wat ik je moet vertellen. Het vreet aan me. Sinds je me vroeg wat ik voelde... of het goed was... en ik wilde het je vertellen... ik wilde het vertellen... maar ik kon het niet...'

Opgelucht steek ik mijn armen naar hem uit. Het komt toch nog goed. Hij houdt wel van me. Ik wist het. Er was een ongeluk voor nodig om het hem aan zijn verstand te brengen, maar nu heeft hij het eindelijk door.

Hoofdschuddend doet hij een stap bij me vandaan.

'Vertel het maar,' moedig ik hem aan.

Hij snikt het uit en ik heb zo met hem te doen dat ik bijna zelf ga huilen. Ik heb nog nooit iemand zo overstuur gezien.

'Ik heb het verklooid. Ik heb alles verklooid.'

'Welnee,' zeg ik troostend. 'Het is goed. Je hoeft niet bang te zijn om het te vertellen.' Jack is als een kind buiten adem van het huilen. 'Rustig maar.'

Hij schudt zijn hoofd. 'McCullen. Sally McCullen,' zegt hij gesmoord. 'Het meisje van het schilderij... het meisje van Chloë's feestje...'

Hij stopt even om op adem te komen. Hij kijkt me aan, de tranen rollen over zijn gezicht. Hij ziet eruit alsof hij elk moment kan instorten, maar verbazingwekkend genoeg heeft mijn instinct de zaak al overgenomen. Ik doe een stap achteruit.

'Wat is er met haar?' vraag ik. Hij heeft nog niets gezegd, maar ik weet alles al.

Jack haalt luidruchtig zijn neus op. 'Er is iets gebeurd. Afgelopen vrijdag. Ik dacht dat je met Nathan was en ik belde en belde maar. Maar je was er niet. Ik was dronken.' Hij slikt moeizaam. 'En toen kwam ze langs. Het spijt me... Het spijt me zo verschrikkelijk.'

Ik hoor het al niet meer. Alles valt op zijn plaats: het te laat komen op het vliegveld, zijn vreemde gedrag toen we aankwamen, het ontbreken van seks, de vlek op zijn buik...

De *zuigzoen* op zijn buik.

Jack springt op me af. 'Het was niet mijn schuld. Ik was van plan het je te vertellen.'

Nu begrijp ik de uitdrukking 'een rood waas voor ogen krijgen'. Wat Jack verder nog wil zeggen, kan ik niet horen, want mijn knokkels staan al stevig in zijn gezicht.

Hij geeft een gil van pijn en struikelt achteruit, maar ik zet het op een lopen. Ik loop zo hard als ik kan. Verderop ligt de brommer op zijn kant langs de weg. De motor draait nog. Ik heb al mijn kracht nodig om hem overeind te zetten. Ik ga erop zitten, net op het moment dat Jack me inhaalt.

'Amy!' smeekt hij en probeert me vast te pakken.

'Lazer op!' schreeuw ik en plant mijn voet zo hard als ik kan in zijn kruis. Dan rijd ik weg.

Lijfsbehoud is een wonderbaarlijk iets. Hoewel mijn hele wereld zojuist is ingestort, kom ik toch heelhuids aan in Villa Stephano. Kalm parkeer ik de brommer voor het hotel. Vasos, de eigenaar van de bar, praat de karaoke-avond aan elkaar en iedereen ziet eruit alsof het beregezellig is. Darrens moeder geeft een afgrijselijke vertolking van 'Karma Chameleon' ten beste en danst ondertussen de can-can met een van haar vriendinnen, die al net zo dronken is als zij. Niemand ziet me door de bar naar de trap lopen. Waarom zouden ze ook? Aan de buitenkant zie je niet in wat voor ellendige geestelijke toestand ik verkeer.

Maar eenmaal in de kamer verlies ik mijn zelfbeheersing. Eerst huil ik enkel, maar dan gooi ik alle remmen los. Ik smijt Jacks kleren uit het raam en schreeuw obscene dingen tot ik niet meer kan. Het was duidelijk dat er iets mis was toen we elkaar op het vliegveld ontmoetten. Ik had beter moeten weten.

Maar hoe kon hij?

Hoe kon hij me dit aandoen?

Ik laat me op het bed vallen en leg mijn handen op mijn borst. Het doet pijn. Misschien is mijn hart echt gebroken.

Na een tijdje gaat mijn gehuil over in een zacht snikken en kan ik de karaoke horen. Maar in mijn hoofd klinkt alleen maar:

Hoe?

Wat?

Waar?

Waarom?

Wanneer?

Ik zit ik weet niet hoe lang in het donker naar de muur te staren. Aanhoudend probeer ik antwoorden te formuleren op mijn vragen. Op het laatst dringt een kloppend geluid tot me door.

'Amy?' Jack staat aan de deur. 'Laat me erin.'

Ik knijp mijn ogen dicht.

'Ik ga hier niet vandaan. Je zult me binnen moeten laten,' zegt hij en begint harder te kloppen.

Ik stop mijn oren dicht.

'Kom op.' Hij wordt luidruchtiger. 'We moeten praten. Ik weet dat je daar binnen zit.'

'Ga weg,' snik ik. Ik wil dood. Ik lig in elkaar gerold op bed en wil hem niet zien.

'Amy, alsjeblieft,' smeekt Jack. Hij bonst steeds harder op de deur.

Ik negeer het. Was ik maar thuis. Lag ik maar in m'n eigen bed. Was ik maar omringd door veiligheid. Wat een stommiteit om me in te laten met Jack. Waarom heeft mijn instinct me niet gewaarschuwd voor hem? Had ik me maar niet zo kwetsbaar opgesteld. Liever nog, was ik maar iemand anders, iemand anders op een heel andere plek, in een heel andere tijd.

Later – ik weet niet hoeveel later – drong het besef tot me door dat het gebons was opgehouden.

Ik weet zeker dat Jack niet weggegaan is. Ik weet dat hij daar is, alsof ik hem kan zien. En dat is het probleem: ik kan hem zien.

Ik zie hem in mijn hoofd.

Ik zie hoe hij me kust op het strand. Ik zie hem naar me kijken in het maanlicht. Ik zie hem lachend met zijn haar in de wind.

Al die dingen kan ik zien.

Maar nog steeds kan ik hem niet zien met Sally.

Ik ruk de deur open. Jack zit in elkaar gedoken op de trap, met zijn hoofd in zijn handen. Als hij naar me opkijkt, zie ik zijn zwaargehavende gezicht en bloeddoorlopen ogen.

'Wat bedoel je met "er is *iets* gebeurd"?'

Hij staart me wezenloos aan.

'Vertel op. Wát is er gebeurd?'

Jack verroert zich niet. 'Ik heb niet met haar geneukt,' fluistert hij.

Ik sta te trillen. 'Wat dan wel?'

'Ik heb niks gedaan. Zij was het. Alleen zij.'

'VERTEL OP!'

Jack begraaft zijn hoofd weer in zijn handen. 'Ik sliep. Toen ik wakker werd, lag ze me te pijpen. Ik zweer je dat dat alles is wat er is gebeurd.'

'O! Ze heeft je alleen maar gepijpt,' schreeuw ik. 'Arme jongen.'

Jack komt overeind. 'Zo was het niet.'

'O nee? Hoe was het dan wel? *Hoe kwam het dan precies dat ze ineens met jouw lul in d'r bek zat?*'

Hij weet niets meer te zeggen. Ik bekijk hem met de soort walging die ik in voorraad had voor een overlopend riool.

Want nu zie ik het. De verdraaide uitdrukking van plezier in zijn gezicht. Plezier in iemand anders.

'Ik wil jou nooit meer zien,' pers ik eruit.

Ik sla de deur achter me dicht en laat me op het bed vallen. Met het kussen over mijn hoofd hoor ik Jack nog steeds op de deur bonken. Hij schreeuwt mijn naam zo hard dat de SunFun-disco er blijkbaar door verstoord is. Ik hoor hoe zich buiten de deur een opstootje ontwikkelt om hem stil te krijgen.

Daarna wordt alles rustig. Ik heb geen idee of Jack is afgevoerd of misschien nog steeds voor de deur zit. Het kan me ook niets schelen.

Ik pak de walkman en doe de pluggen in mijn oren. Ik druk op 'play' en draai het volume zo hoog dat ik het geluid van mijn eigen snikken niet meer kan horen. Er klinkt een Beatles-song: 'Come together'.

Daar kan ik het verdomme mee doen.

9 Jack

Gedumpt.

'Wát heeft ze gedaan?' vraagt Matt ongelovig met een starende blik op mijn gewonde gezicht.

'Me gedumpt,' herhaal ik, en voor het geval hij die uitdrukking niet kent, voeg ik eraan toe: 'Op straat gegooid, afgedankt: gedumpt.' Nu pas dringt tot me door dat al deze uitdrukkingen ook van toepassing zijn op vuilnis. Dat is geen toeval, want ik ben ook een stuk vuil. Ik voel me een stuk vuil. Als er op dit ogenblik een kakkerlak de kamer van Matt binnen zou lopen, dan zou die zonder twijfel in een rechte lijn op mij afkomen en zich onmiddellijk thuis voelen.

Matt vindt het maar moeilijk te bevatten. Hij ploft naast me op de bank neer. 'Maar dat kan toch niet.'

Zijn woorden doen me, in combinatie met de verbijsterde uitdrukking op zijn gezicht, even denken aan dokter Spock, die aan boord van het ruimteschip de *Enterprise* wordt geconfronteerd met een of andere wetenschappelijke eigenaardigheid. En die reactie begrijp ik ook wel. Want wat er is gebeurd, is onlogisch en in tegenspraak met het leven zoals ik dat ken.

Ik zou uiteraard graag met Matt meegaan. Echt, ik zou hem maar al te graag verzekeren dat het volgens de ons bekende natuurwetten niet mogelijk is dat een leuk meisje als Amy een leuke jongen als ik aan de dijk zet. Ik zou hem graag zeggen dat dit zelfs zo onmogelijk is dat ik het me allemaal wel zal verbeelden en elk moment kan ontdekken dat mijn leven in werkelijkheid zijn vertrouwde gangetje gaat. Maar ontkenning is nooit mijn sterkste punt geweest, dus zeg ik: 'Er gaat er wel eens een mis.'

Want dat is ook zo.

Ik kan het weten.

Bij mij is er net een helemaal misgegaan.

'Maar alles liep zo lekker,' klaagt Matt. 'Jullie waren juist zo gek op elkaar.'

'Dat was ook zo, dat waren we ook.'

Hij kijkt me een paar tellen aan en vraagt dan: 'En?'

'Hoezo "en"?'

'En, wie heeft wie belazerd?'

'Wat...'

'Eén van jullie heeft de ander belazerd,' legt hij uit. 'Daarom gaan mensen uit elkaar. Meestal, tenminste.'

'Dat hoeft helemaal niet,' protesteer ik. 'Mensen gaan om allerlei redenen uit elkaar.' Hij wacht op een nadere verklaring, dus die geef ik hem: 'De een snurkt misschien en de ander kan daar niet tegen. Misschien zijn ze wel fan van verschillende voetbalclubs. Weet ik veel, er zijn zoveel redenen. Misschien zijn ze gewoon uitgepraat.'

'Dus jij hebt haar belazerd,' concludeert Matt.

Ik hoef niet te proberen hem iets op de mouw te spelden, daarvoor kent hij me te goed. Bovendien heb ik een klankbord nodig. Iemand moet tegen me zeggen dat dit niet het einde van mijn leven hoeft te betekenen. 'Ja.'

Hij knikt. 'Dat dacht ik wel. Wil je me vertellen wat er is gebeurd?'

En dat wil ik. Ik vertel hem het hele verhaal. Ik begin met hoe Amy en ik elkaar bij Zack's ons hele verleden opbiechtten en hoe prettig het voelde die ballast eindelijk kwijt te zijn. Ik vertel verder over het feest van Max en mijn aanval van jaloezie, mijn ultimatum en Amy's tegenultimatum. Ik beschrijf Zwarte Vrijdag en Amy's afspraakje en mijn niet-aflatende paranoia. Ik bespreek de komst van McCullen, later die avond, en mijn schokkend ontwaken de volgende ochtend. Ik vertel dat ik McCullen de deur heb gewezen en dat ik haar heb gezegd dat ik haar nooit meer wil zien. En ten slotte vertel ik over de vakantie, over het ongeluk met de brommer, over wat ik tegen Amy zei en wat zij tegen mij zei.

Als ik hem al mijn ellende uit de doeken heb gedaan, is het eerste wat Matt zegt: 'Die Nathan lijkt me een ontzettende eikel.'

Ik waardeer het dat hij probeert me op te vrolijken, maar veel succes heeft hij niet. Toch knik ik instemmend en voeg, meer uit gewoonte dan omdat ik echt nog zo van die gozer walg, mensen die hun snot opeten toe aan de lijst van dingen leuker dan Nathan.

Als ik verder niet op zijn woorden reageer, is het volgende dat Matt zegt: 'Waarom heb je Amy in godsnaam over SM verteld?'

Die vraag komt niet als een verrassing. Het is dezelfde vraag die zich na het ongeluk met de brommer ook aan mij opdrong, in de korte, maar verbijsterend onaangename pauze tussen het moment waarop Amy me in mijn gezicht stompte en het moment waarop ze me in mijn kloten trapte. Het is dezelfde vraag die ik mezelf sindsdien ben blijven stellen.

Ik had het ook *niet* kunnen vertellen. Natuurlijk was ik dan wel voortdurend bang geweest dat ze er op een andere manier toch achter kwam. Misschien zou ik een keer praten in mijn slaap. Misschien zou McCullen haar mond opendoen. Of misschien zou ik lid worden van een religieuze sekte en alle leugens die ik ooit had verteld moeten opbiechten. Maar de waarheid is dat al die scenario's toen al even onwaarschijnlijk leken als nu. En als ik mijn grote bek had gehouden, was er niets aan de hand geweest.

Zo heeft het in mijn leven al zo vaak gewerkt.

Het is duidelijk dat een leugentje voor iedereen beter was geweest. Er zou bijvoorbeeld nooit een ongeluk zijn gebeurd. En er zou uiteraard ook geen deprimerende terugreis zijn geweest, waarbij ze de hele vlucht lang weigerde met me te praten. In plaats daarvan zouden we hand in hand op die rotspunt hebben gestaan, om samen neer te kijken op het door de maan verlichte strand. Niet op zomaar een strand, nee, op ons eigen strand, waar we de liefde hadden bedreven. Zij, ik en de zee. Je zou er godsamme dichter van worden.

Maar nee hoor. Jack Rossiter had andere ideeën. Die negeerde haar liever toen ze boven op die rots aan hem vroeg of hij het ook voelde. Terwijl hij het wel degelijk voelde. Voor het eerst in jaren. Voor het eerst in jaren had hij het gevoel dat er een droom was uitgekomen. Het lastige was dat het te mooi leek om waar te zijn. En het wás ook te mooi om waar te zijn.

'Eerlijkheid,' zeg ik tegen Matt. 'Ik wilde eerlijk tegen haar zijn.'

'Eerlijkheid?' herhaalt Matt vragend. Hij kijkt me aan alsof ik een heel gemene scheet heb gelaten.

'Ja, eerlijkheid. Je weet wel, de waarheid vertellen.'

'Ik weet wat het woord betekent, Jack.'

'Nou, wat is er dan?'

'Wat er is, is dat ik niet snap wat dat met relaties te maken heeft.'

'Dat heeft alles met relaties te maken,' antwoord ik geïrriteerd.

Hij kijkt me wezenloos aan. 'Met de mijne anders niet. En dat is bij de meeste mensen zo, hoor.' Op zijn gezicht verschijnt een wantrouwige uitdrukking. 'Je hebt toch niet zitten lezen in *Tien stappen op weg naar eeuwige liefde* of zo, hè?'

'In wat?'

Matt staat op en loopt naar het raam. 'Laat maar.'

'Ik wilde haar niet in de maling nemen,' ga ik verder. 'Dat kon niet, vond ik. Ze vertrouwde me en ik had tegen haar gelogen en hoe langer ik het voor me hield, hoe beroerder ik me ging voelen.'

Matt draait zich om en kijkt me met samengeknepen ogen aan. 'Je bedoelt dat je geweten opspeelde?' informeert hij. 'Dat je elke keer als je haar aankeek het gevoel kreeg dat het verraad als gif door je aderen stroomde? En dat het bij elke kus en elke aanraking was alsof je haar opnieuw bedroog? Alsof de intimiteit tussen jullie alle betekenis verloor omdat die was gebouwd op bedrog?'

'Ja,' antwoord ik, want Matt heeft zijn vinger op de zere plek gelegd. 'Zo was het precies.' Een golf van opluchting spoelt over me heen. Blijkbaar is er toch nog iemand die me begrijpt.

Maar die iemand, blijkt al snel, heet geen Matt. 'Met andere woorden: je hebt het opgebiecht omdat je geen zin had om je rot te voelen. Was het niet beter geweest om je schuldgevoel in stilte te verwerken en voor jezelf te besluiten dat je het nooit meer zou doen?' vraagt hij en gaat triomfantelijk weer op de bank zitten.

Ik heb een paar tellen nodig om te bekomen van de teleurstelling dat Matt en ik toch niet op de drempel van de ware mannelijke verbondenheid staan. Maar ik herstel me. Om te beginnen heb ik nooit de lol ingezien van bomen knuffelen – al die schimmel en eekhoornpoep. En wat jagen en verzamelen betreft: ik ben op mijn negende van de padvinderij afgetrapt omdat ik stiekem had gerookt en dat vond ik best, dus daar ligt mijn toekomst ook niet. Maar vooral ben ik helemaal niet kwaad op Matt. Ik ben kwaad op mezelf.

Want eigenlijk is zijn reactie op mijn gedrag helemaal zo gek nog niet. Integendeel. Stel dat ik voor de deur van Matts huis een snelle straatenquête zou houden, waarbij ik voorbijgangers met een vaste relatie de volgende vragen voorlegde:

a. Als u in dronken toestand met iemand naar bed was geweest die u nooit meer terug zou zien, zou u dat dan aan uw partner opbiechten?
b. Als u een verhouding met iemand had gehad en erachter was gekomen dat u alleen maar van uw huidige partner hield, zou u de verhouding dan opbiechten?
c. Als u met iemand naar bed kon zonder dat het ooit uitkwam (ja hoor, Hollywood-sterren doen ook mee), zou u dan 'nee' zeggen?

Ik weet bijna zeker dat iedereen op die vragen 'nee' zou antwoorden. Ik bedoel, een slippertje is nog steeds niet iets waar mensen heel openhartig over zijn. Ja, je vertelt het aan je vrienden, maar niet aan je geliefde. Waarom zou je? Daar is geen enkele reden voor. Tenzij je van je relatie af wilt.

Tenminste, zo dacht ik er vroeger over. Zelfs met Zoë. Ook al ben ik haar niet één keer ontrouw geweest, ik denk toch dat ik, als ik dat wel was geweest, mijn kop erover had gehouden. Je roept anders maar een hoop ellende over jezelf af. Maar toen ik hetzelfde met Amy probeerde, voelde het niet goed. Vandaar mijn hoofdrol in de klassieker van de Griekse cinema, *Bekentenissen van een brommerrijder.* Eerlijkheid stak ineens de kop op. Maar net als Matt trap ik daar toch niet helemaal in. Het is te eenvoudig, te makkelijk. Natuurlijk, eerlijkheid speelt ook een rol, maar alleen als symptoom van iets anders. Eerlijkheid is alleen maar een zondebok. Een zondebok die de schuld op zich neemt voor iemand anders. En niet voor zomaar iemand, bedenk ik me nu, maar voor de grote meneer zelf. En waar het emoties betreft, is er maar één grote meneer. Wat belachelijk eigenlijk dat ik er zo lang over heb gedaan om hem te herkennen.

Ik kijk Matt recht in de ogen. 'Ik hou van haar,' zeg ik. 'Ik heb haar over McCullen verteld omdat ik van haar hou.'

Matt steekt een hand op. 'Hohoho, even wachten, maatje.'

'Wat?'

'Je weet wel wat. Het is dus liefde, je zei het net zelf.' Hij steekt een vinger naar me uit. 'Je zei het echt, hoor. Dat weet je best. Ontkennen is zinloos.'

'Ik ontken ook niets.'

Matt houdt zijn hoofd een beetje schuin. 'Echt niet?'

'Nee, ik ontken het niet. Ik heb het gezegd en ik meende het. Ik hou van haar.' Ik luister naar de woorden die uit mijn mond komen. Ze voelen lekker. Zo lekker dat ik ze best nog een keer wil horen. 'Ik, Jack Rossiter,' verklaar ik, 'bij mijn volle verstand...'

'Daar valt over te twisten,' mompelt Matt.

'... hou van haar, Amy Crosbie.'

Matt kijkt me een hele tijd strak aan. 'Tja, dat zou een hoop verklaren,' zegt hij ten slotte.

'Wat zou het dan verklaren?'

'Waarom jij je als een volslagen krankzinnige hebt gedragen.' We zitten elkaar een tijdje zwijgend aan te kijken. 'Dan moeten we maar op zoek naar een manier om je uit de brand te helpen,' zegt hij uiteindelijk.

Omdat hij advocaat is, behandelt Matt de kwestie als een advocaat: hij begint met de feiten. Nadat hij me op een paar punten om opheldering heeft gevraagd, valt hij stil en verschijnt er een geconcentreerde uitdrukking op zijn gezicht. Ik stel me voor hoe zijn genadeloze brein maalt, het probleem van alle kanten bekijkt en besnuffelt. Mijn vertrouwen wordt groter. Als er iemand is die een uitweg kan vinden uit deze afschuwelijke toestand, dan is het Matt wel.

'Ongewenste fellatio,' denkt hij na een tijdje hardop. 'Dat is een lastige.' Hij krabt aan zijn kin en fronst zijn voorhoofd. 'Die pech hebben we.'

Dat is niet bepaald de oplossing waarop ik had gehoopt. 'Nee, Matt,' verbeter ik hem. 'Dat is geen pech. Je portemonnee kwijtraken is pech. Een bekeuring krijgen is pech. Dit is een absolute, regelrechte ramp.'

Matt wacht rustig af tot mijn uitbarsting achter de rug is. 'De hamvraag,' piekert hij, 'is of je al dan niet ontrouw bent geweest. Technisch gesproken moet het antwoord denk ik "ja" luiden. Je bent tenslotte gepijpt. Haar tong is in aanraking geweest met jouw lid. Dan is de vraag of er sprake was van opzet. Hoewel onwetendheid volgens de wet geen excuus is, valt er wat voor te zeggen dat jij in je half bewusteloze toestand geen idee had dat de tong in kwestie van iemand anders was dan van jouw geliefde Amy. Dat je genoot van de gevoelens die de tong teweegbrachten, valt dus niet onder emotionele ontrouw.'

'Ja, fantastisch hoor,' onderbreek ik hem uit pure frustratie. 'Leg dat maar eens aan Amy uit. Het was gewoon een kwestie van persoonsverwisseling, schat. Kan de beste overkomen. Niets om je druk over te maken, hoor. Ja, Matt, dat slikt ze vast.'

Matt kijkt me van terzijde aan. 'Je moet echt eens leren om die agressie van je te beheersen. Dat is niet gezond, hoor.'

'Wat?'

'Haal maar even diep adem,' zegt Matt.

'Wat nou?'

'Ontspan je. Rustig maar. Laat je maar even meevoeren op de stroom.'

Ik ben niet in de stemming voor dat hippie-geouwehoer, en al helemaal niet als het uit de mond komt van een dure advocaat die het verschil niet weet tussen een linze en een luffa. 'Ontspannen?' bries ik. 'Hoe moet ik me nou ontspannen? Ik ben verdomme gedumpt, weet je nog?'

Hij geeft me even de tijd om te kalmeren, maar dan gaat hij verder: 'Luister makker, de dingen lijken altijd erger dan ze in werkelijkheid zijn.'

'O ja? Vertel daar maar eens wat meer over.'

Hij tuit zijn lippen en denkt eventjes na. Dan zegt hij: 'Je moet proberen dit objectief te benaderen.'

'Objectief?' sputter ik.

'Ja,' legt hij uit, 'je weet wel, zoals wanneer je op een heuvel staat en op een dorp neerkijkt, en dat dat dorp er dan heel anders uitziet dan wanneer je erdoorheen loopt, omdat je meer afstand hebt.'

'Matt,' zeg ik, 'ik weet niet of het wel helpt als ik op een of andere kutheuvel ga staan.'

Hij slaat zijn ogen ten hemel. 'Laat me even uitpraten, ja?'

'Ik ben een en al oor.'

Matt steekt een sigaret op en neemt een paar trekjes. 'Objectief gezien zit het zo,' begint hij. 'De liefde van je leven moet je niet meer. Ze heeft ontdekt dat je achter haar rug om je lul in de mond van een andere vrouw hebt gestoken. Daarom, en omdat je het haar niet meteen hebt verteld, vindt ze je een achterbaks, waardeloos stuk stront dat voor eeuwig in de hel zou moeten branden. Het moge duidelijk zijn dat ze je ook nooit meer wil zien.'

'Bedankt, Matt.' Ik begin me ernstig af te vragen of hij wel zo'n goede raadgever is. 'Je kunt me ook een scheermesje geven en het bad vol laten lopen.'

'Goed,' zegt Matt, 'laat die objectiviteit dan maar zitten. Je hebt gelijk: objectief gezien ben je er geweest. Maar toch,' voegt hij er na een korte stilte aan toe, 'had het erger gekund.'

Eindelijk zegt hij weer eens iets zinnigs. 'Ja,' stem ik in, 'ik zou zonder een druppel water midden in de Sahara kunnen zitten. Ik zou levend kunnen worden opgepeuzeld door maden. Ze zouden me ertoe kunnen dwingen achter elkaar naar alle afleveringen van *Dynasty* te kijken. Maar verder zou ik eigenlijk niet weten wat erger kan zijn.'

Matt slaat geen acht op mijn sarcastische opmerkingen. 'Echt waar, makker, het kan erger. Je leeft nog. Zij ook. Er gaat wel eens iets mis. Dat overkomt ons allemaal, of niet soms?'

'Nee, Matt,' onderbreek ik hem. 'Daar geloof ik niets van. Ik geloof bijvoorbeeld niet dat het jou overkomt. Overkomt het jou wel eens, Matt? Nou? Vergeef me als ik het bij het verkeerde eind heb, maar zeg nou eens eerlijk: ben jij wel eens gedumpt door iemand op wie je verliefd was?'

'Nee.'

'Precies, dus het overkomt niet iedereen. Het overkomt sommige mensen. Je hoort mij niet zeggen dat dat niet zo is. Daar heb ik ook geen moeite mee.'

'Waar heb je dan wel moeite mee?'

'Ik heb er moeite mee dat het míj is overkomen,' snauw ik.

'Waarom zou het jou niet overkomen?'

Ik leg mijn hoofd in mijn handen. 'Omdat ik haar vertrouwde, Matt. Dat is waar ik helemaal gek van word. Mijn hele leven lang lieg ik tegen vrouwen, hou ik dingen achter. Maar bij haar niet. Ik vertrouwde haar en heb haar de waarheid verteld. Ik heb haar de waarheid verteld omdat ik van haar hou. En wat is er gebeurd? Ze heeft me aan de kant gezet. Ik kreeg niet eens de kans om het uit te leggen.'

'Denk je nou echt dat het wat uitmaakt,' vraagt Matt, 'als ze jouw kant van het verhaal te horen krijgt?'

'Ja,' mompel ik, 'ja, dat denk ik echt. Maar wat doet het er toe? Ik probeer haar al de hele dag te bellen en ze neemt niet eens op.'

Matt legt een hand op mijn schouder. 'Misschien heeft ze gewoon even tijd nodig om het te verwerken,' oppert hij. 'Geef haar een beetje ruimte. Geloof me,' zegt hij geruststellend, 'ze blijft je heus niet voor eeuwig haten.' Hij staart voor zich uit. 'Degene van wie je houdt, moet je loslaten, zeggen ze wel eens. Als ze terugkomt, is ze voor altijd van jou; als ze niet terugkomt, is ze nooit van jou geweest.'

Voor Matts doen is dit behoorlijk diep. Ik kan niet anders concluderen dan dat alleen een geniale ingeving me nog kan redden.

KAT EN MUIS

'Ik weet dat je me kunt horen,' zeg ik. 'Ja, jij, Amy Crosbie, ik heb het tegen jou.'

Ik wacht een paar tellen op antwoord, maar er komt niets. Toch geef ik het niet op. Ik heb een missie. Ik ben een Krijger van het Hart, en Krijgers van het Hart gaan er niet bij het eerste teken van verzet vandoor. Wij zijn vastberaden en kennen geen angst. Wij verwelkomen de uitdaging en weten dat de overwinning uiteindelijk des te zoeter zal smaken.

'Prima,' roep ik. 'Je kunt je verschuilen zo lang als je wilt, ik ga niet weg. Hoor je me, Amy? Ik kom niet van mijn plaats. Geen millimeter. Ik blijf hier wachten tot je naar beneden komt en me de kans geeft om het uit te leggen.'

Geen reactie.

Ineens treden er barsten op in mijn vastberadenheid. Ik druk mijn lippen tegen de intercom en fluister: 'Alsjeblieft, Amy, ik hou van je. Ik hou van je en ik word hier horendol van.' Ik wacht weer, maar het enige antwoord is stilte.

Op een bankje aan de overkant van de straat zit een oude man. Hij rolt met zijn ogen telkens wanneer hij een slok uit zijn fles neemt. Hij kijkt alsof hij het allemaal al vaker heeft meegemaakt. Maar het kan me niets schelen. Ik meen wat ik net zei: ik hou echt van haar. En het kan me niet schelen wie het allemaal te weten komt. Zij is alles. Zij is degene naar wie ik al die tijd op zoek was.

Sinds ik Matt heb verteld dat ik van haar hou, heb ik alleen maar aan haar gedacht. Het was alsof het pas echt werd toen ik het hardop zei. Nee, het kan me niet schelen wie het te weten komt. Ik wil dat iedereen het weet, maar vooral Amy moet het weten.

En daarom ben ik nu hier.

Het is zondagochtend, iets na half elf, en ik sta op de stoep voor haar flat. Ik ben hier al sinds negen uur. Op de oude man na is er niemand op straat. Omdat er aan de weg wordt gewerkt, staan er zelfs geen auto's geparkeerd. Voor het eerst in weken is de lucht grijs, wat goed past bij mijn humeur. Ik doe een paar stappen achteruit, leg mijn hoofd in mijn nek en kijk omhoog naar de bovenste verdieping, waar Amy woont.

Ik zie geen tekenen van naar buiten gerichte agressie. Er wordt geen hete pek vanaf de kantelen naar beneden gegoten. Er staan geen boogschutters klaar. Maar er wijst ook niets op een naderende verzoening. Er wappert geen witte zakdoek uit het raam. Ik zie geen hand die me wenkt naar boven te komen, niemand gooit een touwladdertje uit. Er staat zelfs geen raam open. Maar dat hindert niet, want ik weet zeker dat ze er is. Ik ben bereid te wachten. Als ze een beleg wil, dan krijgt ze een beleg. Als ze wil dat ik bewijs dat ik van haar hou dan doe ik dat. En als ze dat niet wil, heeft ze pech gehad, want ik doe het toch.

Ik loop weer naar de deur en druk op de bel. Het ding klinkt als een boze wesp. Ik houd het knopje ingedrukt en stel me voor hoe Amy binnen zit te luisteren. Ze moet hier toch knettergek van worden. Dat hoop ik in elk geval wel. Het klinkt gemeen, dat weet ik, maar dat kan me niet schelen. Ik wil alleen maar dat ze naar mijn kant van het verhaal luistert. We leven toch in een democratie? Mensen worden hier niet zonder enige vorm van proces veroordeeld. Ik heb er recht op te worden gehoord. Ik heb er een puinhoop van gemaakt, dat weet ik. Maar iedereen maakt toch wel eens een fout? En ik heb van de mijne geleerd. Zo ver als toen met McCullen zal ik het nooit meer laten komen. Ik zal nooit meer tegen Amy liegen of haar om de tuin leiden. Ik wil alleen maar een kans – eentje maar – om haar te laten weten dat ik van haar hou en dat ik de hare ben, dat ik niemand anders wil. Nooit meer.

Nog steeds geen antwoord.

Moed houden. Ik ben beter op deze situatie voorbereid dan zij. Zo is er de kwestie eten. Wat gaat ze eten? Ik ken Amy. Een volle voorraadkast is niet haar sterkste punt. Die twee pakken houdbare melk en dat kuipje verlopen eiersalade houden haar echt niet lang op de been. En bovendien is er haar nieuwe baan. Die zal ze toch niet aan haar neus voorbij laten gaan, alleen om mij te ontlopen? Nee, daarvoor was ze er te blij mee. Ze kan zich gewoon niet blijven verstoppen. Ze is dit gedoe binnenkort wel zat en dan laat ze me binnen, of ze komt naar beneden om te horen wat ik te zeggen heb. De logica gebiedt dat ik mijn zin krijg. Zeker gezien alle voorbereidingen die ik heb getroffen. Als aanvoerder van dit beleg heb ik gezorgd voor de ultieme relatiesurvivalkit:

a. twaalf roze rozen (ik geef toe, de kopjes hangen al een beetje, maar voor romantische doeleinden zijn ze nog alleszins bruikbaar);
b. eten: een gezinspak Kip-ik-heb-je (het enige wat nog in de

koeling van de 24-uurs-benzinepomp te vinden was), een vacuüm-verpakte krentencake (standaard legerrantsoen), twee zakken pinda's (rijk aan proteïnen);
c. drinken: twee blikjes isotone dorstlesser voor extra energie (met cafeïne, ginseng en guarana), één pak moderne yoghurtdrank (aardbeiensmaak);
d. kleren: spijkerbroek en T-shirt (beide van Matt), bergschoenen (ideaal voor ruig terrein);
e. overige: twee pakjes Marlboro (light), één windbestendige benzineaansteker.

Ik twijfel over mijn kleren – ik kijk omhoog en zie dat de lucht steeds donkerder wordt – maar verder kan ik het hier uren, of desnoods dagen volhouden. Als Amy er dus niet in slaagt om van haar lakens en andere huishoudelijke voorwerpen een hangglider te bouwen en via het dak van haar flat te ontsnappen, ontkomt ze er niet aan. Ik zal mijn zegje doen.

Met een 'ik ben er nog, hoor!' ten afscheid laat ik het knopje van de bel los en ga weer op de stoep zitten. Ik voel iets op mijn gezicht, kijk omhoog en constateer dat het regent. Ik ga zo dicht mogelijk tegen de deur aan staan, haal een Kip-ik-heb-je uit mijn rugzak, neem lusteloos een hap, gooi de rest weg en steek een sigaret op. Een eindje verderop in de straat beginnen de kerkklokken te luiden, de ochtenddienst gaat bijna beginnen.

Bid ook even voor mij.

Ik heb vannacht niet geslapen. Geen oog dichtgedaan. Ik lag maar naar Dikke Hond te turen en zag de minuten voorbijkruipen. Uiteraard was het Amy die me uit mijn slaap hield. Of liever Amy's afwezigheid. Want ze was er natuurlijk niet. Ze was er niet omdat ze de pest aan me heeft. Ze vindt mij uitschot. En waarom ook niet? Als de rollen omgedraaid waren, had ik er precies zo over gedacht. Omgekeerde psychologie. Hoe zou ik me hebben gevoeld als zij mij had verteld dat een of andere gozer het in halfslaap met haar had gedaan? Boos? Jaloers? Misselijk? Ja, alles. Maar vooral: bedrogen. Maar ik heb Amy niet bedrogen. Het was niet mijn bedoeling haar pijn te doen. Ik heb het gewoon verklooid. He-le-maal verklooid. Niet dat ik me daardoor beter voel. O, nee. Toen ik daar zo lag – ik kon niet eens troost zoeken bij mijn kussen, omdat het nog helemaal naar McCullen rook – voelde ik me uitgewrongen. Verslagen. Alsof iemand mijn hart uit mijn lijf had gerukt.

Zelfs mijn pik was het ermee eens. En dat is heel ongewoon. Normaal gesproken (op die ene keer met Ella Trent na) is mijn pik niet klein te krijgen, wat er ook gebeurt. Ik had er geen idee van dat hij me zo kon laten vallen. Maar daar lag hij, slap tussen mijn benen als een beestje in winterslaap. Als hij had kunnen praten, was ons gesprek ongeveer als volgt verlopen:

Jack: 'Wat is er aan de hand?'

Pik: 'Niks, hoor.'

Jack: 'Kop op, jôh.'

Pik: 'Nee, dat nou juist niet, eikel.'

Jack: 'Wil je erover praten?'

Pik: 'Nee, ik heb helemaal nergens zin in. Ik ben zo slap als een dweil.'

Jack: 'Dat komt zeker door Amy?'

Pik: 'Nou, in elk geval niet door McCullen. Niet na die zielige pijpbeurt.'

Jack: 'Ik kan het me eigenlijk helemaal niet meer herinneren. Was het echt zo erg?'

Pik: 'Laat ik het zo zeggen, Jack: het was kut. Met peren. En dat terwijl ik helemaal klaar was voor een goddelijke natte droom. En die had echt alles in zich. Jij en ik samen in de sauna, stoom om ons heen, en daar komt Amy binnen, in haar schooluniform...'

Jack: 'Schooluniform? Ze heeft helemaal geen schooluniform.'

Pik: 'Daar zijn dromen voor, Jack. Laat me nou even.'

Jack: 'Oké. En wat gebeurde er toen?'

Pik: 'Ineens verschijnt McCullen ten tonele. Ze komt binnen, duwt Amy zonder plichtplegingen opzij en neemt het heft in handen.'

Jack: 'Zo erg klinkt het tot nu toe ook weer niet. Voor een fantasie dan.'

Pik: 'Zo zie je maar weer hoe weinig jij ervan begrijpt. Neem het nou maar van een deskundige aan: er is weinig lol aan een Mini als je een Rolls Royce gewend bent. Maar dat was nog niet het ergste. *Laten we er maar gewoon het beste van maken*, zei ik tegen mezelf. Maar nee hoor, daar wilde je niet aan meewerken. Dat je me in het verkeerde meisje stopte, was nog niet genoeg. Je moest me verder kwellen. Want net op het ogenblik dat ik mijn kop weer op durfde te tillen, trok je je terug. Je trok je terug, Jack! Dat is toch belachelijk! Dat is zo... amateuristisch.'

Jack: 'Het spijt me. Het zal nooit meer gebeuren. Kunnen we niet weer gewoon vriendjes zijn, net als vroeger?'

Pik: 'Vroeger. O ja, ik weet het nog. Jij, ik, een flesje babyolie en een *Hustler*. En af en toe werd ik op een dame getrakteerd. Een korte reis naar een driedimensionaal paradijs, waaruit ik de volgende ochtend meteen weer werd verbannen. Vroeger, ja, ja. Ik hoop dat je het me niet kwalijk neemt, maar ik sta niet meteen te springen van blijdschap.'

Jack: 'Ik zei toch dat het me speet?'

Pik: 'Ja, natuurlijk, dat weet ik best. Maar ik mis haar gewoon zo, Jack. Ze paste precies, weet je. Dat zat goed.'

Ik moest toegeven dat mijn pik een verstandiger indruk maakte dan ik.

Ik begon te piekeren over de raad die Matt me had gegeven – dat ik Amy de ruimte moest geven en zo. De ruimte mocht dan de laatste uitdaging zijn, wat mij betreft was het iets voor sukkels. Ik wilde haar helemaal geen ruimte geven, ik wilde deel uitmaken van haar ruimte. En dat geklets over iemand loslaten van wie je houdt, dat kon Matt ook in zijn reet steken. Waarom zou ik dat nou doen? Loslaten was best een zinnig concept en puur theoretisch kon ik er ook wel mee uit de voeten. Zelfs praktisch zag ik het nog wel voor me – als het ging om beo's en huistijgertjes. Maar daar ging het niet om. Het ging om Amy. Het ging om de vrouw van wie ik hield, zoals ik nu heel goed wist. En ik zag het zo: als ik haar al los zou laten, dan toch pas nadat ik haar had verteld hoe de vork in de steel zat. Zij had in haar eentje een beslissing genomen. Het was nu mijn taak om de democratie te herstellen. Ze mocht pas de vrijheid tegemoet vliegen als ze wist dat ik haar terug wilde. Want wie weet, misschien zou ze anders wel de hele tijd door blijven vliegen, en wat dan? Dan waren we allebei nog verder van huis. Ik wilde haar helemaal niet loslaten. Ik wilde haar heroveren. En als dat betekende dat ik voor haar moest vechten, dan zou ik dat doen. De volle vijftien ronden. Als Mohammed Ali. Als een vlinder. Als een bij.

Of als iemand die op de stoep zit.

In de regen.

Moe als een hond en door en door koud.

Ik kruip nog wat dichter tegen de muur aan en doe mijn ogen dicht.

Als ik weer wakker word, is het kwart over drie. Mijn mond voelt aan alsof ik behangerslijm heb gedronken. Het zal wel een bijwerking zijn van de Kip-ik-heb-je die ik eerder heb gegeten; omdat ik ooit als ontwerper aan de verpakking heb gewerkt, weet ik wat erin zit. Ik krabbel overeind en span mijn beenspieren een paar keer tegen de kramp. Ik kijk omhoog: de lucht is weer blauw. De donkere wolken hebben zich samengepakt in mijn hoofd, zo lijkt het.

Ik draai me om en druk nog een keer op de bel. Weer trekt Amy zich niks van me aan. Ik kijk naar de overkant van de straat. Er is niets veranderd. De oude man is niet van zijn plaats gekomen, de wegafzetting en het gereedschap van de wegwerkers liggen er nog. Met een glimlach denk ik terug aan die keer dat ik een vakantiebaantje had als wegwerker, toen ik nog studeerde. We moesten tv-kabels leggen, net zoals ze hier aan het doen zijn. We braken de straat open, legden de kabels op hun plaats en als het nieuwe asfalt hard was, schilderden we strepen op het wegdek. Mijn glimlach wordt nog breder als ik ineens een fantastische inval krijg.

'Goed Amy,' schreeuw ik door de intercom, 'je kunt het krijgen zoals je het hebben wilt.'

Ik steek de straat over. De oude man, die ziet dat zijn collega-zwerver plotseling tot leven komt, steekt bij wijze van groet zijn hand op. Ik groet terug, want ja, dit is een mannenzaak. Dit is iets wat elke man, waar ook ter wereld, zal begrijpen. Ik sta op het punt iets groots te doen. Een romantische actie. Een stoere actie. Een actie die elke man wel zou willen ondernemen, als hij het lef maar had.

Het kost weinig moeite om het slot open te maken van de verfmachine die langs de kant van de weg staat. Een paar welgemikte tikken met de koevoet die ik in de tent van de werklieden heb gevonden, zijn genoeg. En dan, de vrijheid! Het karretje is voor mij. Ik klap het handvat naar beneden en duw het ding een paar stappen voor me uit. Ja hoor, hij zit helemaal vol: achter me staat een witte streep van zeker een meter op de weg. Ik zet het handvat weer omhoog en rijd de machine naar het midden van de weg. Dan begin ik met het echte werk: bedenken welke boodschap Amy te zien moet krijgen als ze de volgende keer uit het raam kijkt. Ik neem de mogelijkheden door:

a. Jack is op Amy (te kinderachtig);
b. Ik hou van je (te voor de hand liggend);
c. Neem me terug (te slijmerig).

In plaats daarvan besluit ik tot een klassieker, tot het soort zin waarvan zelfs Cyrano de Bergerac stil wordt. Ik rijd mijn roller over de weg, letter voor letter. Het is natuurlijk geen eenvoudig werkje. Deze machine is ontworpen voor rechte lijnen. Voor elk streepje moet ik hem uitzetten en verplaatsen. Maar ik word gedreven door liefde en ken geen vermoeidheid. Twintig minuten later is mijn boodschap voltooid. Net op tijd, want bij de laatste streep van de laatste letter blijkt de verf op te zijn. Maar wat zou dat? Het is in elk geval leesbaar. En wat wil een mens nog meer?

Ik zet de verfmachine terug waar ik hem heb gevonden. Vervolgens steek ik de straat weer over naar de kant waar Amy woont om mijn werkstuk te bewonderen. Het ziet er goed uit. Het ziet er geweldig uit. Ik mag het eigenlijk zelf niet zeggen, maar het is kunst! En ik ben blijkbaar niet de enige die onder de indruk is. De oude man is dat ook. Vanuit mijn ooghoeken zie ik dat hij voor het eerst die dag van zijn bankje af komt. Hij doet een paar stappen naar voren en beweegt dan langzaam zijn hoofd van links naar rechts, hij leest wat er staat. Daarna komt hij op me af. Als een bij op een bloem. Hij herkent de schoonheid van mijn werk. Dat wil hij me laten weten. Om niet al te gretig over te komen, blijf ik staan en kijk zo onverstoorbaar mogelijk voor me uit. Mijn publiek komt dichterbij.

'Zo, jongen,' zegt hij en steekt zijn hand uit. 'Clifford is de naam.'

'Hallo, Clifford.' Ik schud zijn hand. 'Wat vind je ervan?'

Clifford kijkt een tijdje sprakeloos naar de straat. Ik kan dat wel begrijpen, want als je getuige bent geweest van de totstandkoming van iets groots, laat dat je niet onberoerd. Hij doet zijn mond open om iets te zeggen en ik word al helemaal trots. Hoe zal hij het onder woorden brengen? Hoe zal hij de emoties verwoorden die hem overmanden toen hij mijn bijna té eenvoudige tekst las?

Zo: 'Maak je reclame voor een verhuisbedrijf of zo, jongen?'

Ik staar hem verbaasd aan. Vervolgens kijk ik naar de halflege fles drank die hij in zijn hand houdt. Daarna kijk ik weer naar hem. Ten slotte glimlach ik tegen hem alsof ik zijn kijk op de wereld deel – wat ik ten zeerste betwijfel. 'Reclame, verhuisbedrijf?' herhaal ik. 'Nee, Clifford.'

Hij neemt me van top tot teen op en waagt dan nog een gokje: 'Voor een of andere sleepdienst dan?'

'Hoe kom je daar zo bij?' vraag ik.

'Door wat je daar hebt geschreven, jongen,' legt hij uit. 'Het lijkt me een soort reclametekst.' Hij neemt een stevige slok uit zijn fles. 'Dat van dat touw en zo. Het moet toch ergens op slaan.'

'Uiteraard,' zeg ik vriendelijk, want waarom zou je iemand niet een beetje tegemoetkomen?

'Prima hoor, jongen. Heel pakkend wel,' oordeelt hij en knikt met zijn hoofd in de richting van het bankje. 'Eerlijk is eerlijk,' voegt hij eraan toe, 'als ik een huis had om naartoe te verhuizen, dan zou ik jullie onmiddellijk bellen.'

Maar er zijn grenzen. 'Waar heb je het in vredesnaam over?' vraag ik.

Hij kijkt me aan alsof ik gek ben. 'Lees eens hardop voor,' zegt hij, op de tekst wijzend. 'Daar staat het toch?'

Ik volg zijn vinger en doe wat hij zegt. 'Ik snap nog steeds niet wat je bedoelt,' zeg ik.

Clifford schudt zijn hoofd. 'Dat moet toch ergens reclame voor zijn? Anders slaat het nergens op.'

Tot nu toe heb ik in de veronderstelling verkeerd dat Clifford niet goed kan lezen. Maar hoe langer ik naar de letters op het wegdek kijk, hoe duidelijker tot me doordringt dat dit niet het geval is. Integendeel. Clifford leest beter dan ik. Of eigenlijk: ik kan niet schrijven. Want als ik nog eens kijk naar wat ik heb opgeschreven, lees ik het volgende: IK BLIJF JE TOUW.

Dus niet IK BLIJF JE TROUW. Niet het grote gebaar dat ik in gedachten had. Niet eens iets zinnigs. Eerst wil ik gaan lachen. Dit kán toch niet. Het is toch onmogelijk dat ik zo'n woord verkeerd schrijf, dat ik zomaar een hele letter weglaat. Maar dan word ik misselijk. Want Clifford heeft gelijk – wat ik heb geschreven lijkt inderdaad op een wat cryptische reclame voor een verhuizer. Ik ren naar het woord toe en veeg er met mijn voet overheen: niets. Ik probeer het nog een keer, maar er komt niet het kleinste scheurtje in de gladde verflaag. Ik laat me op handen en voeten vallen en probeer de verf met mijn handen weg te vegen: nog steeds geen resultaat. En de verf was net op. Ik kan mijn fout niet eens meer verbeteren.

Een volle minuut sta ik bewegingloos op straat en probeer te bevatten wat een enorme stommiteit ik heb begaan. Dan draai ik me om en vraag aan Clifford: 'Mag ik ook een slokje uit je fles?' En voordat hij tijd heeft om te antwoorden, ruk ik hem de fles uit handen en drink hem in één teug leeg.

EINDSTATION

Maandag gaat voorbij in een waas van door de gebeurtenissen van het weekend veroorzaakte geestelijke en lichamelijke uitputting. De meeste tijd breng ik in bed door, waar ik afwisselend slaap en naar het plafond staar, met op de achtergrond het geluid van de cd-speler. Ik scheer me niet. Ik was me niet. Ik trek geen schone kleren aan. Ik probeer aan niets te denken. Ik lig alleen maar stil te rotten en hoewel ik nog net niet in mijn broek poep, laat ik de verworvenheden van de beschaving steeds verder achter me. Matt is weg voor zaken, dus mijn contact met de buitenwereld is precies nul. En het kan me niets schelen. Ik wil alleen maar dat de dagen voorbijgaan en een buffer vormen tussen Amy en mij, want alleen dan zal de pijn die ik voel draaglijker worden.

Dinsdagmiddag dwingt mijn maag me om uit deze nihilistische toestand te ontwaken. Ik bestel telefonisch een pizza. Terwijl ik die met lange tanden opeet, bedenk ik dat ik het misschien helemaal verkeerd aanpak. Thuis zitten kniezen is niet de manier om iets te bereiken. En dat de tekst die ik voor Amy's flat op straat heb geschilderd een groot fiasco is geworden, betekent niet dat elk ander plan ook automatisch mislukt. Ik was er godverdomme toch dichtbij. Heel erg dichtbij. Het scheelde maar één letter. Dat moet ik mezelf inprenten, dus niet dat ik zo'n mislukkeling ben, maar dat het bijna was gelukt. Ik moet alleen een nieuw plan hebben. Een nieuwe invalshoek. Ik koop een fles wodka en trek me terug in mijn kamer om deze gedachte verder uit te werken.

Het wordt avond en ik zit nog steeds in mijn slaapkamer – ofwel mijn denkplek, zoals hij nu ook bekendstaat. Ik heb een plan bedacht. Het is zo simpel dat ik niet kan geloven dat ik dat niet eerder heb verzonnen. Vooral omdat ik er de hele tijd bovenop zat.

Mijn gitaar.

Daar stond hij, tegen mijn kast, niet meer gebruikt sinds de laatste van de vijf lessen die ik vorige zomer heb gehad. Een lied. Natuurlijk. Een serenade. Hoe zou ik beter haar aandacht kunnen trekken en haar vertellen hoe ik me voel? En het loopt gesmeerd. Veel gesmeerder dan ik had durven hopen. Met de tekst wilde het aanvankelijk niet zo vlotten, maar al snel rolden de woorden er als vanzelf uit. En de melodie is ook fantastisch – zeker als je bedenkt dat ik maar drie akkoorden ken. Alles loopt als een zonnetje. Ik heb wierook aangestoken, Elvis kreunt ter inspiratie op de achtergrond en om het geheel te vervolmaken heb ik op z'n Springsteens een bandana om mijn hoofd gebonden.

Om een uur of elf ben ik klaar voor mijn eerste repetitie. Ik zet de nog halfvolle wodkafles op een veilige plek, hang de gitaar om en kondig vanuit de deuropening aan: 'En nu, live vanuit de Hollywood Bowl, de enige, de echte, de unieke Jaaaaackieee Rossiter.'

Ik loop de kamer door en neem midden op het podium plaats, op mijn bed. 'Mijn eerste lied,' zeg ik, met mijn beste country & western-accent, 'gaat over een meisje dat ik ooit heb ontmoet. Dat meisje heette Amy. En god, wat hield ik veel van die Amy.' Ik veeg met de rug van mijn hand het zweet van mijn voorhoofd. 'Het heet "Zo kan ik echt niet meer verder".'

Ik sla een paar akkoorden aan en begin hartverscheurend te zingen:

Zo kan ik echt niet meer verder,
mijn hoofd, ik denk niet meer helder.
Ik mis je zo erg,
voel me klein als een dwerg,
ik grijp naar de fles in de kelder.

Dan volgt het refrein, dat door drie heupwiegende blondines op cowboylaarzen moet worden gezongen:

Zo kan hij echt niet meer door,
waarom ging jij ervandoor.
Hij mist je zo verschrikkelijk,
sinds je wegging is hij misselijk,
hij kan niet zonder je, hoor.

En meteen door naar het tweede couplet. Ik krijg de slag al aardig te pakken.

Zo kan ik echt niet meer verder,
jij was mijn baken, mijn herder.
Kom, red me snel,
uit mijn vreeslijke hel,
want zo kan ik echt niet meer verder.

Aan het tweede refrein kom ik niet meer toe. In plaats daarvan hoor ik: 'Wat is hier in godsjezusnaam aan de hand?'

Ik draai me om en zie Matt in de deuropening staan, een uitdrukking van opperste verbazing op zijn gezicht.

'Ik zing,' antwoord ik. 'Waar lijkt het op?'

Hij denkt even na en antwoordt dan: 'Op iemand die solliciteert naar het gekkenhuis.'

'Ach, jij hebt ook recht op een eigen mening.'

Hij kijkt langzaam de kamer rond. 'Ik neem aan dat ze je nog niet terug heeft genomen?'

'Dat is juist.'

'Accepteer het dan maar, Jack: dan neemt ze je ook niet meer terug.' Hij schudt zijn hoofd. 'Het is voorbij. Leer er maar mee leven.'

'Niets is voorbij.'

'Maar morgen wel.'

'Wat bedoel je?'

'Morgen,' laat hij me weten, 'komt er een eind aan deze flauwekul. Geen derderangs compositietjes meer. Geen zelfhaat meer.' Hij werpt een blik op de wodkafles en kijkt me vervolgens minachtend aan. 'En je drinkt jezelf in het vervolg niet meer klem. Het is afgelopen, begrepen?' Ik reageer niet. 'Je kunt je er maar beter bij neerleggen, makker,' waarschuwt hij, 'want het gaat zoals ik zeg.'

Met die woorden verlaat hij de kamer en smijt de deur achter zich dicht. Ik blijf er even naar kijken, voor ik uitdagend verder speel.

Ik heb geen idee hoe laat ik ga slapen, maar ik word wakker met een bonkende kater en de stem van Matt in mijn oren. 'Radiohead... Nick Cave and the Bad Seeds... Portishead... Bob Dylan... Nick Drake... Zitten de Smurfen er ook bij? Nee, ik zie ze niet. Zie ik de kerstliederen gezongen door het jeugdkoor van Sint-Joris? Nee, die zie ik ook niet.' Ik doe heel even één oog open en stel vast dat het licht aan is. Matt zit op zijn hurken de cd's te bekijken die ik de afgelopen dagen heb gedraaid. 'Wat ik hier wel zie,' gaat hij verder, 'zijn de tekenen van een stevige aanval van zelfmedelijden.' Hij klapt hard in zijn handen. 'Nou, die is dan nu afgelopen. Opstaan.'

Fel zonlicht schijnt de kamer in. Matt staat bij het raam. Ik til met moeite mijn hoofd op om een blik op Dikke Hond te werpen. Het is woensdagochtend acht uur. Ik kreun en begraaf mijn hoofd onder het dekbed.

'Ik meen het,' zegt Matt. Hij grijpt het dekbed en trekt het van me af. 'Ik heb je gisteravond al gewaarschuwd: tot hier en niet verder.'

Nu pas reageer ik. Ik pak een punt van mijn verdwijnende

dekbed en probeer het terug te trekken. Ik blijk geen partij voor Matt. 'Krijg toch de kolere,' bijt ik hem toe en verstop mijn gezicht in mijn kussen.

'Gezellig.' Het is even stil, maar dan zegt Matt: 'Er zijn twee manieren waarop we dit kunnen doen: een makkelijke en een moeilijke. Je kunt zelf uit bed komen, of ik dwing je.' Hij wacht op een reactie, maar dan kan hij lang wachten. 'Prima,' zegt hij ten slotte, 'dat wordt dus de moeilijke manier.'

Ik hoor hem de kamer uit lopen en een vaag gevoel van onbehagen bekruipt me. Ik weet hoe Matt is als hij besloten heeft iets te doen. Dan doet hij het ook, en meestal heel efficiënt. Maar dan ontspan ik me. Zolang hij geen pistool tegen mijn hoofd zet, is er weinig waarmee hij me in beweging kan krijgen. En een pistool zal hij niet gebruiken. Hij is advocaat. Hij heeft te veel te verliezen. Niet meer aan denken. Hij bluft. Dan denk ik ineens weer aan het litteken boven mijn wenkbrauw, van toen hij met een luchtbuks op me schoot toen we nog klein waren. Maar lang kan ik daar niet bij stilstaan.

Als het water op me neerkomt, blijkt het niet alleen ijskoud, maar ook heel veel te zijn. Ik wil schreeuwen, maar de schrik beneemt me de adem.

'Grote klootzak,' snauw ik hem toe. 'Ik ben doorweekt.'

'Zoals te verwachten viel,' zegt Matt, die doodkalm met de nu lege emmer staat te zwaaien.

Ik ga rechtop zitten en het water druipt uit mijn haar over mijn gezicht. Het T-shirt en de spijkerbroek die ik al sinds zondag aanheb, zijn drijfnat.

'En dit vind jij zeker grappig?' Ik kijk hem woedend aan.

'Koffie,' zegt hij, met een knikje naar het nachtkastje.

Morrend pak ik de kop en neem een slok. 'Zoiets?' zeg ik. 'Ben je nu tevreden?'

'Het gaat er even niet om of ík tevreden ben,' zegt hij geduldig. Hij kijkt zwijgend toe terwijl ik de koffie opdrink. 'En nu opstaan,' beveelt hij.

'Wat?'

Hij knijpt zijn ogen halfdicht. 'Doe het nou maar, Jack. Ik heb niet de hele dag de tijd. Ik moet over een uur op mijn werk zijn.'

Ik leg me erbij neer dat hij me pas met rust laat als hij zijn zin heeft gekregen, dus sta ik op.

'Kijk nou eens naar jezelf,' zegt hij.

In de spiegel achter hem vang ik een blik op van mezelf. Ik moet toegeven dat het geen prettig gezicht is. De hals van Matts T-shirt is grijs en glimt een beetje. Mijn nagels zijn zwart, alsof ik met blote handen in de aarde heb zitten wroeten. Op mijn voorhoofd zit een stukje worst van de pizza. Maar het ergst van alles zijn mijn ogen. Het lijkt wel alsof een kind met rode viltstift het wit heeft zitten inkleuren. Niet dat er veel kinderen te vinden zullen zijn die zo dicht bij me durven te komen, zoals ik er nu uitzie. Als ze verstandig zijn, bellen ze de politie om te vertellen dat er een gevaarlijke gek rondwaart.

'Je bent een schande voor de mensheid,' zegt Matt, terwijl hij me nog steeds vol walging bekijkt. 'Een aanfluiting.' Hij kijkt me recht in mijn ogen. 'Ik schaam me dood dat ik met jou onder één dak woon. Nou, wat heb je te zeggen?'

Ik tuur naar mijn tenen en mompel: 'Nou goed dan, ik zie er misschien niet helemaal op mijn best uit.'

'Niet op je best? Je ziet er niet eens op je slechtst uit. Je ziet eruit als iets waar je slechtst nog je neus voor zou ophalen.'

'Oké,' bits ik, 'ik ben een puinhoop.'

'Heel goed,' zegt hij en hij klinkt tevreden. 'Als je erkent dat je een probleem hebt, ben je onderweg naar genezing. Zeg mij na: ik heet Jack Rossiter.'

'Wat krijgen we...' begin ik, maar zijn waarschuwende blik brengt die emmer ijskoud water in herinnering. Ik houd mezelf voor dat deze man een beest is, tot alles in staat. 'Ik heet Jack Rossiter,' herhaal ik, zoals opgedragen. Ik doe mijn best zo verveeld mogelijk te klinken.

Daar trekt hij zich niets van aan. 'Ik ben een man,' gaat hij verder.

Met toonloze stem praat ik hem na. 'Ik ben een man.'

'Ik ben een sterke, onafhankelijke man,' zegt hij.

'Ik ben een sterke, onafhankelijke man.'

'Ik heb geen vrouw nodig om iemand te zijn.'

'Ik heb geen vrouw nodig om iemand te zijn.'

'Ik kan in mijn eentje gelukkig zijn.'

'Ik kan in mijn eentje gelukkig zijn.'
'Ik ben niet alleen een man, maar ook een heel vieze man.'
Voor het eerst in dagen betrap ik mezelf op een glimlach. Hoe belachelijker dit wordt, des te belachelijker lijkt mijn gedrag van gisteravond. 'Ik ben niet alleen een man, maar ook een heel vieze man,' herhaal ik met moeite.
'En ik heb een flinke wasbeurt nodig.'
'En ik heb een flinke wasbeurt nodig.'
'En schoon ondergoed.'
'En schoon ondergoed.'
'Omdat ik stink.'
Die laatste zin krijg ik er niet meer uit, want ik stik nu bijna van het lachen. Hij haalt een stuk zeep uit zijn zak en duwt het me in de hand. Vervolgens duwt hij me de gang in en wijst naar de badkamer.
Als ik mezelf later sta af te drogen, steekt hij zijn hoofd nog even om de hoek. 'Ik ben om een uur of zes thuis,' zegt hij. 'En als ik je ooit nog eens zie doen alsof je het onechte kind van Bon Jovi bent, duw ik die gitaar in je reet.'
'Maak je geen zorgen,' zeg ik. 'De geest van Hendrix is niet meer.'
Hij knikt. 'O ja, nog iets.'
'Wat dan?'
'Chloë belde gisteravond op. Ze verwacht je om acht uur bij haar thuis, voor het eten.' Hij knipoogt naar me. 'Het is een onderdeel van je herstelprogramma, dus zorg dat je op tijd bent.'
De rest van de ochtend ben ik zoet met het opruimen van mijn kamer. 's Middags leg ik de laatste hand aan *Studie in geel*. Mijn sessie met Matt van vanochtend is zo helend geweest dat ik de neiging om het hele doek zwart te schilderen weet te onderdrukken. Maar de therapie is nog niet voltooid. McCullen spookt voortdurend door mijn hoofd. Dat komt waarschijnlijk doordat ik in mijn atelier ben. De hele tijd staart haar portret me vanuit de hoek aan. Na verloop van tijd heb ik er schoon genoeg van en til het schilderij op. Ik doe de tuindeur open en ga ermee naar buiten.
Het brandende doek produceert een bevredigende geur. Ik

voel geen spijt. Er kleefden te veel herinneringen aan. En niet alleen aan wat er die nacht voordat ik op vakantie ging tussen McCullen en mij is gebeurd. Het zijn vooral ook herinneringen aan mezelf. Aan hoe ik tot voor kort was. Al die lulpraatjes. Al die spelletjes en dat manipuleren. Het is geen moer waard, en ik weet dat het geen moer waard is omdat ik met al dat Casanova-achtige gedoe niet eens kan krijgen wat ik het allerliefste wil: Amy's vergiffenis, of eigenlijk: Amy zelf. Ze heeft haar beslissing genomen, en als daar niet meer aan te tornen valt, dan is het niet anders. Ik kan haar niet dwingen er anders over te denken. En het was stom van me om te denken dat ik dat wel zou kunnen. Ik kijk hoe het doek omkrult en tot as vergaat. Daarna draai ik me om en ga weer naar binnen.

Klokslag acht uur sta ik bij Chloë op de stoep.

'Nou, Matt heeft niets te veel gezegd,' zegt ze zodra ze de deur opendoet.

'Waarover?'

'Over jou, arme ziel. Je ziet eruit als de inhoud van een vuilniszak.'

Dat ik me vlak voor vertrek nog heb gedoucht en geschoren, maakt blijkbaar weinig uit. Ik glimlach vaag. 'Dank je,' antwoord ik, terwijl ik haar eens goed bekijk. 'Jij ziet er anders fantastisch uit.' Ik meen het. Dat korte zwarte jurkje staat haar geweldig. Niet dat het mij in mijn huidige gemoedstoestand veel doet.

'Kom maar hier,' zegt ze en slaat haar armen om me heen. Ze houdt me heel stevig vast. 'Laat mij je maar eens stevig vasthouden.' Ze drukt me tegen zich aan en neemt me dan mee naar de zitkamer. 'Ik hoop dat je trek hebt,' zegt ze en schenkt een glas wijn voor me in, 'want ik heb voor een weeshuis gekookt.'

Als zij in de keuken bezig is, kijk ik wat rond. Ze heeft de tafel gedekt alsof er een volledige feestmaaltijd op het programma staat. Het chique bestek ligt glimmend naast de borden. Uit de boxen klinkt gedempte muziek en ze heeft een kaarsje aangestoken. Ik kijk naar mijn verbleekte spijkerbroek en mijn gekreukelde overhemd en voel me schuldig. Maar dan weet ik het weer: ik ben maar bij Chloë. Van haar mag ik ook een monnikspij aantrekken en dan een gleufhoed op mijn hoofd zetten.

Even later komt ze de kamer in met het voorgerecht en een glimlach zo breed als de Grand Canyon. Vervolgens begint ze zonder ophouden te praten. De hele maaltijd lang weet ze het onderwerp Amy te omzeilen. Zelfs ik slaag erin een tijdje niet aan haar te denken. Maar als we na het eten samen op de bank koffie zitten te drinken, keren de donkere wolken terug en val ik helemaal stil.

'Vertel eens,' zegt ze, 'wat is er toch geworden van Jack het Mannetje?'

'Vertrokken. Weg.' Ik haal mijn schouders op. 'Er even tussenuit.'

'Wanneer verwacht je hem terug?'

'Wist ik het maar.' Ik worstel met de woorden. 'Alles is veranderd. Al mijn regels lijken opeens niet meer te gelden.'

'Hoe bedoel je?'

'Ik weet het niet. Vrouwen. Ik dacht dat ze voor mij geen geheimen meer hadden. Ik dacht dat ik wel wist hoe ze in elkaar zitten.'

'En dat blijkt niet zo te zijn?'

'Ja. Ik blijk er helemaal niets van begrepen te hebben.' Ik vertel dat Amy mijn telefoontjes niet beantwoordt, dat ik zondag naar haar huis ben gegaan, alles. Ik vertel zelfs wat ik aan het doen was toen Matt gisteravond thuiskwam.

'Er komen vast wel weer andere meisjes,' verzekert ze me. 'Je ziet er goed uit. Je vindt heus wel iemand.'

Ik doe even mijn ogen dicht, maar het enige wat ik zie is Amy, hoe ze daar aan de kant van de weg stond, de tranen die over haar gezicht rolden. 'Ik wil niemand anders.'

Chloë slaat haar ogen ten hemel en geeft me een por in mijn ribben. 'Nou doe je wel erg melodramatisch. Dit is de echte wereld, hoor. We vallen, we staan weer op en gaan verder. Zo gaan die dingen.' Ze legt haar hand op de mijne. 'Je moet jezelf bij elkaar rapen, Jack,' verzucht ze. 'Dat zal niet meevallen, maar vroeg of laat moet het gewoon.'

'Het is zo moeilijk, Chloë. Zo godvergeten moeilijk.'

Ze streelt mijn haar. 'Ik weet het, lieverd,' zegt ze. 'Ik weet dat het moeilijk is. Maar je komt er wel overheen.'

'Ik zou niet weten hoe.'

Er valt een stilte, en dan zegt ze: 'Ik kan je wel helpen als je wilt.'

Ik draai me naar haar toe. Ze zit maar een paar centimeter bij me vandaan. 'Hoe dan?'

Ze komt dichterbij en fluistert: 'Zo.' Ik voel haar lippen tegen de mijne.

'Niet doen,' zeg ik en duw haar weg. 'Dit wil ik helemaal niet.'

Ze ziet aan mijn gezicht dat ik het meen. Ze gaat rechtop zitten, steekt een sigaret op en staart voor zich uit. 'Het spijt me,' zegt ze als ze zich weer naar mij draait. Ze bloost.

'We zijn vrienden, Chloë,' leg ik haar zo vriendelijk mogelijk uit. 'Heel goede vrienden. Maar meer niet.'

'Ik weet het. Het was stom van me. Te veel gedronken.' Als om dat laatste te bewijzen, pakt ze haar wijnglas en schenkt het tot de rand toe vol. 'Het spijt me.'

'Het geeft niet,' zeg ik, en ik meen het. 'We doen gewoon alsof het nooit gebeurd is.'

'Je bent echt gek op haar, hè?' vraagt ze even later, als ze haar sigaret uitmaakt.

'Ja, dat kun je wel zeggen.'

'Schrijf haar dan. Vertel hoe je je voelt. Misschien helpt dat. Je kunt het in elk geval proberen. Verder heb je wel zo'n beetje gedaan wat je kon.'

'Ik zal het proberen.'

'Beloof je het?'

'Ik beloof het. Ik schrijf vanavond nog een brief en doe hem morgen bij haar in de bus.'

Chloë buigt zich naar me toe en geeft me een kus op mijn wang. Dan staat ze glimlachend op en schudt haar hoofd. 'Het onechte kind van Bon Jovi. Hoe zit jij nou toch in vredesnaam in elkaar, Jack Rossiter?'

Als ik weer thuiskom is Matt nog wakker. Hij zit in de keuken een tijdschrift te lezen.

'Jij bent vroeg,' merkt hij op. 'Ik dacht dat jullie wel tot diep in de nacht door zouden kletsen.'

Ik ga op de rand van de keukentafel zitten. Ik zal hem nooit vertellen wat er bij Chloë is gebeurd. Dat is voltooid verleden tijd. Erover vertellen heeft geen zin. 'Ik ben afgepeigerd.'

'Dat rock 'n' rollen van gisteren heeft je gesloopt?'

Ik glimlach naar hem. 'Het spijt me, hoor. En nog bedankt dat je me vanochtend onder handen hebt genomen. Iemand moest me een trap onder mijn hol geven.'

'Het was me een waar genoegen.' Hij kijkt me aan. 'Het gaat nu wel weer een beetje, toch?'

Ik knik. 'Jawel. Of eigenlijk niet, maar het is niet anders. Het kost gewoon tijd.'

'En ondertussen?'

'Ondertussen?'

'Ondertussen,' legt Matt uit, 'gaan we lekker lol trappen.'

'Lol?'

'Ja, lol. Weet je nog wat dat is? Uitgaan. Lachen. Achter de wijven aan.'

'Om eerlijk te zijn, heb ik helemaal geen zin om achter de wijven aan te gaan, Matt.'

'Ik heb het ook niet over jou. Met zo'n gezicht maak je evenveel kans bij de dames als de klokkenluider van de Notre-Dame. Ik heb het over mezelf.'

Ik sta op en gaap. 'Hoe dan ook, Matt, ik denk dat ik maar even pauze neem.'

'Je zegt het maar,' antwoordt hij. 'Je hebt tot zaterdag. Want zaterdag ga je stappen. Met mij. Je gaat met mij mee op café, zunne, dan zal ik je eraan helpen herinneren hoe het ook weer was om een avondje lol te hebben.'

Boven ga ik aan mijn bureau zitten, pak een vel papier en een pen. *Lieve Amy*, begin ik. En vervolgens tuur ik naar het papier. Het lijkt zo klein voor wat ik te zeggen heb. Toch probeer ik het. Ik probeer het en het mislukt. Omdat ik geen flauw idee heb hoe ik uit moet leggen hoeveel ik van haar hou en hoe erg ik haar mis, en hoe ik duidelijk moet maken wat er die avond met McCullen nou precies is voorgevallen. Maar ook omdat ik niet wil dat aan ons een einde komt. En dit ís het einde, daar ben ik van overtuigd. Dit is voor mij het eindstation. Wat er verder gebeurt is aan haar, en aan haar alleen.

10 *Amy*

'Als je denkt dat ik zaterdagavond ga dansen, dan heb je het goed mis,' zeg ik voor de laatste keer.

H. zit me met haar lippen aan een bierflesje vertwijfeld aan te kijken.

'Er is geen lol aan te beleven met mij. Ik ben gewoon niet in de stemming,' vervolg ik, terwijl ik het laatste beetje korma op een stuk nan schep en in mijn mond stop.

We zitten op de grond in mijn woonkamer, met de resten van een Indiase afhaalmaaltijd tussen ons in. H. stond erop iets te eten mee te nemen. Ze denkt dat ik te mager word van de traumatische gebeurtenissen van de afgelopen week.

Was het maar waar.

H. laat een boer en maakt het bovenste knoopje van haar spijkerbroek los. 'Waar hebben we het nou net een uur lang over gehad?' vraagt ze, maar ze wacht het antwoord niet af. 'Je moet verder. Het leven gaat door.'

'Ik ga ook verder,' zeg ik en voel hoe de vermoeidheid zich van me meester maakt. Ik leun tegen de bank en kijk naar het plafond.

'Dat doe je niet. Je bent elk uur van de dag aan het werk...'

'Ik heb net een nieuwe baan,' onderbreek ik haar.

'Gelul! Je doet het alleen maar om niet aan Jack te hoeven denken. Je moet je eroverheen zetten. En dat lukt het best als je uitgaat en lol maakt. Moet je horen, de kaartjes kosten niks. Het is een nieuwe tent, er is muziek en je kunt er dansen. We gaan er gewoon heen, het wordt vast lachen.'

Ik trek mijn knieën op en sla mijn armen eromheen. H. ratelt maar door. Ik voel me niet lekker. Dat kan komen doordat ik zojuist genoeg heb gegeten voor een heel Indiaas dorp, maar het kan ook het gevoel van misselijkheid zijn dat over me komt elke keer als Jacks naam valt.

Ik kan het H. niet kwalijk nemen dat ze kiest voor een praktische aanpak. Ik kan het haar niet kwalijk nemen dat ze probeert me over te halen om uit te gaan. De afgelopen week ben ik aan het beschimmelen geweest als het soort vergeten materie dat je wel achter gasfornuizen aantreft. Als H. zich gedroeg alsof het einde der tijden nabij was, zou ik hetzelfde doen. Ik zou voorstellen dat ze haar zorgen ging verdrinken. Maar naar die nieuwe tent gaan waar ze het over heeft?

Ik eet nog liever mijn eigen hoofd op.

Ik wil niet katten, maar een deel van de reden dat H. zo graag uit wil, is dat Gav weggaat en ze er alles aan wil doen om ervoor te zorgen dat zij het minstens even leuk heeft als hij. Hij kondigde onverwacht aan dat hij een week lang op kosten van de baas op stap ging met zijn collega's. Volgens H., die er maar sceptisch tegenover staat, is het de bedoeling dat ze 'nader tot elkaar' komen. Ze vindt dat waterfietsen en golfwedstrijden voor mietjes zijn.

Volgens mij is ze jaloers.

In ieder geval is ze, sinds ik terug ben van mijn nachtmerrie in Griekenland, helemaal op de Powergirl-toer. En hoewel ik dol op haar ben en haar steun waardeer, wou ik maar dat ze oplazerde en me met rust liet. Ik wil niet van mijn slechte humeur worden afgeholpen. Ik wil dood. En H. wil het maar niet begrijpen.

Ze heeft geen flauwe notie.

Hoe kan ze nou zeggen dat ik niet aan Jack hoef te denken als ik werk, om maar eens wat te noemen. Ik heb de hele week alleen maar aan Jack gedacht. Ik ben er zelfs zo kwaad over dat hij steeds in mijn hoofd zit dat ik heb overwogen me voor een serie elektroshocks te laten opnemen in een gekkenhuis.

Hij is er elk uur van de dag en maakt me 's nachts het slapen onmogelijk. Ik heb op alle mogelijke manieren geprobeerd hem weg te krijgen. Ik heb mezelf op mijn nieuwe baan gestort zoals een stierenvechter de arena instapt, maar ik heb al mijn concentratie nodig om zelfs maar de eenvoudigste instructies te kunnen uitvoeren. Want als ik me heel even niet concentreer, komt hij weer in volle omvang op me af. Zoals nu.

‘O, lieverd,’ zegt H. met een wanhopige zucht. Ze pakt mijn hand. ‘Hou daarmee op.’

‘Het spijt me. Ik kan er niks aan doen,’ zeg ik moeizaam, terwijl ik een nieuwe tranenvloed probeer in te dammen. Waar komt het allemaal vandaan? Dat zou ik wel eens willen weten. Hoe is het mogelijk dat een mens zoveel water in zich heeft.

‘Luister. Precies daarom moeten we plannen maken. Je kunt hier niet het hele weekend blijven zitten grienen.’

‘Dat kan ik best,’ snik ik. Het lukt me niet om mijn tranen in te slikken.

‘Maar je hebt “Winner takes it all” helemaal grijsgedraaid.’

Ik snuif luidruchtig en veeg mijn neus af. ‘Ik vind Abba leuk.’

H. trekt een gezicht. ‘Je moet er echt wat vaker uit.’

‘Hou je mond.’

Ze slaakt een diepe zucht. ‘Moet je horen, Jack voelt zich vast niet zo rot als jij.’

H. trekt haar strijdlustigste gezicht. Jacks gedrag is zo’n persoonlijke belediging voor haar dat ik blij ben dat ze hem nooit heeft ontmoet. Als ze hem ooit tegenkomt, slaat ze hem vast in elkaar. Ik zie het krantenartikel al voor me:

MAN AANGEVALLEN IN RIJ VOOR KASSA

De 27-jarige versierder Jack Rossiter is vanochtend in de supermarkt op brute wijze neergeslagen met een pak diepvriesdoperwten. Helen Marchmont, zijn meedogenloze aanvalster, ontkende dat ze op het moment van het gebeuren ontoerekeningsvatbaar was. ‘Hij heeft het verdiend,’ riep ze naar de geschrokken toeschouwers, waarna ze werd afgevoerd naar het politiebureau. Rossiter is inmiddels ontslagen uit het ziekenhuis, waar hij uit een zekere lichaamsopening operatief een maïskolf moest laten verwijderen. Volgens de chirurgen zal hij de rest van zijn leven mank lopen. Na een verklaring door mevrouw Marchmont verzamelde zich een met een keur aan groenten gewapende menigte voor Rossiters liefdesnest en moest de oproerpolitie eraan te pas komen...

Ik knik en snuit mijn neus teneinde H. te kalmeren. Door mijn gezicht in de keukenhanddoek te verstoppen, voorkom ik bovendien dat ze mijn gedachten raadt. Want ik wil het niet toegeven. Ik heb geen zin om haar te vertellen dat ik wil wedden dat Jack zich wél zo rot voelt als ik. Misschien voelt hij zich zelfs tien keer zo rot. En hoewel hij mij meer pijn heeft gedaan dan ik ooit voor mogelijk had gehouden, voel ik me nog rotter bij de gedachte aan Jack die pijn lijdt.

Geëmancipeerde vrouw van de jaren negentig? Ik dacht het niet.

'Ik wil het niet over Jack hebben,' zeg ik. 'Laten we erover ophouden.'

Maar H. is nog niet klaar.

'Hij staat heus niet op je deur te bonken omdat hij zo graag wil dat je hem vergeeft,' zegt ze fijntjes.

'Nee, maar...'

'Hij heeft je een paar keer gebeld, en toen? Toen niks. Hij heeft het opgegeven. Hij heeft je hart gebroken en het kan hem geen donder schelen. Volgens mij draait het allemaal om respect en eerlijk gezegd is wat hij doet in de verste verte niet respectvol.'

Zwijgend buig ik het hoofd. Ze heeft gelijk. Ik weet niets meer te zeggen, maar toch wil ik me niet gewonnen geven.

Dat heeft H. ook door. 'Hallo? Amy, ben je daar? Hij is je ontrouw geweest.'

'Hij heeft het niet met haar gedaan.'

'O, dus dan is het in orde? Wil je hem terug?'

Ik wrijf mijn slapen. Hoe kan ik daar nou antwoord op geven? Want mijn hart schreeuwt JA. Natuurlijk wil ik hem terug. De afgelopen week heb ik van alles gevoeld, van ongecontroleerde woede tot verontwaardiging en diep verdriet, maar het feit blijft dat ik hem mis. En ik hou van hem.

Correctie.

Ik hield van hem.

En toch wil ik hem terug. Maar ik wil de Jack terug met wie ik op het strand heb gevreeën. Ik wil de Jack terug die me de hele nacht tegen zich aan drukt. Ik wil de Jack terug die me aan het lachen maakt en alles doet vergeten.

Maar nee, ik wil niet de Jack terug die in staat is het met Sally McCullen te doen en er, alsof dat niet genoeg is, vervolgens een week lang over liegt.

En hier loop ik vast.

Want die twee Jacks zijn dezelfde persoon.

H. fronst haar voorhoofd. 'Als hij het één keer heeft gedaan, doet hij het nog een keer,' waarschuwt ze. 'Dat is altijd zo met dat soort mannen.'

'Weet ik.'

Ik voel dat ze op het punt staat me harder aan te pakken. 'Als je een relatie wilt met iemand die je niet kunt vertrouwen, ga je gang. Maar kom dan niet bij mij aan als het fout loopt.'

'Dat wil ik helemaal niet. Dat weet je best.'

'Vertrouwen is het belangrijkste wat er is,' gaat H. verder. 'Als je dat niet hebt, heb je geen ene moer. En Jack heeft het verknald, zo simpel is het. Het is moeilijk te accepteren, dat weet ik, maar in de loop van de tijd wordt de pijn wel minder.'

'Is dat zo?'

'Natuurlijk is dat zo.'

'Waarom ben ik dan zo in de war?'

'Omdat je denkt dat je hem mist. Maar je mist alleen waar hij voor stond – zekerheid en dat soort dingen.'

'O,' mompel ik. Het is net alsof ze zojuist een ingewikkelde som heeft uitgelegd en ik er nog steeds niks van snap. Ze is zo irritant als ze de therapeut uithangt, maar zo te zien is ze nog maar net begonnen.

H. staat op. Ze pakt mijn hand en trekt me overeind.

'Wat doe je?' protesteer ik.

Ze sleurt me naar de badkamer en doet het licht aan. 'Vooruit' zegt ze. Ze slaat haar armen over elkaar heen. Ze knikt in de richting van de spiegel. 'Wat zie je?'

Ik zie ons spiegelbeeld. Mijn ogen zijn gezwollen en ik zie eruit alsof ze me aan mijn haren door een heg hebben gehaald. Ook heb ik een pukkel zo groot als Parijs op mijn kin.

'H., dit slaat nergens op,' zeg ik.

'O, jawel.'

Ik sla mijn ogen ten hemel en kijk haar aan in de spiegel. 'Wat wil je dat ik zeg?'

H. doet alsof ze me niet hoort. Ze staart terug. 'Dit is Amy Crosbie. Het meisje dat zich maar al te graag als deurmat laat gebruiken, omdat ze te slap is om alleen te zijn. Dit is het meisje dat in zee gaat met een eikel die liegt en bedriegt, die niet kan zeggen dat hij van haar houdt, die met haar op vakantie gaat en haar bijna vermoordt voordat hij zijn hart lucht...'

'Hou op!' val ik haar in de reden. Mijn nekharen staan recht overeind. 'Ik heb hem toch gedumpt, of niet soms?'

H. zuigt haar wangen naar binnen. 'Precies. Dat was goed.'

We staan elkaar een hele tijd aan te kijken. Ik denk terug aan de vakantie, maar Jack heeft alle mooie herinneringen van me afgepakt. Wat hij deed, heeft de mooiste week van mijn leven volledig ongedaan gemaakt. En het ergste van alles? Ik had er geen flauw vermoeden van. Ik was zo'n suf konijn dat ik niet eens op het idee kwam dat hij een bom bij zich had die ons uit elkaar zou blazen. Eindelijk snap ik wat H. bedoelt.

'Je hebt gelijk,' zeg ik.

'Hij verdient je niet.'

Zuchtend schud ik mijn hoofd. 'Dat is waar.'

H. omhelst me langdurig. Als ze me weer loslaat, loop ik achter haar aan de woonkamer in, waar ze de bakjes van het eten opstapelt en in een hoek zet.

'Mooi zo. Dat hebben we gehad. En nu geen lange gezichten meer, juffrouw,' zegt ze monter. Ze loopt naar de stereo en stopt er een cd in. 'Dit is speciaal voor jou.' Ze zet hem goed hard en begint te zingen, met een gezicht alsof ze Tom Jones is.

Ze weet dat haar harde aanpak heeft gewerkt, maar voor de zekerheid doet ze nog even wat ze altijd doet. Ze maakt me aan het lachen.

Terwijl ze op de bank springt en me achter zich aan trekt, voel ik een grote genegenheid voor haar in me opkomen. We overstemmen Gloria Gaynor en doen een belachelijk dansje op de veel te kleine ruimte.

We brullen zo hard mee met 'I will survive' dat het een tijdje duurt voor ik de deurbel hoor. Ik spring van de bank en zet de muziek zachter. Ik ben nat van het zweet.

'Heb jij de bel gehoord?' vraag ik aan H. en storm op de intercom af.

'Nee.'

Ik sta een tijdje in de intercom te roepen, maar er komt geen antwoord en dus hol ik de trap af naar de voordeur. Ik ben buiten adem als ik hem opengooi. Ik kijk de straat af, maar er is niemand te zien. Ik doe de deur weer dicht, druk op het knopje van de tijdlamp en zie dan de brief op de deurmat liggen.

Met bonzend hart neem ik hem mee naar boven.

'Wat is dat?' vraagt H. als ik weer in de woonkamer sta. Met een bezorgde blik zet ze de cd af. Het lijkt opeens heel stil in de flat.

'Het is een brief,' antwoord ik. 'Van Jack.'

Ik kijk heen en weer van de brief naar haar.

Mijn handen trillen.

Natuurlijk komt hij zich ermee bemoeien, net nu ik me weer sterk voelde.

'Van hem aangenomen?' vraagt H.

'Nee. Hij lag op de mat.'

H. komt naar me toe en samen staren we naar de envelop. Op de voorkant staat in Jacks typische handschrift A. Crosbie, bovenste verdieping. Hij heeft het geschreven met groene inkt.

A. Crosbie.

Niet Amy Crosbie.

Of alleen maar Amy.

Hij heeft er niet eens een postzegel op getekend.

A. Crosbie – dat kan de eerste de beste Crosbie zijn.

Zelfs bij de bank noemen ze me nog A. L. Crosbie. Amy Lauren. (In de tijd dat ik geboren werd, had mijn vader iets met Lauren Bacall.)

Starend naar de brief probeer ik te raden wat erin staat. Ik draai hem om. Achterop staat niets. Geen boodschap op het lijmrandje. Niets. Ik ruik eraan. Geen aftershave.

Zit er nu wel of niet een luchtje aan die man?

'Ga je hem lezen?' vraagt H.

'Ik weet het niet.'

En zo is het echt. Ik weet niet wat ik moet doen. Ik weet niet of ik er wel tegen kan, te lezen wat Jack te zeggen heeft. Misschien ga ik me er alleen maar rotter door voelen. Ik denk niet dat ik het kan hebben als hij zegt dat ik de juiste beslissing heb genomen. Ik wil niet lezen dat hij Sally nog steeds ziet. Ik wil de smerige details niet weten. Ik wil geen dingen lezen die hem weer dichterbij brengen.

H. raakt mijn arm aan. 'Denk eens na. Kan hij iets zeggen waardoor jij je beter voelt?'

Hij kan maar één ding zeggen om mij op te beuren en het is hoogst onwaarschijnlijk dat hij dat zal doen: 'Lieve Amy, ik heb gelogen. Er is niets gebeurd met Sally. Het was een niet zo geslaagd grapje.'

Maar ook al zou hij alles terugnemen, dan nog is er al te veel gebeurd. Ik zou alleen maar denken dat hij een domme zak is.

'Nee,' antwoord ik beslist. 'En trouwens, als hij iets te zeggen heeft, komt hij dat maar recht in mijn gezicht doen.' Ik zeg er niet bij dat ik Jack geen kans heb gegeven wat dan ook in mijn gezicht te zeggen. Daar gaat het nu even niet om.

Het is het principe dat telt.

'Goed dan,' zegt H. en wrijft zich in de handen. 'Tijd om hem uit te drijven, voor eens en altijd. Kom op. Haal jij even bier. Ik heb je assistentie nodig.' Ze grist de brief uit mijn handen en marcheert naar de keuken. Bij de wasbak trekt ze mijn rubberhandschoenen aan. 'Steelpan!' blaft ze, als een chirurg.

Ze steekt een hand uit en ik haal de steelpan van het haakje en geef hem aan haar. Ze kijkt me niet aan.

'Aanstekerbenzine,' gaat ze verder en pakt het blikje uit het gootsteenkastje. Ik begin te giechelen. Ze laat Jacks brief in de pan vallen en kijkt me met een boosaardige schittering in haar ogen aan.

Ik knik.

H. haalt het dopje van het blikje en giet benzine over de brief.

'Lucifers!'

Ik geef haar een doosje lucifers en voel me alsof we Thelma en Louise zijn. H. strijkt een lucifer af en laat hem met een dramatisch gebaar in de pan vallen. Rond Jacks brief laaien de vlammen op. We doen allebei een stap naar achteren en grijpen elkaar vast.

'Dat je dat gedaan hebt!' breng ik ademloos uit.

'Hij is voorgoed uit je leven,' zegt H., terwijl ze haar bierflesje pakt en met me proost. 'Voorwaarts en opwaarts.'

'Voorwaarts en opwaarts,' zeg ik instemmend, maar ik ben lang niet zo gelukkig als ik me voordoe, want ondanks onze heksenkunst word ik vanbinnen nog steeds heen en weer geslingerd tussen de haaibaaierige feministe Amy en de romantische heldin Amy:

Haaibaai: Ik ben een geëmancipeerde vrouw. Ik ben vrij. Ik heb Jack Rossiter niet nodig. Hij is verleden tijd.

Romantische heldin: Hij was vanavond hier. Hij stond voor mijn deur. *Hij ademde dezelfde lucht in als ik.*

Haaibaai: Ik ben wel eens eerder single geweest. Dat kan ik best weer. Ik stel eisen en Jack Rossiter voldoet daar niet aan.

Romantische heldin: Ik mis hem. Mist hij mij ook? Wat stond er in zijn brief?

Haaibaai: Hij heeft zich laten pijpen door die huppelkut van een Sally McCullen. Wat valt daar nou van te maken? Daar draait hij zich niet uit, al is hij goddomme veranderd in een hofdichter.

'Blij toe,' zeg ik.

Maar later, als H. eindelijk weg is en ik mijn tanden sta te poetsen, voel ik me helemaal niet zo blij. Ik loop naar de keuken en kijk in de steelpan. Ik klem de schuimende tandenborstel tussen mijn kiezen en pak de verkoolde brief. Zwarte snippers zweven door de lucht het raam uit.

Waarom zijn we nou zo onbezonnen tekeergegaan? Ik wil weten wat Jack heeft geschreven. Ik wil zijn verklaring horen. Ik wil dat zijn stem de stilte uit deze flat verdrijft, hoe moeilijk het ook mag zijn. Een deel van mij weet heel goed dat ik zwak ben omdat ik me eenzaam voel, maar mijn instinct wint het van mijn gezonde verstand.

Voor het eerst sinds mijn vertrek uit Griekenland doe ik wat ik had gezworen niet te doen. Ik pak de telefoon en bel inlichtingen. Ik krijg te horen dat als je niet wilt dat iemand erachter komt dat jij hebt gebeld, je voor het nummer 141 moet draaien. Ik draai 141 en Jacks nummer. Ik heb geen idee wat ik ga zeggen. Ik heb geen idee hoe ik ga uitleggen dat ik zijn brief heb verbrand. Ik wil alleen maar zijn stem horen.

Hij neemt na één keer overgaan al op en zoals ik al verwachtte, maakt mijn hart een salto bij het horen van zijn stem.

'Hallo?' zegt hij. Hij klinkt verdacht gewoon. Hij zit niet hartverscheurend te snikken, hij lijdt niet aan een zenuwinzinking. En hij neemt zelf de telefoon op. Betekent dat dat hij een telefoontje verwachtte?

'Ben jij dat?' vraagt hij na een korte stilte zachtjes.

Jij? Welke jij is die dat dan wel?

Ik ben zo geschrokken dat het even duurt voor tot me doordringt dat ik die jij wel eens zou kunnen zijn. En als ik jij ben, hoe durft hij dan zo zelfverzekerd te klinken! Wat denkt hij wel? Dat hij alleen maar een brief in mijn bus hoeft te gooien en alles daarmee opgelost is? Dat ik hem opbel en hem alles zomaar vergeef? Dan herinner ik me dat ik mijn mond vol schuim heb en maak een onverstaanbaar gorgelend geluid voor ik de hoorn op de haak smijt. In ieder geval zal hij nooit weten dat ik het was.

God zij geloofd voor de techniek.

Make-up werkt niet!

Het is je reinste bedotterij!

Het is vrijdagmorgen en ik heb zoveel camouflagecrème onder mijn ogen en op mijn neus gesmeerd dat ik eruitzie als Adam Ant, maar de wallen onder mijn ogen zijn nog steeds schrikbarend duidelijk te onderscheiden. Waarom kan ik niet meer slapen? Het is niet eerlijk. Vroeger was ik het Martinimeisje van de slaap: ik kon het *anytime, anyplace, anywhere.* Het is allemaal de schuld van die stomme Jack. Als er niet gauw een einde komt aan deze moorddadige slapeloosheid zal ik aan de mogadon moeten.

Ik kijk mezelf in de spiegel chagrijnig aan. Het heeft geen zin. Ik zie er toch al uit als een meisje uit een antidrugscampagne.

Ik pak mijn sleutels en sta op het punt om naar mijn werk te gaan als mam belt.

'Schat, hoe is het nu met je?' vraagt ze. Ik kan horen dat ze zich helemaal heeft geïnstalleerd, klaar voor haar dagelijkse aflevering van *Dochters in nood*, de reality-soap die zich afspeelt in Londen.

Hoewel ze het goed bedoelt, roept dit beeld niets anders bij me op dan irritatie. Ik wrijf mijn voorhoofd en denk eraan hoe stom ik ben geweest. Ik wist dat dit zou gebeuren. Ik had vorige week ook niet als een dertienjarige met liefdesverdriet rechtstreeks van het vliegveld naar huis moeten rennen. Op dat moment voelde ik me er wel veel beter door. Nadat ik bij Jack was weggegaan, was dat de enige plek waar ik wilde zijn. In de hele wereld is er niemand die troost biedt zoals je moeder.

En die van mij greep haar kans met beide handen aan.

Ze maakte warme chocolademelk voor me en stopte me in mijn oude bed, waarna ze me in slaap suste met een vertrouwd klinkende monoloog over de plaag die mannen nu eenmaal zijn. Op zondag maakte ze me pas laat wakker, met ontbijt op bed, deed mijn was en wist me in de loop van de dag zo op te lappen dat ik niets liever wilde dan de benen nemen. Toen ik zondagavond thuiskwam, was ik weer klaar om de wereld in de ogen te kijken.

Hoe lief ik het ook vind dat ze dit voor me heeft gedaan, ik wou maar dat ik haar geen deelgenoot had gemaakt van mijn emotionele crisis. Ik ben vijfentwintig. Oud genoeg om mijn eigen boontjes te doppen.

'Het gaat best,' zeg ik. 'Echt, hoor.'

'Weet je het zeker? Je kunt dit weekend gerust naar huis komen als je wilt.'

'Nee, mam, ik heb hier dingen te doen.'

Ze luistert niet. 'Waarom pak je vanavond na je werk niet de trein, dan maak ik iets lekkers te eten,' stelt ze voor.

Ze heeft het duidelijk al helemaal uitgedacht. Ik doe mijn ogen dicht en dwing mezelf om aardig te blijven. Ik wil niet in de deken van haar bezorgdheid worden gewikkeld. Dat is het benauwdste wat je maar kunt bedenken. Bovendien ben ik mijn inzinking al weer te boven, toch?

Maar ik moet niet lelijk tegen haar doen. Sinds ik een baan heb, doet ze niet meer zo moeilijk tegen me en op het moment gaat het goed tussen ons. Laat ik het nu niet verpesten door bokkig te gaan doen.

Daar ben ik te verstandig voor, niet dan?

'Ik kan niet, het spijt me. Ik heb H. beloofd dat ik morgenavond met haar uitga. Ik denk dat het wel een goed idee is om uit te gaan en plezier te maken.'

Ik sta zelf te kijken van de overtuigingskracht waarmee ik dat zeg. Ik dacht dat ik wel onder H.'s plan uit zou proberen te komen, maar in het licht van mijn moeders aanbod lijkt het me plotseling helemaal niet zo gek.

'Denk je dat echt, schat?'

'Absoluut. Maar toch bedankt. Je bent heel lief voor me geweest,' voeg ik eraan toe.

'Daar zijn moeders toch voor?' zegt ze. Ik hoor dat ze zich heeft laten inpakken en dat ik uit de problemen ben.

Pfff.

Ik draai net mijn deur op slot als mijn buurvrouw Peggy de gang inkomt. Peggy is zeker honderdvijftig jaar en een dwangmatige burengluurster. Ze heeft het begrip 'sociale controle' nieuwe inhoud gegeven. Ik heb het gevoel dat ze al dagen op een kans wacht om me klem te zetten.

'Heb je ooit nog wat van die gek gehoord, lieverd?' vraagt ze.

'Welke gek?'

'Dat verlopen type dat hier zondag was.'

'Welk verlopen type?' vraag ik. Ik heb geen idee waar ze het nu weer over heeft.

'Allemensen! Hij zag er afschuwelijk uit!' doet ze verontwaardigd, terwijl ze met haar vingers haar blauwe haar fatsoeneert. 'Helemaal doorweekt was 'ie. Stond in je intercom te gillen. Ik zei het nog tegen Alf. "Stuur die vent weg," zei ik. Heeft hier de hele dag rondgehangen. Maar kwam Alf van zijn stoel? Is hij gaan kijken? Kon zich niet van het snookeren losrukken, die man.'

Nu word ik ook al op de hoogte gebracht van Alfs kijkgewoonten.

Heel boeiend.

'Ik heb niks gehoord,' zeg ik, terwijl ik langs haar heen probeer te glippen.

Maar Peggy is nog niet klaar.

'Had zeker het verkeerde huis te pakken,' blaat ze verder. 'En dan al die graffiti. Ik heb veel zin om de gemeenteraad te bellen. Dit was altijd zo'n nette buurt.'

Ik schenk haar een flauwe glimlach. Ze heeft het zeker over die onzin die een of andere idioot op de straat heeft geschilderd.

'Die jeugd van tegenwoordig, Peggy,' zeg ik, waarna ik er eindelijk vantussen mag.

Onderweg naar mijn werk denk ik niettemin na over al die nieuwe informatie.

Wat als het inderdaad Jack was die in de intercom stond te schreeuwen? Ondanks al mijn vastberadenheid begin ik me schuldig te voelen. Ik denk terug aan die schop in zijn ballen. Ik denk terug aan zijn gehavende gezicht in het vliegtuig en mijn weigering om met hem te praten. Ik herinner me dat ik zijn boodschappen op het antwoordapparaat heb gewist en dat ik zijn nummer uit het geheugen van mijn telefoon heb verwijderd – de ultieme wraak. En dan denk ik aan het tafereel in mijn keuken, aan de brief die we gisteravond hebben verbrand.

Maar dan hoor ik weer zijn stem door de telefoon en herinner ik me H.'s woorden. Ik hoef me niet schuldig te voelen. Zelfs al heeft Jack me in die brief zijn eeuwige liefde verklaard, waarom zou ik hem geloven, na alles wat hij heeft gedaan?

Het is te laat.

Veel te laat.

Als ik door Charlotte Street naar kantoor loop, voel ik me nog steeds ontdaan. Waarom moet alles toch zo verwarrend zijn? Waarom is het leven niet simpel?

Want in theorie is het zo eenvoudig.

In theorie kun je het leven onderverdelen in drie eenheden: carrière, liefdesleven en leven in het algemeen (hieronder vallen huis, vrienden enzovoort). Het grote probleem is dat je het nooit voor elkaar krijgt om meer dan twee van de drie tegelijkertijd goed te laten lopen. Het is net jongleren. Toen ik met Jack was, zagen mijn liefdesleven en het leven in het algemeen er rooskleurig uit, maar was het met mijn carrière niets gedaan. Nu gaat het uitstekend met mijn carrière, loopt het leven in het algemeen prima en is mijn liefdesleven klote.

Waardeloos!

Wanneer krijg ik het nu eens allemaal?

Ik begin me pas een beetje beter te voelen als ik eenmaal aan mijn bureau zit. Ik vind deze baan echt heerlijk. Jules is de hele week veel weg geweest, wat een hele opluchting was. Hij stond dus niet de hele tijd over mijn schouder te kijken, wat mij de kans gaf om mijn draai te vinden. In de loop van de ochtend heb ik een werkbespreking met hem. Hij heeft me gevraagd mijn ideeën op papier te zetten en nu ik de laatste hand aan de lijst leg, voel ik me helemaal opgemonterd. Dit is de eerste klus die ik heb gedaan als gewone werknemer en niet als uitzendkracht.

Eindelijk.

Ik word niet meer uitgezonden.

Ik blijf.

(Nu maar hopen dat Jules er wat in ziet.)

Ik ben zo geconcentreerd bezig dat ik niet merk dat Jenny naast mijn bureau opduikt. Ze gaat dit weekend naar een gekostumeerd bal en heeft het kostuum aan dat Sam voor haar heeft gemaakt. Ze draagt een bespottelijke Cleopatra-pruik en een sexy kanten lijfje.

'Hoe zie ik eruit?' vraagt ze en draait een rondje.

'Fantastisch! Dat wordt scoren,' antwoord ik lachend. Ik zie mijn fototoestel op mijn bureau liggen. 'Blijf zo staan.'

Jenny poseert en ik maak foto's van haar. Na drie keer knippen is het rolletje vol. Ze trekt haar pruik van haar hoofd en woelt door haar haar, terwijl de film terugspoelt. Ze gaat op de rand van mijn bureau zitten en buigt zich samenzweerderig naar me toe. 'Er is een leuke vent van drieëntwintig die ik wel zie zitten,' fluistert ze. 'Lijkt precies op Leonardo Di hoe-heet-'ie.' Ze slaat haar armen over elkaar en trekt een komische kop. 'Doet u mij daar maar wat van, dank u.'

'Je bent vreselijk,' lach ik.

'Altijd al geweest, zal ook wel altijd zo blijven,' grinnikt ze. Ze kijkt me even aan. 'Hoe voel je je nu? Al een beetje beter?'

Jenny en Sam zijn de hele week geweldig geweest. Het zal wel heel onprofessioneel van me zijn geweest om meteen op mijn eerste dag mijn hart te luchten over Jack, maar ze leken het helemaal niet erg te vinden. Ze hebben er juist alles aan gedaan om me uit de put te helpen. Andy noemt ons de Heksenkring en elke keer als we terugkomen van een rookpauze roept hij: 'Dekking, mannen! Ze komen onze ballen afhakken!' We grijnzen dan demonisch naar hem, maar het is allemaal maar een geintje, vooral omdat Sam een oogje op hem heeft.

Ik haal het rolletje uit het fototoestel en kijk naar Jenny. 'Hij heeft gisteravond een brief gebracht.'

Ze trekt een gezicht. 'En?'

'Ik heb hem verbrand. Ik heb hem niet gelezen.'

'Zo mag ik het horen,' grijnst ze en steekt haar hand op voor een high-five. 'Ik wist wel dat je tot inkeer zou komen. Waarom zou je op jouw leeftijd je hart laten breken, terwijl er zoveel lol te beleven valt.'

'Maak je geen zorgen, ik ga een voorbeeld aan jou nemen,' zeg ik. 'Ik ga morgenavond uit.'

'Het beste wat je kunt doen,' knikt ze. 'Niet vergeten: liever sterven dan schipperen.'

Dat bewonder ik zo in Jenny. Ze accepteert geen geouwehoer. Ze doet wat ze wil en blijft bij haar beslissingen. Ze mag dan al in de dertig zijn, je hoort haar niet mekkeren over een man nodig hebben of in paniek raken vanwege haar biologische klok. En als zij niet wanhopig is, waarom zou ik het dan zijn?

Ik kan ook een Jenny zijn.

Reken maar van yes.

En niet zo'n klein beetje ook.

Er heerst een aangename vrijdagse sfeer op kantoor. Ik geef me over aan de algehele vrolijkheid en voel me voor het eerst sinds Griekenland weer een beetje mezelf.

Om half elf roept Jules me binnen voor onze bespreking. We doen er een hele tijd over om al mijn werk door te nemen en hij is tevreden. Hij vertelt me over zijn plannen met Friers en dan ben ik opeens vol vertrouwen, want een paar van mijn ideeën komen overeen met de zijne.

Het gaat beslist de goede kant op.

'Laten we iets gaan eten,' zegt hij uiteindelijk. 'Ik rammel.'

Ik wil net 'ja' zeggen als Ann belt, Jules' vrouw. Ik raap mijn spullen bij elkaar.

'Ik kan niet,' zegt Jules. 'Ik ga eten met mijn nieuwe secretaresse. Goed, tot dan. Ik hou van je.'

Waarom kan ik niet iemand vinden zoals hij? Waarom kan ik niet iemand vinden die niet bang is voor zijn gevoelens, die aardig en eerlijk is? Ze moeten er zijn. Kijk maar naar Jules. Maar waar dan?

Bij hun vrouw. Daar zitten ze.

Ik denk er nog steeds over na als we in een trendy eethuisje aan een tafeltje neerstrijken. De ober struikelt bijna over zijn eigen benen, zo ijverig bedient hij Jules.

'Ha, meneer Geller. Wilt u misschien iets drinken?' vraagt hij. Jules glimlacht naar mij. 'We lusten wel een glas champagne, Tom.'

'Wat vieren we?' vraag ik.

'Dat we onze eerste week hebben overleefd.'

Als de champagne er is, leunt Jules achterover in zijn stoel. 'En, hoe staat het ermee?' vraagt hij.

'Prima,' antwoord ik. 'Ik heb het erg naar mijn zin.'

Jules spreidt zijn servet uit op zijn schoot. 'Klets niet, Amy. Ik hou je al de hele week in de gaten.'

Stomverbaasd doe ik mijn mond open.

'Wees maar niet bang,' gaat hij verder, 'ik ga je niet de les zitten lezen. Je hebt prachtig werk geleverd. Ik maak me alleen zorgen om je, dat is alles.'

Ik kan bijna niet geloven dat hij dit zegt. Ik heb juist op bovenmenselijke wijze mijn best gedaan om opgewekt te lijken als hij in de buurt was.

'Ik loop lang genoeg mee om te weten hoe een gebroken hart eruitziet. Wil je erover praten?' vraagt hij.

'Is het zo duidelijk?'

'Ik vrees van wel. Je weet maar nooit, misschien kan ik je helpen. Ik ben tenslotte ook een mens,' zegt hij met een overdreven Amerikaans accent.

Ik schud mijn hoofd. Hij is mijn baas, niet mijn therapeut. Bovendien is hij een man. Wat weet hij er nou van?

'Dat wil je allemaal niet horen,' zeg ik.

'Probeer het maar eens.'

Hij verdient wel een verklaring, nu hij doorheeft wat er aan de hand is, denk ik bij mezelf. Ik haal diep adem en kijk hem aan, en dan vertel ik hem alles over Jack, onze vakantie en hoe ik me sindsdien voel. Ik probeer het te laten klinken alsof het er allemaal weinig toe doet, maar als hij vragen begint te stellen, vertel ik hem grif elk ranzig detail.

'Wat zit je het meest dwars? Dat hij het heeft gedaan, of dat hij het je niet heeft verteld?' vraagt Jules.

'Ik weet het niet precies. Ik weet alleen dat die hele vakantie – onze relatie – niets betekent doordat hij het niet heeft verteld.'

'Maar uiteindelijk heeft hij het wel verteld en volgens mij heb je daar een hoop lef voor nodig.'

Ik had het kunnen weten. Dit is zo'n typische mannenreactie. Ik wil niet horen hoe manmoedig Jack is geweest. Ik vind hem helemaal niet dapper.

De voorgerechten worden opgediend.

'Ik heb een keer een verhouding gehad,' zegt Jules na een poosje.

Ik verslik me bijna in mijn eten. Jules toch niet? Die goeie trouwe Jules? De man die zijn vrouw op kantoor (nog voor de lunch) de liefde verklaart? Hij ook al?

'Ann weet het.'

'Heb je het haar verteld?' vraag ik ongelovig.

'Natuurlijk.'

'Hoe? Ik bedoel...' Ik staar hem aan, maar dan roep ik mezelf tot de orde. 'Je hoeft het me niet te vertellen.'

'Mijn verhouding was een stuk erger dan die van Jack,' bekent Jules. 'Ik heb zes weken lang met een andere vrouw geslapen en toen heb ik nog zes weken moed lopen verzamelen om het aan Ann te vertellen.'

'Waarom heb je het niet geheimgehouden?' Ik probeer niet zo afkeurend te klinken als ik me voel.

'Omdat ze een vermoeden had. Omdat ik besefte dat ik haar beledigde door de waarheid niet te vertellen. Ze had recht op de waarheid en ze moest zelf maar weten wat ze ermee deed. Ze had mij vertrouwd, nu moest ik haar vertrouwen.'

'Maar was ze niet heel erg gekwetst?'

'Natuurlijk wel. Maar ze wist ook dat ik alles in de waagschaal had gesteld door het haar te vertellen. Ze wist dat ik haar, de kinderen, ons huis, alles kwijt kon raken. En ze wist ook dat dat het laatste was wat ik wilde.'

'En hoe voelde jij je?'

'Ellendig. Ik kon maar niet geloven dat ik haar zo'n pijn had gedaan en dat ik zo stom had kunnen zijn om een verhouding te beginnen.'

'Wat gebeurde er toen?'

'We zijn eruit gekomen. Het heeft een hele tijd geduurd, maar onze relatie is nu wel veel sterker. Het mooie van de waarheid is dat hij voor zichzelf spreekt. Als je genoeg vertrouwen in iemand hebt om over zulke dingen de waarheid te vertellen, hoe moeilijk het ook is, dan hou je echt van diegene.'

Ik wil hem vragen of hij denkt dat Jack me over Sally heeft verteld omdat hij van me houdt, maar ik hou me in. Jules kent Jack niet. Hij zou er maar een slag naar slaan.

Net als ik.

'Volgens mij ben je behoorlijk streng voor hem geweest,' zegt Jules zachtjes.

Ik bijt op mijn lip en kijk hem aan.

'Je had op zijn minst die brief moeten lezen om te zien wat hij te zeggen had. Ik betwijfel of hij een beter excuus heeft dan dat hij een man is, maar je had zijn verhaal wel even kunnen aanhoren.'

'Maar hoe kan ik hem ooit weer vertrouwen?'

'Waarom zou je hem niet vertrouwen? Hij heeft je het ergste al verteld.'

'Maar als hij een man is, doet hij het dan niet weer?'

Jules moet lachen om mijn spottende toon. 'Hij wil het misschien best, maar de kwestie is dat liefde veel meer inhoudt dan seks. En de volgende keer denkt hij er waarschijnlijk langer over na.'

'Wat wil je daarmee zeggen? Zou jij weer een verhouding beginnen?'

'Nee.' Hij wacht even. 'Maar ik heb er geen spijt van. Het heeft me veel geleerd over mijn gevoelens. En het is me duidelijk geworden dat je in een relatie niet zelfvoldaan achterover kunt leunen. Je moet er voortdurend iets voor doen.'

Ik leg mijn mes en vork op mijn bord. Ik voel me verward.

'Het is heel eenvoudig. Hou je van hem?' vraagt Jules.

'Maar...'

'Als je van hem houdt, moet je accepteren dat hij ook maar een mens is. Het spijt me, Amy, maar dit is geen film.'

Thuis ruim ik de boodschappen op en dwing mezelf om de envelop met vakantiefoto's open te maken. Jenny heeft het rolletje in haar lunchpauze laten ontwikkelen en de stapel foto's tergt me al de hele middag. Ik moet een glas wijn drinken voor ik de moed opbreng om ze te bekijken. Ik maak een afspraak met mezelf: ik ga niet grienen.

Maar zodra ik eraan begin, voel ik me bibberig. Ik kijk naar de foto's met het gevoel dat ze op een andere planeet zijn gemaakt. Op een of andere manier lijken ze niet echt. Een gebruinde Jack op de brommer, ik op het strand, diep in slaap. Met ingehouden adem ga ik door. Maar elke foto doet een beetje meer pijn.

Ik heb bijna de hele stapel gehad en wil mezelf al feliciteren als ik bij de foto's van ons beiden kom. En dan ben ik verloren. Want op die foto's zijn we samen.

Echt samen.

Samen alsof het nooit voorbij zou gaan.

We staan voor de taverna. Jack heeft een arm om me heen geslagen en houdt met zijn andere hand de camera vast. Ik had niet gedacht dat de foto's gelukt zouden zijn, maar dat zijn ze wel. En terwijl ik ze bekijk begint mijn hart pijn te doen, want daar is Jack die me in de ogen kijkt en in de ruimte tussen onze gezichten kan ik mijn gevoelens duidelijk onderscheiden. Hij grijnst, zijn neus raakt de mijne, en ik kan al niet meer kijken. Want ik voel zijn arm om me heen en ruik zijn huid. En daar gaat mijn gelofte.

Mijn gezicht verandert in de Niagara-watervallen.

Ik moet mezelf in slaap hebben gebruld, want het is al laat als ik de telefoon hoor. In mijn verdwaasde toestand denk ik meteen dat het Jack is. Het is Jack niet. Het is Nathan. Hij klinkt stoned.

Nadat hij me in geuren en kleuren heeft verteld over het einde van zijn relatie met het Spaanse meisje, dat hij inruilde voor een Argentijnse erfgename, en zijn huidige clandestiene verhouding met een meisje uit Glasgow, krijgt hij eindelijk door dat ik niets zeg. Hij vat dit kennelijk op als een teken dat ik boos ben en begint zich omstandig te verontschuldigen omdat hij me laatst niet mee uit eten heeft genomen.

'Dat geeft niet,' zeg ik.

'Cool.' Nathan klinkt opgelucht dat hij er zo gemakkelijk afkomt. Ik hoor hem aan een sigaret trekken. 'Hoe was je vakantie met de man van je leven?'

'We zijn uit elkaar.'

Het is even stil. 'O, man! Jammer, zeg.'

Ik zeg niets. Het is duidelijk dat hij het nieuws hartverscheurend vindt.

'Bekijk het van de zonnige kant...'

'Wat voor zonnige kant?' onderbreek ik hem kortaf.

'Hij was niet echt je type.'

Volgens mij zou Nathan mijn type nog niet herkennen als mijn type hem op zijn gezicht sloeg. Nathan heeft er geen flauw benul meer van wat ik wil. En hij komt ook niet op het idee ernaar te vragen. Want sinds hij weg is geweest, is hij veranderd. Nee, hij is altijd dezelfde geweest, hij was altijd al zo arrogant. Ik ben degene die is veranderd. En hoewel ik het niet graag toegeef, komt het door Jack dat ik ben veranderd.

'Hoe weet je dat? Je hebt geen woord met hem gewisseld,' snauw ik.

'We hadden elkaar niets te zeggen,' verdedigt hij zich.

'En wie had dat besloten?'

'Hé! Je hoeft je niet op mij af te reageren. Het spijt me, oké?'

'Het zal wel.'

Hij haalt diep adem en zegt: 'Dit is geen goed moment. Luister, ik bel je nog wel.'

Het blijft een tijdje stil en dan hangt hij op. Ik ben blij dat hij het doet, dan hoef ik het tenminste niet te doen.

'Slappe zak!' schreeuw ik als ik de hoorn op de haak smijt.

Ik ben laaiend.

Hoe durft Nathan over Jack te oordelen? Wat weet hij ervan? Het is trouwens allemaal zijn schuld. Als hij niet zo onbeschoft was geweest, was Jack niet jaloers geworden. En als Jack niet jaloers was geweest, had hij het niet met Sally gedaan.

Maar dat is ook al geen excuus.

Mannen!

Getver!

Het zijn zulke Neanderthalers. Ze zijn voor geen meter geevolueerd. Ze denken alleen maar aan hun pik en aan hun ego, niet dat er veel verschil is tussen die twee.

Ik schud mijn hoofd, verbaasd over mijn eigen kortzichtigheid. Hoewel ik begrijp wat Jack op Nathan tegen heeft, gaat Jack nog lang niet vrijuit. Ze zijn goddomme allemaal hetzelfde. Nathan, Jack... zelf Jules kon zijn pik niet bij zich houden.

Is er nog hoop?

Ik pak de fles wijn en neem een reusachtige slok. Ik zet mijn ellebogen op mijn knieën en begraaf mijn hoofd in mijn handen. Op de grond ligt de foto waarop Jack tegen de brommer geleund staat.

Ik raap hem op en staar ernaar.

Geen wonder dat hij er zo innig tevreden uitziet. Dat kreng van een Sally was niet de enige met een volle mond; hij at de hele tijd van twee walletjes.

'Hoe lang was je het al aan het voorbereiden, Jack? Sinds je haar in haar blote kont zag, zogenaamd in naam van de kunst? Waarschijnlijk heeft het de hele tijd door je hoofd gespeeld, of niet soms?' vraag ik.

Nog steeds diezelfde glimlach.

Ik neem nog wat wijn in.

'En wat gebeurde er toen? Vertel eens, het boeit me. Je nodigde haar uit, toch, omdat je wist dat ik met Nathan uit was? Wat deed je toen? Heb je voor haar gekookt? Met haar gekletst? Haar volgegoten met wijn? Over de tafel heen haar hand gepakt en haar diep in de ogen gekeken? Wat zei je tegen haar? Nee, nee, laat maar, ik kan het wel raden.'

Nog meer wijn.

'"Je bent zo mooi, je bent fantastisch, je lacht zo lief?" Was dat het? Was dat het, Jack? Zei je al die dingen die je tegen mij zei ook tegen haar, omdat je geil was? Ging het zo? Je wilde alleen maar neuken, want je bent een man en je moet je zaad kwijt? Zit het zo?'

Nog altijd dezelfde glimlach.

'En wat deed zij toen? Struikelde ze en viel ze per ongeluk met haar mond op je pik?'

De foto wordt wazig voor mijn ogen. Ik kijk heel aandachtig naar Jacks mond.

'Hoe was het om haar te zoenen? Want je hebt haar toch gezoend, of niet soms? En wat deed je nog meer? Je hield je handen zeker achter je rug? Je ging niet toevallig door je knieën om de lichaamsdelen te kussen die je hebt geschilderd? Nee, dat zou je nooit doen, hè Jack, want niemand heeft jou ooit horen verkondigen dat je het genot van vrouwen belangrijker vindt dan het jouwe! En hoe smaakte ze? Hoe voelde haar huid aan?'

Mijn hart zit in mijn keel en ik hap naar adem. Ik staar naar de foto en voel me ziek.

'Heb je ons vergeleken, Jack? Toen je mij een paar uur later vasthield, dacht je toen aan haar? Nou?'

Mijn ogen vullen zich met tranen. Boos veeg ik ze weg. Ik drink de fles in één teug leeg en kom overeind. Ik sta heel onvast op mijn benen.

'Maar ik moet mijn mooie hoofdje er maar liever niet over breken, of wel? Want dit is geen ontrouw. Je bent niet met haar naar bed geweest. Sukkelige ik, dat ik me zo opwind.'

Nog altijd die glimlach.

'Vuile klootzak!' Ik verscheur de foto en gooi de snippers in de lucht. De andere foto's belanden verkreukeld in de vuilnisemmer, die een flinke trap na krijgt.

Ik heb er genoeg van. Wat Jules ook zegt. Jules met zijn psychologische geblaat over vertrouwen. Ik vertrouw nooit meer iemand. Het is het niet waard. Vanaf nu sta ik aan Jenny's kant. Ik ga mannen gewoon gebruiken. Ik ga ze gebruiken en misbruiken. Ik ga ook van walletjes eten. En als er iemand denkt dat hij dicht bij me kan komen, dan kan hij OPLAZEREN!

Zaterdagmorgen heb ik een bonkende kater, maar is er ook een gevoel van rust over me gekomen. Op een of andere merkwaardige manier lijk ik losgeweekt van alle pijn die ik heb gevoeld. Hij is niet weg, maar wel minder scherp. Ik denk dat mijn uitbarsting van gisteravond een keerpunt was.

Want vandaag is een nieuw begin.

Vanaf vandaag ben ik weer gewoon Amy Crosbie. Weg met de snotterende, romantische heldin. Weg met de haaibaaierige feministe. Weg met de mentale kwelgeest.

Alleen nog maar ik.

Kalm.

Rustig.

Beheerst.

Vandaag ga ik de ruimte in mijn hoofd terugeisen die Jack heeft ingenomen. Vanaf nu zullen er alleen gedachten huizen aan mij.

MIJ.

MIJ.

MIJ.

Ik duikel de cassette met walvisgeluiden op die ik in mijn korte new-ageperiode heb gekocht en laat het bad tot de rand vollopen. Ik ga orde scheppen in mijn hoofd. Lui lig ik schuim in de rondte te blazen, ik steek mijn grote teen in de kraan en laat mijn gedachten de vrije loop. Zodra ik op iets stuit wat ook maar in de verte met hém te maken heeft, luid ik de noodklok en keer ik op mijn schreden terug.

In het begin is het best moeilijk. Een hele tijd sluip ik op mijn tenen rond in mijn hoofd, bang om deuren open te maken waarachter verboden herinneringen opgetast liggen. Maar na een tijdje ontdek ik dat er massa's dingen zijn om aan te denken. Interessante dingen, zoals de laatste ontwikkelingen in *EastEnders*, het Eurovisie Songfestival, de decoratieve randen die ik op mijn muren kan schilderen en, uiteindelijk, winkelen.

Winkelen is de sleutel.

Na mijn bad ben ik een paar uur bezig mezelf te vertroetelen vóór de ongeëvenaarde winkelsessie die ik in gedachte heb. Ik hars mijn benen, epileer mijn wenkbrauwen, neem een gezichtsmasker, vijl en lak mijn nagels, sta een uur lang mijn haar te föhnen en als ik eindelijk klaar ben, voel ik me weer mens.

Ik zie er weer uit als een mens.

Nee, ik zie er fantastisch uit.

Dat blijkt wel, want de werklieden die de graffiti van de straat schrapen, fluiten naar me als ik langsloop op weg naar de winkels. Maar het kan me toch niet schelen. Het zijn mannen. Die tellen niet mee.

'Rot op!' roep ik.

Ik heb geen speciaal talent voor winkelen, moet ik toegeven. Ik ben altijd al iemand van impulsaankopen geweest en heb mijn zaterdagmiddagen tot nu toe liever op een andere manier doorgebracht. In de kroeg, bijvoorbeeld, of met mijn ex-vriendje. Maar vandaag is alles anders. Vandaag is voor mij. Vandaag wordt er gewinkeld. Vandaag heb ik een missie.

Vijf winkels later heb ik met mijn creditcard al meer geld uitgegeven dan ik ooit zal kunnen terugbetalen, maar het kan me niets schelen. Ik ben niet te stuiten.

Wat moet je met mannen, als je je armen vol hebt met plastic tassen?

Ik sta in een winkel in New Bond Street, in gepeins verzonken over de aanschaf van een schreeuwend dure jurk, als het allemaal verschrikkelijk misloopt. Ik houd de jurk voor me en kijk in de spiegel en dan zie ik bij het rek achter me een bekend gezicht.

Ik verstijf.

Het is Chloë.

Het is onmogelijk om in beweging te komen zonder dat ze me ziet. Ik blijf naar haar kijken, durf niet met mijn ogen te knipperen.

Maar haar zesde zintuig laat haar ook nu niet in de steek. Ze ziet me bijna onmiddellijk.

'Hoi!' roept ze overdreven en komt recht op me af.

'Hallo,' zeg ik met mijn kiezen op elkaar.

Ze bewondert de jurk. 'Wauw, die zal je te gek staan.'

Ik kan geen kant op. Mijn spieren doen het niet. Als een idioot sta ik daar met die jurk voor me, te hopen dat hij me aan het oog onttrekt of helemaal laat verdwijnen, maar dat gebeurt niet.

'Die moet je kopen,' voegt ze eraan toe.

Hierop kom ik eindelijk in beweging. Ik laat de jurk op de grond vallen.

'Misschien, ik eh...' Ik buk me om de jurk op te rapen. Mijn handpalmen zijn klam.

'Hoe gaat het met je?' vraagt ze als ik friemelend aan de jurk weer omhoogkom.

Het is een beladen vraag. Ze weet van Jack. Ze weet het en ik weet dat ze het weet en zij weet dat ik weet dat ze het weet.

'Prima,' zeg ik en probeer tijd te rekken. 'Ik heb een nieuwe baan.'

Terwijl ze me nauwkeurig opneemt, knikt ze traag. 'Gaat het goed?'

'Geweldig. Echt, nou ja, fantastisch.' Ik ga op een ander onderwerp over. 'Hoe is het met jou?'

'Prima.'

Na een korte stilte kijk ik haar aan.

'Ik heb het gehoord,' zegt ze zachtjes. 'Jammer.'

Ik knik, niet in staat iets te zeggen. Ze vindt het niet jammer. Ze vindt het helemaal niet jammer. Ik pers mijn lippen op elkaar en drapeer de jurk zorgvuldig over mijn arm.

Ze weet hoe hij is. Ze kent alle antwoorden op alle vragen die ik juist door met geld te smijten uit mijn gedachten had willen bannen. En hoe graag ik ze ook uit haar zou willen rammelen, haar als het nodig was zou betalen om me alles te vertellen, mijn trots neemt de overhand.

Haar bezorgde blik komt zo onecht op me over dat ik mijn koelste houding aanneem. Ik zal wel gek zijn om haar te laten merken dat ik verdriet heb, of dat Jack me heeft geraakt. En als ze hem verslag uitbrengt, en ik weet zeker dat ze dat doet, dan kan ze hem niet méér vertellen dan dat ik er goed uitzie. Dat het goed gaat met me. Dat ik het heb overleefd. Dat ik erbovenuit ben gestegen.

Want zo is het ook.

'Weet je, ik denk dat ik hem maar koop,' zeg ik met een gebaar naar de jurk.

Chloë kijkt verbaasd. Ik heb haar in de pan gehakt. Haar buitengesloten, en ze weet het.

'Voor een speciale gelegenheid?' vraagt ze, terwijl ik mijn tassen bij elkaar raap.

'Ik ga vanavond uit,' zeg ik.

Steek die maar in je zak, Jack. Ik leef nog. Ik zet de bloemetjes buiten.

'Is er iets leuks te doen?' Haar gezichtsuitdrukking is me een raadsel.

'Ik heb kaartjes voor de eerste avond van een nieuwe tent.' Ik ben superrelaxte Amy.

Daar heb je niet van terug, hè, tut.

'Welke precies?'

Wat bedoelt ze 'welke precies'? Dat gaat haar niets aan.

'Zanzibar,' mompel ik.

'Zanzibar in Beak Street?' vraagt ze.

'Mmm,' knik ik.

'Als het wat is, hoor ik het graag.'

'Goed hoor.'

'We moeten eens wat gaan drinken,' zegt ze. Ze schenkt me een vragende glimlach.

'Oké,' breng ik moeizaam uit.

Ze buigt zich naar me toe en kust me op mijn wang. 'Ik laat wel wat van me horen,' zegt ze voor ze wegloopt.

Deze hele ontmoeting is knap verwarrend. Als in een roes reken ik de jurk af en houd een taxi aan.

Als ik thuiskom voel ik me weer helemaal somber. Mijn nieuwe aankopen bieden geen enkele troost; ik wou dat ik niets had gekocht. Ik laat mijn tassen vallen in de gang, schop mijn schoenen uit en gooi me op mijn bed. Dankzij Chloë heb ik nu een berg nieuwe vragen:

Vertelt ze Jack dat ze mij is tegengekomen?

Wat zegt ze dan?

Wat als ze het hem niet vertelt?

Wat als hij nooit te horen krijgt hoe relaxed ik ben?

Wat als dit het was?

Wat als ik Jack nooit meer zie?

Wat als ik met Chloë mijn glazen heb ingegooid?

Wat als ik mijn laatste kans heb verspeeld?

Het is allemaal te veel. Mijn karma is vervloekt. Ik ben voorbestemd voor een leven van verwarring en onbeantwoorde vragen.

Het is niet eerlijk.

Als H. aanbelt, zit ik als een zombie voor Blind Date.

'Looking good, feeling funky,' zingt ze, terwijl ze met een fles wodka in haar handen de conga dansend de woonkamer inkomt. 'Looking good, feeling... wat is er met jou?' vraagt ze.

Ik laat me in een stoel vallen. 'Ik kwam Chloë tegen.'

H. trekt haar bovenlip op en gromt. 'Wat zei ze?'

'Niets.'
'Niets?'
'Ik heb haar geen kans gegeven.'
H. tuit haar lippen en zet haar handen in haar zij. Ik weet dat ze zich staat af te vragen of ze dit gesprek wil voortzetten. Het kan me niet schelen. Ze kan de pot op.
'Laat zien wat je hebt gekocht,' zegt ze plotseling.
'Wat?'
'Laat zien wat je hebt gekocht. Ik wil het zien.'
Ik knik in de richting van de tassen. 'Allemaal rotzooi. Ik heb een vermogen uitgegeven.'
H. gaat met haar tong langs haar tanden en pakt de tassen. Ze schudt ze leeg op het tapijt en fluit. Het doet me allemaal niets. Ze bekijkt de kleren, pikt de jurk eruit en hangt hem over haar schouder. Dan verdwijnt ze in de keuken.
Ze komt terug met twee grote glazen wodka en geeft er een aan mij. 'Drinken.'
Ik blaas mijn wangen op.
'Drinken!' zegt ze op dreigende toon.
Ik neem een slokje.
'Helemaal opdrinken.'
Ze blijft naar me kijken tot ik het op heb. De wodka brandt in mijn keel.
'Luisteren, jij. Het is zaterdagavond en ik heb geen zin in dat gezeur van je. Heb je dat goed begrepen? Ik heb er géén zin in.' Ze gooit de jurk naar me toe. 'Je hebt een kwartier.'

Als we aankomen is Zanzibar al stampvol. Bij de aanblik van al die mensen zet ik het bijna op een lopen, maar H. grijpt me bij een arm en trekt me mee naar binnen.
We drinken wat en dansen een tijdje, maar ik kom er niet echt in. Mijn hart is er niet bij en ik heb twee linkervoeten.
Ongeveer een uur later, ik kom net van de wc, sta ik bij een pilaar naar H. te zoeken. De dansvloer is bomvol en ik denk paniekerig dat ik haar ben kwijtgeraakt. Het is alsof iedereen naar me kijkt. Ik kan met niemand praten, ik heb niets te zeggen.
'Amy! Hierheen!' Ik zie H. naar me zwaaien en zwaai opgelucht terug.

'Ik heb een paar kerels voor ons gevonden,' zegt ze met van opwinding glanzende ogen.

'H.!' protesteer ik.

'Kom op,' zegt ze. 'Ik stond met een vent aan de bar te praten. Hij is heel aardig. En hij heeft ook een depri vriend bij zich!'

'Je wordt bedankt!'

'Ze zitten boven. Ze bestellen iets te drinken voor ons,' zegt ze en grijpt me vast, maar ik ruk me los.

'Als je probeert me aan een of andere zielige figuur te koppelen, vermoord ik je.'

'Zou ik zoiets doen? Ik heb die gedeprimeerde nog niet eens gezien. Die vent aan de bar, die je moet hebben. Die is het einde.'

'Nee!'

'Kom nou maar mee en zeg even dag. Voor mij. Toe nou, het kan toch geen kwaad? Als we ze niet leuk vinden, gaan we weer.'

Ik bijt op mijn lip en laat me over de dansvloer naar de trap sleuren. Als ik bovenaan ben, blijft mijn hak haken. Ik draai me om om hem los te maken. H. zwaait.

'Daar zijn ze,' zegt ze. Ik kom omhoog en loop achter haar aan naar het tafeltje achterin.

'Kijk!' zegt ze tevreden als ik haar heb ingehaald. 'Dit is Matt.' Ze kijkt naar hem. 'Dit is Amy.'

?!?

Ik krijg geen lucht.

Ik krijg geen lucht, want dit is niet zomaar een Matt, dit is de Matt van Jack.

Maar wat nog gekker is dan dat hij hier zit, is dat hij helemaal niet verbaasd kijkt.

Chloë.

Daar zit Chloë achter. Het kan alleen maar door haar komen dat hij hier is.

Waarom doet ze dit? Om mij voor schut te zetten? Om me terug te pakken vanwege vanmiddag?

Hoe kon ze?

H. heeft helemaal niet in de gaten wat er aan de hand is. Ze schuift op het bankje tegenover Matt en klopt op de zitting naast haar. Ze schudt aan mijn arm en fronst haar wenkbrauwen naar me, en dan trekt ze me naast zich. Ik kom neer met een plof.

Alles staat stil.

De tijd staat stil.

Want waar een Matt is, daar is meestal ook een Jack.

En dan zie ik hem.

Met vier glazen bier in zijn handen komt hij van de bar naar ons toe lopen. Hij kijkt geconcentreerd naar de glazen.

'Daar hebben we Ross,' zegt Matt handenwrijvend.

Alles in me schreeuwt 'Wegwezen!', maar ik kan me niet bewegen.

Het is te laat.

Jack zet de glazen op tafel. Dan pas kijkt hij op en ziet mij. Hij draait zich bliksemsnel om en kijkt naar Matt. 'Wat is hier aan de hand?' wil hij weten.

Uit de manier waarop alle kleur uit zijn gezicht verdwijnt, maak ik op dat als Matt en Chloë een complot hebben gesmeed H. niet de enige is die erbuiten staat.

Matt speelt de vermoorde onschuld. 'Niets, jongen. Dit zijn die meisjes over wie ik het had.'

'Hoi, Ross,' zegt H. ondeugend, 'ik ben Helen.'

Jack staart naar haar uitgestoken hand, maar pakt hem uiteindelijk aan. 'Leuk je te ontmoeten,' mompelt hij.

'En dit is Amy,' zegt Matt met een stralend gezicht. Hij wacht tot Jack iets gaat zeggen, maar Jack zegt niets. 'Zou je haar geen hand geven, jongen?' moedigt Matt hem aan. 'Waar zijn je manieren gebleven?'

Jack gaat zitten en kijkt me voor de eerste keer aan.

Hij kijkt dwars door me heen.

'Hallo, Amy,' zegt hij. Zijn hand blijft waar hij is.

H. kijkt naar Jack en heft haar glas. 'Proost. Jij bent vast degene met het gebroken hart.' Ze geeft me een por in mijn ribben. 'Of de hartenbreker, natuurlijk.'

'Nee, je had het meteen bij het goede eind,' zegt Jack.

'Amy weet alles van gebroken harten, nietwaar, lieverd?' kwebbelt H. zonder de ijzige uitdrukking op Jacks gezicht op te merken. 'Jullie hebben vast veel gemeen.'

Matt verslikt zich in zijn bier, zet met een klap zijn glas op tafel en krijgt een verschrikkelijke hoestbui. Jack slaat hem op zijn rug, zo hard dat ik bang ben dat zijn tanden uit zijn mond vliegen.

Oké. Matt wil dus een spelletje spelen? Vooruit met de geit.

'Wat heb jij voor zielig verhaal?' vraag ik en kijk Jack in de ogen.

'Ik ben gedumpt,' antwoordt hij.

'Zonde, hoor. Ze was echt een stuk, of niet soms?' zegt Matt.

'Ze was fantastisch. Zo iemand als zij kom ik nooit meer tegen.'

H. maakt een afkeurend geluid. 'Mijn hemel, je bent al net zo erg als Amy. Je moet je niet zo op je kop laten zitten. Er zwemt genoeg vis in de zee, hoor.'

'Niet zoals zij,' zegt Jack.

Ik kijk weg van zijn doordringende blik. 'Waarom heeft ze je gedumpt?' vraag ik.

'Goed nummer is dit. Zullen we dansen?' vraagt Matt met een blik op H.

H. schudt haar hoofd. 'We kunnen nu niet weg, het wordt net spannend.'

'Jammer dan,' zegt Matt. 'Hem kennende blijft hij de hele avond ouwehoeren. Kom mee, laat ze kletsen.'

H. staat op om met Matt mee te gaan. Ze buigt zich voorover en fluistert in mijn oor: 'Je redt je wel, hè? Kom me maar halen als hij een psychopaat blijkt te zijn.'

En dan zijn we alleen.

'En?' vraagt hij.

'Je bent me nog een antwoord schuldig.'

'Waarop? Wil je weten waarom ze me heeft gedumpt?'

'Ja, om te beginnen.'

Jack haalt diep adem. 'Omdat ik iets stoms heb gedaan. Ik heb een fout gemaakt.'

'Alleen maar een fout?'

'Nee, het was veel erger. Ik heb haar bedrogen. En ik probeerde haar te vertellen wat er was gebeurd, maar ze wilde niet luisteren.'

'Vind je dat gek?'

'Natuurlijk niet. Het was een wonder geweest als ze was gebleven na mijn verhaal.'

'En wat deed je toen?'

'Ik belde en belde. Toen ben ik naar haar huis gegaan om op haar te wachten, maar ze deed niet open. Dus heb ik haar een brief geschreven en precies verteld wat er was gebeurd, maar er kwam geen antwoord.'

Ik voel de tranen prikken. 'Misschien heeft ze hem niet gelezen,' fluister ik. 'Misschien was ze zo boos en zo gekwetst dat ze hem door haar beste vriendin in een steelpan heeft laten verbranden.'

Jack kijkt geschrokken. Traag strijkt hij over zijn wangen. 'Dan weet ze niet wat ik voel en hoe het echt is gegaan.'

'En, hoe is het echt gegaan?'

Jack kijkt me recht aan terwijl hij praat. 'Ik viel in slaap naast een ander meisje. Dat had ik niet moeten doen, maar ik was dronken en ik was kwaad. En toen ik wakker werd, was dat andere meisje me aan het pijpen. En ik werd razend. Ik duwde haar weg. Ik heb haar het huis uit gegooid.'

'En denk je dat je vriendin dat zou geloven?'

'Het is de waarheid.' Hij wacht even en ik realiseer me dat we elkaar weer diep in de ogen kijken. 'Maar het ergste is dat ik erover heb gelogen. En ik ging er bijna aan kapot, want ik had iets ontdekt,' ging hij verder.

'Wat had je dan ontdekt?'

Jacks vingers raken de mijne. 'Dat ik van haar hield. Dat doe ik nog steeds. Heel erg. Ik wil niets liever dan bij haar zijn. Maar dat kon ik haar allemaal niet zeggen voordat ik de waarheid had verteld, ook al zou ik haar daardoor kwijtraken.'

Ik denk terug aan al die dingen die ik de laatste week heb gedacht. Ik denk terug aan alle adviezen die ik heb gekregen en de verwarring die desondanks bleef. En nu besef ik dat dat kwam doordat ik niet naar mijn hart luisterde. Ik probeerde niet in Jack te geloven en dat lukte niet. Het lukte niet omdat ik van hem hou. En nu hij me de waarheid heeft verteld, valt alles op zijn plaats. Mijn hart had gelijk.

Maar voor ik iets kan zeggen, zijn Matt en H. terug.

'Alles in orde?' vraagt H.

'Meer dan in orde,' lach ik en leg mijn hand in die van Jack. 'Hij wil met me dansen.'

Lees ook van Josie Lloyd & Emlyn Rees:

Blijf bij mij

Jack en Amy hebben besloten te gaan trouwen. Trouwen doe je niet zomaar, daar gaan de nodige voorbereidingen aan vooraf. En dan nemen je vrienden het heft in handen: in *Blijf bij mij* zijn Matt, H., Stringer en Susie als beste vrienden van het stel belast met de organisatie van het huwelijk. Niks aan de hand, zo lijkt het, want hoe moeilijk kan het zijn een trouwerij te organiseren?

Daar komen de vier algauw achter. Dat ze vrienden van het paar zijn wil namelijk nog niet zeggen dat ze ook automatisch goed met elkaar overweg kunnen. Of, wat nog erger blijkt, soms kunnen ze juist weer al te goed met elkaar overweg. Als vier mensen, ieder met hun eigen achtergrond, levensstijl en verwachtingen, ineens gedwongen worden samen te werken, kunnen de gevolgen desastreus zijn...

Van hun wildste dromen tot hun meest ijzingwekkende nachtmerries, van *one night stands* tot huwelijksbeloften, Matt, H., Stringer en Susie vertellen ieder op hun eigen unieke manier wat er allemaal op hun pad komt op weg naar de grote dag van Jack en Amy.